ドストエフスキー

表象とカタストロフィ

亀山郁夫・望月哲男・番場俊・甲斐清高 編

目次

ドストエフスキー　表象とカタストロフィ

第I部　グラフィックな想像力

【導入】

ドストエフスキーとグラフィックな想像力

番場　俊

graph·ic [grǽfik], **-i·cal** [-ikəl] *adj.* **1** 絵を見るような，写実的な，生き生きとした．cf. PICTURESQUE 2. **2** グラフ［図，図表，図式］の［で示した，を用いた］；書写［筆記］上の，書き表された：a ～ error 誤記．**3** 絵画［彫刻］の；刻まれた，描かれた．**4** 『地質』〈岩が〉文字のような模様をした，文象（ぶんしょう）構造の．**5** グラフィックアートの．［ラテン語より．もとはギリシア語 *graphikós*（*grāphein* 描く，書く＋ *-ikos* -IC）．

（小学館プログレッシブ英和中辞典、第二版）

1．グラフィックな想像力

コンスタンチン・バルシトの先駆的な業績にならい[1]、ドストエフスキーの創作ノートにあふれる人物の顔やゴシック建築、唐草模様のいたずら書き、習字の練習（カリグラフィー）やきれぎれの文章、書き散らかされた固有名や数字などを、まとめてドストエフスキーの「グラフィックな」遺産と呼び、書くことと描くことが複雑に絡みあった私たちの考察の主題を、ドストエフスキーの「グラフィックな」想像力と定義することにしよう。線画と詩句が入り混じった同様の創作ノートとしてはプーシキンのものが知られており、こちらはすでに久しく、早くも前世紀の変わり目には研究対象になっているが、作家本人が沈黙を守っていたせいもあり、ドストエフスキーのデッサンやカリグラフィーが本格的な研究の対象となったのは、ごく最近のことである。先達への敬意からであろうか、バルシトはプーシキンの手稿を論じたツャヴロフスカヤの研究書にならって(2)、『エヴゲニー・オネーギン』の草稿「オネーギンのアルバム」の引用からはじめている(3)。あたかも詩人が自らの創作の秘密を、そっと主人公にだけ漏らしたかのような箇所だ。

オネーギンの手蹟《て》になるメモと
いたずら書きで埋まったアルバム。
意味も分からぬ殴り書きのそここに
思いつきや、感想はもちろん、
似顔絵や、なにかの日付、誰かの名前、
秘密めかしたイニシャルや暗号、
きれぎれの文章や、手紙の下書きがみえる。
要するに、心のたけを
そのまま吐露した真情の日記。（第七章草稿）

詩人の心の鬱屈の表現であるこうしたグラフィックスは、しかし、ひとたび霊感が訪れ、詩句が流れ出すと姿を消してしまう。バルシトはつづけて第一章を引く。

　ふさぎの虫にとりつかれもせず、私は筆を走らせる。
　書きさしの詩のかたわらに、われともなしに
　女の脚や、顔なぞを、
　いたずら書きすることもない。（第一章五九）

　だから、ドストエフスキーの創作の秘密は、最終稿にとりかかる前、小説家が抱える鬱屈がそのままぶつけられた創作ノートの混沌のうちにこそあらわれているのだ――二つの引用でバルシトはそういっているようにみえる。謎に満ちたドストエフスキーのテクストを読み解く鍵は、実は彼のグラフィックな遺産のなかにこそ見出されるのだ、と。
　そうかもしれない。だが、バルシトが引用することのない『オネーギン』の第七章、放棄された「オネーギンのアルバム」に代わる不滅の詩行を思い出すとき、私たちはまた別の思いに誘われる。すべてが過ぎ去ったある日、打ち捨てられたオネーギンの邸を一人訪れたタチヤーナは、主人のいない書斎で、それまで知らなかった記号に出会っていたからである。

　多くの頁はくっきりと
　爪のしるしをとどめていた。
　注意深い乙女の眸は、一段と生気を帯びて
　それらのうえに向けられる。

慄きながら、タチヤーナは見る、
どんな思想や発言に
日頃オネーギンが打たれていたのか、
無言で何に同意していたのか。
その欄外でめぐり会うのは
彼の鉛筆が残した書き込み。
いたるところでオネーギンの魂が
思わず知らずおのれを顕す。
短い言葉、十字のしるし
またあるときは疑問符で。（第七章二三）

爪のしるし、短い言葉、十字、疑問符……少女時代からなじんでいた書物の頁の欄外に、彼女はのちに記号論のパースが指標《インデクス》と呼ぶことになる一群の記号を見出すのであり、新たに見出されたこれらの記号に導かれて、いままで知らなかった世界に入っていく。「かくて次第にわがタチヤーナは／有り難いことに今やはっきり／理解しはじめる」。ここで詩人が語っているのは創作の秘密ではない。古い記号の欺瞞の暴露と新たな記号の発見、記号に関する想像力の変化であり、さまざまな記号のあいだの差異の認識である。私たちも、ごく一部ではあるが、ドストエフスキーの創作ノートと作品を読みながら、さまざまな記号、イメージとテクスト、テクストと身体が交錯するさまを追ってみよう。

2. 顔

図1は『罪と罰』のための三冊の創作ノートの二冊目、一〇六葉。人物のほぼ全身が描かれた物珍しさもあって（人物の全身像や女性の脚もさかんに描いたプーシキンと異なり、ドストエフスキーの人物画はほとんど顔だけである）、比較的よく知られているものの一つだ。小さな字で書かれたテクストはなかなか素人には判読しづらいが、幸いなことにアカデミー版の全集で活字化されている（第七巻一四九頁）。正確な翻訳は困難だが、ドストエフスキーのグラフィックな想像力を理解しようと思うなら、イメージとテクストの両方を比べてみなければならないのは当然だから、やや苦しいが訳してみよう（最後の七行、火薬中尉への自供に関する部分は省略した）。

図1

注意、注意、注意。

口調〔トーン〕。

第三章か第四章。その考えがすでに一度ならず脳裏に浮かんでいたことを、ぼくは白状しなければならない。注意。こうすれば、犯罪の説明がより自然になるが、真剣さも失わないように。この完全な真剣さが、ラズミーヒンの家の宴会での彼の悪魔的な傲慢さのうちに滲み出ていなければならない。

注意。彼が人殺しという考えに引かれていったとき、これは自分から。よくあること。パン屋。官吏について花婿が。「こういう連中はよくいるのですよ。私も一人知っています」。

突然彼を襲った恐怖もこのように自分から説明（口調）。

その説明。

懐疑的な彼の見方、いっそう懐疑的で、いっそう嘲笑的に。

彼がこれからのことを考えるとき。

ソーニャは追悼供養《パニヒダ》も。

恥辱にまみれ、最低の人間のあいだに生まれた愛。

火事に歓喜する。

ラズミーヒンのいる前で別れの挨拶、直後に最初の愛の告白。


なにをいっているのか分からないところも多いが（唐突に出てくる「パン屋」とは、いったいなんのことか?）、このノートが、『罪と罰』創作史上に名高い転換――叙述の一人称から三人称への切り替え（一八六五年十二月）――の直後につづくものであることを考えあわせれば、テクストが格闘している問題の一端はみえてくる。作者が「自分から」語るのか（「彼が人殺しという考えに引かれていったとき」）、主人公に語らせるか（「ぼくは白状しなければならない」）――声と視点の配分に関して試行錯誤を繰り返しているのだ。だが、語りの問題は、傍らに描かれた人物のスケッチと交差しているようにはみえない。

イメージとテクストのあいだに接点がありうるとすれば、引用末尾の「最初の愛の告白」の一句だろう。バルシトはここに、ラスコーリニコフによるソーニャへの告白の場面への示唆を読みとり、傍らのスケッチのうちに、恐るべき犯罪の告白の瞬間にヒロインを捉えた驚愕の表情を見ようとしている。問題の箇所を亀山郁夫の訳で引こう。

「さあ、よく見て」
そう口にした瞬間、彼の心はふと、やはり以前に感じたある感覚に凍りついた。ソーニャを見ていると、ふいにその顔にリザヴェータの顔が二重写しになったような気がした。あのとき斧を手ににじり寄った彼は、リザヴェータの顔に浮かんだ表情をありありと記憶していた。彼女は片手を前に差しだして相手からのがれ、壁のほうへ後じさりしていった。その顔にはまるで、子どもが怯えきったような表情が浮かんでいた。おさない子どもがふいに何かに怯え、怖ろしいものを不安そうに見つめる、そしてすぐにも泣きだしそうな顔をしながら、小さな手を差しだし、相手を近づけまいとして後じさりしていく。あのときとそっくりそのままだった。それとよく似たことが、目の前のソーニャにも起こっていた。同じように力なく、同じ恐怖を浮かべてしばらくこちらを見つめていたが、ふいに左手を前へ差しだすと、指先で軽く、ほんのわずか彼の胸をつき、少しずつ体を後ろにそらしながら、ゆっくりとベッドから立ちあがった。（第五部第四章）

バルシトはこの解釈に絶対の自信をもっていたようで、一九九六年のモノグラフでも、全集版の註でも、最新の豪華版でもほとんど同じ主張を繰り返している。事実、差し出したのが左手か右手かといった些細な違いを除けば、『罪と罰』完成稿のヒロインの身振りと創作ノートの図像は完全に一致しているようにみえるし、なにより、小説中でいちばん盛り上がる場面だから、危機の瞬間のヒロインの顔をペンでいたずら描きしながら思案している小説家という解釈には、抗いがたい魅力がある。

だが、本当にそうだろうか？　そもそもこの人物はソーニャなのか？　かりにそうだとして、このスケッチの顔は、私たちの理解になにを付け加えてくれるのだろう？

　残念ながら、確実なことはなにもない。絵の下に名前が書いてあるわけではないからだ。だが、一方で、この人物の顔はドストエフスキーの最初の妻マリヤに似ているとまで想像を逞しくするバルシトは、他方で、このような懐疑の声にも周到な反論を用意している。誰だかよく分からないことこそが重要だというのだ。彼はいう。「こうした問いに対する一義的な答えはないし、そんな確定的な答えを探す必要もおそらくはない。ペンで描いた視覚的イメージの助けを借りながら、ドストエフスキーは重要で特徴的な身振りを構想していた。その身振りは、ドストエフスキーの意識のなかではたしかに存在していた、これらすべての女たちのあいだのきわめて深い内面的な絆――小説の二人のヒロインと妻マリヤ――を具体的に指し示す、特異な象徴になっていたのである[4]」。

　イメージの曖昧さ（これは誰の顔なのか？）を、ドストエフスキーの絵の下手さという消極的な要因に帰すのではなく、小説テクストそのものの曖昧さ（女たちの顔の二重写し）と積極的に関係づけようとするバルシトの解釈は、控えめにいっても、まことに優れたものであると思う。だが、なぜここでやめてしまったのか？　正直なところ男か女かも分からないという、このスケッチを前にした私たちの当惑は、先の引用をもう少しつづけることで解決できたのではないか？事実、つづく『罪と罰』のテクストは以下のように読まれるのだ。「彼を見つめるまなざしはますます動かなくなった。彼女の恐怖がふいに彼にも伝染した。あのときとまるで同じ怯えが彼の顔にも浮かびあがり、あのときと同じように彼もソーニャを見つめはじめた。ほとんど同じような、子供っぽいほほえみすら浮かべながら」。

　テクストは二人の犠牲者の顔に、第三の顔、殺人者の顔を付け加えている。性差を越えた三人の顔のあいだを、誰のものとも知れぬ怯えた子どものような表情がただようさまを語っているのである。創作ノートのスケッチの顔の曖昧さは、この三人の顔の曖昧さに関連づけなければならない。事実、バルシト以前には、このスケッチの人物は、誰とも分からぬフロックコートの男性である[5]とも、ラスコーリニコフその人である[6]ともいわれていたのである。

3．文字

ドストエフスキーのグラフィックな遺産で私たちの眼を惹く第二の要素、習字の手本のように書かれた文字（カリグラフィー）についてはどうか。例えば、『白痴』構想中の作家の手で、気味の悪い顔のまわりに几帳面に書き込まれた固有名。Caligula, Vittelius, Neron, Aaron, Moscou, St. Petersbourg, London, Commodus Petrus……（図2）。ここからはいろいろなことが推測できるともいえるし（残虐なローマ皇帝たち、モーセの兄、ロシア帝国の両首都……なにか深い連関がありそうだ）、なにもいえないともいえる（暇潰しの手習いをいくら熟視したところでなんになるというのか）。確かなことは、カリグラフィーに熱中する作家の姿が、『白痴』の主人公、「本当に美しい人」ムイシキンを髣髴させるということだ。小説の冒頭近く、ペテルブルク到着早々に遠戚のエパンチン将軍家を訪問した公爵は、将軍の求めに応じて、さっそく自らの能筆を披露してみせる。その長々しい文字談義の冒頭部分を、再び亀山訳で引いてみよう。

図2

厚手の犢《とく》皮《ひ》紙《し》に、公爵は古代ロシアの書体で次の一行を認《したた》めていた。

《神の僕《しもべ》なる僧院長パフヌーチーみずから署名す》
「じつを言いますと」公爵は、たいそう満足そうに生きいきした顔で説明しはじめた。「これは十四世紀の写本からとった、僧院長パフヌーチー自筆の署名でしてね。こうした、ロシアの昔の僧院長や大司教といった人たちは、みんなこんなじつにみごとな署名を残しているんです。しかも、ときとしてほんとうにすぐれたセンスと、苦心の跡が見られるんです！　お宅に、せめてポゴージン版くらい置いてありませんか、将軍？　それに、ほら、こちらに別の書体で書いてみました。これはふっくらと丸みのある大型のフランス式書体で、前世紀のものです。いくつかの文字はまるきり違った書体で書かれています。世俗用の書体とか、一般書士の書体と呼ばれるものでしてね、これも写本をまねたものです（ぼくのところにそういうのが一冊あったものですから）。――どうです、けっこう風格があるでしょう。（第一部第三章）

小説家が主人公と秘かに共有していたようにみえるカリグラフィックな情熱――これを、いったいどのように理解したらよいのか？　一つ考えられるのは、筆跡学（graphology）的というか、十八世紀のラファーターの観相学（physiognomy）まで遡るような想像力の伝統である。ムイシキンは筆跡を顔と同じ魂の表情として捉えている。バルシトはいう。「ムイシキンが文字の飾り書きに「惚れこんでしまうほどです」というのは、もちろん、特定の形におかれた紙の上のちっぽけなインクの染みに惚れこむということではない。飾り書きの背後にその姿を、つまり「顔」をのぞかせている人物に惚れこむということであって、文字はそれを書いた人物の魂の完全なる反映なのである(7)」。ロシア・ポストモダニズムの旗手と目されたミハイル・エプシテインが若い頃の論文で主張しているとおりだ。「他人の筆跡を複製すること――公爵にとってそれは、オリジナルをその手で書いた人物の精神を洞察する方法なのだ(8)」。

文字がそれを書いた人物の性格の表出であり、魂の鏡だということ――そのこと自体は否定すべくもない。だが、正直なところ、こうした常識的な見方では、『白痴』の読者を驚かせ、ガーニャを憫笑させた公爵のあの異様な熱中ぶりを理解するには物足りないように思う。もっと過剰なものがそこには感じられたはずだ。だがそれはいったいなにか？

4. 署名

ムイシキンその人に劣らぬ過剰な執着をもって、この謎を解こうとした研究者がいる。G・N・クラピーヴィンは[9]、先の引用中の「ポゴージンの本」に注目し、アカデミー版全集の註をはじめとする従来の見解――これは、モスクワ大学ロシア史講座教授であったM・P・ポゴージンが、スラブ・ロシア古文書学の基礎資料として、九世紀から十八世紀にいたる手稿の複製四十四枚を集めた『スラヴ・ロシア古代書体見本集』第一―二帖（一八四〇―四一年）[10]であるとする――は間違いだと主張する。従来説が挙げるのは、『見本集』のなかで唯一署名が添えられた第二帖十八、十八世紀の僧正ミトローファンの遺言状だが（図3）、名前も時代も語法も違うそれがムイシキンの言及する署名だということはありえない。それだけではない。クラピーヴィンは、「修道院長パフヌーチー」に関してはすでに主人公自身が誤りを犯していたというのである。ムイシキンは「修道院長パフヌーチーは十四世紀の人で、ヴォルガ河畔、いまのコストロマー県の修道院長」だというが、調べてみると、実在のパフヌーチーはヴォルガ河畔から遠く離れたヴィガ河畔の修道院長だったことが分かる。ムイシキンのいう「修道院長パフヌーチー」は十四世紀には実在しないのだ。そこでクラピーヴィンは大胆な推理に乗り出す――ムイシキンの誤りは意図的なものに違いない（当時の教養ある読者なら気づいたはずだ）。それは、別の世紀の別の「パフヌーチー」への参照を暗黙のうちに促しているのではないか？　彼が注目するのは、工兵学校時代の若きドストエフスキーの創作意欲を強く刺激したプーシキンの史劇『ボリス・ゴドゥノフ』（一八三一年）である。そこにはこんなくだりがある。

総主教　では彼は逃亡したのじゃな、修道院長？
修道院長　逃亡いたしました、総主教どの。もう今日で三日目でござります。
総主教　無法者奴《め》が、罰当《ばちあた》り奴《め》が！　していかなる素性《すじょう》の者じゃ？
修道院長　ガリチヤの貴族の子弟、オトレーピェフ家の生れにて、場所は定《さだ》かでありませぬが、幼時より剃髪《ていはつ》いたし、スズダリのエフィミエフスキイ修道院に住みおりました。その後そこを去り、あちこちの僧院を渡り歩き、最後にわがチュードフ僧団に参りました。私は彼がまだ、齢《とし》若く未熟であるのを見て、寛仁柔和《かんじんにゅうわ》な修道僧、ピーメン神父にその監督を委《ゆだ》ねました。それからは甚だ読書きをよくするようになり、年代記も読み、聖人を称える讃美歌も作りました。したが今となって見ますれば、彼が読書きの力は神様から授ったものではなかったのでござります……
総主教　いやその物知りという奴《やつ》が困り者じゃ！　しかも何ということを考え出したのじゃ！　モ、ス、ク、ワ、で、皇帝に、な、な、なろうだと！（佐々木彰訳）

この「修道院長」がチュードフ修道院長パフヌーチーなのである。そして、彼が庇護していた齢若く未熟な僧こそ、のちにロシア史で「動乱《スムータ》」と呼ばれる十七世紀初めの政治的混乱の主人公、リューリク朝断絶後の混乱に乗じてモスクワに攻め入り、王座を簒奪した僭称者、偽ドミートリーことグリゴーリー（グリーシャ）・オトレーピエフにほかならない。

かつての破門僧が皇帝として眼の前に現れたとき、チュードフ修道院長パフヌーチーはどうしたか？　僭称者を拒んで逮捕された総主教ヨヴと違って、彼はすぐさま偽ドミートリーを承認する。真実に口をつぐみ、僭称者への恭順を進んで表明することによって、パフヌーチーはわが身を救ったのであり、いわば僭称に同意署名をしたのである。《神の僕なる僧院長パフヌーチーみずから署名す（手を下す **приложить руку**）》とは、だから、「（なにかに）署名する」ことと同時に、「（保身のため僭称に）加担する」ことでもあったわけだ。

そしてこれらすべての証拠が「ポゴージンの本」だとクラピーヴィンはいうのである。彼が注目するのは、これまで見過ごされてきたポゴージンの別の書物だ。ポゴージンが編纂した『ロシア歴史アルバム』（一八五三年）[11]の第十四葉には、僭称者の四つの署名の複製が掲載されていたのである（図4）。ロシア語、ポーランド語、ラテン語で書かれたこれらの署名は、先の修道院長の言葉でいえば、僭称者の「神様から授ったものではない」読み書き能力を証しするべき歴史資料なのだ。

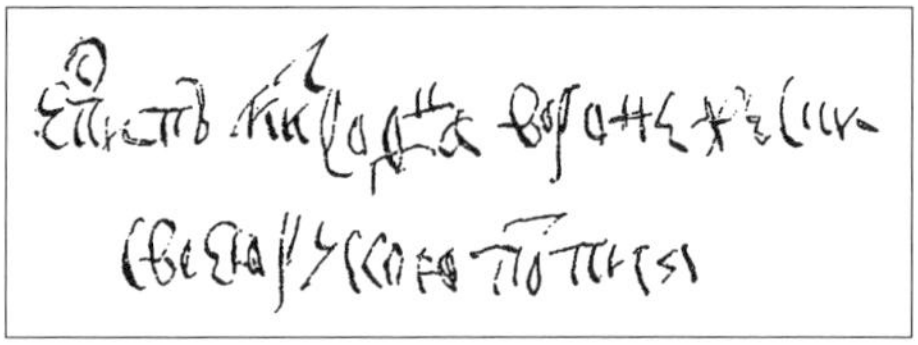

図3

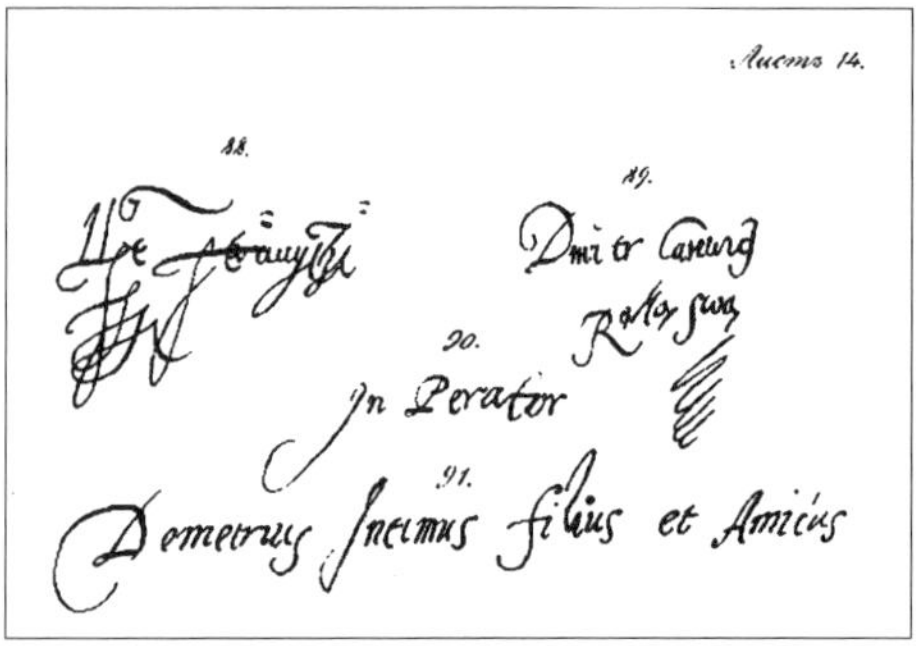

図4

こうしてみると、《神の僕なる僧院長パフヌーチー》の署名をにこやかに書き写すムイシキン公爵の振舞いが、にわかに不穏なものにみえてくる。他人の署名を偽造する僭称者グリーシャ・オトレーピエフの追従者パフヌーチーの署名を彼は偽造している。それはムイシキンなりの「僭称への関与」だったのだ。だが、グリーシャ・オトレーピエフがツァーリを僭称していたとすれば、ムイシキンは何を僭称しようとしていたのだろう？　ひょっとして、キリスト公爵……？

以上、あまりにも面白いのでクラピーヴィンの論文を長々と紹介してきたが（さらに、最後の一文では悪ノリして、彼がいってもいないことまで付け加えている）、筆者はこの「謎とき」に全面的に賛同しているわけではない。十四世紀のパフヌーチーを差しおいて十七世紀のパフヌーチーに注目する論の進め方には無理があるように思われるし、《神の僕なる僧院長パフヌーチーみずから署名す》にぴったりの表現が見当たらないのは、『スラヴ・ロシア古代書体見本集』も『ロシア歴史アルバム』も同じだからだ。

　なにより問題なのは（他の多くの「謎とき」タイプの研究にもあてはまることだが）、「パフヌーチー」にせよ「ポゴージンの本」にせよ、クラピーヴィンがテクストから特定の記号を取り出し、その指示対象《レファレント》だけに関心を集中している点である。前後のテクストが、また、その記号が埋め込まれている歴史的状況が、すっかり捨象されている。だが、『白痴』の文字談義が私たちを驚かすのは、なによりその無内容性ゆえであり、文字がその意味作用から切り離されてしまっていたからではないか？　それが『スラヴ・ロシア古代書体見本集』であったにせよ、『ロシア歴史アルバム』であったにせよ、「ポゴージンの本」が言及されねばならなかったのもまた、一回かぎりの行為としての署名を、その指標記号《インデクス》的な生々しさを保ったまま複製し、印刷物として大量に流通させた書物の出現という、歴史的な出来事の衝撃を証言するためであり、その点では『白痴』のレーベジェフがエパンチン夫人に恭しく差し出す「アンネンコフ版」（第二部第七章）と同じだったはずだ――事実、ドストエフスキーが兄から贈られて所有していたアンネンコフ版プーシキン全集の第一巻[12]は、巻末にプーシキンの手稿の複製七葉を付していたのである。

5. 声

　グラフィックな想像力をめぐって「オネーギンのアルバム」からはじめた本章は、「アグラーヤのアルバム」で閉じるのがよいだろう。「「これですわ、公爵」テーブルの上にアルバムを置くとアグラーヤは言った。「どこかページを選んで、ひとこと書いてください。はい、ここにペンもあります。まだ新しいものですわ」。手紙の返事を待ちうけて震えているガーニャがそこにいることなどまるで気づいていないように、アグラーヤはムイシキンに話しかける。「準備はいいかしら？　それじゃ書いてくださいね。『わたしは駆け引きには乗りません』。——次に日付を書いてくださいな」（『白痴』第一部第七章）。

「わたしは駆け引きには乗りません」——アルバムに書かれたこの一行を思い浮かべる読者を驚かせるのは、それを書いた人物の性格でも、文の意味でもない。流麗なカリグラフィーで書かれた文字とアグラーヤの声とのあいだの、めまいを起こさせるような隔絶である。ドストエフスキーのグラフィックな想像力が私たちを誘うのは、さまざまな記号とメディアのあいだの差異であり、齟齬である。その調和を安易に前提してはならない。

注

（1）К. А. Баршт, *Рисунки в рукописях Достоевского*, СПб., Формика, 1996; Примечания, *Полное собрание сочинений Ф. М. Достоевского в XVIII томах*, т. 17, М., Воскресенье, 2005; *Рисунки и каллиграфия Ф. М. Достоевского: От изображения к слову*, Бергамо, Lemma-Press, 2016（英語版 *The Drawings and Calligraphy of Fyodor Dostoevsky: From Image to Word*, 2016; イタリア語版 *Disegni e calligrafia di Fëdor Dostoevskij: Dall'immagine alla parola*, 2017）

（2）Т. Г. Цявлонская, *Рисунки Пушкина*, М., Искусство, изд. 4-е, 1987.

（3）Баршт, *Рисунки в рукописях Достоевского*, с. 3.

（4）Там же, с. 78.

（5）Fyodor Dostoevsky, *The Notebooks for* Crime and Punishment, ed. and trans. by Edward Wasiolek, reprint ed., Dover Publications, 2017, p. 50.

（6）Р. Дуганов, *Рисунки русских писателей XVII-начала XX века*, М., Советская Россия, 1988, с. 155.

（7）Баршт, *Рисунки в рукописях Достоевского*, с. 125.

（8）Михаил Эпштейн, *Парадоксы новизны: О литературном развитии XIX-XX веков*, М., Советский писатель, 1988, с. 72.

（9）Г.Н. Крапивин, "К чему приложил руку игумен Пафнутий?", *Русская литература*, 2014, № 4, с. 145–151.　以下、クラピーヴィンの論文の紹介は、日本ドストエフスキー協会のウェブサイト（https://www.dsjn.jp/）に掲載した書評と重複している。

（10）М. П. Погодин, *Образцы славяно-русского древлеписания*, тетради 1-2, М., В Тип. Николая Степанова, 1840–41.

（11）М. Погодин, *Русский исторический альбом*, М., В Тип. Степановой, 1853.

（12）*Сочинения Пушкина, с приложением материалов для его биографии портрета, снимков с его почерка и с его рисунков, и проч.*, СПб., Изд. П. В. Анненкова, т. 1, 1855.

Author & title : BAMBA Satoshi, "Dostoevsky and the Graphic Imagination"

【本論】

ドストエフスキーの草稿におけるカリグラフィーと創造的思考

ステファノ・アローエ
甲斐清高　訳

　現在まで、ロシアを含むヨーロッパ文学史において、芸術的な肉筆の持つカリグラフィー的な意味合いは、研究の対象となっていない。一般的に、肉筆の視覚的スタイルと創造性との関係については考察されておらず、また、読者が肉筆の書に出会った場合の受容という観点からも考察されていない。おそらく、日本の文学の伝統では状況がまったく異なるだろう。日本では、グラフィックの記号が持つ意味は、単なる言語レベルでの情報伝達を超えている。日本の研究者の助けを借りれば、西洋の文学研究は、創作活動の一部としてのカリグラフィー研究への新しい方法論を見出し、いくつもの文学テクストの新たな解釈を生み出すことができるかもしれない。逆説的に思えるかもしれないが、古いテクストを対象にしたほうが、カリグラフィーについてより良い理解を得られる。古いテクストの場合、古文書としての特徴が再三にわたって深く分析されており、その結果、グラフィック面の個別的／一般的特徴を考慮して、分析対象となるテクストの創作的・意味的・美学的価値を解釈できることも多い。

　文学史との関連でいうと、活字組みや字体の研究は、もっと洗練されている。この研究分野は、文学作品と出版史・受容史が密接に繋がっているという認識によって発展してきた。

肉筆の役割と作者の創造性に関しては、フョードル・ドストエフスキーのカリグラフィーの実践には、特に注目しなければならない。人目を引く彼の草稿の遺産を研究することによって、主要作品の解釈に新しい可能性を開くのみならず、彼の創作過程の道筋を辿ることが可能となるだろう。

ドストエフスキーの創作ノートを繰るという行為は、語られていない知的・美的悦楽を与えてくれる。この特殊な世界の中にあるのは、芸術的アイデアが浮かんでいるときに記された線や言葉である。ページを満たしているのは、混沌としているが意味を持った、さっと書かれた単語や線描、ゴシック窓やオークの葉の欠片。単語には、凝った唐草模様や他の装飾が添えられている。作家の思考に追いつけず、言葉は凄まじい筆跡で書かれている……。これらを見る目的は、ドストエフスキーの思考過程を辿ること――最初のまだぼんやりした感覚や輪郭の略図が、芸術的発想で言葉へと具現化されるまで。我々は、いわば、作者の眼を通して、創作過程が進行していく様子を見ることができる。彼の独創的な思考を新たなレベルで理解する機会が得られるのだ。完成した作品としてだけではなく、進行中の作品として。

すぐに目に入る下書きのページは、空間的近接と意味的多様性が複雑に鬩ぎ合うなか、たくさんの記号で構成される意味の塊である。

ドストエフスキーは、それほど絵が好きだったわけではない。視覚芸術の分野で新たな作品を作りたいという衝動を感じたことはなかった。彼の素描には芸術的思考の痕跡が残っている。その思考が独特の言葉と記号を生み出しているのだ。芸術的思考の痕跡――対話の断片、概略、未完の肖像画、装飾文字、唐草模様、ゴシック窓――でいっぱいになった古い創作ノートを、ドストエフスキーが後に見返していたのも、驚くにあたらない。

カリグラファー、そしてグラフィック・アーティストとしてのドストエフスキーの功績は、長いあいだ、研究者や愛好家から注目されなかった。芸術的完成度という点では、ドストエフスキーの絵は、ミハイル・レールモントフのプロ級の絵画や、ゲーテやユゴーの洗練された素描画にはとても及ばない。アレクサンドル・プーシキンの素描画の持つ透明感や芸術的な新鮮さにも欠ける。しかし、そこには、芸術創造過程の産物としての深い意味がある。ドストエフスキーの素描から、作品の根底にある思想、浮かんだ瞬間のアイデア、芸術的決断に影響を与える記憶が垣間見えてくる。

ドストエフスキー研究の歴史において、彼の素描や「カリグラム」を正面から研究対象にするという機会は、ずっと得られなかった。これにはいくつもの理由がある。ドストエフスキーの草稿が公表されたのは、死後四〇年経った一九二一年になってからのことで、この時期には、彼の作品に対する研究の主要テーマは、すでに固定していた。定着した「キャノン」に、グラフィックという観点が入り込めるような余地は、ほとんどなかった。

一九三〇年代の初めに、変化が現れてきたといえるかもしれない。ソヴィエトの学者たち（I・I・グリヴェンコ、V・L・コマロヴィチ、A・S・ドリーニン、その他）が、ドストエフスキーの創作ノートや、他の小説執筆の準備資料を公表し始めたのである(1)。彼らはすぐに、ドストエフスキー作品のグラフィックという面の特異性に気づいた。G・I・チュルコフの研究論文のタイトルは、「ドストエフスキーがどのように執筆したのか」というものだが(2)、どのように執筆していたかを理解するという課題には、詩学、物語論、先行文学の使用といった問題だけではなく、執筆の初期段階における素描やカリグラフィーの特殊な使用も関わってくる。

スターリンによってドストエフスキーの名前を出すことが禁じられたため（一九三五—一九五三）、長いあいだ、こうした研究の展望は抜本的に変えられてしまった。ドストエフスキーの素描の研究へと関心を戻す最初の試みは、一九七一年、ガリーナ・V・コーガンによってなされているが(3)、これが多くの研究者にとって研究対象となったのは、一九八〇年代初めになってからのことである。この時、若手の研究者、コンスタンチン・A・バルシトは、これを博士論文のテーマとすることに、ドミートリー・リハチョフの許可をもらった。バルシトは、ペーテル・トロップと共同して、一九八三年、ユーリー・ロートマンの有名な『記号論』シリーズに、史上初となるドストエフスキーのグラフィックの学術研究を発表し、その二年後には、リハチョフの名で出されたドストエフスキーの「ゴシック」に関する見事な論文に貢献している(4)。

そして、バルシトは一九九六年、ドストエフスキーの素描に関する初めての研究書『ドストエフスキー草稿における素描』を出版した。その後、彼はこの分野の研究をずっと続け、二〇一六年にはその集大成となる『フョードル・ドストエフスキーの素描とカリグラフィー――イメージから言葉へ』を出版した。私は光栄にも、編集、および前書きの執筆において関わらせていただいた(5)。

このように、バルシトの研究によって、相当な文化的重要性を持つ独立した研究分野として、ドストエフスキーの「文学的グラフィック」というテーマが生まれたと言っても、まったく過言ではない。

現在までのところ、創作ノートの言語要素と違い、視覚的要素は、ドストエフスキーの全集の中に収められていない。いくつかの自筆署名が複写されて収められているが、そこには何の説明も加えられていない。

すでに十九世紀末に、ドストエフスキーの最初期の研究者の一人、アキーム・L・ヴルインスキーは、ドストエフスキーがカリグラフィーというテーマに対して特殊なこだわりを持っていることに気づいていた。それにもかかわらず、ドストエフスキーの「カリグラフィー」というテーマは、それ以上注目を引くことはなかった。一般的に、ヨーロッパの作家や思想家の文学研究では、カリグラフィーの要素が持つ意味は見落とされてきた。しかし、カリグラフィーとその変奏――多くは社会的な意味合いや、高度に特殊な、あるいは完全に個人的な意味合いがある――の歴史を研究すれば、芸術的テクスト、哲学的テクストの分析に新たな視野が開かれるかもしれない。コンスタンチン・バルシトの功績のひとつは、ドストエフスキー作品におけるカリグラフィーの重要な役割に注目するだけでなく、この現象の起源と性質を説明することによって、学術的概念の枠組みを作ったことにある。

ここ数十年間のロシアでのドストエフスキー研究が、作者の草稿研究に関して多くの点で前進していることは、ぜひとも言及しておかなければならない。バルシトの研究は孤立しているわけではなく、彼の功績はいくつもの面で、現在の研究に引き継がれている。さらに、ドストエフスキー草稿の語彙的側面、図画的側面については、新しい方法論的アプローチが必要だということが明らかになっている(6)。

新しい研究の方向は、ドストエフスキーの創作世界の様々な面へと向かっている。ロシアでは、テクスト分析について、ペテルブルグとペトロザヴォーツク、二つの学派のあいだで活発な学術的議論が起こっている。前者は三〇巻のドストエフスキーの『全集』でよく知られており、現在、『全集』の改訂版を製作中である。後者は、『全集――正典テクスト』（*Polnoe sobranie sochineniy: kanonicheskie teksty*）というタイトルで、別の版を製作している。この版では、ドストエフスキーの作品が十九世紀の綴りのままで収録されている。両学派とも、ドストエフスキーの草稿が作者の創作過程についての重要な情報源ととらえているわけだから、こうした取り組みは、間違いなく学術的対話に貢献するだろう。ウラジーミル・ザカロフ編集のインターネット・ジャーナル "Neizvestny Dostoevsky"（「知られざるドストエフスキー」）には、ドストエフスキーのグラフィック、素描、カリグラフィーに関する論文が多く掲載されるようになってきており、また、プーシキンの家出版の新しい全集 *Polnoe sobranie sochineniy*（*PSS*）は、作者の素描やカリグラフィーに十分配慮している。第三四巻は、一冊丸ごと、この問題に当てられている。見解の相違があり、時には激しい論争にまで発展することもあるが、どちらの学派も作者の草稿に関して方法論的な視野が同じであり、草稿は言語と図画の総体として捉えられている点で一致している。両学派とも、草稿に現れる絵やテクストを個別に見るだけではなく、そこにあるすべての記号について細心の注意を払っている。

このようなテクスト研究への関心が生み出した最も顕著な影響のひとつとして、ナタリヤ・タラーソワ率いる研究者グループについて考えてみたい。彼らはジャーナル "Neizvestny Dostoevsky" の中で、ドストエフスキー草稿のテクスト分析、グラフィック分析のための極めて体系的な基礎を構築している。とりわけ、タラーソワのグループは、ドストエフスキーの筆記体に見られる特徴的な変形をまとめた膨大な目録の一部をすでに発表している。そこには、作品のためにドストエフスキーが使った特殊な記号も含まれる[7]。この図画データベースは、最初、ドストエフスキーの難解な筆記体を解読するにあたって生じるテクスト上の疑問を解消するために考えられたものであるが、今後、グラフィックの意味論という観点から、ドストエフスキー草稿の様々なページの比較が可能になるだろう。

カリグラフィーのさらなる研究は、さらに興味深い成果を生み出すと期待される。というのも、ドストエフスキーはこの分野を熟知しており、標準的なカリグラフィーにわざと変化をつけて、実験をおこなっていたからである。出発点として規範的カリグラフィーを使うが、その後、様式を新たに組み合わせ、時にはラテン文字とキリル文字の中間のようなものになる。まさに、ムイシキンが『白痴』の中でおこなったのと同じだ（PSS 8: 28-29）[8]。カリグラファーや、カリグラフィー史研究家は、自らの持つ歴史的なカリグラフィー規範の知識を使って、ドストエフスキーの選択している幅広いカリグラフィー規範を比較することによって、彼のグラフィックの持つ意味を歴史的な観点から解読できるだろう。明らかに、ドストエフスキーの図画やカリグラムについては、それが現れるコンテクストを細心に再構築することが必要なのだ。

ここで、ドストエフスキーのカリグラフィーのいくつかの面に焦点を当てたい（ただし、他のイデオロギー形式を無視するつもりはない）。ドストエフスキーの創作ノートには繰り返し現れる特徴があり、そのためにメモのスタイルやタイプの正確な分類が可能となる。ページの構成や、そこにあるグラフィックの要素の役割を解釈することもできる。

彼の絵について少し述べておこう。絵の持つ意味は、カリグラフィーの持つ役割と非常に近い。ドストエフスキーの目の中で、芸術形式を組み立てる最初の手段が絵であり、それが後に一連の物語、論理的なプロットへと進むのだ。まだ何も言語化されていないために、彼の絵はイラストではなく、肖像画は作中人物を表したものではない。むしろ、ドストエフスキーが、ある人物を集中して探究し、作中人物を構成する道徳性・知性を表す顔を求めている中で、一瞬をとらえた静止画といえよう。このような絵は、肖像画とはまったく違う。むしろ、それはドストエフスキーの作り出す人物の生命における初期段階を——作者が人物を考えついたばかりの瞬間の「地下マグマ」を——イメージで表したものなのだ。

ドストエフスキーのグラフィックの分類を概観するために、形象的／絵画的素描と、カリグラフィーとを、はっきり区別しておかなければならない。カリグラフィーは、言語要素としてではなく、美的なグラフィック記号として理解されるとしても。

ドストエフスキーの絵画的記述は、二種類の形式で実現されていると言えるかもしれない。一つは特殊なイメージ（肖像画）として、もう一つはシンボル（オークの葉や、建築物の一部）として。イメージは、概して、一瞬の輝きの影であり、描かれる作中人物の核となるアイデアがページ上で剥き出しになった瞬間である。それに対して、シンボルは図の連続となる傾向があり、それゆえに装飾性を示し、ある種の唐草模様や他の模様になる。

ドストエフスキーの創作ノートのグラフィック体系は、一種の表意文字的テクストとして研究することができるのは明白だ。ラフな肖像画、図示シンボル、カリグラフィーの組み合わせに基づいている——これら三種類のグラフィックは、直接／間接に象徴的・表意文字的な意味を顕著に持っているという点で共通しており、特殊な非言語的（おそらくは前言語的）概念化を表現するために使われている。

カリグラフィー研究のこのようなアプローチの中心には、それ自体価値のある美的記号としての書と、普通の字体で記録される書との区別がある。標準的な筆記表記法は、語と文を作りあげる様々な線を通して思考を伝達するための、単なる技術的媒体に過ぎない。カリグラフィーは、「精神的タトゥー」と見なすことができるかもしれない。意味的価値と美的効果という、まったく異なった機能を有しており、一種の「カリグラム」と言える。カリグラムが生じるのは、物思いにふけっている瞬間であり、この時、対象に想念がぶら下がって、論理的思考の流れは一時的に切断されている。一般的に言って、カリグラフィーで書かれた言葉は、筆記体で表記される流れの中にあるわけではない。というのも、カリグラフィーの言葉は流れから遅れ、独立した意味を帯び、創作活動の深部に刻まれるからだ。一見したところ意味がないように見えるが、実際には、まだアイデアや思考として転換されていない論理以前の、論理を超越した瞬間を秘めている。そういう理由で、カリグラフィーは、途方もない連想の緊張を示しているのだ。

ドストエフスキーの創造世界と芸術世界とのあいだにある空間に、仲介役の作中人物がいる――カリグラフィーの名手、ムイシキン公爵だ。その驚くべき特技のおかげで、ムイシキンはプロットのレベルでドストエフスキーの芸術世界を反映している。ムイシキンは様々な筆跡を操り、好きなようにそれらを混ぜ合わせ、意識的にグラフィック記号と戯れながら、その記号の内的・歴史的・社会的・言語的意味、さらには心理的意味までも探究する。そのうえ、高度に専門的な筆跡鑑定まで実践し、筆跡のスタイルから、人格的特性まで言い当てる。

筆跡において、ペン先の滑らかさ、インクの色、そして、アルファベット記号の再現がどれだけ精確か、どれだけ速いか、標準的なのか個性的なのかといった点を通して、思考の属性が草稿ページ全体と無意識の関係を形成する。

ドストエフスキーの時代から最近まで、個人的な筆記体と規範的カリグラフィーとの差異を調整することが、多くの概念を客観化する重要な要素となっていた。十九世紀において、正確に手書きされたテクストは、出版されるテクストとしての社会文化的役割を完璧に果たしていた。

ドストエフスキーにとって、創作ノートのページは、未来の小説のための、最初の空間的モデルであった――はじめは空白であったものが、だんだんと、シンボルと図画、思考と言葉の網目で構成されていく。このような空間モデルの中で、ドストエフスキーのカリグラフィー文字は、優雅で奇妙に統合された小宇宙に見える。この統合の内部で、カリグラフィーは、閉じ込められた自己充足エネルギーを詰め込んでいる。では、カリグラフィー(ロシア語で *kalligraficheskaya propis'*)は、正確には何を意味するのだろう?　辞書的な意味は、その全体的な意味の一面だけ、つまり、全体を構成する線の一本だけを示す。しかし核となる意味は、美的な完成を表し、ページ上にある他の表記との関連で、空間的配置をも表す。カリグラフィーで表された語の語義的意味は、全体の意味の一部を成しているものの、その役割は美的意味を補うだけである。カリグラフィーの持つ思念が、自己表現的かつ「専制的」な完結した記号へと変形するとき、カリグラフィー記号が主役として前面に踊り出て、それ自体注目されるべき対象としての性質を露わにしたならば、その辞書的意味の幅が広がることもあるかもしれないが、辞書的意味が歪み、ついには破壊されてしまうかもしれない。カリグラフィーの形式はまた、より深く、隠蔽された別の意味を予感させる。線の響きや視覚的類似を通して、こうした面が強調される。完璧なグラフィック記号として見られる文字はメタファーとなる。意味は一時的に中断され、記号そのものが独自の存在を獲得し、文字自体が独立した物体になる、という結果を生ずる。次に別レベルで再意味化することによってのみ、そのメタファー性が再生され、真新しい意味が付与されうるだろう。詩的言語が、語句の持つ平凡な意味とかけ離れたものを表現するのと同じだ。

この段階で、ドストエフスキー自身の意見を引き合いに出すのは適切だろう。彼が「詩人」と「芸術家／職人《アーティスト》」との役割を区別したのはよく知られている。

> 小説を書くためには、何よりもまず、実際に経験した強く心に感じる印象が、ひとつ、あるいはそれ以上必要である。これは、詩人の仕事。この印象から、全体のテーマ、概要、構造が発展する。これは、芸術家／職人《アーティスト》の仕事。ただし、どちらの場合でも、詩人と芸術家／職人《アーティスト》は、いろいろな点で、助け合っている。（PSS 16; 10）

カリグラフィーは、肖像画と同様に、「詩人」の仕事の段階で生じ、芸術的要素の一つとして、次の段階、すなわち「芸術家／職人《アーティスト》」の仕事の下準備となる。「芸術家／職人《アーティスト》」の仕事では、小説のプロット概要はすでに見えている。ドストエフスキーによれば、芸術家／職人《アーティスト》は言葉細工師であり、以前に輝いたアイデアや直観的ひらめきを材料に作業し、それを読めるものにして、文学へと変えるのである。

バルシト教授の定義によれば、ドストエフスキーのカリグラフィーは「グラフィック的言語の詩」と呼べるかもしれない。グラフィックの観点から見ると、それは厳密に視覚的なものである。ただし、別の岸へと自由に「泳いで渡る」力を持っている。巧みに陰影をつけると、奥行きが作り出され、文字が塑像のような三次元の様相を帯びる。また、他から孤立した状態は、明瞭な発音の結晶性に譬えられるかもしれない。実際、カリグラフィーには「イントネーション」が内包されている。ドストエフスキーが名前やキーワード、「聞き心地の良いフレーズ」等をカリグラフィーで書くと同時に、あるいはその直前に、それらを声に出したのかどうか探るのは、きわめて興味深い。カリグラフィーは、森の中の声のように、ページ全体に広がっており、精巧な変化をつけたカリグラフィーのスタイルは、多様な響きを備えたイントネーションのようである。このように、カリグラフィーの文字は、視覚的記号として、そして、描かれた音として、ページから浮遊する。音は、書記素と同様に、その純然さにおいて、論理的意味に先行する。何もないところに音が投げ出され、それがとらえられて、シンフォニーの音楽的調性が築きあげられるのだ。

こうなると、カリグラフィー文字は、そもそも創造的な表現である、と考えることができる。ドストエフスキーが言う意味での「詩」と似た機能を持つ。ドストエフスキーによる「詩人」と「芸術家《アーティスト》／職人」の異なった役割に関する考えについては、先ほど引用した。別の引用、一八六九年五月一五日（二七日）に詩人アポロン・マイコフに宛てた手紙からは、詩の本質に関するドストエフスキーの考えが適切に伝わるだろう。

> 詩の本質は、そして韻律さえもが、詩人の魂を拠り所とします。そういったものは、自分の意志とは関係なく、突然に、完全な状態で、魂の中にやって来るのです。［……］長い脱線をさせてください。私の考えでは、詩というものは、宝石の原石、ダイヤモンドの原石のように、詩人の魂の中に、完全な状態で、すべての本質を備えて出

現します。そして、これが創造者／製作者たる詩人の最初の行為、その創造の第一段階です。言ってみれば、創造者は詩人その人でさえなく、生命が、生命の大いなる本質が、生きている現実の神が、そこかしこに散らばっている多様な創造、特に偉大な心、偉大な詩人の中にある多様な創造の力を集結させるのです。だから、もし詩人自身が創造者ではないとすれば（実際、創造は突然、あまりにも完全に、あまりにも明確に、あまりにも完成されて、詩人の魂から出てくる）――そう、もし詩人自身が創造者ではないとすれば、とにかく、詩人の魂はダイヤモンドを産出する採掘場なのです。その採掘場がなければ、どこにもダイヤモンドを見つけることはできません。そのあとに続くのが、詩人の第二の行為で、これは第一の行為ほど深くなくて、神秘的でもありません。ここでは、詩人は職人として関わってきます――手に入れたダイヤモンドをカットし、磨く仕事です。ここでは、詩人はほとんど宝石職人なのです。（傍点は筆者による）(9)

詩は、ダイヤモンドの原石のように、突然に、完全な状態で、あまりに完成されて、詩人のもとにやって来る。詩人の仕事は、ダイヤモンドを手にして、その貴重な価値を知ったばかりの宝石職人の仕事に譬えられている。カリグラフィーによって言葉が「宝石」のようになるのにも似ているのではないだろうか。

先ほど示唆したように、その瞬間、一つの単語が視覚的存在を持ちはじめる――論理的意味に含まれる基本的な地位とは別の、新たな地位を手に入れる。ここから、グラフィック行為に内在する意味について述べることができるだろう。内在する意味は、対象となっている語の語義的意味の一部をも含むが、それを変えたり、時には破壊したりすることも可能である。カリグラフィーで書かれた言葉は、それ自体、その内なる本質と直接に同一化した状態で漂っている。この次元において、原型として機能しているのだ。

ここで、三島由紀夫の小説『金閣寺』からの短い引用は、示唆を与えてくれるだろう。

写真や教科書で、現実の金閣をたびたび見ながら、私の心の中では、父の語った金閣の幻のほうが勝を制した。[……]父によれば、金閣ほど美しいものは地上になく、又金閣というその字面《じづら》、その音韻から、私の心が描きだした金閣は、途方もないものであった。(10)

日本の大作家とドストエフスキーの詩学とのよく知られたつながりはさておき、これを引用した理由は、小説の主人公、溝口の心の中で、音とグラフィックの要素が一体となって、「金閣」という名前が、動的な内なる意味を帯びるという点である。三島の物語における金閣は、京都にある現実の金閣寺であるだけではなく、第一に、空想的創造物であり、抽象概念の音声的・図画的具現化によって、主人公の想像力の中で生み出されている。書かれ、発音された言葉が自立した物体となり、溝口の意識内での存在は、時に、歴史遺産の建造物と同一のものではなくなってしまう。私的な金閣寺と歴史遺産の金閣寺との不一致が、小説の主筋の一つとなっている。

そういうわけで、溝口が心に描く金閣は、ドストエフスキーによるカリグラフィーで表された言葉の詩的概念と、とても近いように見える。「完全な状態の」「突然の」「あまりにも完成された」創造行為であり、意識的・論理的意図に先行する。創作のために精神を集中している段階でカリグラフィーを書くことによって、ドストエフスキーは、自分が「完全な状態の」素材を神から直接受け取る「詩人」であると感じているのだ。神の手の中で、観念が現実・物体となるように、詩人の手の中で、観念は詩の題材となるのだ。音と書記素は、この種の「詩」の核となる記号であり、「天から授かった」詩の素材の唯一可能な具象化(現実の物質化)なのだ。

音は詩の(そして音楽の)原初の記号である。文字が発明される前に、言葉は発せられ、歌われていた。それから、図記号が現れた。人類がアルファベットのような複雑な記号体系を作りだすよりもまえに、「詩的」言語を視覚的なシンボルにして具象化しようと試みたわけだ。最初のグラフィックは表意文字であり、最初に書かれたテクストは、儀式に纏わるものである。

詩と表意文字との深い相互関係は、アルファベットに内在する美しさと調和への志向にも認められるが、日本(11)、中国、ペルシャ、アラブのような文化では非常に顕著である。こうした文化では、表意文字的、図画的要素抜きに、詩はほとんど考えられない。しかし、グラフィックという面が、西洋の詩の基礎部分にあるとは考えにくいにもかかわらず、ヨーロッパの詩文化においても、ある種の「カリグラム」が現れている。

ドストエフスキーに話を戻すと、彼が創作ノートで試みているのは、もちろん詩を書くことではない。内側から創作のアイデアを見つけるという一種の芸術的方法を入念に表そうとしているのであって、「天から授かった」直観を、詩の基礎にある核となる記号――すなわち音と書記素――を通して具現化しているのだ。この方法においては、カリグラフィーが中心的役割を担っている。

作者の意識的な手法であるにもかかわらず、この方法には一種の「独創性への服従」がある。すでに述べたように、直観的過程は、言葉を論理的意味から一時的に引き離す必要がある。常識的なつながりを一時中断するのだ。

実際、ドストエフスキーが創作ノートで優雅に自分の名前を書く様子には、何か子供っぽさがある。幼い赤ん坊が、初めて鏡で自分の姿を見て喜ぶのによく似ている。作者が自分を偉大な芸術家だと思う、自己中心的な瞬間だ。このような表記が起こるのは、プロットの概要が定まった直後、つまり、「詩人」が「芸術家《アーティスト》／職人」に変わる直前、作品の執筆過程がまさに始まるときである。後に、すでに会得しているアイデアについて執筆するときには、その筆跡は急に変化し、正確丁寧なカリグラフィーは姿を消す。そのスタイルは、慌てて、不均一で、小刻みに震える。しかし、ドストエフスキーは自分の名前を書くという儀式に到達するまでには、複雑な道筋を辿っている。そのカリグラフィー記号の持つ重みと抑制は、作者の魂の中で吹き荒れた嵐を隠すと同時に、蔓延する悪や混沌に対する戦いの中で、支えとなる錨として機能しているのだ。

ドストエフスキーの創作ノートのページにある様々な種類のグラフィックが、どのような順番で記入されたのかについては、一九三〇年代にソヴィエトの学者が、そして、ここ数十年のあいだには、K・バルシトとN・タラーソワが仔細に研究した。すべての研究者は、その順序が大体いつも同じであるという点で一致している。かいつまんで言うと、まず、新しい創作段階のほとんどすべてが、空白ページの真ん中に描かれた絵（多くは、素描の肖像画）から始まる。次に、シンボルや抽象的な絵が、カリグラフィーとともに記され、たいていその後に、小さい筆記体で、アイデア、文、説明の断片が書き留められる。時には、筆記体で書かれたものが枠となって、その額縁の中で、先に描かれた絵やカリグラフィーが自由に動き回る。

特にカリグラフィーとの関係でいうと、ドストエフスキーは、（図として、そして音としての）言葉の意味を独立させることを通して、アイデアを探求した。それから、その言葉が通常の意味から解き放たれると、到達地となる芸術的意味に向かい、そうして、新しい生命、独特の意味を帯びるのである。

このプロセスの途中で、語句は名前と同じ地位を獲得する。創造のプロセスにおいて名前が名づけられたもの自体となるように、語句は独自の個性を持った存在を獲得するのである。言い方を変えると、名前の決定というのは、創造的現実を生み出すために想像力を統制する行為である。ドストエフスキーが固有の名前と記号との一致を探求する中で、カリグラフィーは独立した存在となり、物質となり、人の顔となるのだ。名前は目で見るものとなる。ページ上にカリグラムで書き、大文字で強調した名前を、じっと、ほとんど催眠状態で見つめるドストエフスキーの姿が目に浮かぶようだ。

実際、ドストエフスキーは名前をことのほか重視している。考え込んで文字を書きながら、名前を選択していく。姓名は、作中人物のアイデア、人格、本質を包み込むように意図されている。ただし、こうした性質は多くの場合、はっきり述べられることはなく、その反対に、隠されている。これは、ニコライ・ゴーゴリの「もの言うような名前」の対極にある。ドストエフスキーがこうした「もの言うような名前」を使うのは、喜劇的人物や、脇役を名づけるときだけである。主要な人物の姓名は、ものを言うわけではなく、ほのめかすだけだ。名前は、時には混乱を招き、時には何かを隠している。名前は謎を秘めていることが多い。

　ドストエフスキーは、どうやら、名前そのものから、作中人物の表情を描き出そうとしているようだ。複雑な認知過程を顕在化しながら、深い意味を求めて言葉を選ぶ。求める意味は、（駄洒落にみられるように）新奇であるだけではなく、一瞬の真理の閃きでもあるべきだ。ドストエフスキーがこの難題に対処するために頼るのは、文化＝歴史的、自伝的、歴史＝文学的性質を帯びた事実や事件である。そこから、夥しい音響、リズム、韻、音調を抽出するのである。彼は以下のような手順を踏む。まず、実在の人物・有名な文学作品・歴史的事件への明らかな参照が、オリジナルから分離され、解放されて、変容を遂げる。名前が修正されて、そこから独立した存在が生まれ、それがしばしば作中人物の前段階となる。そして次に、オリジナルの痕跡が隠される。様々な再設定の段階を経て、だんだんと識別できなくなり、最後には、別のまったく新しいものへと変容するのだ。

　『悪霊』の準備資料の中で、ドストエフスキーは、現実をまったく変えてしまうような、発せられていない言葉が存在するという強い信念を表明している。「現実全体を、月並みな言葉で語り尽くすことはできない。現実の大部分は、隠された、発せられていない未来の言葉に包まれているのだから」（PSS 11: 237　傍点は筆者による）。生命の源ロゴスの一部たる言葉は、生命に強い影響を与え、さらに、現実以上にリアルであり得る。というのも、言葉には神聖な意味をさらけ出す潜在力があり、それこそが真の存在の本質なのだ。

　つまり、カリグラフィーというのは、存在の本質にかかわる奇妙な遊びなのである。子供がゲームに向き合うときと同じ程度に、カリグラフィーのゲームは思索的で真面目なものである――宇宙の本質が明らかになる過程なのだ。象徴的意味を備えた作者の黙想が、突然、言葉を発する――しかし、未知の、解読できない言語である。意味を表すまでの道は平坦ではない。言葉で表現できない曖昧な部分は、文字記号から遊離し、まだ道筋がなく、論理的に発展しないのだから。

バルシトはレフ・ヴィゴツキーの発話理論に基づいて、ドストエフスキーの素描には省略が多く、内言語に似ている点を指摘する。創造過程の中の、まだ外部の聞き手も、論理的な表記も、物語も存在しない段階にあるのだ。バルシトが説明するように、これはカリグラフィー、表意文字、素描の可能性が最大となる瞬間である——省略によって、意味の金鉱へと開かれた暗示を含んではいるが、まだ具体化されていない——つまり、まだ殻の中に存在しているだけだ。「言葉にならないカリグラフィー」は、合理的思考の展開に先立つ表現手段として出現し、未来のアイデアに対する強力な予知を孕んでいる。滑らかに、はっきりと話すことができない、というのが、ドストエフスキー自身と、彼の哲学的な作中人物とが共有する特徴なのだが、これはただの偶然だろうか？　こうした人物の多くが不器用な話しぶりを示す一方で、口先のうまい演説家は、愚かな、あるいは悪い人物であることが多い。ドストエフスキーがカリグラムを用いて、準備段階のアイデアを内向きに統合しようとするという事実から、究極的に、彼の内省が言葉にできぬものの領域へと向かう傾向があるという事実にまで辿りつくことができるだろう。最近惜しまれて亡くなったナターリア・ジヴォルーポヴァが説得力をもって示したように、ドストエフスキーの芸術は、真理の「非論理性」の認識へと向かっている。否定的神学のテーマはすでに、ここ数十年のあいだ、ドストエフスキー研究において何度も取りあげられている[12]。カリグラフィー的な名前の刻印や表意文字は、真理の残響であり、プロットや物語として真理に論理的解釈を与えようとする以前のものである。

ドストエフスキーの草稿には、驚くほど舞台演出への意識が見られる。創作ノートの各ページの空間は、劇場のように見える——時には寡黙で、時には仰々しく、時には騒々しく、常に動いており、感情的である——時には絵画のように美しく、装飾に凝っている——あるいは、はっきり発せられない言葉の象徴的な表象であったりする。

カリグラフィーは、作者の疾走する筆記体と並んで配置されている。筆記体は簡潔に見えるが、同時に、動的な緊迫感に満ちている。ここでは二つの異なった様式が動いている。想像力が複雑に沸き立つ様子が、カリグラフィーの静的な調和によって表現され、その一方で、プロットを明確化して解放しようとする動きが、感知したばかりのアイデアに向かって激しく疾走する筆致として表れるのだ。

表記と図画とのあいだの構成関係にもまた、舞台効果が見られる。ドストエフスキーは絵に枠を作らず、字による表記がその役割を担い、それが絵の存在する場となり、構成的＝図画的コンテクストとなる。この段階においても、ドストエフスキーの才能は、バフチンのポリフォニーとして認めることができよう。その多様な手書きのスタイルは、様々な印象や創造的対立、多様なアイデアの複雑な演奏を作りあげている。

ドストエフスキーの使命は、人間の生命の意味についての問いに答えを出し、「人生を生きる」という謎を解き明かすことであった。この目標に向かう途上で、「高次のリアリズム」という美学的原則を考案した。その原則の中では、「分かりきっているもの」――理解可能・表現可能と推定されるもの――の不確かな実体から思考は逸れていき、存在の神秘的な謎を追い求める。言葉の芸術家として、彼は文学と人生のあいだの距離を最小にしようとした。その方法のひとつは、現実を「世界劇場」として（最後期の作品では「謎」として）とらえることであった。

倫理と美学の隔たりを埋める企ての奮闘を、ドストエフスキーのグラフィックは反映している。ドストエフスキーは模倣《ミメーシス》の代替手段を実験していたのであり、カリグラフィーは、この企ての主要素である。このアプローチの例は、『白痴』の中に見られる。

ムイシキンのカリグラフィーの目的は何なのだろう？　ムイシキンとドストエフスキーの両者がなぜ、カリグラフィーを嗜んだのだろうか？　小説のテクストには疑問の余地がない――ムイシキンにとって、筆跡とスタイルは、書き手の人格、その意図、思考、心理状態の表現である。このような形の模倣《ミメーシス》は、自己を再形成する力、別の人間になりすます力、他人の意識から世界を見る力を包含している。ここに、ムイシキンという人物とその謎の持つ曖昧さがある。ムイシキンはドストエフスキーの作中人物の中でも、最も曖昧な人物だ。この点において、『白痴』の創作過程で描かれた肖像画のスケッチは、特に興味深い。これらの肖像画はすべて、「白痴」の原イメージを映している。小説の最終バージョンに現れるムイシキン公爵とはかけ離れ、最初のバージョンでの主人公は狡猾な人間である。

そして、ドストエフスキーのカリグラフィーの目的とは何なのだろうか？ 最終的な判断を下すのは不可能であり、これまでの話を繰り返すことしかできない——カリグラフィーは、内面から創作のアイデアを見つけ出す方法を詳細に説明するにあたって主要な役割を与えられており、さらに、詩の根底にある意味の核となる記号、音と書記素を通じて、「神から授かる」直観を体現しているのだ。

参考文献

（1） *F. M. Dostojewski. Die Urgestalt der Bruder Karamasoff. Dostojewskis Quellen, Entwurfe und Fragmente*, erlautert von W. KOMAROWITSCH. Munchen: R. Piper, 1928; *Из архива Ф. М. Достоевского. Идиот. Неизданные материалы.* Центрархив, под ред. П. Н. САКУЛИНА и Н. Ф. БЕЛЬЧИКОВА. Москва-Ленинград: ГИХЛ, 1931; *Из архива Ф. М. Достоевского. Преступление и наказание. Неизданные материалы.* Центрархив, подг. к печати И. И. ГЛИВЕНКО. Москва-Ленинград: ГИХЛ, 1931; Ф. М. *Достоевский. Материалы и исследования.* АН СССР; Институт русской литературы; под ред. А. С. ДОЛИНИНА. Ленинград: Изд-во АН СССР, 1935; *Записные тетради Ф. М. Достоевского*, подг. к печати Е. Н. КОНШИНОЙ; комм. Н. И. Игнатовой и Е. Н. Коншиной. Москва-Ленинград: ACADEMIA, 1935.

（2） Г. И. ЧУЛКОВ, *Как работал Достоевский*, Москва: Сов. писатель, 1939.

（3） Г. В. КОГАН, *Штрихи знакомых образов*, «Литературная газета», 1971, 10 ноября, No. 46.

（4） К. А. БАРШТ, П. Х. ТОРОП, *Рукописи Ф. М. Достоевского: рисунок и каллиграфия*, in *Текст и культура. Семиотика. Труды по знаковым системам*, XVI, Тарту, 1983, pp. 135–152; Д. С. ЛИХАЧЕВ, *Готические окна Достоевского*, in *Античная культура и современная наука*, Москва,

1985, pp. 239–240.

（5） K. BARSHT, *The Drawings and Calligraphy of Fyodor Dostoevsky. From image to word*, Bergamo: Lemma Press, 2016. The book was published in identical versions also in Russian and Italian languages by the same publisher (К. Баршт, *Рисунки и каллиграфия Ф. М. Достоевского. От изображения к слову*; K. Baršt, *Disegni e calligrafia di Fëdor Dostoevskij. Dall'immagine alla parola*). Cfr. also К. А. БАРШТ, *Каллиграфическое письмо Ф. М. Достоевского в рукописях к роману «Преступление и Наказание»*, «Неизвестный Достоевский», No. 3 (2018), pp. 3–45.

（6） Н. А. ТАРАСОВА, *Условные знаки Достоевского (на материале записных тетрадей 1875–1876 и 1876–1877 гг.)*, in *Достоевский и мировая культура*, Санкт-Петербург - Москва: Серебряный век, 2004, No. 20, pp. 375–394; К. А. БАРШТ, *Знаковая система Достоевского и перспективы новой текстологии*, in К. КРОО, Т. САБО, Г. Ш. ХОРВАТ (под ред.), *Аспекты поэтики Достоевского в контексте литературно-культурных диалогов* («Dostoevsky Monographs», вып. 2), Санкт-Петербург: Дмитрий Буланин, 2011, pp. 153–183. [К. А. БАРШТ], *Рисунки Ф. М. Достоевского. Каталог*, in Ф. М. ДОСТОЕВСКИЙ, *Полное собрание сочинений*, под ред. В. Н. ЗАХАРОВА, т. 17, Москва, 2005; Н. А. ТАРАСОВА, *Графология – биография – контекст: Новое имя в черновиках к роману Достоевского «Подросток»*, «Новое литературное обозрение», 2007. No. 85, pp. 219–231; Н. А. ТАРАСОВА, *Особенности творческого процесса Достоевского (На материале рукописей романа «Подросток»)*, *Достоевский и мировая культура*, Москва: Изд. С. Т. Корнеев, 2014, No. 31, pp. 13–37; *N. TARASOVA's Lecture "The Present State of the Study of Dostoevsky"*, Ed. by Japanese Dostoevsky Society; tr. Naohito Saisu, in ドストエーフスキイ広場 Dostoevsky Square. 2016, No. 25, pp. 67–83; and others.

（7） Н. А. ТАРАСОВА, Т. В. ПАНЮКОВА, М. В. ЗАВАРКИНА, *Графические особенности рукописей Достоевского: материалы для информационной базы данных*, «Неизвестный Достоевский», No. 4 (2018), pp. 17–69. See also: Н. А. ТАРАСОВА, *Проблемы публикации рукописного текста Достоевского (на материале черновых рукописей)*, «Неизвестный Достоевский», No. 4 (2016), pp. 3–22; Н. А. ТАРАСОВА, Т. В. ПАНЮКОВА, *Графика — семантика — фактография: проблемы текстологии записных тетрадей Достоевского*, «Неизвестный Достоевский», No. 4 (2016), pp. 23–46.

（8） すべてのドストエフスキー作品からの引用は、*Complete Works* in 30 vols（*PSS* と略し、巻号とページナンバーを記す）による。

（9） F. Dostoevsky, *Letters and Reminiscences*. Translated from the Russian by S. S. Koteliansky and J. Middleton Murry, London, Chatto & Windus, 1923, pp. 71–72.

(10) 三島由紀夫『金閣寺』新潮文庫、一九九六年。

(11) Cf: К. А. БАРШТ, *Графика в черновиках Ф. М. Достоевского и словесно-графические виды искусства*, in М. П. АЛЕКСЕЕВ, Р. Ю. ДАНИЛЕВСКИЙ (под ред.), *Русская литература и зарубежное искусство*. Сб. исследований и материалов, Л., 1986, pp. 306–316.

(12) Cf. Н. В. ЖИВОЛУПОВА, *Слово у Достоевского: соотношение эстетического и онтологического аспектов, эволюция форм художественного воплощения (от «многословия» антигероя к «тишине мира» в последнем романе)*, in С. АЛОЭ (под ред.), *Достоевский: Философское мышление, взгляд писателя*, (Dostoevsky monographs; вып. 3), СПб: Дмитрий Буланин, 2012, pp. 467–491.

Author & title : ALOE, Stephano, "Calligraphy and Creative Thinking in Dostoevsky's Manuscripts"

【対論】

文字と絵──ドストエフスキーのカリグラフィーに関する若干のコメント

望月哲男

本論のテーマ

ステファノ・アローエの論考は、ドストエフスキーの草稿に含まれる大量のカリグラフィー（装飾書法で書かれた文字）の部分について、創造的思考という観点からその意味と機能を分析したものである。アローエ論考の基盤となっているのは、ドストエフスキーの創作過程研究において現代の最先端の成果を示している、コンスタンチン・バルシトの大著『ドストエフスキーの描画とカリグラフィー──イメージから言葉へ』（二〇一六）であり、論文著者のアローエは、同書の出版元であるイタリアのレンマ・プレス社の《Calligrammi》叢書の企画者として、この出版自体に多大な貢献をし、序文を書いている。

この小論ではバルシトの著作の要旨を踏まえながら、アローエ論文の背景と論点を整理・検討し、さらに筆者の立場から若干の感想と将来へ向けての課題と思えることを、問いかけという形で加えてみたい。

1．創作ノートの表情——問題の背景

作家の草稿や創作ノートの類は、それぞれきわめて個性的な形姿をしており、本質的な部分をなす文字テクスト自体の様相も様々なら、これに付随する文字以外の情報も多様である。

同じロシア人作家のケースでも、例えばドストエフスキーの同時代人であるトルストイの草稿は、ソフィア夫人にしか読めなかったといわれるくらい判読の難しい悪筆でできており、そこに時たま主人公たちの群像、家の間取り、地図といった線描画情報が、漫画のようなタッチで書き込まれている。彼らの前世代の詩人・作家プーシキンの草稿は、疾駆するごとき書体で書かれた文字面のあちこちに、同じく軽快なタッチで描かれた多数の人物画（主人公像や自画像や妻のプロフィール）、情景画、動物画を含み、解釈意欲をそそるが、カリグラフィーにあたるものは特にみられない。レールモントフのものはドストエフスキーの場合と似たセットでできていて、やはり人物画やカリグラフィーを含むが、大きな違いは、絵の

図像ａ　プーシキンの草稿
（А. С. Пушкин. Собрание сочинений в 10 томах. М.: ГИХЛ, 1959–1962. Т.2.）

図像ｂ　レールモントフの表紙用装画（Сбодный каталог материалов из собрания Пушкинского дома. ИРЛИ РАН / СПб.: Издательство Пушкинского Дома, 2014.）

部分の出来である。すなわち、ドストエフスキーの場合はおそらく絵を描くこと自体が重要で、書かれた絵自体の完成度にさしたる意味はないように見えるのに対して、レールモントフの絵はそれ自体鑑賞や解釈の対象となるような「作品」になっている。

一般にロシアでは作家の創作過程や草稿の研究が早くから進んでいて、プーシキンやレールモントフの場合には、二十世紀の前半までに先駆的な基礎研究がなされている。レールモントフの草稿の線描画は、十九世紀末までに彼の他の絵画とともに大半が整理・研究され、情報化されていた。プーシキンの草稿研究の成果も驚くべきもので、例えばテクスト研究の大家セルゲイ・ボンディによる十四分間のフィルム『プーシキンの手稿』（一九三二）では、物語詩『青銅の騎士』の冒頭部分の創作過程が、文章の推敲順序から妻の肖像画が書き込まれるタイミングまで含めて、時系列的に画像として再現されている。デジタル画像処理の技術などいまだ想像もしえなかった時代のこうした成果と、それに注がれた専門家たちの情熱は、きわめて印象的である。

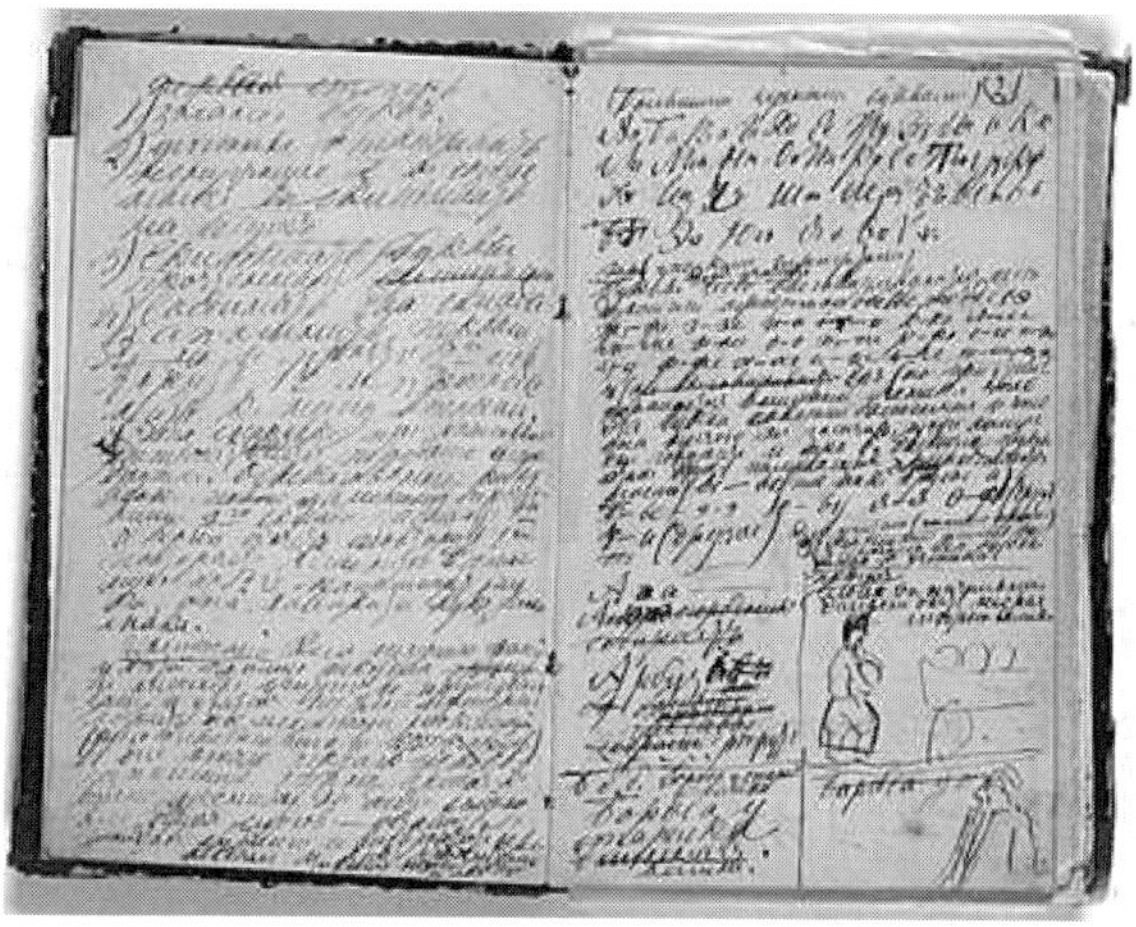

図像c　トルストイの草稿中の絵 (Собрание рукописей Государственного музея Толстого. http://tolstoy-manuscript.ru/)

2．ドストエフスキーの草稿研究とバルシトの仕事

一方ドストエフスキーの場合は、アローエ論文にあるとおり、二十世紀になって草稿の言語テクスト部分の研究は大いに進んだものの、線描やカリグラフィーの研究の重要性はロシアの内でも外でも無視されがちだった。これには、創作ノートの非言語部分の整理や出版が遅れたという技術的理由、学術研究のメインストリームが他の問題に向かっていたという原則論的理由、ドストエフスキー研究自体が抑圧されていた時期があったという政治的理由がある。しかし近年になってサンクトペテルブルグやペトロザヴォーツクを中心にした学者集団の努力により、このテーマを研究するための素材・技術環境が整備され、興味深い成果が表れるようになった。アローエ論文にも挙げられているウラジーミル・ザハーロフ編集のインターネット・ジャーナル『知られざるドストエフスキー』(http://unknown-dostoevsky.ru/ 二〇一四年以降) に掲載されているナタリヤ・タラーソワのチームやコンスタンチン・バルシトによる論文群では、難読文字の読み取り、略記された単語や人名の同定、文の区切り方や連続性の推測、散らばった文の順序だてや寄せ集めといった基本作業から、カリグラフィーや絵の部分の意味論に至るまで、あらゆる角度からドストエフスキーの草稿が現在形で論じられている。こうした作業の出発点となったのが、コンスタンチン・バルシトの『ドストエフスキーの草稿における描画』(一九九六) であり、さらにその現在までの成果を集約したのが、同じバルシトの『ドストエフスキーの描画とカリグラフィー——イメージから言葉へ』(二〇一六) である (文献1、2)。

後者は四五〇ページを越える大判の本で、二〇一点の挿絵が掲載されているが、その多くが描画やカリグラフィーを含んだドストエフスキーの創作ノートのページである。紙質も印刷も優れているうえに、絵や文字の源泉やモデル、文章部分との関連などに関する桎梏なコメントや分析が付されており、さらには手稿研究からみた作品論が後期長編のそれぞれについて展開されている。

アローエ論文の中心テーマであるカリグラフィーについて、バルシトの同書が提供してくれる基本情報および興味深い観察や考察を略記すると以下のようになる。

3. カリグラフィーの分布

現在残っている後期作品を中心としたドストエフスキーの草稿五五〇〇ページのうちには、カリグラフィーによる記述が一千点以上含まれ、それはゴシック建築や木の葉の紋様、人物の顔などを含めた非文字テクスト情報全体のうち六一パーセントを占める。カリグラフィーは『白痴』『悪霊』の草稿に圧倒的に多く、他の作品の草稿には少ない。これはゴシック建築の線描画の分布と共通している（文献2、一六―一七、三八五ページ）。

4. カリグラフィーの創作過程における意味

バルシトによれば、ドストエフスキーの創作過程におけるカリグラフィーは、決して単なる浄書の練習ではなく、ある目的に貢献している。それはまず書くことのプロセス自体を美的に体験すること、言葉の深奥にある秘められた意味を外に表すことと結びついている。それは言葉の意味的ポテンシャルを活性化し、一種の「思考の凝縮」（ポテブニャ）を可能にする（文献2、二五ページ）。ドストエフスキーがカリグラフィーを用いるのは、例えばある人物の最初の一声を考えているときであり、その課題を意識する彼は、芸術イデーの正確化を目指しつつその人物の名前を美しい文字でつづる。プーシキンの書体が一定しているのに比べて、ドストエフスキーのカリグラフィーのスタイルは多様であり、あたかも表現される思想に合わせて筆跡が変化しているかのようである（文献2、三八六―三八七ページ）。バルシトは、ドストエフスキーが複雑な芸術的課題を探求する迷宮のような創作ノートの空間において、カリグラフィーが正しい進路を選択するための分岐点を指し示しているとみなす。それは心理学者ヴィゴツキーのいわゆる「内言」、すなわち自己との対話の里程標なのだ（文献2、四〇七―四一二ページ）。

5．カリグラフィーのテーマとしての両義性

バルシトはドストエフスキーにとってのカリグラフィーの両義性についても、興味深い指摘をしている。カリグラフィーを美しい筆跡（ポーチェルク）の延長と考えれば、それは芸術家よりもむしろ官吏・書記という職業と関連する能力の一つであった。一八四〇年代にまずは十等官として世に出たドストエフスキー自身も、また彼の初期短編の主人公となった小官吏たちも、ともに美しい筆跡を共有していたが、ただしその使い道は他人の書いた公的文書の浄書であった。ムイシキン公爵において自由、創造性、美的感覚、他者理解能力のシンボルとして現れるカリグラフィーは、背後で没個性のシンボルである書記・浄書屋のイメージと結びついている。高度なカリグラフィーを披露したムイシキンにエパンチン将軍が月給三五ルーブリの書記のポストを提供しようとするところにも、そうした小説のテーマとしてのカリグラフィーの両義性が露呈している（文献2、三八七―三九五ページ）。

すなわちドストエフスキーが草稿中に残したカリグラフィーは、創作過程や創作心理の研究と作品のテーマ自体の研究の両者にまたがる、きわめて重要な素材なのだ。

6. アローエ論文の意味

アローエの説明にあるように、ドストエフスキーの草稿におけるグラフィックな部分は、それ自体三つの要素に分かれている。すなわち、二種類の描画（肖像画と図や紋様）およびカリグラフィー（飾り文字）である。この部分全体をアローエは「イデオグラフィー（図像による表意）」あるいは「イデオグラマティク・テキスト（表意文字風テクスト）」と呼んでいるが、それは特殊な非言語的もしくは言語以前の思考を表現しているからである。

論考の後半で述べられているように、上記の三要素の登場順はきちんと決まっている。ドストエフスキーは創作の入り口でまず紙の真ん中に単数か複数の肖像画を描く。次に（塔や葉などの）図や幾何学模様とカリグラフィーが登場するようになり、さらに次の段階で、思考の断片や文章が小さな筆記体で書き込まれていく。

アローエはこのプロセスの中でカリグラフィーに特に注目し、それを、言葉や概念から日常的な含意を払拭してそこに特殊芸術的な意味、実質、さらには独自の風貌を与えるための独特な方法と解釈している。アローエはさらにこの部分の作業を、作家自身のナマの印象群を扱う「内なる詩人」の分担領域と見なし、その作業が「内なる芸術家」に受け渡されて、読んで理解できる言葉や概念に変換されていくのだとする。

このような解釈は極めて興味深くまた説得力がある。とりわけアローエがドストエフスキーのカリグラフィーを解読する際に用いた一連の概念や比喩群は、前期のようなバルシトの定義をさらに展開したものとして印象深い。すなわちカリグラフィーの言葉は「ある空間モデルの中のミクロコスモス（小宇宙）」、「アーキタイプ（祖型）」、「生命を与えるロゴスの一部」といった形容によって、現実の表層を越えた原初的な意味を読み込まれ、それが「声として発せられぬ言葉が世界に根底的な変革をもたらす」「真実の非論理性」「アポファティク・テオロジー（陽否陰述による逆説的神学）」といった概念で補強されている。

一見飛躍にも見えるが、こうした発想はゾシマ長老を頂点とするドストエフスキーの世界にたどることのできる言語観である。途中で言及された三島由紀夫の『金閣寺』の世界との類推も、「言葉がすなわち物である」という考え方に関して、当を得たものと思える。端的に言って、アローエの論考はドストエフスキーの草稿の非言語的部分を研究する作業が生産的なものであることを実証するものだ。

もちろんこの種の研究が無条件、無前提で誰にでも可能であるというのは早計にすぎる。少なくとも前もってそれなりの言語・文法・方法論を準備する必要があるだろう。

例えばドストエフスキーの創作の入り口を形容するのに、「彼は直接的で触知可能な人間の顔から始めて、より抽象的な記号や概念の世界に移っていく」ということもできれば、「描画という連続的・全一的な言語から始めて、徐々に分析的な文字や言葉に移っていく」ということもできる。つまりこうした図像的な表現を通常の言語に翻訳する場合には、翻訳者の主観的な語彙や方法が介在しがちである。おそらくこのような非言語的なテクストの解読のための普遍的で共有可能な言語が開発されるには一定の時間が必要であり、それまでは、むしろこの種の研究は答えを与えるよりも疑問を増やすことにつながりかねないだろう。ただしそうした疑問や謎それ自体が生産的なものであることは大いに期待できる。

以上が筆者の一般的な印象であり、以下は問いの形で二つほどの問題提起をしたい。

7. 若干の問い

(1) カリグラフィーと口述筆記

論考の途中でアローエは、カリグラフィーには「語調表示的（イントネイショナル）」な含意もあるとしたうえで、「名前やキーワードや流麗な文句をカリグラフィーとしてノートに書きつける前、あるいはその最中に、ドストエフスキーがそれらを声に出してみたかどうか、ぜひ突き止めてみたいものだ」と述べている。

筆者もまったく同感であり、ドストエフスキーの創作過程における声の機能に興味を覚える。とはいえ、恐らくこれは（今となっては）答えのない問いだろうが。

これに関連して、ドストエフスキーの創作過程における口述筆記の機能、およびそれと図像的な部分との関連も筆者には興味深い。

多くの研究者が指摘しているように、ドストエフスキーの後期作品の創作過程全体は三段階に分かれている。第一段階は言語記号の形成、第二段階は複数の部分を一つの中心に向けてまとめる作業、第三段階は妻への口述と筆記後のテクストの添削修正である。われわれがいま論じているカリグラフィーや図像的部分は第一段階の一部であり、口述は最終段階であるから、普通の意味では両者は無関係である。しかし仮に創作プロセスが遡及的な要素を含んでいるとするならば（アローエが書いているように、ドストエフスキーは自分の創作ノートを好んで後から見直している）、文字テクストをカリグラフィーとして描くことと声に出して読むこととの間に何らかの心理的な関連性を想定したり、口述を一種の「声によるカリグラフィー」と考えてみたりすることも可能ではないか。

もちろんこれは空想にすぎないとして、どこかこんなところに文字と声に関するアローエの問いへのヒントを得ることはできないだろうか？　こんなことを述べるのは、筆者が従来から、あれほど書くことを好んだドストエフスキーが、どうして口述筆記という方法にこだわったのかに興味を覚えていたからだ。もちろん迅速にきれいな清書を手にするという時間のエコノミーの理由があったのは当然だが、それ以外にも、速記者である妻の前で自分の書いた文字を声に出して読むことを促す、何らかの動機があったのではないか。そしてその動機と、言葉をカリグラフィーにするときの、意味の凝縮や観念の正確化・彫琢、さらには創作の迷宮からの脱出口の模索といった動機との間には、何らかの心理的なつながりがあるのではないか？　それが第一の問いである。

（2）ムイシキンとカリグラフィー

アローエの指摘によれば、『白痴』のムイシキンはカリグラフィーの腕前と筆跡分析能力の両面に優れている点で、ドストエフスキーの創作世界の創造面と芸術（技術）面をつなぐ位置にいる。能書家の筆跡をまねることを通じて、彼はモデルとなる人物の全人格を表現してしまう。カリグラフィーはその意味で、他者の意識の内側から世界を見る技術とも言える。

こうした見方に全面的に賛成したい。ただしもちろん、ムイシキン公爵に付きまとうある種の曖昧さは、カリグラフィーに関しても排除されない。例えば本書冒頭の番場論文で詳述されているように、彼がエパンチン将軍とガヴリーラの前で披露した「慎ましき修道院長パフヌーチーこれを記す」というカリグラフィーの手本は、彼の証言する十四世紀の修道院長の署名ではなく、偽ドミートリーの名で知られる皇位僭称者に取り入って褒賞を受けた悪名高い十七世紀の府主教パフヌーチーのものである蓋然性が指摘されている（注1）。もしこの説が正しければ、ムイシキンの能書家としてのアイデンティティ自体が、怪しげな要素を含んでいる可能性がある。

また、第一部冒頭でこれほど印象的に披露されたムイシキンの書家としての蘊蓄と能力が、以降の物語で一切言及されないのも、同じく謎めいた印象を与える。

それはともかくとして、筆者が興味を覚えるのは、はたしてドストエフスキーはムイシキンがエパンチン家で披露したカリグラフィーを、自分で草稿中に書いてみたかということである。バルシトの書物から判断する限り、ムイシキン自身の署名のカリグラフィーは草稿中にあるが、修道院長パフヌーチーその他のモデルから取ったカリグラフィーは見当たらない。ただ小説の最終テクストで言及されるのみである。

無いものが無い理由を論じることは困難だが、ただ自らムイシキンと同じカリグラフィー愛好家だった作者ドストエフスキーが、主人公が作中で披露する印象的な一文を、どうして草稿中でためし書きしなかったのかと考えてみるのは面白い。これは単に、当該のモチーフが頭に浮かんだ時にはすでに主人公像を含めて物語のイメージが出来上がっており、カリグラフィックなテクストを草稿に書き込むような段階を過ぎていたという、時間的な問題なのか、それともそういうためし書きを躊躇う他の理由があったのだろうか？

以上はいずれも、とりあえず答えのない問題だが、おそらく創作過程研究というのは、このような回答のとっかかりのない疑問をいくつも発しながら、ミッシング・リンクを求めていく作業ではないかと思うので、あえて提起した次第である。

結び

現代のロシア文学研究者が進めているドストエフスキーの草稿研究がどのような方向に進み、どんな新しい風景を提示してくれるのか、きわめて興味深い。仮に『白痴』の創作ノート研究がセルゲイ・ボンディの『プーシキンの手稿』のような映像に結実したとしたら、その時われわれは、はたして何を認識するのか。それは例えば『白痴』の最終テクストに対するより深い理解なのか、それとも『白痴』の創作プロセスという、もう一つの物語なのか、あるいはドストエフスキーという個人の、思いがけないもう一つの顔なのか。

いずれにせよ、ペテルブルグとペトロザヴォーツクを中心として国際的な規模で進められているこの分野の研究から、当分目が離せそうもない。

注

（1）Г. Н. Крапивин. К чему приложил руку Игумен Пафнутий? Русская литература. 2014, No 4. この問題については番場俊氏による冒頭論文を参照。

文献

（1）Константин Баршт. Рисунки в рукописях Достоевского. Санкт-Петербург, 1996.
（2）Константин Баршт. Рисунки и каллиграфия Ф. М. Достоевского. От изображения к слову. Бергамо: Lemma-Press, 2016.

Author & title : MOCHIZUKI Tetsuo, "Letters and Drawings: Some Comments on Dostoevsky's Calligraphy"

第Ⅱ部　表象文化とドストエフスキー（1）

現代アジアの映画・テレビドラマにおける『罪と罰』の翻案

越野　剛

1．物語の場所と形式を移し変えることについて

ある種の芸術上の秘密というものが存在しているせいで、叙事的な形式が演劇の形式と一致することは絶対にないのです。異なった形式の芸術のためにはそれぞれ相応しい範疇の詩的な着想がなくてはならず、ある着想がそれにふさわしくない形式で表現されるということはありえないと私は信じています。

しかしあなたがひとつのエピソードだけを演劇用に取っておいて、できるかぎり小説を改変して作り直すのでしたら、あるいは当初の構想だけをもらってプロットを完全に変えてしまうのでしたら、話は違うのではないでしょうか（1）。

一八七一年の末にワルワーラ・オボレンスカヤという女性が『罪と罰』を劇場で上演したいと願い、ドストエフスキー宛に手紙を書いて、小説を戯曲のかたちに書きかえる許可を求めた。翌年の一月にドストエフスキーが書いた返事が上記の引用である。アレクサンダー・バリーはドストエフスキー作品の翻案を論じた研究書『マルチメディア化されたドストエフスキー』でこの手紙に着目している（2）。ドストエフスキーは一般的に芸術作品を他の形式（ジャンル）に翻案することの不可能さを主張する一方で、むしろ作品の内容を忠実に移し替えるのではなく、新しい形式に合わせて構成

要素を大胆に省略したり、プロットを改変することを勧めている。ドストエフスキーがここで主張していることは、翻訳・翻案を論じる際の重要な論点と重なっている。言い換えるならば、第一に、テクストを他の形式に改変する際に、原作の意味と構造を完全に伝えるのが不可能であること、しかし、第二に、それによって原作にはなかった（あるいは潜在的にのみ存在していた）ような新しい意味や可能性を生み出すことができるという二点が重要である。ハッチオンのアダプテーション論における、反復と差異という二つの方向性にも重なる論点である(3)。ドストエフスキーの作家としての才能は、主として小説というジャンルで発揮されたが、翻案というジャンルを越えた問題にも意識が開かれていたことになる。

ドストエフスキーの作品、とりわけ『罪と罰』は、ロシア、ヨーロッパ、アメリカを中心にこれまで数多く映画化されてきた。二〇一七年のフランスの研究書によれば、これまで『罪と罰』を原作とする映画は三十五本である(4)。もちろんリストに漏れはありえるわけだし、どこまでを翻案とみなすのかという基準にも幅がありえる。例えばこのリストはロベール・ブレッソン監督の有名な作品『スリ』（一九五九年）を『罪と罰』の翻案とはみなしていない。しかし同じ研究書の数え方では、映画化された『白痴』が二十本、『白夜』が十九本、『おとなしい女』が十三本、『カラマーゾフの兄弟』は十四本となっており、『罪と罰』の翻案の多さがあきらかに群を抜いている。

ヨーロッパ圏以外ではインドでかなり早くからドストエフスキーの映画が撮られているが、近年ではさらに多様な地域でドストエフスキーを原作にした映像作品が目立つようになっている。とりわけ二〇一二年から二〇一三年にかけて、カザフスタン、フィリピン、日本で『罪と罰』の舞台をそれぞれの地域の現代社会に置き換えた興味深い作品が登場した(5)。カザフスタンのダルジャン・オミルバエフ監督の『ある学生』（二〇一二年）、フィリピンのラヴ・ディアス監督の『ノルテ、歴史の終わり』（二〇一三年）、それに日本のテレビドラマ、麻生学監督の『罪と罰　A Falsified Romance』（二〇一二年）の三作である。

ここで取り上げる三つの映像化作品には、直接的な相互の影響関係はないはずだが、『罪と罰』の翻案がアジアにおいて同時に現れた背景には何かしらの共通項を見出すことができるのだろうか。例えば、映画にかぎらず、ロシアの現代文学においても、ドストエフスキーの作品はしばしばリメイクやパロディの対象となっている。原作のモチーフや設定、ディテールといったものに少し手を加えるだけで、驚くほどそのまま現代社会に置き換えることが可能になってしまう。望月哲男によれば、「国家の再編という大きな出来事を経験した表現者たちは、一九世紀後半に同じく変動期を生きた同胞作家のうちに、改めて参照すべきさまざまな要素を見出しているようだ」。ソ連の解体と社会不安に満ちた一九九〇年代ロシアの変動期は、ドストエフスキーの作品が描き出す農奴解放以後の不安定な社会を「翻訳」するのに打ってつけの舞台空間となったのである。

ロシア以外の現代世界の諸地域で見られるドストエフスキー原作の映画化についても考えてみよう。日本では二〇〇六年、亀山郁夫による『カラマーゾフの兄弟』の新訳がベストセラーになり大きな影響を与えた。先に挙げた『罪と罰』だけでなく、同じ時期に『カラマーゾフの兄弟』が日本を舞台にしてテレビドラマ化された（二〇一三年）のも、新訳と結びついたドストエフスキーブームの余波として説明することができる。同じ亀山によって、作品の舞台をオウム真理教テロ事件や阪神大震災の起きた一九九〇年代の日本に移し替えた小説『新カラマーゾフの兄弟』（二〇一五年）も書かれている。

このような作品の流通についてはドストエフスキーの現代性や予言性といったキーワードで語られる傾向がある。ここではひとつの仮説として、社会の亀裂や格差、暴力、犯罪、家族の崩壊など「ドストエフスキー的」といわれるようなテーマが、実際にそうした現象が拡大しているかどうかということだけでなく、むしろ以前よりも我々の目に見えやすくなっている、視覚化されやすくなっている点が現代においては重要だと考えたい。近年の移民問題がまさにそうであるように、国境を越えた人の移動とメディアを介したイメージの伝播の両方が加速度的に進むことでそのような状況が創り出された。ドストエフスキー作品が言語文化の境界を越えて盛んに映像化されるプロセスの背景にそのような条件を想定してみよう。少し早いが本章の結論的なものを先取りするならば、そのようにまとめることができる。

ここで取り上げる『罪と罰』の映像化においては、翻訳／翻案が行われる複数の異なる位相を指摘することができる。第一には、言語文化的な境界を越えてなされる書き換えであり、そこではとりわけヨーロッパからアジアという翻訳の方向性が問題になる。もちろんロシアをヨーロッパの一部として（あるいはドストエフスキーを西洋的な作家として）位置づけられるかどうかは個別に検討すべき問題であり、もともとドストエフスキー作品に内在していた非ヨーロッパ的な要素が、西洋ではなくアジアで翻案されることで前景化されたと考えることもできるだろう。第二には、十九世紀から二十一世紀へと物語の舞台が時間的に移動している点である。第三には、文字メディアから視覚メディアへという形式上の変化にも留意したい。

冒頭で引用したドストエフスキーの手紙が示しているように、原作を構成していた要素のうちの翻案しやすいものは新しい文脈に置き換えられ、翻案するのが難しい要素は縮小されたり省略されたりし、さらには原作では表面には出なかったような潜在的な要素が新しい文脈や新しい形式の中で創り出されるといった現象が起きる。以降の本論では、第一に翻案しやすいと思われる要素として動物のイメージ、第二に文化を越えた移し替えが困難であろう宗教のモチーフ、第三に現代の文脈に置き換えたときに新しく創出される要素として多言語と越境のテーマを取り上げる。

2．現代アジアの『罪と罰』

フィリピンのラヴ・ディアス監督はフィリピン現代史をモチーフにした長大な映画の数々で知られており、四時間程度で完結する『ノルテ、歴史の終わり』はむしろ短いほうだといえる。ラスコーリニコフにあたる主人公ファビアンは原作と同じように法律を学ぶ学生として登場する。彼が強欲な金貸しの女性を殺害するところまでは『罪と罰』のストーリーを忠実に再現しているが、犯罪の後にけっきょく最後まで回心することがなく、逆に凡人の規範を完全に乗り越えることに成功するという点で、原作から物語が大きく改変されている。ディアス監督はマルコスのようなフィリピンの独裁者の性格がどのようにして形成されるのかを描こうとしたと述べている。罪を認めて自首するというプロットが欠落しているため、ソーニャにあたる人物も登場しない。その代わり、ファビアンに代わって冤罪で逮捕される貧しい労働者のホアキンが、家族と引き離されて刑務所で生活を送るうちに、ファビアンとは対比的に善良なヒーローに成長していく様子が描かれる。原作のソーニャの父マルメラードフと冤罪で逮捕されるミコルカを足したような人物像だが、後半の展開はむしろ『白痴』のムイシキン公爵をモデルにしているとも考えられる。

カザフスタンのオミルバエフは、フィリピンのラヴ・ディアスと同じように映画監督として国際的に高く評価されている。ただし三百分近くある『ノルテ』と比べて『ある学生』は九十分程度の短い尺しかない。物語はかなり原作に忠実に作られているが、省略された要素も多く、例えばスヴィドリガイロフやポルフィリイにあたる人物は登場しない。オミルバエフ自身は映画ならではの手法を用いて、物語を言葉ではなく映像で表現したとインタビューで述べている。そのため原作とちがって主人公はほとんどしゃべらず、内面の声も聞こえない。ソーニャにいたっては聾唖者として設定されている。したがって主人公の犯罪の哲学や心理描写よりも、カザフスタンの現代社会の様相（新興成金階級の暴力）、大学での文明哲学的な講義、テレビ画面に映し出されるニュースやドキュメンタリー映像など、主にその眼を通して視覚的に目撃される断片的な場面が、学生を殺人に向かわせる背景として焦点を当てられているように見える。

日本のテレビドラマ版『罪と罰』は全六回で合計三百分以上の十分な長さがあるため、基本的には原作のプロットをふまえて作られているが、いくつかの思い切った改変・解釈がなされている。とりわけ主人公の大学生ミロクが殺害するのが金貸しの老婆ではなく、女子校生の売春グループを組織する邪悪な少女として設定されているのが目を引く。ソーニャ役にあたるエチカの自己犠牲ぶりが、ある種の心理的な暴力として描かれる点もかなり独特な解釈だといえる。このドラマは二〇〇七年から二〇一一年にかけて連載された落合尚之によるマンガを直接の原作としているが(6)、ここでは比較のために主としてテレビドラマ版を取り上げる。

3. 虐げられる動物のイメージ

原作『罪と罰』では殺人を犯す主人公がしばしば悪夢にも似た夢を見るが、それらは視覚的なイメージに富んでおり、映像メディアに移し変えやすい場面だといえる。その中でもラスコーリニコフが幼少期に実際に目撃したという、虐げられて殺される馬の夢は非常に印象的な場面であるため、これまでも多くの映画やマンガで映像化されてきた。馬、犬、熊といった動物は多くの言語文化において象徴的な意味を担い、極端な場合には正反対のイメージを持つ場合すらありえる。しかし次に取り上げる宗教のモチーフと比べるなら、動物のイメージは言語の境界を越えて翻訳しやすい題材だといえる。

カザフスタンの『ある学生』は、馬の夢の場面を比較的忠実に現代社会に移し変えている。富裕階層の乗る高級車が川にはまり、それをロバが引っ張ろうとするがうまくいかず、いらついたボディーガードによって殴り殺されてしまうという場面を主人公の学生が目撃している。映画の冒頭にも同じ富裕層の女優に誤ってお茶をこぼした若者が、彼女のボディーガード達に理不尽な暴力を受ける場面がある。またスクリー

図1 『ある学生』の虐げられるロバ

ンのすみにたびたび現れるテレビの画面が、恐らくアニマルプラネットとおぼしきドキュメンタリー番組の中でライオンが草食動物を襲う場面を映し出している。これらの映像が同じモチーフを繰り返すことにより、現代社会の矛盾や暴力の問題が必ずしも言葉に頼ることなく、映画的・視覚的に表現されている。

日本のテレビドラマ版『罪と罰』の終盤で、袋に入った人間が集団で暴力をふるわれる夢を主人公がみる場面がある。袋の中に閉じ込められているのはリサという売春グループの少女で、主人公がまきぞいで殺してしまう原作のリザヴェータにあたる。ここで彼女は迫害者たちから名前ではなく「馬」と呼ばれているのがやや不自然に聞こえるかもしれない。ただしカザフスタンやフィリピンとは異なり、現代日本の都市部で馬のような家畜がそのまま登場するほうがもっと不自然ではあろう。それより以前の夢ではない現実の場面でも、リサは売春グループの仲間や主人公のミロクから繰り返し「犬」や「草食獣」と呼ばれている。カザフスタンの『ある学生』のような映像による反復という工夫はないが、やはり動物というキーワードが強者によって虐げられる弱者に重ねられていることがわかる。

図2　『ノルテ』の残された子供と動物たち

フィリピンの『ノルテ、歴史の終わり』には馬の夢を見るという場面はないが、動物のモチーフは映画全体の構成の中で重要な役割を担っている。主人公ファビアンのプライベートな個室の描写はいろいろな点で非常に興味深いが、そこには常に犬の写真が貼ってある。物語の終盤でそれは彼が幼少期から可愛がっていた愛犬だと判明するが、ファビアンは自分の手でその犬を殺害することで最終的な「踏み越え」に成功する。一方、冤罪で逮捕されるホアキンとその家族のまわりには常に生きた動物がつきそっている。映画の最後の場面は、ホアキンの妻エルザが事故死して、とり残された子供たちをディアス監督の特徴的なスローモーションで映し出している。子供たちのまわりに多くの動物がよりそうように集まる映像は、ファビアンと愛犬の関係と対照させていることがあきらかだ。『ノルテ』における動物は単なる弱者というだけでなく、それを殺すことで失われてしまう価値や人間性といったものを象徴しているようだ。『ノルテ』における動物の描写は、原作には直接的には見られなかったような新しい意味を提示しているのだ。

一方で『罪と罰』の馬の夢の場面には、映像化することで失われてしまう要素があることも指摘できる。原作の夢の場面は、階級社会の中で虐げられた存在であるロシアの貧しい民衆たちが、さらに弱者であるおいぼれた馬を虐げるという逆説的な構図を描いていることに注意したい。ドストエフスキーは迫害される馬の姿をくりかえし描いている。『カラマーゾフの兄弟』でイワンがリストアップする人間の残酷なふるまいの中でも、ネクラーソフの詩を引用しながら、鞭打たれる馬の話が挙げられている。戯画的あるいは構図的にわかりやすいのは、『作家の日記』に紹介されているドストエフスキーが十五歳のときに目撃したというエピソードだ。馬車を雇った急ぎの使者がまず御者の頭をいやというほど殴りつけると、今度は御者が馬を力まかせに鞭打って無理やりスピードを出させたという(7)。弱者による弱者に対する暴力という逆説的な視点が、世界の不条理を効果的に暴き出す。現代の映像作品で描かれる動物の受難は、むしろ強者から弱者への一方的な暴力の行使というやや単純化した解釈になっているともいえるだろう。

図3 『ある学生』の葬儀と詩人アバイの肖像画

4．宗教モチーフが物語で担うもの

『罪と罰』の原作における罪の贖いや復活というキリスト教のモチーフは、文化を越えた翻訳・翻案が最も難しい要素のひとつだといえる。日本とカザフスタンの例では宗教のテーマは最小限にまで省略されてしまう。どちらの作品も単に形式的な儀礼としてマルメラードフにあたる人物の葬儀を描いている。マルメラードフの葬儀は原作小説では冒涜的でスキャンダラスな事件が連続する重層的なカーニバルの場面になっているが、そうしたカーニバルの要素は今回取り上げたいずれの作品にも見出すことは難しい。宗教的なモチーフはいわば痕跡のようなかたちで映像の中に取り残されている。

カザフスタンの『ある学生』では、キリスト教がイスラム教に置き換わっているが、それによって作品の解釈に大きな差異をもたらしているわけではない。むしろ亡くなったのが売れないカザフ語の詩人という設定であり、葬送の儀礼が行われる部屋に国民詩人のアバイの肖像画が見えるところに(8)、カザフ人の文化的ナショナリズムを読み取ることができる。オミルバエフ監督にとって、ソ連解体後の社会を再統合する重要な役割を担うべきなのは、イスラム教というよりも、カザフ語文学のようだ。

日本のテレビドラマ版では、マルメラードフにあたる飴屋菊夫を弔うため、子どもたちがエチカと一緒に聖書の一節を朗読している。しかしそれは貧しい環境の中で何とかして荘厳な雰囲気を演出するための一種の真似事であり、クリスチャンとしての信仰があるわけではない。そもそも主人公ミロクが殺人の思想を抱く背景にも宗教や哲学の裏付けは希薄である。『罪と罰』の背景にあるキリスト教は近現代の日本においては限定された数の信者しか獲得しなかったのに対して、むしろ翻訳されたドストエフスキーの文学作品の方が宗教よりもはるかに大きな影響を及ぼしたといえる。そうした意味で、選ばれた強者は目的を達成するために障害を排除できるという原作のラスコーリニコフの思想を述べた論文が、『罪と罰 A Falsified Romance』では作家志

図4　『罪と罰 A Falsified Romance』の葬儀

望の主人公の書いた「小説」に改変されているのは示唆的である。

『ノルテ』の場合はカトリック信仰が優勢な地域を舞台にしていることもあり、他の二作品とは違って、キリスト教のテーマが作品のプロットと深く結びついている。ただしそれは主人公の犯した罪に向き合い、悔い改めに導くようなポジティブな力は持っていない。殺人はクリスマスの夜に行われ、冤罪で逮捕されたホアキンが刑務所で過ごす年月は、クリスマスを基準点にして数えられる。妻のエルザは五年目のクリスマスになってようやく刑務所にいる夫を訪問することができるが、その直後に不慮の交通事故で死んでしまう。一方で罪の意識に苦しむ主人公ファビアンは、一時的にクリスチャンのコミュニティに入るものの、そこで語られる信仰の言葉は何の救いも効力ももたらさない。物語の終盤では敬虔なクリスチャンであるファビアンの姉が登場するが、同時に彼女は貧しい小作人を搾取する地主でもある。ファビアンは愛犬を殺害することと並んで、姉を強姦することでモラルの規範を乗り越えようとする。

ファビアンとは対照的に刑務所に入れられたホアキンは次第にキリスト教的な隣人愛を発揮するが、最後に彼が到達した境地は空中を浮遊する聖人のイメージで表現されている。キリスト教というよりは、むしろ土着的な異教の要素を感じさせる映像だ。ディアス監督はこの空中浮遊のシーンについて次のように説明している。「スペインに植民地化される前のマレー文化を消し去ることによって、征服者たちの文化であるカトリックが定着したのです。ですから、僕にはスペインに植民地化される前のマレー文化を、映画の力によって召還したいという面もあるのです」(9)。主人公ファビアンのモラルを超越しようとする身振りが、反逆する対象としてのキリスト教にむしろ逆説的に依拠しているともいえる一方で、それに対比させられるホアキンの肯定的な人物像もまた単純にキリスト教の倫理に基づいているわけではない。フィリピンのカトリック信仰が植民地支配の時期に外部から移植されたものであるという背景が、『罪と罰』のキリスト教のテーマを翻案する障害となり、原作に対して一種の批判的な距離を創り出しているのだ。

5. 多言語性とここではない場所への越境

現代の世界はあらゆる場所が複数の言語文化が交錯するコンタクトゾーンとなっており、それは『罪と罰』の翻案にも現代社会の特徴として反映されている。原作小説にはなかった新しい要素のように見えるかもしれないが、実際には『罪と罰』のペテルブルグもまた、地方出身者、少数民族、外国からの移民が混在する多言語・多文化の空間として描かれている。フランスなど西欧起源の思想やイデオロギーの流入が作品の重要なテーマとなっていることも忘れてはならない。宗教モチーフの翻案に関する前節でも触れたが、マルメラードフの追善供養の場面を見てみよう。

主婦はざりがにのように赤くなって金切り声をたて、そういうカチェリーナのほうにこそ、『ファーテルなんて、全然いなかった』にちがいない。ところがわたしには『ファーテル・アウス・ベルリンいて、こんな裾の長いフロック着て、いつもプーフ、プーフ、プーフしてた』と言いだした。カチェリーナは、自分の経歴はみなが承知している、この賞状にもちゃんと活字で、私の父は大佐だったと書いてある。ところがアマーリヤの父親は（もし父親らしいものがいたとしても）、たぶんペテルブルグ住まいのフィンランド人で、牛乳売りでもしていたのにちがいない、いやいちばんたしかなのは、やはり父親なんぞ全然いなかったことだ、その証拠には、アマーリヤの父称がイワーノヴナなのか、リュドヴィゴヴナなのか、いまもってはっきりしないじゃないか、と馬鹿にしきったように言ってのけた。（第五部二章）

マルメラードフ一家が間借りしている部屋の家主アマリア夫人はドイツ系で、ドイツ語交じりの奇妙なロシア語を話す。他にもポーランド系の住人はポーランド語、おちぶれたけれど教養ある家庭の出身であることを強調したいカチェリーナはフランス語を交えて会話する。原作小説での多言語性は例えばこの場面ではカーニバル的な混沌と転覆を強化する機能を果たしているが、作品全体としてはあくまでロシア語が優位であり、多言語性はどちらかといえば潜在的な要素に留まっている。しかし作品の舞台が現代社会に置き換えられるなら、多言語性は積極的に新しい意味を生み出す要因になるはずだ。

『ある学生』はカザフスタンの社会言語事情を反映して、ロシア語＋カザフ語のバイリンガルな映画になっている。主人公の学生をはじめ、若者、都市の知的エリート、新興富裕層はロシア語を話し、主人公の母親のような地方在住者、高齢者、労働階層はカザフ語を話す。マルメラードフにあたる人物はカザフ語の売れない詩人だが、物語の最後に彼の本が出版される場面が置かれていることにより、死と再生という『罪と罰』原作のテーマが、悔い改める罪人という個のレベルとカザフスタンの民族文化の復興という二つのレベルで並行して描かれていることが分かる。

ただしこの作品は必ずしもロシア語やロシア文化に敵対的な立場を示しているわけではない。オミルバエフ監督はプーチン政権の支持者であることを明言しており、むしろ欧米の政治に対して批判的な態度をとる。『ある学生』では、テレビの画面に野生動物の姿だけでなく、湾岸戦争のニュース映像が映し出される場面がある。小説でラスコーリニコフに影響を与えるナポレオンの思想が、映画では九十年代に顕著になったアメリカによる世界の一極支配のイデオロギーに置き換えられているようだ。あるインタビューでオミルバエフは次のように述べている。「『罪と罰』が書かれたときのナンバーワンの国家はフランスで、最も強力な人間はナポレオンでした。つまりその人自身はもういませんでしたが、その精神は息づいていたのです。フランスは超大国でした。だからラスコーリニコフはいつもナポレオンと論争して、自分と比較しています。現代では、それはもちろんアメリカとその大統領です。このような置き換えは正確なものだと思います」(10)

日本のテレビドラマ版『罪と罰』の世界は、基本的に日本という枠組みの中で閉じられているが、スヴィドリガイロフにあたる首藤という人物はその空間から逸脱する。法やモラルを超越する彼の価値観は、具体的な場所は明示されていないものの、東南アジアのある国で過ごした生活で身につけたとされている。原作のスヴィドリガイロフは過去に一人の少女を凌辱して自殺に追いやったらしいことがほのめかされているが、テレビドラマの翻案ではその事件が東南アジアで起きたことになっている。首藤の周辺には中国人マフィアや東南アジア出身の売春婦がつきそっており、殺人を犯した主人公はそのような境界を越えた世界に誘われる。

興味深いのは、搾取される弱者である東南アジアの女性や子供たちが片言の日本語を除けばほとんど声を与えられていない一方で、中国人のマフィアと首藤は日本語と中国語で対等に対話していることだ。直接彼女たちを搾取する主体は中国人のマフィアという設定になっており、首藤の役割ははっきりと示されていない。結局、日本版『罪と罰』の世界において、虐げられる弱者をイメージさせる東南アジアと物語の舞台である日本との関係は見えにくいものとなっており、その点で次に述べる『ノルテ』の世界と交わるようですれ違うような印象を与える。

『ノルテ』で描かれるフィリピン北部はタガログ語と英語のバイリンガルの世界であり、カザフスタンの場合と似ている。主人公のファビアンや都市部の知的エリートの言葉がかなりの程度英語化されている一方で、ホアキンとエルザのような労働者階層の人々の話す現地語からは英語の単語はほとんど聞こえない。こうした言語文化的な社会の分裂が示唆されるものとして、逮捕された夫のためエルザが弁護士に相談する場面がある。法律の専門家の話す言葉がほとんど英語であるためエルザには意味が伝わらず、本来ならば得られたはずの制度的なサポートも遠のいてしまう。

フィリピンは労働移民の盛んな国として知られているが、そうした国境を越えた人の移動も登場人物たちのふるまいの背景に見え隠れする。ホアキンの妻エルザは、野菜売りの行商をしてなんとか子供たちを養っているが、もし自分が国外での出稼ぎ労働を選んでいればこんな貧しい生活をしなくてもすんだだろうと語る。しかし彼女は家族とのきずなを大事にするため、あえて国内に残ることを選んだのだという。それと明らかに対照的に描かれているのが、姉と愛犬以外の家族が画面に登場することはない主人公のファビアンだ。彼の両親はヨーロッパとアメリカにそれぞれ移住してしまい、故郷の豪邸には姉が一人で暮らしており、裕福な環境に恵まれながらも家族の人間関係はかぎりなく希薄に感じられる。

日本の『罪と罰 A Falsified Romance』では首藤（スヴィドリガイロフ）を通じて作品世界が東南アジアに向かって開かれていたのと対照をなすかのように、『ノルテ』のファビアンは日本に対して奇妙な憧れを抱いているらしい描写がある。愛犬の写真がはられた彼の個室は、照明具などのインテリアが日本風になっている。ファビアンはそれらを選んだ理由として「シンプルで正確」なところだと語っている。作品中にそれ以上の日本への言及はないが、ファビアンの殺人の思想を育んだ背景の一部に日本のイメージが映りこんでいることは興味深い。『ノルテ』では直接的に言及されていないが、第二次世界大戦中に日本が欧米に変わってフィリピンや東南アジアを植民地化したという歴史のトラウマを想起することもできるだろう(11)。テレビドラマ版『罪と罰』の日本からみた東南アジア、『ノルテ』のフィリピンからみた日本はそれぞれ、道徳規範を超越する強者と結びついた空間として相互に参照関係を成す。ラスコーリニコフがとり憑かれるナポレオン幻想やスヴィドリガイロフが死後の世界と同一視する「アメリカ」のイメージが、二つの映像作品では思いがけないトポスに翻案されたことになる。

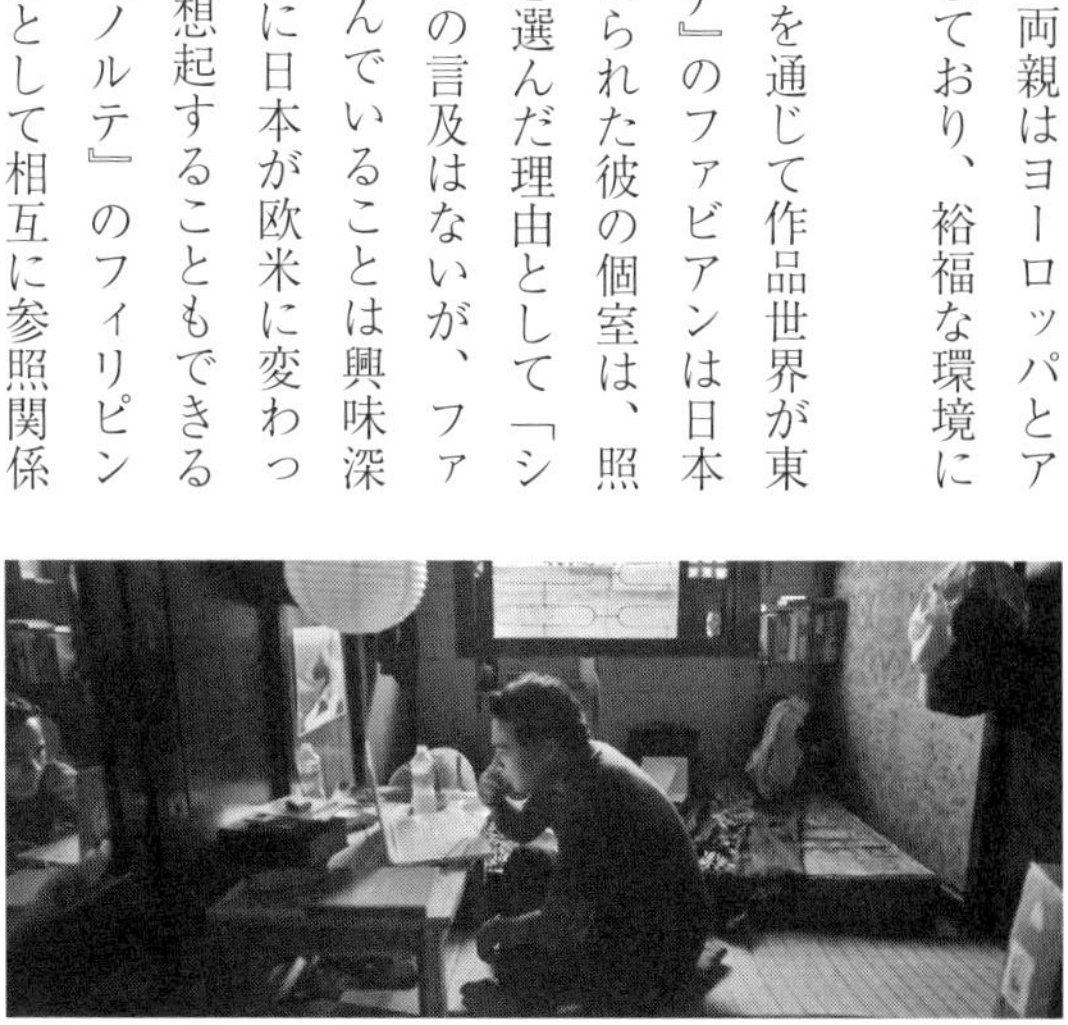

図5　『ノルテ』の愛犬の写真と日本風インテリア

6．まとめ―翻案によって見えるのは何か

十九世紀のロシアの小説から現代のアジアの映像作品への翻案を論じるにあたって、異なるジャンルと時空間に移し

変えやすい要素、移し変えることが難しいもの、オリジナルでは潜在的にのみ存在していた要素の顕在化という三つのアプローチによる比較を試みた。冒頭で引用した手紙でドストエフスキーが『罪と罰』を演劇化することを望むオボレンスカヤに勧めているように、大胆な省略とプロットの改変という点でもっとも成功しているのはディアス監督の『ノルテ、歴史の終わり』だろう。主人公のファビアンが犯した罪の悔い改めを拒否して、モラルの超越を達成するという筋書きは、物語後半の展開を原作から遠く離れた意外な方向に導いていく。しかし小説『罪と罰』のエピローグにおいて、シベリアに流刑の身となったラスコーリニコフがあくまで罪を認めることを拒否していたことを考慮すれば、『ノルテ』の解釈は主人公の心理のドラマに別角度から光をあてたものと考えることもできるだろう。それに比べるならば、『ある学生』や『罪と罰 A Falsified Romance』の主人公が改悛にいたるプロセスは原作を単純化しているようにも見える。

三つの映画とテレビドラマ作品は、ドストエフスキーの『罪と罰』がヨーロッパからアジアという文化圏を越えて翻案される事例であった。しかしロシア自体がヨーロッパとアジアの間の境界的な文化空間であったことも考慮する必要がある。現代アジア社会を舞台に展開された物語は、植民地支配の記憶や西洋近代への批判的なまなざしをむき出しに示すことができたが、それらは『罪と罰』の原作にすでに含まれていた要素だったともいえる。選ばれた強者にはすべてが許されるというラスコーリニコフの思想がそもそも、西欧近代思想のロシア文化における歪んだ翻案ともいえるからである。

注

（1）一九七二年一月二十日付の手紙。Достоевский Ф. М. Полное собрание сочинений в 30 томах. 1972-1990. Т. 29-1. С. 223, 484. オボレンスカヤが小説の翻案に成功したかどうかは不明。一八九九年にペテルブルクで上演されたのが、知られているかぎりで最も早い『罪と罰』

の舞台化であるらしい。

（2）Alexander Burry, *Multi-Mediated Dostoevsky: Transporting Novels into Opera, Film, and Drama* (Northwestern UP, 2011), p. 3.

（3）リンダ・ハッチオン『アダプテーションの理論』晃洋書房、二〇一二年

（4）Michel Estève, André Labarrère, eds., *Cinemaction N 164: Dostoievski a l'Ecran* (Charles Corlet, 2017). この文献およびブレッソン監督『スリ』についてはフランス文学研究者の林良児氏に示唆を受けた。

（5）物語の現代化という点では、フィンランドのアキ・カウリスマキ監督の『罪と罰　白夜のラスコーリニコフ』（一九八三年）がよく知られているが、ここでは取り上げない。

（6）落合尚之『罪と罰 A Falsified Romance』双葉社、一―一〇巻、二〇〇七―二〇一一年。

（7）『作家の日記』一八七六年一月号三章一節「ロシア動物愛護会」。Достоевский Ф. М. Полное собрание сочинений... Т. 22. С.28, 331. ドストエフスキーが『罪と罰』執筆の際にこのエピソードを思い出していたことが、創作ノートの記述から推測できる。

（8）アバイ・クナンバイウル（クナンバエフ）（一八四五―一九〇四年）。近代カザフスタンを代表する詩人・作曲家・知識人。

（9）「ラヴ・ディアス監督インタビュー text 金子遊」【ドキュメンタリストの眼⑧】（二〇一四年）http://webneo.org/archives/14539［二〇二〇年七月一日確認］

（10）Дарежан Омирбаев: «Лучше читать Абая, чем собираться возле его памятника» (2012) https://seance.ru/blog/kann-omirbaev/［二〇二〇年七月一日確認］。インタビューは二〇一二年五月に行われたが、ちょうど同じ時期にモスクワにある詩人アバイの銅像付近で反プーチンのデモが行われた。この事件についてオミルバエフは批判的なコメントをしている。

（11）スペイン、アメリカ、日本という複数の帝国による植民地支配の記憶とフィリピン映画の関係については以下の学位論文がくわしい。Nadin Mai, *The Aesthetics of Absence and Duration in the Post-trauma Cinema of Lav Diaz* (PhD dis., 2015). この文献およびディアス監督については映画研究者の坂川直也氏に示唆を受けた。

Author & title : KOSHINO Tsuyoshi, "The Adaptation of *Crime and Punishment* in Contemporary Asian Cinema and TV Drama"

「罪なき罰」と償えない人びと
――ウディ・アレンとドストエフスキー

梅垣昌子

1．ポリフォニックな映像世界に蘇るドストエフスキー

ウディ・アレン（Woody Allen）の監督・脚本による二〇〇五年の映画『マッチポイント』（*Match Point*）は、そのタイトルの醸し出す軽快な印象とは裏腹に、ドストエフスキーを強く想起させる重厚なテーマを内包している。そのことを予期させるべく、映画の冒頭近くでは、ドストエフスキーの肖像がスクリーンの右上にくっきりと映し出される。ワシーリー・ペローフによる、一八七二年の油彩画である(1)。ただしそれは、額に収まってトレチャコフ美術館の壁にかかっている、あの肖像画そのものではない。ペーパーバックの洋書の表紙に印刷された、フョードル・ドストエフスキーの肖像画の写真である。開かれた本の表紙と裏表紙が大写しにされ、その向こうには、読書中の青年の無表情な顔の左半分がはみ出している。カメラが焦点を合わせているのは、ケンブリッジ版の『ドストエフスキー文学案内』である。その背後にぼんやりと見えているのが、ソファーに寝そべって本に目を走らせている、主人公のクリス・ウィルトンだ。彼はこのガイドに首っ引きで、『罪と罰』を読みふけっている。この場面の構図を捉えると、あたかも画面右上に現れたドストエフスキーが、左下に映っている青年の顔を見下ろして、憂を含んだ物思いに沈んでいるかのようである。

『マッチポイント』の主人公クリス・ウィルトンは、一見するとナイーブな表情の奥に、野心家の闘志を隠し持っている。アイルランドの片田舎から都会に出てきたクリスは、プロのテニスプレーヤーとして活躍していた。しかしその方面での将来性に見切りをつけて、早々に次のステップへと切り替えをはかる。彼の転身は素早かった。まずはテニスのコーチとしてロンドンの上流階級の人々に接触する。クラシック音楽への興味をアピールして、裕福な実業家の子息トム・ヒューイットに取り入る。トムと意気投合したクリスは、上流家庭に入り込む手段のひとつとして文学の素養も必須であることを学んだとみえ、ドストエフスキーの『罪と罰』を手に取ったわけである。

イギリスの華やかな上流社会を描いたこの作品は、スタイリッシュでおだやかな前半部分から一転して、後半には急展開が訪れる。その展開が、ドストエフスキーの『罪と罰』の設定を強く想起させる。最初のほうで観客が目にするのは、芸術に造詣の深いヒューイット氏のホームパーティに招かれ、ドストエフスキーの文学について熱く語る主人公クリス・ウィルトンである。しかしその彼が、映画の終盤になると、ひねりのきいた現代のラスコーリニコフと化すのである。ボックス席でのオペラ鑑賞や、郊外の別荘でのハンティングなどを通してヒューイット家に入り込み、家族の団欒に同席するようになったクリスは、トムの妹のクロエに見初められる。その機を逃さず結婚にまでこぎつけるのだが、成功への階段を駆け昇るクリスの行く先には、落とし穴が待っていた。クロエとの恵まれた新婚生活の裏側で、ひそやかな情事に溺れるという事態に陥り、しかもその破局にあたって、クリスは殺人犯に転落する。しかしクリス版のラスコーリニコフは、大それた犯罪の衝撃に身を震わせはするものの、彼には深い懺悔も改心の瞬間も訪れない。警察での任意聴取を難なくかわし、妻との幸福な日常という元の鞘に収まるのである。

『マッチポイント』においてウディ・アレンが提示するのは、「罰なき罪」とその行方である。しかもその過程で、善意の第三者が不本意にも「罪なき罰」を受けることになる。やるせない不条理が底流をなすこの作品は、舞台がニューヨークではないことに加え、アレン特有のユーモアが極限まで抑えられていることから、その特異性によって話題を呼んだ(2)。しかしこのテーマの萌芽は、アレン自身が出演している一九八九年の『ウディ・アレンの重罪と軽罪』（*Crimes and Misdemeanors*）において、すでに見ることができる。この作品は、ニューヨークの表舞台と裏社会に生きる三世代の人々の群像劇という様相を見せているが、アイロニーの効いた入れ子構造やエピソードの並置、回想シーンや資料映像の唐突な挿入などによってポリフォニックな世界が展開し、『マッチポイント』に結実する哲学的対話が効果的に提示されている。本稿では、『マッチポイント』と『ウディ・アレンの重罪と軽罪』を取り上げ、ユダヤ系の家庭に生まれたウディ・アレンが、ドストエフスキーのテーマをどのように裏返し、またどのような形式を用いて、二十世紀および二十一世紀にその世界観を蘇らせたのかを考察する。二つの世界大戦を経て繁栄の道を進むアメリカにおいて、独特のシニシズムを通奏低音に響かせながら、アレンはこれまでに約五〇の作品を手がけているが、罪と罰、および償いと運命のテーマを中心に展開する上記二作品は、ヨーロッパ的志向を含んだ意欲作となっている。

2. ウディ・アレンの『重罪と軽罪』

ウディ・アレンは、一九三五年、アラン・スチュアート・コニグズバーグとしてニューヨークのブロンクスに生まれた。移民二世の正統的なユダヤ教徒の家庭に生まれ、八年間ヘブライ語学校に通う。十六歳になると、広告業のいとこに勧められ、ニューヨークの大手新聞社で活躍するコラムニストたちに原稿を送りはじめた。それが次々に注目されて紙面に出るようになったころから、アランはウディ・アレンというペンネームを使うようになる。コメディ作家としての成功を自覚しつつも、母親の希望に応えてニューヨーク大学に入学するが、成績振るわず二年で中退した。中退後はテレビやラジオの仕事に関わり、その縁をきっかけにハリウッドで脚本の執筆に携わるようになるが、コメディアンおよび演技者としての才能を開花させ、映画制作の道に足を踏み入れることになる。アレンは一九七七年に、七作目の『アニー・ホール』でアカデミー監督賞および作品賞を受賞後、『マンハッタン』（一九七九）、『カイロの紫のバラ』（一九八五）、『ハンナとその姉妹』（一九八六）などの監督・脚本を手がけた。

ジェイソン・ベイリーによれば、一九八〇年代の末頃までに、アレンの映画には二種類の流れができていた（Bailey, 83）。アレン自身も出演することが多かった軽妙でコミカルな作品は、批評家に賞賛され、興行的にも成功を収めていた。しかし、アレンが心血を注いだシリアスでヨーロッパ的な志向のドラマについては賛否が分かれ、観客動員数は惨憺たるものであった。そこでアレンは一九八〇年代の終わりに、自らの内なる分裂と向き合い、この二つの側面を同じ一本の映画に流し込んで、互いに競わせようと決心した。こうして生まれたのが、一九八九年に公開された『ウディ・アレンの重罪と軽罪』（以下、『重罪と軽罪』）である(3)。

『重罪と軽罪』は二つの物語から成る。それらが交互に現れつつ、双方のプロットが撚り合わされて、大団円の最終シーンに流れ込む。第一の物語は、マーティン・ランドー演じるジューダ・ローゼンタール（Judah Rosenthal）が主人公である。ジューダは妻と二人の子供に恵まれ、世間の信頼も厚い裕福な眼科医だが、若い客室乗務員のドローレスと不倫関係にある。ドローレスからの要求は次第に高まり、彼女は精神の安定を失っていくが、ジューダのほうは家庭を壊す気など全くない。ドローレスが暴走して二人の関係を公言し、過去の公金横領の秘密をも暴露するのではないか。そんな恐れに取り憑かれたジューダはついに、裏社会に通じた弟のジャックに頼った。ジャックは殺し屋を雇い、ドローレスは殺害される。第二の物語は、ウディ・アレン演じるクリフ・スターン（Cliff Stern）が主人公である。クリフは商業的成功が望めないドキュメンタリー映画を細々と撮影している。家庭でも不甲斐ない夫であり、妻との関係は冷めきっている。そんな中、仕事の現場で、聡明な製作助手のハリー・リードに出会い、淡い恋心を抱く。さらに、妻の兄である有名プロデューサーのレスターを一方的に恋敵とみなして、幼稚な殺意を抱き、コミカルなまでに誹謗中傷の限りを尽くす。

　この二つの物語は、同じニューヨークという場所で、ほぼ同時期に、全く別々に進行している。その間、それぞれの物語の登場人物は、互いに出会うことはない。カメラはこの二つの物語の世界を交互に映し出し、両方の進展を断片的に紡ぎあげて、最後の賑やかな大団円へと観客を運んでゆく。賑やかなのは、それが結婚式の祝賀会の場面だからである。また大団円といっても、両物語の主人公であるジューダとクリフにとっては決してハッピーエンドとは言えず、両義的で矛盾に満ちた幕引きとなる。この最後の場面において、それまで別々の物語の中心人物だったジューダとクリフが、初めて対面する。そこで二人は、罪と罰の問題について、リアリティとフィクションの観点から互いに論じ合うのである。ジューダは、自分が実際に依頼主となって引き起こした殺人事件について、あたかもそれが架空の出来事であるかのごとく語り出す。さらに、それを映画のプロットとしてクリフに提供すると申し出る。しかしクリフは、その結末に異議を唱える。彼はストーリーの書き換えを提案するのだが、現実味がないとしてジューダに一蹴される。ジューダのプロットの結末は、罪を犯したものが罰を受けることなく、繁栄を謳歌するというものだ。クリフのほうは、自分が映画を撮るならば、犯罪者が自首をする結末を選ぶと主張する。

3. 現代社会の不条理と神の目のメタファー

『重罪と軽罪』におけるニヒリズムとマキャベリズムを論じたピーター・ミノウィッツは、一九七五年の『ウディ・アレンの愛と死』(*Love and Death*)を引き合いに出し、両者を対比的に捉えている。ミノウィッツによれば、『愛と死』はコメディタッチの作品であり、ロシア文学の要素が面白おかしく盛り込まれているに過ぎない。他方『重罪と軽罪』は、アレンが本腰を入れて、ドストエフスキーの提示したテーマを真剣に考察した作品である。この前提にたち、ミノウィッツはジューダとラスコーリニコフの人物像を比較している。例えばアレンとドストエフスキーは双方とも、親の世代から受け継いだはずの宗教的な価値観を否定して道を踏み外し、殺人者と成り果てる主人公を描いている。しかしながらドストエフスキーは、ニヒリズムを否定する。ラスコーリニコフの内面の苦悩は、時間の経過とともに薄らぐことはない。むしろ罪の告白に至り、結果としての罰を受け入れる。他方、アレンの作品におけるジューダは、ドローレスの殺害後、一時的に精神状態が不安定になるものの、家族旅行を楽しんだりするうちに、徐々に平静を取り戻す。まるで何事もなかったかのように、ジューダは名高い眼科医としての幸福な日常生活を享受し、娘の幸福な結婚を妻と共に思い描いたりするのである。

このように、ウディ・アレンとドストエフスキーの主人公に注目して機械的に比較対照を試みれば、罪と罰にまつわる明快な二項対立が露わになるが、実際には事はそう単純ではない。ウディ・アレンが『重罪と軽罪』に仕込んだ装置は、極めて示唆と陰影に富んだ効果をあげており、それがジューダとクリフの屈折した内面を浮き彫りにしている。アレンは、アメリカにおけるユダヤ教徒の、世代間の断絶と道徳観念の衝突を縦糸にしつつ、荒廃した拝金主義の世界における人間の孤独を横糸にして、複雑な人生模様を織り上げているのである。ジューダの物語には随所に回想シーンが埋め込まれ、現在のジューダを作り上げた過去のさまざまな人間関係が時空間を超えて浮かび上がる。またクリフの物語では、絶妙なタイミングで劇中劇の映画版が入れ子型に組み込まれている。すなわち、クリフが姪を連れて訪れる映画館のスクリーン、クリフが撮影しているドキュメンタリー映画の試写や撮影現場、さらにクリフが撮りためているリービー教授のドキュメンタリー映像などが随所に配置されて互いに拮抗し、相乗効果によって新しい意味を生み出しているのである。こうして罪と罰をめぐる二つの世界観は、決して一方が他方に取り込まれることなく並列状態で提示され、分裂した世界の縮図を示す仕組みとなっている。

実はこの分裂した世界の、いわば橋渡しとなる人物が一人存在する。ユダヤ教の司祭のベンである。彼はクリフの妻のきょうだいであり、かつ眼科医であるジューダの患者だ。映画の最後の場面に出てくる結婚式は、ベンの娘のものである。ベンこそが、二つの物語の架け橋であり結節点なのだ。クリフは慎み深いベンを尊敬している。またジューダは、信頼するベンに対して、ドローレスとの不倫を打ち明ける。ベンはジューダに対し、「あなたの中にも良心があるはずだ」と諭し、妻に不倫を告白して許しを請うよう助言する。しかしジューダは関係の発覚を恐れ、ドローレスの殺害依頼に踏み切る。ユダヤ教の道徳を守る最後の砦ともいうべきベンは、視力を失う運命にあり、結婚式の場面では盲人用の黒い眼鏡を掛けている。

ダイアン・ヴィポンドが指摘するように、『重罪と軽罪』には目のメタファーが要所に散りばめられている(4)。そもそも、ジューダは眼科医である。映画の冒頭に出てくるパーティーの場面で、彼はスピーチを行う。ジューダは、自分が敬虔なユダヤ教徒の家庭で育ったことに触れ、子供の頃の思い出を語る。「神の目はいつも私たちを見ている」という父の教えに対して、自分は常に懐疑的だったことを告白し、「だから眼科医になったのかもしれない」と結んで会場の笑いをとる。このことはのちの展開のアイロニカルな伏線になっているのだが、その伏線が顕在化する場面をみてみよう。ドローレスの殺害後、ジューダは、一時的に精神不安定になり、幼い頃に家族で過ごした家を訪れる。現在は他人の住居となっているのだが、住人に事情を説明して中に入れてもらったジューダは、大家族で囲んだ食卓のあるダイニングに佇み、そこで交わされた大人たちの会話を思い出す。この回想シーンでは、思い出の中の父や叔父、叔母などが、宗教的かつ哲学的な色彩をおびた議論を繰り広げる。つまり、食卓での大人たちの会話が、ジューダの脳裏においてポリフォニーのごとく動的に内面化されているのであり、その様子が、郷愁をさそう暖かい色調の画面を通して表現されているのだ。

ジューダの父親の、「神の目を欺くことはできない。神は善人も悪人も見ている。正しい行いは報いられ、邪悪な行いは永遠の裁きを受ける」という言葉に対して、叔母の言葉にはニヒリズムがにじむ。「六〇〇万人のユダヤ人が殺された」「それなのにナチスに天罰はくだらなかった」「殺人を犯しても逮捕されず、道徳にも縛られないなら、やりたい放題」という彼女の主張はジューダの中で、父親の言葉を無効にするほどの力を持ち始めたかのように見える。あるいは、科学者としてのジューダが、神の目を「迷信」の枠内に閉じ込めることに成功したのかもしれない。いずれにせよ、この家族の会話のポリフォニーは、歴史の不条理を前にして、揺るがぬ信仰心を保持し続けることの困難さを示している。この回想シーンからは、ジューダの父親に見られるような堅固な宗教的信念と、現代社会の不条理との相剋が鮮明に浮かび上がってくるのである。

弟からミッション完了の報告を受けたジューダは、ドローレスの日記を回収すべく、殺人現場に車で乗りつける。そこでジューダは、床に仰向けに倒れて血を流し、かっと見開いた目を天井にむけて絶命しているドローレスを発見し、彼女の傍らで立ちすくむ。かつてドローレスはジューダに、「目は魂の窓」だと話したことがあった。しかし今、横たわるドローレスの目はジューダにとって、「ぽっかりと穴をあけた暗闇」にしか見えなかったのである。この直後、ジューダの脳裏に父親の言葉がよぎる。唐突に挿入された回想シーンの中で父親は、食卓で交わされた言葉と同様の教えを繰り返すのである。「もう一度言う。神の目は全てをご覧になっている。神の目から逃げることはできないのだよ、ジューダ。神の目は善きものと悪しきものを見ている。善きものは報われ、悪しきものは永遠に罰せられるのだ。」

4．罪なき罰のリアリティと絶望

ユダヤ教の司祭のベンが、ジューダとクリフの二つの物語の結節点となる登場人物だとすれば、二つの物語を包括するメッセージを発しているのが、リービー教授だ。教授は、クリフが撮影しているドキュメンタリー映画の出演者である。彼は一貫して穏やかな口調で、抜き差しならない人間の矛盾やパラドックスをテーマに、クリフのカメラに向かって訥々と語りかける。例えば恋愛について、彼は次のように語る。

「恋愛をするときに私たちが求めているのは、とても奇妙で逆説的な二つのことです。ひとつは、幼いときに馴れ親しんだ人たちの面影を全面的、または部分的に追い求めるということ。もうひとつは、そのようにして見つけた相手に、自分が馴れ親しんだ親やきょうだいの性格の嫌なところはすべて、持たないでほしいと求めることです。こういう次第ですから、愛そのものの中には矛盾が含まれているのです。昔に戻りたいという思いと、過去を否定したいという思いが同居しているのです。」

クリフはこの教授に心酔し、利益の上がらぬドキュメンタリーを撮り続けていたのだが、ある日突然、教授は自殺してしまう。リービー教授の深遠な語りは商業主義的なプロデューサーからずっと敬遠されてきたのだが、最近になってやっと、そこに含まれる前向きなメッセージが認められ、テレビ放映が決まりかけていた矢先のことだった。教授の自殺は当然、ドキュメンタリーのお蔵入りを意味し、クリフを失意の底に落とすことになる。折しもクリフは妻との離婚が成立し、ひそかに思いを寄せていたハリー・リードは、クリフが軽蔑してやまないレスターとの結婚を決めてしまう。レスターへの小賢しい嫌がらせのひとつやふたつが軽犯罪に触れる可能性があるとしても、良心的な日常生活を営む小心者のクリフが、理不尽な大打撃を受ける。その一方で、殺人という重罪の引き金を引いたジューダは、それを償おうとせず、罰を受けることもない。映画の最後の場面でジューダは、創作映画の脚本のアイディア提供という体裁で、クリフに次のような内容を語る。「主人公は、恐るべき罪を犯して、強い自責の念にかられた。小さい時拒絶したはずの神が彼の心に重くのしかかり、神はすべてを見ておられる、という父の声が蘇った。それまで空虚だった世界が突然、道徳で縛られた世界にかわり、犯した罪に押しつぶされて、警察に自首する一歩手前まで行った。そんなある朝、目を覚ますと太陽が輝き、家族が周りにいた。なぜか危機感は嘘のように消えた。家族を連れて旅行にでかけた。彼は罰を逃れ危機を脱したのだ。殺し屋にとってその殺人は単なるビジネス、大勢殺した中の一人だ。解放感を味わい、彼は以前の生活に、富と特権を謳歌する甘い生活に戻った。」

クリフはこの脚本案に異議を唱え、主人公を自首させる結末を推すが、ジューダのほうは、主人公が自首する筋書きこそがフィクションだと言い放ち、「ハッピーエンドを期待するのならハリウッド映画をみればいい」と嘯く。特権を享受する者は罰を免れるという、強烈に不愉快なプロットの現実性に直面して呆然とするクリフの脳裏に、リービー教授の遺言が蘇る。映画の最後、二つの物語が出会う結婚式の祝賀会の場面の締めくくりに、リービー教授の声がヴォイス・オーバーで流れるのである。「人間は生きている間、道徳と照らし合わせて多くの選択をします。重大な選択もありますが大半はささいな選択です。しかし我々は選択によって立場を主張します。選択の積み重ねがその人物なのです。」「事件は予告もなく冷酷に襲いかかり、人間の幸福を神が考えてくれていないように思えます。この冷淡な世界で我々は人を愛することによって生きる理由を得るのです。同時に多くの人はもっとシンプルで小さなことにも喜びをみつけようと努力をしています。たとえば家族に、あるいは仕事に、そして希望に。未来の世代が幸福をもっと理解してくれることをいのりつつ。」

『重罪と軽罪』においてウディ・アレンは、ユダヤ人としての歴史を共有する二人の登場人物、ジューダとクリフを軸として、現実社会の不条理を背景に、独特のシニシズムを炸裂させた。特権的な立場を死守するためであれば、多少の時間の経過が必要であるにせよ、罰なき罪に対する良心の呵責を軽々と乗り越える。それが人間のリアリティであり、そのリアリティを「踏み越える」ことができない小心者には、罪なき罰を甘んじて受けるという理不尽な日常が待っている。不条理への報復のために、他者を犠牲にして特権階級にのし上がる者と、他者への共感ゆえに理不尽な自己犠牲を強いられる者。この二つの方向性をジューダとクリフに投影したアレンは、しかしながら、不変の道徳観を保ち続けられること自体が一種の「恵まれた特権」であるという考え方に、希望と救いを見出そうとしているようにも見える。その道徳観の象徴が、ジューダの記憶の中の父親であり、クリフのモニター画面の中のリービー教授である。アレン自身が演じるクリフは、ジューダと交わしたささやかな映画談議のなかで、ドストエフスキーの『罪と罰』におけるラスコーリニコフへの回帰を志向する。『重罪と軽罪』の入れ子構造のなかに、実在の古典映画の殺人シーンを埋め込み、それを指して「あれは映画の中だけの話」とクリフに言わしめるアレンは、映画のマジックを利用して、フィクションとリアリティのすり替えと混同を実演した。フィクションを含んだ映画作品の実在そのものが、フィクションの世界に取り込まれるという仕組みのなかで、罰なき罪のリアリティ自体がフィクション化する。ここにおいて、ラスコーリニコフを現代に蘇らせる試みはリアリティを獲得する。そしてこの仕組みこそが、シニシズムをユーモアに変換するウディ・アレンの、ロマンチストたる所以なのである(5)。アレンは『重罪と軽罪』の六年後、罪と罰のテーマに、確率論的な「運」というスパイスを加え、『マッチポイント』を発表する。

5. 現代のラスコーリニコフと運命の転落

ウディ・アレンの最新の評伝を発表したデイヴィッド・エヴァニアーによれば、アレンは二〇一二年、『ロンドン・タイムズ』のティム・ティーマンのインタビューを受けた際、偉大な映画の巨匠として、黒澤明、ベルイマン、フェリーニ、ブニュエル、トリュフォーなどの名前をあげている。彼はまた、自分の自信作を六本選んでいるが、そのなかに二〇〇五年の『マッチポイント』がはいっている(6)。本稿の冒頭で述べたように、この映画のはじめにはドストエフスキーの『罪と罰』への言及がある。『罪と罰』の主人公ラスコーリニコフは、ペテルブルクに住む貧しい学生であるが、人間を第一の階層すなわち「凡人」と、第二の階層すなわち「未来の主人」にわけ、この「未来の主人」は、「流血を踏み越える許可を自分に与えることができる」と豪語する(7)。そして金貸しの老女を計画的に殺害し、その妹リザヴェータをも予定外で巻き添えにしてしまう。犯罪をおかしたあと、ちぐはぐな行動に走るラスコーリニコフは狂ったように、「もう、はじまっているのか。本当にもう、罰が始まってるってことか」と叫ぶ。しかし彼のそばには、ソーニャがついている。「一緒に苦しみを受けにいきましょう、一緒に十字架も背負いましょう」という言葉で、ラスコーリニコフを包んでくれる女性の存在があるのだ。やがてラスコーリニコフはセンナヤ広場に跪いて地面に口づけし、警察に自首をする。

『マッチポイント』の冒頭で、ドストエフスキーの『罪と罰』を真剣に読んでいる主人公のクリス・ウィルトンは、アイルランド出身のプロテニスプレーヤーだったが、自分の限界を受け入れて引退したばかりの、野心的な青年である。彼は特別会員制のテニスクラブで個人指導のコーチになることを希望し、面接を受ける。その結果、無事採用されてコーチを担当した相手が、ロンドンの上流階級の子息、トム・ヒューイットだった。トムとの会話の中で、オペラへの興味を巧みに匂わせ、ヒューイット家のオペラ鑑賞にさそってもらい、そこでトムの妹のクロエに見初められて、交際が始まる。クリスはまさに、社会の階層のはしごを確実に昇りはじめた「未来の主人」である。ところがクリスは、トムの婚約者とは知らずに出会ったノラ・ライスの、妖艶な魅力にひかれていく。

この作品の『マッチポイント』というタイトルは、いうまでもなく、テニスの試合で勝敗を決める、最後の一点のことを意味している。このタイトルのもつ象徴的な意味合いを映像化した場面が、映画の最初に現れる。テニスコートのネットすれすれに飛んだボールが、ネットにひっかかり、方向を変えてそのまま垂直に飛び上がるのだ。その映像に重ねて、クリス自身の声によるナレーションが入る。「運に左右される人生は不安だ。自分の力が及ばないからだ。テニスの試合でボールがネットの縁に当たる瞬間がある。その瞬間、ボールがどっちに落ちるか。運良く向こうに落ちたら勝ち。こっちに落ちたら負けだ。」

実はこれと類似する場面が、映画の終わり近くで再び現れる。物体が水平に飛び、それが障害物に引っかかって上方に飛び上がる、という構図は全く同じながら、今度はその動作が起こる場所と状況、および道具立てを絶妙に変えてある。場所はテニスコートではなく、テムズ川の河岸である。障害物はテニスのネットではなくて、川べりの歩道の柵で

『マッチポイント』冒頭のテニスコートの場面

『マッチポイント』終わり近くの河岸の場面

ある。そしてこれがいわば、運命の境界線となる。ウディ・アレンは、観客の脳裏に刻印される映像のエコーを巧みに利用して、主人公クリスの野心の終着点を劇的に演出した。映像の力を借りてドストエフスキーの『罪と罰』のモチーフをあざやかに反復し、あるいは裏返しながら、雄弁に描き出すことに成功している。次に、この二つの場面をつなぐプロットの流れを見てみよう。

6.『マッチポイント』の勝利と亡霊たちの罪なき罰

イギリスの上流社会が舞台の『マッチポイント』は、緩やかに進行する前半部分から一転、後半で事態は急転する。まずは前半の流れを見てみよう。クリス・ウィルトンは、ヒューイット家のコネで大企業に就職し、めきめきと頭角を現すのだが、トムの婚約者であるノラの魅力にとりつかれてしまう。ノラはアメリカの田舎町、コロラド州のボルダー出身で、女優志望であることから、ヒューイット家における彼女への風当たりはきつい。特にトムの母親は、息子の結婚に反対している。境遇の類似が共感を育んだのか、クリスはノラを励ますうち、衝動を抑えきれずに彼女と関係をもってしまう。その一方で、クロエとの交際も順調に進み、ほどなく結婚の運びとなる。眺望抜群のスイートホームを手に入れ、クリスとクロエは恵まれた環境で新婚生活をスタートさせる。しかしその直後にトムとノラの破局が明らかになり、やがてクリスはノラと密会を重ねるようになる。

事態が急転するのは、映画のちょうど中程である。ノラが妊娠したことがわかり、彼女の態度が豹変する。トムの子供を中絶した経験をもつノラは、今回、何としても産む決心をしたのだ。社会的弱者の彼女は、クリスに父親としての責任を強く求めるあまり、彼が手に入れた地位や特権を脅かす危険な存在へと変貌する。ちなみにクリスとクロエとの間には、妻の必死の努力もむなしく、まだ子供ができていない。ノラの妊娠をきっかけにクリスは、陰惨な殺人計画の遂行へと突き進んでゆく。以前、ヒューイット家の別荘で猟銃を使わせてもらったことを思い出し、クリスはまず、それを持ち出した。次に、ノラと約束した密会の小一時間前に彼女のアパートに向かう。そこでドラッグがらみの強盗殺人を装い隣人の女性を撃ち殺す。さらにその巻き添えとみせかけて、本命である妊婦のノラを銃殺したのだった。

妻クロエの妊娠がわかったのは、その直後のことだった。警察は一時クリスに疑いをかけるが、ある偶然のできごとにより、事件は麻薬常習犯による強盗殺人として決着することになる。妻を裏切ってノラと逢瀬を重ねていた時期、クリスは友人に自分の罪悪感を告白していた。しかし映画の最後では、クロエの出産を祝うために集まったヒューイット家の人々に囲まれて幸福な日常に戻り、「次は女の子よ」という妻の言葉に、微笑みを返す。

クリスの犯す重罪へと収斂する後半の流れは、ドストエフスキーの『罪と罰』の設定を強く想起させる。現場に向かう階段の昇降、犯罪計画と時間との勝負、人目を避けるなかでのアパート住人とのニアミス、犯行後の体の震えなどのモチーフが、ドラマティックに配置されている。クロエと待ち合わせている劇場にタクシーで向かうクリスの腕は、興奮の反作用のごとく、わなわなと震える。クリスはその後、警察署で任意の事情聴取を受けるが、犯罪後の身体的な異変や神経の高ぶりの詳細な描写は、『罪と罰』のそれと呼応する。その一方で、ドストエフスキーのラスコーリニコフとの決定的な違いは、自首という考えがクリスの頭には全く浮かばないことである。不倫の罪悪感は多少示していたものの、殺人に関しては、翌日平然と新聞記事に驚いて見せるなど、冷徹な態度を貫き通すのである。

しかしながら、深夜ひとりになったとき、クリスの中でポリフォニックな自問自答が始まる。内なる自分の分身として、罪なき罰を受けた亡霊たちが闇の向こうから現れるのである。特権にしがみついた結果として自分が殺めてしまったノラと、その隣人女性の亡霊を相手に、クリスは不毛なモノローグを繰り広げる。そのなかで彼は、「罪の意識は、絨毯の下にでも押し込んで、元の日常生活を送ればいい。そうするほかないのだ」と言い訳する。また、全く落ち度がないばかりか、好意でドアを開けてくれた隣人女性をノラ殺害の手段として銃殺したことについて、「隣人女性は大義をな

すための やむなき犠牲」だったと嘯く。これに対して隣人女性の亡霊が、ノラの胎児までも巻き添えにしたクリフの非道を非難すると、彼はソフォクレスを引用し、生まれてくる不幸を回避してやったのだと返す。さらに、「もし逮捕されて罰をうけることになったら、それはそれで適切なことだろう。もしそうなれば、この世界に意味を見出すことができる」と言い放つ。

『マッチポイント』のクライマックスには、アレンがドストエフスキーの『罪と罰』に加えた「ひねり」をみることができる。さきほど、「ある偶然のできごとにより、事件は麻薬常習犯による強盗殺人として決着」したと述べたが、なぜそのように決着したのかを説明しよう。強盗を装うために隣人の女性宅から持ち出した宝石類を携えて、クリスは川辺に向かった(8)。到着すると彼は、盗んだネックレスなどを次々に岸から放り投げる。証拠隠滅を終えて踵を返そうとした時、女性の結婚指輪がひとつ、ポケットにまだ残っているのに気づき、これも川のほうへ乱雑に投げ込んだ。しかしその結果をよく確かめずに急いで立ち去ったのだ。実はこの指輪は、川岸の歩道の柵を越えきれず、ぎりぎりのところでその縁に衝突し、そのまま方向を変えて上方に飛び上がったあと、向こうの側の川の中ではなく、こちら側の歩道の上に落ちてしまう。この指輪のアクロバットを見せられた映画の観客は、冒頭のクリス自身のヴォイス・オーバーによる「運良く向こうに落ちたら勝ち、こっちに落ちたら負け」というくだりを思い出し、「ああ、クリスの負けだ。犯罪が発覚する」と信じて、勧善懲悪を期待する胸をなでおろすであろう。

ところが、テニスの試合であれば「負け」となる状況が、この特殊ケースにおいては、全く反対の結果を招来することになった。柵のこっち側に落ちた隣人女性の指輪が、その後、麻薬がらみのトラブルで殺されたドラッグ常習犯のポケットの中から見つかったのだ。おそらくこのドラッグ常習犯は、たまたま川辺の歩道を通りかかり、ほんの数ミリの差でクリスが証拠隠滅に失敗した、その指輪を拾ったのだろう。しかしこの恐るべき巡り合わせにより、既に世を去った常習犯の男が、やってもいない強盗の罪を期せずして背負うことになった。拾った当の本人にも、もちろんクリス自身にも予想外の偶然である。実は一人の警部がクリス犯人説を確信しかけていたのだが、結局のところ警察は当初の見立てどおり、ノラが強盗殺人事件の巻き添えになったという線で事件に終止符を打つ。麻薬の常習犯が、偶然にも指輪を拾い、しかもそのあと命を落としたことにより、当人は期せずして死後に冤罪を背負うことになったが、クリスは意図せずして無罪放免になったのだ。

クリスは、自分の犯した殺人が仮に発覚すれば、それは「適切なこと」だと言ったが、彼の罪はついに発覚しなかった。強運に支えられたせいで、クリスが罪を償う機会は、永遠に失われてしまったのだ。そのために彼は、この世界に意味を見出すことができず、ニヒリズムの淵に沈むことになる。罪の償い方において他律的なクリスの生き方は、特権を振りかざして罰を受けずにのうのうと成功を享受するケースの典型であり、その足元では、理不尽な罰を受けた幾多の名もなき亡霊たちが踏み台になっている。ウディ・アレンは、このメカニズムを『マッチポイント』においてスタイリッシュに構造化したが、その原型は『重罪と軽罪』における双子のストーリー展開に見ることができよう。

7. ソーニャの不在と償えない人々の悲喜劇

『重罪と軽罪』では、入れ子構造やエピソードの並置、回想シーンや資料映像の唐突な挿入などによって、ポリフォニックな世界が展開し、哲学的対話が多角的に提示される。地位と名誉と幸福な家庭を守るべく、その阻害要因を取り除くために犯罪をおかすに至ったジューダの少年時代には、すべてを見そなわす神の目を信じる父親の存在が、身近にあった。しかし、親戚や周囲の大人たちの多様な意見、すなわち、六〇〇万人のユダヤ人を殺戮して天罰をうけなかったナチス、道徳に縛られない生き方で成功する人々、形式主義におちいる宗教などへの批判的思考は、大人になったジューダにおいて内面化される。映画の最後で二つの物語が合流し、ジューダとクリフが罪と罰と神の不在について対話をする場面は、アレン自身の自問自答のダイナミックな再現と見ることができよう。『重罪と軽罪』において、ジューダが回想する家族の食卓の場面は、『マッチポイント』においてクリスが被害者たちの亡霊と会話する幻想的な場面と呼応する。『重罪と軽罪』のジューダは、罪をおかして自責の念にとらわれながらも、自首を思い留まるうちに罪の意識は雲散霧消する。委託殺人の被害者を「大勢のなかの一人」と割り切り、富と特権を謳歌する生活に戻るのだ。他方『マッチポイント』のクリスは、「運」に対する根拠のない自信と、期せずして偶然という名の運命に助けられたことから生ずる自らの特権的立場への過信とによって、道徳観の箍がはずれた別次元の世界で私利を追求する人生を送ることになる。

ウディ・アレンはこのようにして、ドストエフスキーの世界を反復しつつ裏返しながら、巧妙な映画術を駆使して現代社会の罰なき罪、およびそれと表裏一体をなす罪なき罰を描き出した。ドストエフスキーの世界を現代に移しかえるとき、特に今回とりあげたウディ・アレンの二作品に共通するのは、〈ソーニャの不在〉ということである。例えばジューダの妻は、夫の罪を全く関知せず、夫の暗部について関心すらない。またクリスの妻は、自分の子供を妊娠することで頭がいっぱいであり、夫の鬱屈した野心のひだに分け入ろうとはしない。ドストエフスキーをなぞったアレンの二作品が否応なく投げかけるのは、ドストエフスキーの『罪と罰』にソーニャが登場しなかったらどうなるか、という問いである。そして、現実の世界では、ソーニャがいないことのほうが多い。それが、ユダヤ人としての過去と対峙したアレンの、シニカルな回答である。『重罪と軽罪』の最後で、アレン扮するクリフは、「リアリティがわかっていない」とジューダに冷笑されるが、監督ウディ・アレンはソーニャをキャストに加えなかったことによって、ある意味ではリアリティを追求したのである。

しかしながら、ウディ・アレンの立ち位置はシニカル一点張りではない。罰なき罪のリアリティを冷徹に提示しつつ、罪なき罰にあえぐ人々への共感を巧みに織り込んでいる。例えば『重罪と軽罪』では、人間愛を説くリービー教授を「劇中劇」の手法で登場させている。教授が自殺を選択したのは衝撃的だが、そのニュースは映像化せず、伝聞形式の知らせに留めている。そのことによってリービー教授は、むしろ永遠のアイコンとして、クリフのドキュメンタリー映像の中に生き続けるのだ。『マッチポイント』では、監督の目たるカメラワークの調整により、観客とクリスの距離感を操作している。クリスがノラの殺害を意識し始めるころから、それまで使用していたクローズアップを封印して首下のみのショットに切り替えたり、鏡の中のクリスを間接的に映し出したりすることで、主人公に対する観客の共感度の低下を誘導している。

こうしてウディ・アレンは、ドストエフスキーの世界を下敷きにしつつ、罪を犯して罰を受けない人々の日常を描き出すと同時に、不条理な現実社会の底辺で理不尽な罰を受けることになる人々の存在をも浮き彫りにした。今回とりあげた二作品において、「償わない人々」あるいは「償えない人々」の行く末は明示されていない。償いの機会を失ったことが、当人にとって悲劇的な人生の幕開けとなるのか、あるいは、善悪の観念自体が無効となる虚無的な世界への第一歩となるのかということは、作品の余韻を手がかりに観客が考察するほかない。『重罪と軽罪』において、クリフと対照的な位置付けにある映画プロデューサーのレスターは、「喜劇は悲劇プラス時間だ」というフレーズを自らの名言として得意げに繰り返す。レスターの言葉にもとづけば、不条理の悲劇に時間的な距離感が十分付与されたとき、それはコメディに転化しうることになる。リービー教授のメッセージの核にある人間存在の矛盾は、本質的に解決不能である。ウディ・アレンは、時間的あるいは空間的な距離感覚を自由にその枠内で伸縮できる映画というメディアを用いて、シニシズムとコメディを絶妙の比率で混合し、同居させることに成功している。アレンの提示した両義的な世界は、時間的な隔たりを経てドストエフスキーの作品世界を再考するという極めて示唆に富んだ活動の、刺激的な成果なのである。

Crimes and Misdemeanors. Directed by Woody Allen, performances by Martin Landau and Mia Farrow, Jack Rollins & Charles H. Joffe Productions, 1989.
Match Point. Directed by Woody Allen, performances by Jonathan Rhys Meyers and Scarlett Johansson, Thema Production, 2006.

注

（1）ワシーリー・ペローフ（Vasily Perov）「フョードル・ドストエフスキーの肖像」一八七二年。モスクワのトレチャコフ美術館所蔵。

（2）ウディ・アレンの監督および脚本による『マッチポイント』には、アレンは出演していない。公開当時の映画評によれば、ウディ・アレンの作品はニューヨークと関係が極めて深いことから、ロンドンで撮影が行われた本作はニュースの見出しになった（Rainer, 11-14）。

（3）『重罪と軽罪』は公開当時、賞賛から辛辣な否定的意見まで、さまざまな反応を呼び起こした。『ニューリパブリック』（*The New Republic*）の映画評では、スタンリー・カウフマンにより、アレンの「最高で最も挑戦的な」作品と称えられた一方で、『ニューヨークタイムズ』では道徳的な価値判断の不毛を説いているとして批判された。

（4）ダイアン・ヴィポンドは、『重罪と軽罪』における目のイメージと、スコット・フィッツジェラルドの『グレイト・ギャツビー』に出てくる巨大な広告板の眼鏡のイメージを重ね合わせ、両作品において「すべてを見そなわす神の目」がもはや機能しなくなっていることに鑑み、現代社会の不条理がいかに描かれているかを論じている（Vipond, 99-103）。

（5）ウディ・アレンの評伝を執筆したデイヴィド・エヴァニアーは、『重罪と軽罪』について、真の傑作と呼ぶにふさわしい作品であると評価したうえで、「アレンはついに、自身の正統派ユダヤ教徒としての過去に対し、風刺や皮肉やコメディーを交えることなく、敬意をもって向き合っている」と述べている（Evanier, 272）。

（6）アレンが挙げたそのほかの作品は、『カイロの紫のバラ』（*The Purple Rose of Cairo*, 1985）『ブロードウェイと銃弾』（*Bullets Over Broadway*, 1994）、『カメレオンマン』（*Zelig*, 1983）、『夫たち、妻たち』（*Husbands and Wives*, 1992）、そして『それでも恋するバルセロナ』（*Vicky Cristina Barcelona*, 2008）である。彼はまた、自分の中に巨匠の「偉大さ」がないことがわかり、絶望の壁に打ち当たったことを示唆している（Evanier, 329）。

（7）ドストエフスキーの『罪と罰』からの引用は、亀山郁夫訳（光文社、二〇〇六年）による。

（8）このときクリスが川辺に向かう橋の下に、バンクシーの有名な壁画アートが写る。ハート形の風船を持った少女の絵であり、まるでクリスに幸運の女神がすでに微笑んでいるようにも見える。しかし同時に、よく見るとこの絵は少女の手から風船が逃げていく瞬間を捉えており、風船は空に向かってゆっくりとした旅を始めようとしている。風船が希望の象徴であるとすれば、罪を償う機会を永遠に失ったクリスは、それを失った空っぽの手を空にむけて伸ばしている少女の立ち姿と、両義的な重なりを見せることになる。

参考文献

Bailey, Jason. *The Ultimate Woody Allen Film Companion.* Voyageur Press, 2014.

Chances, Ellen. "Moscow Meets Manhattan: The Russian Soul of Woody Allen's Films." *American Studies International*, vol. 30, no. 1, Apr. 1992, p. 65.

Elisa New "Film and the Flattening of Jewish-American Fiction: Bernard Malamud, Woody Allen, and Spike Lee in the City" *Contemporary Literature*, Vol. 34, No. 3, Special Issue: Contemporary American Jewish Literature (Autumn, 1993), pp. 425-450.

Evanier, David. *Woody: The Biography* . St. Martin's Press, 2015.

Minowitz, Peter. "Crimes and Controversies: Nihilism from Machiavelli to Woody Allen." *Literature Film Quarterly*, vol. 19, no. 2, Apr. 1991, p. 77.

Quattrocchi, Edward. "Allen's Literary Antecedents in Crimes and Misdemeanors." *Literature Film Quarterly*, vol. 19, no. 2, Apr. 1991, p. 90.

Rainer, Peter. "Woody Allen Serves a Winning 'Match Point.'" *Christian Science Monitor*, vol. 98, no. 25, Dec. 2005, pp. 11–14.

Vipond, Dianne L. "Crimes and Misdemeanors: A Re-Take on the Eyes of Dr. Eckleburg." *Literature/Film Quarterly*, vol. 19, no. 2, 1991, pp. 99–103.

Liebman, Robert Leslie "Rabbis or Rakes, Schlemiels or Supermen? Jewish Identity in Charles Chaplin, Jerry Lewis and Woody Allen" *Literature/Film Quarterly*; 1984; 12(3).

アレン、ウディ（監督）『ウディ・アレンの重罪と軽罪』（ＤＶＤ）、フォックスホームエンターテイメント、二〇〇八年。

アレン、ウディ（監督）『マッチポイント』（ＤＶＤ）、アスミック、二〇〇七年。

ドストエフスキー『カラマーゾフの兄弟』亀山郁夫訳。光文社、二〇〇六年。

ドストエフスキー『罪と罰』亀山郁夫訳。光文社、二〇〇八年。

Author & title : UMEGAKI Masako, "Crime Without Punishment and Those Who Do Not Atone: Woody Allen and Dostoevsky"

プルーストの影――ロベール・ブレッソンとドストエフスキー

林　良児

プロローグ

近年の種々の研究(1)によれば、一九一〇年以降二〇一七年までにドストエフスキーの小説を映画化したものや、その小説に着想を得て制作された映画は百五十本を超える。そのなかで、フランス語で制作されたものはテレビドラマを含めて二十七本ほどになる。ドストエフスキーの小説のタイトルをフランス語に直訳したタイトルの映画は十一作品、原作の小説を類推させるものが三作品、そのほかはタイトルを見ただけではドストエフスキー原作の映画だとは気づかない。もっとも、ドストエフスキーの小説のタイトルをフランス語に置き換えたタイトルの映画も、物語の舞台や時代背景は原作からは離れている。それゆえ、それらの映画はすべて、正確には、ドストエフスキーの小説の翻案である。

しかし、映画という第七芸術の担い手である監督たちは、それほどまでになぜドストエフスキー文学の映像化を試みようとするのか。ドストエフスキー原作の複数の映画を撮った一人、フランスのロベール・ブレッソンの場合を見てみよう。

1．ブレッソンの映画に対する評価

ブレッソンは、一九〇一年にフランス中部のピュイ・ド・ドーム県に生まれ、一九九九年にパリで死去した。一度は画家を志した彼が映画に関わるようになったのは一九三三年、三十二歳のときである。一九三四年の短編『公共問題』（*Affaires publiques*）が監督としての最初の作品である。以来、彼は一九八三年の『ラルジャン』（*L'Argent* 原作トルストイ）にいたるまでの五十年間に、脚本などを担当したものを除いて、十四本の映画を撮っている。そのうち『田舎司祭の日記』（*Journal d'un curé de campagne,* 一九五〇　原作ジョルジュ・ベルナノス）、『抵抗』（*Un condamné à mort s'est échappé, ou le vent souffle où il veut,* 一九五六　原作アンドレ・ドゥヴィニ）、『ジャンヌダルク裁判』（*Procès de Jeanne d'Arc,* 一九六一―六二）、『バルタザールどこへ行く』（*Au hasard Balthazar,* 一九六五―六六）、『少女ムシェット』（*Mouchette,* 一九六六―六七　原作ジョルジュ・ベルナノス）、『白夜』（*Quatre nuits d'un rêveur,* 一九七〇―七一　原作ドストエフスキー）、『湖のランスロ』（*Lancelot du lac,* 一九七三―七四）の七本がなんらかの映画賞を受賞している。では、ブレッソンの映画に対する評価とはどのようなものなのか。

ジャン・リュリュック・ゴダールは、「フランス映画におけるブレッソンは、ロシア小説におけるドストエフスキーのようなものであり、ドイツ音楽におけるモーツァルトのようなものである」[2]と評価している。わが国においても、「ロベール・ブレッソンの『ラルジャン』を見るときに、人は、偉大としか呼びがたい何かに存在を貫かれたという実感を持つ」と高く評価する向きもある[3]。しかし、とりわけ印象深いのはル・クレジオの言葉である。彼は、「ロベール・ブレッソンはおそらくわれわれの最大の詩人、われらの今日ただひとりの劇作者である」として次のように述べている。

『ラルジャン』において、われわれはついに発見するのだ、洞窟の奥の方へのように、別の世界のざわめき、別の人生の光がそれを通って入ってくるあの窓がどれほどまでに狭いかということを。(……)『ラルジャン』には、おそらくあらゆる旅、あらゆる思想が終結する場所であるあの考えがある。すなわち、芸術作品がもはや存在理由を持たぬような世界への希望。金銭の反対物である正義が支配するような世界への希望だ(4)。

ブレッソンは、「人生の諸幻影に気を散らされた眼が見ることのできずにいたものを示し、差しだしている」(5)と言うのである。ドストエフスキーやモーツァルトと同列に置くことや最大の詩人の称号を付与することの妥当性はともかくとして、これらの賛辞は、各国でブレッソンの映画が高揚感をもって受け入れられた一時期があったことを示している。もちろん、それに反する評価もある。「正義が支配するような世界への希望」も万人を等しく照らしだすものではないらしい。たとえば、「『ラルジャン』をめぐる記者会見」の席でブレッソンは「どうしてあなたは観客を欲求不満にするような映画を作られるのですか」(6)と問われている。彼の映画が一般の多くの人々の理解を必ずしも得てはいないのも事実なのである。二〇一八年に出版された『フランス映画の一二〇年』の寸評は、専門家の見解と一般大衆の見方との乖離を示唆している。

非常に野心的なロベール・ブレッソンの作品は、傲慢なまでの重厚さと、妥協のないモラリズムを重ね合わせたアクセントのある様式の峻厳さとを特徴とする。「実存主義的真実」の生々しい探求である。しかし、多くの人々に受け入れられることはなかった(7)。

2．映画監督たちの「冒険的な野心」

一九一〇年に本国ロシアで最初の映画化（『白痴』）がなされてから、ドストエフスキーの作品の映画化は、ドイツ、アメリカ、イタリア、フランスとつづいた。一九五〇年代に入るとさらに世界に広がっていく。折しも、フランスは映画の改革をめざしたヌーベルバーグの時代を迎えようとしていた。一九五六年にはジョルジュ・ランパンが『罪と罰』を、一九五七年にはヴィスコンティが『白夜』を、一九五八年にはオータン＝ララが『賭博者』を映画化した。ヴィスコンティはそのほかにも一九六〇年にアラン・ドロンとクラウディア・カルディナーレを起用して伊仏映画『ロッコと兄弟』を撮っている。また、一九六七年にはゴダールが『悪霊』にヒントを得た『中国人の女』を制作し、一九六九年にはマルセル・ブリューバルがテレビ映画の『カラマーゾフの兄弟』を制作している。このように一九五〇年代末から十数年間、フランスの映画監督たちは競うようにしてドストエフスキーの世界に向かって行った。ブレッソンが『スリ』（一九五九）と『優しい女』（一九六九）と『夢想者の四夜』（一九七一）を撮ったのはそのような時代だった。

ちなみに、これらの『優しい女』と『夢想者の四夜』については、たしかにドストエフスキー原作であることがブレッソンの言葉で追認できる。しかし、『スリ』に関しては、種々のドストエフスキーの映画化のリストに挙げられて、『罪と罰』を自由に脚色して映画化した作品(8)と言われることがあるものの、定説とは言えない(9)。それゆえ、本論におけるドストエフスキー関連のブレッソンの映画とは、『優しい女』と『夢想者の四夜』の二作品を意味する(10)。

ところで、二〇一七年に出版された『スクリーンのなかのドストエフスキー』の執筆者は、ドストエフスキーの物語を映画化したり、着想を得たりするということは野心を誇示することであり、彼の作品の多様な側面は、それを制御し、尊重し、それと同等なものをつくることを困難にしているだけにいっそう「冒険的な野心である」ことを指摘している。そして、ドストエフスキーの作品は、その哲学的、形而上学的広がりという点においても、その豊かさと美しさという点においても広大なものであるがゆえに、「その全体を把握しようとすることは、初めから負けている賭けのようなものであること、しかしそれにもかかわらず、世界中の映画監督たちによって撮られた百五十本以上の長編映画がそのような賭けを試みてきたのだ」[11]と述べている。ブレッソンが、同時代の野心を共有しつつ、映画の新たな手法を試みようとしたとしても不思議ではない。ブレッソンがドストエフスキーの映画化に取り組んだ理由の一つは、やはり、そのような、映画監督としての彼が生きた時代の影響であると言えるだろう。

しかし、ブレッソンがドストエフスキーに向かった背景に、ドストエフスキーの小説の映画化の流行があり、その流行を支えていたのが、負けを承知の賭けを試みる監督たちの野心であったとしても、ブレッソンがドストエフスキーの小説を原作として「優しい女」と「夢想者の四夜」の映画化に踏み切った固有の理由はあったはずなのだ。それは何か?

ブレッソンは『シネマトグラフの覚書』（*Notes sur le cinématographe*, 一九七五）という著書を残している。創作活動の断片的な記録をまとめたものである。このなかで彼は現代文学の分水嶺と言われる『失われた時を求めて』[12]の作者プルーストに言及して次のように述べている。

> ドストエフスキーはとりわけ構成が独創的だ、とプルーストは言う。それは海流のように寄せては返す流れをもつ驚くほど複雑で、凝集した、純粋に内的な総体であり、（ドストエフスキーとはまったく異なるかたちでだが）プルーストのなかにも見出される。その等価物は映画にもよく調和するかもしれない[13]。

このメモが書かれたのは一九六〇年から一九七四年までのあいだだから、ちょうど『優しい女』（一九六九、原作『やさしい女』）と『夢想者の四夜』（一九七一、原作『白夜』）の二作品が撮られた時期にあたる。このように、当時のブレッソンは、彼がプルーストの文学に見出していた「驚くほど複雑で、凝集した、純粋に内的な総体」なるものをドストエフスキーの世界に見出し、その「等価物が映画にとってもふさわしいものになりうる」と思っていたのである。では、プルーストの文学にもかかわるその「純粋に内的な総体」とは何なのか。

3. ドストエフスキーの世界における「純粋に内的な総体」

ブレッソンの「海流のような内的な総体」という言葉は、「自由の海」(la mer libre) というプルーストの言葉を想起させる。プルーストは、芸術的創造の目的を、「実在の再創造」(recréation de la réalité) と定めた[14]。彼の詩的な表現をそのまま使うならば、それは、習慣の氷の下に一瞬にして閉じこめられてしまう「自由の海」を再発見し[15]、それを文字で表現することである。それは、人間の生そのものでありながら、われわれには見えにくい、「われわれが本当に生きた唯一の生」(la seule vie réellement vécue) だと言う[16]。いわば物理的時間の流れから抜け出た特権的な時間である。ル・クレジオは、「ブレッソンの作品は感覚の単純な探求を超えている」[17]と述べているが、ブレッソンの言う「純粋に内的な総体」は、プルーストが求めてやまなかった、われわれには見えにくいあの「真実の生」la vraie vie に近い。ブレッソンは、そのような「純粋に内的な総体」を映画によって表現しようとしたのである。ブレッソンが求めたものは、モンテーニュやドストエフスキーと並ぶ彼好みの作家だったプルースト[18]の世界に明らかに通じている。

ブレッソンは、一九八三年五月の「『ラルジャン』をめぐる記者会見」の席で、「ロシア文学をしばしば映画化しておられますが、それはロシア文学が極限の文学だからですか」と問われ、「いいえ、そこには真実があるからです。真実というものが、より深遠なやりかたで扱われているからです」と答えている[19]。また、一九八三年発行の『カイエ・デュ・シネマ(映画手帳)』六―七月号に収録されている『ラルジャン』に関する対談で、「あなたが十九世紀や二十世紀初頭のロシア文学を出発点としたのは今回が初めてではありません。とりわけドストエフスキーやトルストイのなかにあなたの興味をそそるなにかがあるのですか」と問われた彼は、端的に、「ドストエフスキーの真実、トルストイの真実です」と答えている[20]。しかし、彼は、ドストエフスキーの映画化に際して、まさに「真実というものが、より深遠なやりかたで扱われている」はずの大作ではなく、なぜ中編小説（nouvelle）を選択したのか。

じつは、その理由についてはブレッソン自身が語っている。彼は、「完璧な形式美を具えたドストエフスキーの偉大な長編小説（grands romans）にあえて触れる気にはなれない」と言っている。小説の価値を損なってしまうからというのがその理由である。利用するにはあまりにも複雑で、あまりにも巨大すぎる。それにロシア語だというのである。そして次のように述べる。

私が扱った二つの中編小説（nouvelles）は、より単純で、より完璧ではなく、ぞんざいに書かれたものなので利用することができました。それに、それらは国と時代を変えることができたのです[21]。

ブレッソンが見たドストエフスキーの中編小説の特徴は、「より単純で、より完璧ではなく、ぞんざいに書かれている」という点にあった。ブレッソンの言葉は、ロシア語の壁や、彼には対処しきれないドストエフスキーの長編小説のあまりにも複雑で巨大な世界を示しているとともに、そのような文学作品を映画化する行為そのものの限界を告白している。なるほど、同一国の文学と映画の関係においても、二様の芸術的創造の融合のむずかしさを示唆する例は少なくない。たとえば、ヴィスコンティなどの試みにもかかわらず、いまだ小説全体の映画化が実現していないプルーストの『失われた時を求めて』の場合もそうである[22]。何度か映画化やテレビドラマになったユゴーの長編『レ・ミゼラブル』などもそのような限界を感じさせる。ましてや、ジョルジュ・ランパンの『白痴』（一九四六年）や黒澤明の『白痴』（一九五一年）のように、言語も時代も物語の舞台も異なる異国の文学の大作を、自国の言語と時代と物語の舞台に置き換えて映画化する場合の困難さは想像に難くない。その困難さは、多くの場合、映画作品における違和感となって鑑賞者に伝わってくる。たとえば、「真に善良な人間が描きたい」[23]と言った黒澤の『白痴』の物語の展開には真実味が希薄に感じられてならず、制作の意図が前面に出すぎた作品に特有なあの過度の強調、あの自然らしさの欠落の印象が最後までつきまとう。

二〇〇〇年代になって本国ロシアでつぎつぎとテレビドラマ化されたウラジーミル・ボルトコ監督の『白痴』（五一〇分、二〇〇三年）や、ディミトリー・スヴェトザロフ監督の『罪と罰』（四一三分、二〇〇七年）や、ユーリー・モロズ監督の『カラマーゾフの兄弟』（五二七分、二〇〇八年）などが示すように、長編小説を可能な限り忠実に映像化したものは七時間、八時間、九時間といった長尺の作品になる。そのような小説を異国の地に舞台を変えて二時間前後の映画作品に仕立てることは、原作の一部分を切り取る手法に拠るのでなければ実現は不可能であろう。

哲学・文学・歴史に関する種々の批評を専門とする、あるインターネットマガジン「フィリット」*Philitt* の編集者は、文学と映画がうまくいくことはまれであり、とくに、ドストエフスキーほどの作家たちの作品を映画化するときはそうである[24]と述べているが、「利用するにはあまりにも複雑で、あまりにも巨大すぎる」というブレッソンの先の言葉は、ドストエフスキーの長編小説に手を染めなかった自らの心情を余すところなく伝えている。中編小説の選択は、それでなくてはならないという必然的選択というよりも、長編小説に代わるものとして選ばれた消去法的選択だったと言ってよい。

では、ブレッソンは、長編小説に代わる中編小説をもとにしてドストエフスキー文学の「純粋に内的な総体」の等価物を映像化するという本来の目的を達成しえたのだろうか。それとも、負けを承知の賭けで終わったのだろうか。

シネマトグラフの真実は演劇の真実にも、小説の真実にも、絵画の真実にもなりえない[25]。

周知のように、ブレッソンはシネマトグラフという言葉を使って自らの映画を他者のシネマという映画から峻別した。「動いている映像と音によるエクリチュール」と定義された「シネマトグラフ」[26]は、「見世物」と定義づけた「他の人々の映画」とは一線を画する。彼は「私の映画は見世物にはしたくありませんし、それは見世物ではありえないのです」[27]と言っている。なるほど、「夢想者の四夜」はベルリン国際映画祭の受賞作品である。一般的には、成功を収めた証と言えるだろう。しかし、筆者には、シネマトグラフの真実は演劇の真実にも、小説の真実にも、絵画の真実にもなりえないと語ったブレッソンの言葉が記憶に残る。たしかに、ブレッソンはドストエフスキー文学の何を表現すべきかについては知っていた。そして中編小説に向かった。しかし、そこにシネマトグラフの真実という彼の言葉を重ね合わせると、いかに中編小説といえども、その映像化にはやはり野心的な試みの域を超えがたい困難さがあることを、ブレッソンは認めていたように思えてならない。ブレッソンのような「われらの今日ただひとりの劇作者」にあっても、ドストエフスキーの「小説の真実」はまさに「シネマトグラフの真実」にはなりえていないのかもしれない。

エピローグ

フランスの文芸批評家モーリス・バルデーシュはプルーストを論じた著書のなかで、「芸術もなぐさめでさえない、人がそう思っているほどには。なぜなら芸術作品も他のすべてのものと同様死すべきものであるから」と述べている[28]。ドストエフスキーの作品もそのような運命にあるのかもしれない。しかし、今もなおこのロシアの文豪が多くの読者を獲得しているとすれば、そのことに大いに貢献しているものの一つは、彼の文学に触発されてさまざまな作品を世に送り出してきた映画であるとも言える。

第七芸術の映画は、原作に関する読者の想像力を制限してしまうという欠点ゆえにドストエフスキー文学の根源的なるものから人々を逆に遠ざけてしまうという危険性をはらみながら、他のすべてのものと同様に死すべき運命にある芸術としてのドストエフスキーの世界にいくたびとなく新たな命を注いできたに相違ない。そしてまた、そのような恩恵に浴することができること自体が、ドストエフスキー文学の偉大さを証明しているのだろう。

それにしても、映画作品の全容が瞬時にして世界を駆けめぐり、作品の意義や価値が国を超えて相互に浸透し同化する今日、一国の映画の普遍的な特性を語ろうとすることはもはや不可能かもしれない。フランスでは、「唯一の真に完璧なフランス映画の歴史の百科事典」としてパリのピグマリオン社から一九八六年に出版が開始され、以後一年に一巻ずつ刊行された大部の『フランス映画の歴史』が一九九二年発行の第七巻で幕を閉じた。一九二九年から一九七〇年までの四十年間のフランス映画の歴史を克明に跡づけてきたこの書物の終焉は、文化のグローバル化の波が各国の映画の垣根を呑み込み、映画を国ごとの個別的な呼称ではくくりきれなくなってすでに久しいことを象徴的に示している。

参考文献・注

（1） <Bibliographie>

Histoire du Cinéma Français, Encyclopédie des films 1929-34, Pygmalion, 1988.
Histoire du Cinéma Français, Encyclopédie des films 1935-39, Pygmalion, 1987.
Histoire du Cinéma Français, Encyclopédie des films 1940-50, Pygmalion, 1986.
Histoire du Cinéma Français, Encyclopédie des films 1951-55, Pygmalion, 1989.
Histoire du Cinéma Français, Encyclopédie des films 1956-60, Pygmalion, 1990.
Histoire du Cinéma Français, Encyclopédie des films 1961-65, Pygmalion, 1991.
Histoire du Cinéma Français, Encyclopédie des films 1966-70, Pygmalion, 1992.
Fouad Sabbagh, *120 Ans de Cinéma Français*, Publisher: Independently published, 2018.

Michel Estève et André Z. Labarrère, *Dostoïevski à l'écran*, *CinémAction* no.164, Charles Corlet, 2017.
Robert Bresson, *Notes sur le cinématographe*, Gallimard, 1975.
Robert Bresson, *Bresson par Bresson, Entretiens 1943-1983*, Flammarion, Paris, 2013.
CUNNEEN Joseph, *Robert Bresson, A Spiritual Style in Film*, Continuum, New York, 2003.
Collection "*Amphi Lettres*" dirigés par Colette Becker, Bréal, 2004.
季刊『リュミエール』五、筑摩書房、一九八六。
<Web-site>
https://www.cineclubdecaen.com
https://www.senscritique.com
https://www.vodkaster.com
https://philitt.fr/category/cinema/

（2）« Bresson is to French film what Dostoevsky is to the Russian novel, what Mozart is to German music. », cité par CUNNEEN Joseph dans son livre intitulé *Robert Bresson, A Spiritual Style in Film*, Continuum, New York, 2003, p.16.

（3）蓮實重彦、季刊『リュミエール』五、筑摩書房、一九八六、「巻頭の言葉」。

（4）J・M・G・ル・クレジオ、豊崎光一訳「ロベール・ブレッソンの『ラルジャン』について」、季刊『リュミエール』五、筑摩書房、一九八六、二十五頁。

（5）Ibid.「ロベール・ブレッソンの『ラルジャン』について」、二十三頁。

（6）「『ラルジャン』をめぐる記者会見　ロベール・ブレッソン」武田潔訳、季刊『リュミエール』五、三十一頁。

（7）Fouad Sabbagh, *120 Ans de Cinéma Français*, Publisher: Independently published, 2018, p.62 : « L'œuvre de Rober Bresson, d'une extrême ambition, se caractérise par une gravité hautaine et une austérité stylistique accentuée, doublée d'un moralisme intransigeant. Une exploration brute de la Vérité existentielle, qui peina cependant à trouver un large publique. ».

（8）Cf.・*Dostoïevski à l'écran*, *CinémAction* no.164, p.81.
・www.cineclubdecaen.com, etc.

（9）Robert Bresson, *Notes sur le cinématographe*, Gallimard, 1975. においても、ドストエフスキー原作は「優しい女」（一九六九）と「夢想者の四夜」（一九七一）の二作品である。

（10）*Histoire du Cinéma Français, Encyclopédie des films* にも *Pickpocket* とドストエフスキーの小説との関連は指摘されていない。

（11）André Z. Labarrère ; *L'arc-en-ciel des adaptations de Dostoïevski à l'écran*, in *CinémAction, Dostoïevski à l'écran*, Edition Charles Corlet, 2017, p.12: « Et vouloir la saisir dans sa totalité paraît confiner à un pari perdu d'avance. Pourtant, depuis 1910, plus de 150 longs métrages tournés par des cinéastes du monde entier ont tenté la gageure. »

（12）André Brincourt, *Les écrivains du XXe siècle*, Retz, 1978, p.500: « Une œuvre qui est la ligne de partage. ... Le roman français se situe avant et après lui (=Proust). »

（13）Robert Bresson, *Notes sur le cinématographe*, Gallimard, 1975, p.123 : « Proust dit que Dostoïevski est original surtout dans la composition. C'est un ensemble extraordinairement complexe et serré, purement interne, avec des courants et des contre-courants comme ceux de la mer, qu'on trouve aussi chez Proust (d'ailleurs combien différent), et dont le pendant irait bien à un film. »

（14）Marcel Proust, *Contre Sainte-Beuve*, Bibliothèque de la Pléiade, p.216: « car de plus en plus je la crois impuissante à **cette recréation de la réalité** qui est tout l'art, ... »

（15）Ibid. p.304, « c'est **retrouver la mer libre**. »

（16）Marcel Proust, *Le Temps retrouvé, A la recherche du temps perdu*, Bibliothèque de la Pléiade, tome 3, p.895 : « cette réalité que nous risquerions fort de mourir sans avoir connue, et qui est tout simplement notre vie. La vraie vie, la vie enfin découverte et éclaircie, **la seule vie par conséquent réellement vécue**, ... »

（17）Robert Bresson, *Notes sur le cinématographe*, 1975, p.10, Préface, Le Clézio : « Son œuvre est au-delà de la simple exploration des sens. La vérité, la beauté, chaque parcelle de notre mystère divin est perçue à travers ces ouvertures faciles à tromper. » 『シネマトグラフの覚書』に寄せたル・クレジオのこの「序文」の一節を読むと、筆者は、プルーストが描く五感が偶然にもたらす美的印象の解釈を聞いているような錯覚に囚われる。

（18）CinémAction, *Dostoïevski à l'écran*, Edition Charles Corlet, 2017, p.80 : « Si les deux cinéastes préférés de Robert Bresson étaient Chaplin et Buster Keaton, Montaigne, Proust et Dostoïevski comptaient parmi ses écrivains de prédilection. »

（19）Cf. 上記の注6「『ラルジャン』をめぐる記者会見　ロベール・ブレッソン」。

（20）Robert Bresson, *Bresson par Bresson, Entretiens 1943-1983*, Flammarion, Paris, 2013, p.330 : « *Cahiers du cinéma* — Ce n'est pas la première fois que vous prenez un point de départ dans la littérature russe du XIXe siècle et du début du XXe. Est-ce qu'il y a quelque chose qui vous intéresse particulièrement dans Dostoïevski et même Tolstoï ? R.B — Le vrai de Dostoïevski et le vrai de Tolstoï. »

（21）Robert Bresson, *Bresson par Bresson, Entretiens 1943-1983*, Flammarion, Paris, 2013, p.274 : « Je n'oserais pas toucher aux grands romans de Dostoïevski, d'une beauté formelle parfaite. Je ne pourrais pas m'en servir sans les desservir. Ils sont aussi trop complexes, trop vastes. Et ils sont russes. Les deux nouvelles que j'ai prises, j'ai pu m'en servir parce qu'elles sont plus simples, moins parfaites, **écrites à la hâte.** En outre, elles pouvaient changer de pays et d'époque. »

（22）『失われた時を求めて』の一部分を切り取って映画化された『スワンの恋』（フォルカー・シュレンドルフ監督、一九八四）と『見出された時』（ラウル・ルイス監督、一九九八）は存在する。

（23）映画『白痴』冒頭に映し出される黒澤監督の言葉である。

（24）https://philitt.fr/2013/10/21/dostoievski-visconti-gray-la-communion-de-la-litterature-et-du-cinema/, MATTHIEU GIROUX 21 OCTOBRE 2013.
Dostoïevski, Visconti, Gray : la communion de la littérature et du cinéma ;
Littérature et cinéma font rarement bon ménage. Surtout lorsqu'il s'agit d'adapter à l'écran des écrivains du calibre de Dostoïevski. Cependant que certains cinéastes sauvent l'honneur de la profession. C'est le cas de Luchino Visconti et de James Gray. À travers leurs adaptations respectives des Nuits Blanches, les deux réalisateurs livrent leurs visions de l'art et de l'amour.

（25）Robert Bresson, *Notes sur le cinématographe*, 1975, p.22 : « Le vrai du cinématographe ne peut être le vrai du théâtre, ni le vrai du roman, ni le vrai de la peinture. »

（26）Robert Bresson, *Notes sur le cinématographe*, 1975, p.18 : « Le cinématographe est une écriture avec des images en mouvement et des sons. »

（27）・Robert Bresson, *Notes sur le cinématographe*, 1975, p.18 : « Un film ne peut pas être un spectacle, parce qu'un spectacle exige la présence en chair et en os. »
・季刊『リュミエール』五、筑摩書房、一九八六、三十四頁。

（28）Maurice Bardèche, *Marcel Proust romancier*, Les Sept Couleur, 1971, tome 2, p.282. « L'art n'est même pas une consolation autant qu'on le croit, car l'œuvre d'art est mortelle comme tout le reste. »

参考資料　ドストエフスキー原作とされるフランス映画

1935 Crime et châtiment (Pierre Chenal)
1937 Les Nuits blanches de Saint-Petersbourg (Jean Dréville, Drame, 1h37)
1938 Le Joueur (Gerhard Lamprecht)
1946 L'idiot (Georges Lampin)
1946 L'Homme au chapeau rond (Pierre Billon) : adapté de L'Eternel Mari
1956 Crime et châtiment (Georges Lampin)
1957 Les Nuits blanches (Luchino Visconti) franco-italien
1958 Le Joueur (Claude Autant-Lara) franco-italien
1959 Pickpocket (Robert Bresson, 1h20)
1960 Rocco et ses frères (Luchino Visconti) franco-italien
1967 La Chinoise (Jean-Luc Godard)
1969 Une femme douce (Robert Bresson, 1h30)
1969 Les Freres Karamazov (Marcel Bluwal) : *Téléfilm
1971 Quatre nuits d'un rêveur (Robert Bresson) : le film qui adapte et transpose très librement Crime et châtiment, 1h19.
1976 L'Assassin musicien (Benoît Jacquot) : Nétotchka Nezvanova [inachevé]
1980 Bobo la tête (Gilles Katz)
1985 L'Amour braque (Andrzej Zulawski) : librement inspiré de L'Idiot
1987 Soigne ta droite (Jean-Luc Godard) : librement adapté de L'Idiot
1988 Les Possédés (Andrzej Wajda)
1990 La Vengeance d'une femme (Jacques Doillon)

2001 L'Adolescent (Pierre Léon)

2004 Basse-Normandie (Patricia Mazuy) *Les Carnets du sous-sol*

2005 J'irai cracher sur vos tongs (Michel Toesca)

2007 Dans la ville de Sylvie (José Luis Guerin) franco-espagnol

2007 Paranoid Park (Gus Van Sant) *Drame

2008 L'idiot (Pierre Léon)

2015 Nuits blanches sur la jetée (Paul Vecchiali)

Author & title : HAYASHI Ryoji, "Shadow of Proust: Robert Bresson and Dostoevsky"

恍惚とニヒリズムの境界──ベルトルッチとドストエフスキー

亀山郁夫

1. 方法と物語性の一体化

一九六八年、当時二十七歳のベルナルド・ベルトルッチは、きわめて辛口のデビュー作『殺し（La Commare Secca）』（六二）と、先鋭な方法的意識のうちにいくぶんロマンティックな「告白」をにじませた『革命前夜（Prima della rivoluzione）』（六四）の二作で一定の評価を得たのち、比較的長い空白と不振の時を迎えつつあった。その間、破竹の勢いで映画製作に邁進していたのが、ピエール・パオロ・パゾリーニとジャン＝リュック・ゴダールの二人だった（1）。

パゾリーニの原案によるベルトルッチのデビュー作『殺し』は、一人の売春婦の死を種々の証言によってたどりなおす一種のポリフォニー劇で、そこには明らかに黒澤明の『羅生門』の影響が見てとれた。しかし何よりも注目すべき点は、ゴダールによる後のジガ・ヴェルトフ傾倒をも予感させるロシア構成主義への接近である。具体的には、アレクサンドル・ロトチェンコ。ベルトルッチは、『殺し』で、ロトチェンコのラクルスまたは「遠近短縮法」の名で知られる手法を大胆に取りこんでみせた。しかし、映画全体の作りは、彼の関心が「敬愛する」ゴダールよりむしろロベール・ブレッソン風の即物主義に深く傾斜していたことが、今日の視点からは明らかである。そこには、ラディカルに走りすぎることを怖れ、方法と物語性の緊密な一体化をめざそうという意欲がはっきりと感じとれる。他方、物語性の側面から彼が描こうとしていたのは、戦後十五年を経てなお生々しい荒廃の爪痕をとどめるローマ郊外の風景であり、そこに生きるアウトローたちのやさぐれた姿態そして声であった。嫌疑を受ける者たちの表情を凝視するカメラは、支配者の側の監視のまなざしを暗示しているが、他方、荒廃したローマ郊外の風物を浮かびあがらせるその姿勢は、言ってみれば、社会派、共産主義者としてのそれであり、前年に『アッカトーネ（Accattone）』（六一）で彼が助監督を務めたパゾリーニの影響をもろに見てとることができる（この時期、映画人としてパゾリーニは、いまだ大きな仕事を成してはいないが、彼との初仕事から得たものは小さくなかった）。そのパゾリーニの影響から逃れるために、ベルトルッチは外部に向けてさらに方法と視点を開いていく必要があった。いわばその手段として、ジャン＝リュック・ゴダールへの接近がはじまったと見てよい。ゴダールを受け入れることで、ネオリアリズモの伝統からも、尊敬するパゾリーニからも自由になれると踏んだのではないか。

ところが、第二作『革命前夜』においても、自由への逃走の企ては実現しなかった。「シネマ・ヴェリテ」の手法を一部にとりこみ、登場人物の一人に、ゴダールへのオマージュさえ語らせながら、結果的には、一人称的なこだわりを重くとどめる作品に仕上がった。この映画のもつ自伝的な性格に注目し、ブルジョア的退廃に後戻りすることへの若いベルトルッチの恐怖をそこに見る研究者もいるが(2)、必ずしもそのようにセンチメンタルな文脈でとらえる必要はない。映画全体に対するベルトルッチの視線は、より俯瞰的というのが正しく、事実、共産主義者をめざす主人公ファブリツィオは、友人の映画ファンが口にするゴダール礼賛にとくに熱心に耳を傾けるふうでもない。逆に主人公の一人称告白そのものが、この映画のもつ方法上の先進性を脇に追いやり、その思想性を前面に押し出す結果となっている。翻って、『革命前夜』を「自伝的」な映画に仕立てようとしたとき、彼はすでにゴダールとは別の、独自の道をひそかに決意していたのだと思われる。

当時のインタビューでベルトルッチは次のように述べている。

「私が好きな監督は、パゾリーニとゴダールです。彼ら双方に憧れています。二人とも偉大な精神の持ち主であり、偉大な詩人です。私がパゾリーニやゴダールに対抗する映画を作りたいと思うのは、それが理由なのです。なぜかといえば、とにもかくにも前に進み、人に何かを伝え、与えるには、自分がもっとも愛する人たちとつねに闘いを繰り広げなくてはならないと思うからです」(3)

ベルトルッチのゴダールに対する態度は、このように、初めからアンビギュアスで謎めいていた。ここにひとつ興味深いエピソードが残されている。憧れのゴダールと初めて顔を合わせたベルトルッチは、緊張のあまり彼の前で嘔吐したと告白しているのである(4)。この告白は、いささか謎めいている。なぜ、嘔吐したのか。ことによると、その嘔吐は、たんに「巨匠」を前にしての緊張というより、むしろ内心の迷い、ある種の面従腹背に近い何かが原因だったのではないか。事実、「ぼくたちはみな、ゴダールになりたがっている」(5)との賛辞まで送りながら、ベルトルッチのフィルモグラフィには（後にくわしく触れる一本をのぞいて）、彼のゴダール礼賛を裏づける記録はひとつも見当たらない。したがって、この賛辞自体どことなく「二枚舌」（褒め殺し）的なニュアンスを放っており、その「二枚舌」の存在を決定的に裏づけたのが、一九七〇年に製作された『暗殺の森（Il Conformista）』（「順応主義者」の意味）だった。

アルベルト・モラヴィアの同名の小説をもとにしたこの映画で、ベルトルッチは原作をたくみに加工しつつ、反ファシズム運動の指導者の一人で、恩師のクワドリ教授の暗殺に手を貸す哲学講師マルチェロの、矛盾に満ちた内面を描き出した。そして後に彼は、このマルチェロ青年にみずからを模して、「あれは、ぼくとゴダールをめぐる物語なのです」(6)と半ば冗談めかして語ってみせた。ここで再び強調するなら、『暗殺の森』とは、「順応主義者」たるベルトルッチ自身によるゴダール殺し、「父殺し」(7)でもあったということである。また、実際の暗殺行為には関わらず、恩師が確実に暗殺されるのを知りつつ、その妻にさえ救いの手を差しのべようとしないマルチェロは、まさにイワン・カラマーゾフ的な「父殺し」の状況に立っていたという仮説が成り立つ。

では、ベルトルッチの右に述べた、権威への意識過剰と、それが必然的におびき寄せる二枚舌的な性格はどこに由来するものだったろうか。

ゴダールとの資質の違いについては、プロテスタントとカトリックという幼年時代の教育の違い、父親の存在の大きさの違い、あるいは同時代の映画的環境に原因を求めることができる。高名な詩人で作家のアッティリオ・ベルトルッチを父に持ち、その父にならって文学の道を志し、ローマ大学在学中に弱冠二十歳で助監督デビューを果たしたベルトルッチだが、彼の前には、この偉大なる父親のほかに、映画界の偉大な父たち、すなわちネオリアリズモの流れをくむ巨匠たちが控えていた。ヴィットリオ・デ・シーカ、ロベルト・ロッセリーニ（『革命前夜』でも言及されるとおり、ベルトルッチが最も敬愛した映画作家）、ルキノ・ヴィスコンティ、ミケランジェロ・アントニオーニ、フェデリコ・フェリーニ――これらの名前を挙げるだけでも、若いベルトルッチの行く手をはばむ壁の厚さが想像される(8)。

では、これら巨匠たちの前で、二十七歳の青年に何ができたか、といえば、若さにまかせた体当たり、べつの言い方をすれば、ゲリラ戦である。どのようなゲリラ戦が有効であると、彼は考えていたのだろうか。考えうるのは、先ほども述べた、ゴダールへの接近である。ゴダールの方法をうまく活用できれば、自由への逃走の企ては第一段階において成功である。なぜならベルトルッチは、すでにこの時点で、ゴダールにできない何かが自分にはあることを確信していたふしがうかがえるからである。では、ゴダールのなかから、果たして何を利用することが有効とみなされたのだろうか。

それこそは、ほかでもない、既存の価値観念に対する、ほとんど冒瀆的としか言いようのない道化的身振りである。といってもそれは、ベルトルッチその人の、というより、登場人物たちの演技のうちに顕在化する道化的身振りである。かりにそれをドストエフスキーの文学にあてはめるなら、ミハイル・バフチンが規定した「奪冠」の観念になぞらえることができるだろう。「奪冠」が可能となるのは、いや、「奪冠」の前提をなすのは、あくまでもカーニバル劇ないしはカーニバル劇的状況である(9)。そしてそのカーニバル劇的状況（「五月革命」）がいままさに、隣国フランスの首都で起ころうとしていたのだった。

思うに、ベルトルッチのこうした戦略と試行錯誤の結果生まれた作品が、ドストエフスキー『分身（Dvoinik）』（一八四六）を下敷きにした『パートナー（Partner）』（六八）である。そして極端な言い方をすれば、ゴダールとドストエフスキーの両者を天秤にかけつつ、最終的に彼は、後者の優位を宣言し、世界に知らしめようとしたと見ることができる。主人公ジャコブの、惰性化した世界に対する苛立ちは、むろんゴダールの主人公たちの苛立ちそのものでもある。もっとも、『パートナー』が製作された一九六八年の時点で、ベルトルッチは、パリにみあうカーニバル劇的状況をローマに期待することはできなかった。逆にパリほどにドラマティックな展開をもたない分、イタリアに生まれた「分身」たちの道化的身振りはよりいっそうラディカル度をつよめ、ますます一人芝居としての性格を露わにしていった。しかもこの一人芝居こそ、ドストエフスキーの文学がベルトルッチに示唆した最大の武器でもあったのである。

2. ドストエフスキー・ブームと『分身』

二〇一三年三月、東京・渋谷のシアター・イメージフォーラムでベルトルッチ監督デビュー五十周年を記念するイベントが企画され、そこで上映が予定されているある映画の推薦文を書いてほしいという依頼が舞い込んできた。映画専門家でもない私になぜ、と怪訝な思いを抱きながら説明を聞くと、上映される三作品の一つに、ドストエフスキーの中編『分身』をパロディ化した実験映画が含まれており、それも今回が日本初公開だという。話を聞き終えた私は、逆に期待を裏切られたような思いで同意し、デモ用のDVDを送ってくれるようにお願いした。落胆の理由は、ほかでもない、ベルトルッチがパロディの対象とした作品が初期の『分身』だったという点である。二十歳台だったとはいえ、ベルトルッチほどのスケールをもった才能であれば、後期五大小説のどれかに挑戦するくらいの気概をもってほしかった。しかしとにもかくにも、『ラストタンゴ・イン・パリ（Last Tango in Paris）』（七二）によってベルトルッチの名を初めて知ってから四十年を経てようやく、ベルトルッチとドストエフスキーが一本の糸で繋がった。

日本で初公開となる作品のタイトルは、『パートナー（Partner）』（邦題は、『ベルトルッチの分身』。ただしイタリア語の原題は、Il Sosia で「ダブル」の意味であり、ロシア語の「分身」により近い）。一九六八年のパリの五月革命に触発された作品で、ローマの演劇アカデミーで演劇を講じる若い教師に、主人公ジャコブとその分身の役が与えられていた。それにしても、一九六八年の「革命」を映画化するのに、なぜ『分身』なのかと不思議に思い、一九六〇年代前後のイタリアの映画状況を調べはじめて明らかになった事実がある。この映画が撮影されるより前の約十年間、イタリアでは、一種のドストエフスキー・ブームと呼んでもよい現象が起こっていたのだ。ステファノ・アローエの文章を引用しよう。

「戦後世界のイデオロギー的な二極性はイタリアの土壌にも現れ、ドストエフスキーの精神的な原理をはげしく強調することで、カトリック系の思想家たちは、ソヴィエトの無神論文化との論争の手段としたが、他方、マルクス主義者たちは同じドストエフスキーに革命の予言者を見出したのだった」(10)

さらにドストエフスキーは、たんに思想界における論争の試金石となったばかりではなく、戦後の映像作家たちの興味をも大いに惹きつけていた。いわば、イタリアにおけるその第一人者ともいうべきヴィスコンティは、マルチェロ・マストロヤンニを主役に立てて『白夜』（五七）を、二年後には『白痴』をイメージした『若者のすべて』（六〇）を撮り、それと前後して、ヴィットリオ・コッタファーヴィが『虐げられた人々』（五八）、『白夜』（六二）の二本を、ジュリオ・マジャーノが『罪と罰』（六三）、サンドロ・ボルチ『カラマーゾフの兄弟』（一九六九）、『悪霊』（一九七二）を製作していた。つまり若いベルトルッチにとっても、同時代の映画界にとっても、ドストエフスキーは決して耳新しい存在ないしテーマではなかったのだ。

ローマのある演劇アカデミーで、俳優術を教える主人公のジャコブ（ジャコブのロシア名は、ヤーコフ。ドストエフスキー

『分身』の主人公ヤーコフ・ゴリャートキンの名を忠実になぞっている）は、ある夜、教授の娘クララの誕生日の祝いに駆けつける。必死の願いにもかかわらず玄関払いされたジャコブは、諦めきれずに勝手口からひそかに潜入を試みるが、その常軌を逸した道化的なふるまいが一同の顰蹙を買い、ついに祝いの席からつまみ出されてしまう。その夜、ジャコブの身体に巨大な影（分身）が生まれ、その影をひきずりながら帰宅したジャコブは、突如現れたもう一人のジャコブと、同じアパートの一室で起居をともにしはじめる。ところが、そのジャコブのもとに思いもかけず、愛するクララからのラブレターが届き、念願のランデブーが実現するのだが、はたしてこの羨むべき役割を演じるのが、ジャコブ本人なのか分身なのか、観客にはもはや区別がつかない（二人は、声の高低で見分けるしかない。囁き声は、ジャコブ本人、低い声は、分身ということだろうか）。

ドストエフスキーの小説と異なる点は、まず、ジャコブ（分身）のもつ暴力的な性格である。分身はすでに完全にコントロール圏外にあって、同僚のピアニストをこともなげに銃殺し、愛するクララを市外電車の車中で絞殺し（依頼殺人のように見える）、洗剤を売りにやってきた女性をも自室の洗濯機の前で殺してしまう。他方、ジャコブ（本人）は、アカデミーの教室や街頭で、「禁止は禁じられている」「不可は不許可だ」などのレトリカルな言辞を弄しながら、世界を演劇の舞台に変え、学生たちに一斉蜂起を呼びかける。舞台上のフットライトを取り払えというメッセージ（すなわち、舞台と観客の一体化の理念）は、ロシア革命初期にメイエルホリドらが唱導した「演劇の十月」の理念そのものをなぞっている。

そして劇場が革命の舞台となり、舞台と革命の一体化が成就された暁には、ジャコブ本人も分身も、ギロチンによってうち捨てられるべき人間と化さざるをえない。だが、ジャコブの革命は、ジャコブが根本的に抱えている怯懦と恐怖が原因で失敗に終わる。最後の問いは、「われわれは二人なのか、一人なのか？」。

ジャコブが企図した「革命」のプログラムは、擬似爆弾を装着した乳母車を階段から転げ落とすところから始動する。

エイゼンシテイン『戦艦ポチョムキン』の中の有名な「オデッサの階段」のパロディである。革命がどれほどの狂気をもたらすか、ジャコブは、すでにその「真の恐怖」に駆られている。狂気とエクスタシーの脳を持つということが、「分身」の出現をうながした原因だとすれば、その狂気とエクスタシーを持続できないかぎり革命に未来はなく、「分身」の存在にも意味はない。「エクスタシーにおいて魂は肉体のドッペルゲンガーに姿を変える」と書いたのは、芸術史家ミューラー＝シュテルンベルクだが(11)、ジャコブとその分身もまた、いままさに現出しようとする革命を生きていくうえで不可欠な狂気とエクスタシーの体現者なのだ。革命を実現する主体が形成されるには、ドストエフスキー『分身』における旧ゴリャートキンが、新ゴリャートキンとの一体化を画策し、一時的な万能感にひたるように、両者の強力な一体性が不可欠である。ところが、『パートナー』のジャコブは、先ほど述べたように、最初から死の衝動にかられ、路上の簡易トイレでカミソリ自殺を図ろうとするほどに、怯懦を絵に描いたような男である。いずれにしても、分身とは、革命の予感のなかではじめて誕生した、あらたなアウトロー主体、あるいは革命という名の身体と言うことができる。ジャコブは分身に向かって言う。「舞台が成功したら、君を殺して、自分に戻るつもりだった」(12)。

だが、『パートナー』全体はすでに、「革命」の夢が早々に閉ざされかけていることを暗示している。ジャコブとその分身以外、狂気とエクスタシーをになう真の主体が存在しない。書を捨てて町へ出よ、のアピールは何ら効を奏することなく、役者志願の学生たちは、日常の時間と日常の生活を頑なに手放そうとはしない。予定の時間にローマの廃墟に集まり、ジャコブの帰還を待ち受ける彼らが、もはや革命の主役たりえないことは火を見るより明らかである。恍惚の消滅は、「分身」の消滅と同義である。かくして絶望したジャコブと分身は、ともどもアパートの一室から飛び降り自殺を図る。

率直に印象を述べよう。『パートナー』全体を通して私が感じたのは、一種の名状しがたい嫌悪である。その嫌悪の核には、ピエール・クレマンティが演じるジャコブと分身の怪物的な欲望とサディズムと小心のグロテスクな三位一体があった。語られるセリフは、すべて俳優クレマンティの即興と感じられるほど、まさに引用のつづれ織りであり、一見、前後の脈絡を欠いているように思われた。「四年間」の空白と内省を経たあとの作品にしては、あまりに粗削りであると同時に、すさまじく内向きの印象を与える。たしかに個々の場面で披露されるアイデアの閃きには驚かされるが(13)、他方、ゴダールのもつリズムと一貫性、あるいは明晰さに欠けている。ただし、そうしたネガティブな印象が、方法論への過剰な入れ込みが必然的に招いた結果であることは十分に理解できるし、逆にそれによってゴダールには感じられない、一種の存在論的ともいうべき深みが得られたことも確かである。

ここでいくつか疑問点を提示してみたい。まず、原作との根本的な違いはどこにあるのか。

違いは、それこそ数知れずある、という答えが正しい。事実、ベルトルッチ自身、撮影中は、ほとんど台本を見ることなく、即興性を重視した旨の発言を行っている。

ドストエフスキーの原作では、旧ゴリャートキンは、新ゴリャートキンに対する印象が恐怖から一時的な万能感へ変容し、最後はその万能感が仇《あだ》となって破滅するという展開を辿る。それに対し、ベルトルッチの『パートナー』では、両者の間にそうしたダイナミックな関係性は存在せず、きわめて曖昧なかたちで両者の一体性が保たれている。つまり、ジャコブ（旧ジャコブ）と分身（新ジャコブ）の支配／被支配の関係性、あるいは、夢と現実の境界線が必ずしも明確ではないということだ。これは、ベルトルッチの分身観そのものに由来している。かりそめに分身のモチーフを次の二つの様態としてとらえてみよう。

1　純粋に自我の分裂として生じる対《つい》の分身
2　芸術的手法として外化された分身

端的に答えるなら、ドストエフスキーは、2に、ベルトルッチは、1に依拠しつつ分身像を構築した。これを先ほどの暴力性という観点からとらえ直してみる。

『分身』の主人公ゴリャートキンは、少なくとも表面的には、外的な暴力性からははるか遠い地点にいる。彼は、内向的人物であり、徹底して受け身の人間として描かれている。また、そのゴリャートキンを精神錯乱に導く分身の新ゴリャートキンにしたところで、外部から、物理的な敵対行為に及ぶことはない。その点の違いは、そもそも右にカテゴリー化した分身観に発している。ベルトルッチのインタビューに耳を傾けてみよう。

「分身が、ジャコブの想像力から生まれたものであることを、観客の納得のいくように示さなくてはなりません。……ジャコブにとって分身は、完全に内気で、明らかに柔和で、高度に神経質な人間のうちに存在しながら、彼自身、表現できない攻撃性、熱狂、怒りを表現する助けとなるからです。そうして彼はもう一つの自我を創造するのです」(14)

次に問題となるのは、『パートナー』とその前作『革命前夜』との関係性である。断絶か、継承か?

当時まだ二十代後半に入ったばかりのベルトルッチは、すでに危機に直面していた。危機をもたらしたのは、『革命前夜』で明示された「告白」への誘惑である。共産主義者から一介のブルジョワへと転向するファブリツィオはおそらくベルトルッチの内面の自画像でもあった。「父を殺すか、父にキスをするか、それこそがベルトルッチの映画そして彼の人生の中心をなしていた問題だった」(15)とは、レオ・ロブソンの言葉だが、ベルトルッチは、父を殺すことも、父にキスをすることもできない宙ぶらりんな精神状況にあった。「父を殺す」とは、政治的に、反ファシズムの闘士として、あるいは共産主義者としてテロリストであることも辞さない態度を意味し、父への「キス」は、現実の社会に大人しく順応することを意味する。逆に映画人として父を殺すことは、イタリアの映画的土壌に彼を産み落としたネオリアリズモの巨匠たちやパゾリーニと闘うことであり、「キス」をするとは、ネオリアリズモの、いやパゾリーニの後継者として折り目正しく振舞うことを意味する。だが、時代の流れが加速するなか、政治人としての「父」の像も、映画人としての「父」の像も大きな変容を迫られていた。少なくとも映画人として「父」の像を否定することは、彼が「もっとも愛する人たち」との闘争に入ることを意味していた。「もっとも愛する人たち」とは、いうまでもなく、パゾリーニとゴダールの二人である。パゾリーニ殺しは、同時にゴダール殺しでなくてはならなかった。では、仮にその二人の「父」との闘争に勝利することができたとして、果たしてどのような新たな道を彼は発見できたのか。

父殺しの道は、先ほども書いたように、「若さにまかせた体当たり」ないしはゲリラ戦略にあった。『パートナー』が描き出すのは、現状に対するベルトルッチの内心のいらだちである。そのいらだちのなかで、彼は、世界が先に狂うか、自分が先に狂うかという切羽詰まった自問自答を繰り返した。ほぼ同じ時期、同じいらだちを表現するためにドストエフスキーの『悪霊』に素材をもとめたのが、ゴダールである。しかしゴダールの場合、『中国女（La Chinoise, 1967）』（六七）で『悪霊』をパロディの対象とした理由が、結果として大きな矛盾をはらむにいたった。なぜなら、当時の政治的文脈のなかで『悪霊』は、明らかに文化大革命批判の書として理解されるべき側面を持っていたからである。では、ゴダールは、何をもってみずからのドストエフスキーへの共感の証としたのか？

他方、ベルトルッチはなぜ、ドストエフスキーのあまたある作品のなかから、よりによって『分身』に目を向けたのか。ゴダールに心服する彼が、最新作『中国女』の存在を知らなかったはずはない。ゴダールやトリュフォーの同伴者として、彼は、当然のことながら「五月革命」の側に身を置くことは不可避だった。しかし、その具体的表現が、ことさら『分身』に結びついた理由とは何だったのか。たんにゴダールに対する競争心からだったろうか。つまり、「愛する」ゴダールの乗り越えを図って、あえて同じドストエフスキーで勝負に出たということなのか。ないしは、ドストエフスキー文学への格別の思い入れもなく、純粋にアイデア勝負に出たということなのか[16]。

他方、ベルトルッチが、ドストエフスキーの小説にしばしば現れる「分身」のモチーフに、時代を超えて映画人を惹きつけるリアルな何かを感じたと考えることは十分に可能である。ベルトルッチ自身が映画『パートナー』について語った「シゾイドをめぐるシゾイド的映画」[17]というひと言は、彼のそうしたリアルな感受性を示唆するものである。と同時にこの言葉は、この作品を失敗作と見ていた彼の自嘲と解するのが正しく、作品そのものに彼なりの計算とアイデアと問題意識を凝集させていたことも明らかである。インタビューの中で彼は、「思うに、『パートナー』は、私が製作した映画のなかでもっとも自由な映画の一つであり、観衆にとってはもっとも難しい映画の一つです」と述べている。そこには、「空白」の四年間の思索が生きていた。では、「分身」のテーマ、いや「シゾイド」のテーマが、なぜ一九六八年の「革命」のテーマと結びついたのか(18)。

第一に考えるべきテーマは、演劇アカデミーの教師と位置づけられたジャコブの役割である。注意深い観客は気づいたはずだが、ジャコブの部屋のドアの壁に飾られているのは、フランスの劇作家アントナン・アルトー（Antonin Artaud）の肖像写真である。つまり、『パートナー』における「分身」の意味について、ベルトルッチは、アルトーの演劇理論を参照せよと無言のうちに呼びかけていたのだ。アルトーがその「残酷演劇」の理念を明らかにする『演劇とその分身』（Le Théâtre et son Double）で主張したのは、演劇と人生との間には明確な境界線は引かれず、「分身」とは、演劇と人生の相互関係を示す言葉であり、そこでは「残酷」を介した霊的な関係性が保たれていなくてはならないということだった。引用しよう。

「あらゆるスペクタクルの基盤に、残酷という要素がなければ演劇は不可能である。我々が今日のように堕落した状態にあるときには、形而上学を精神に到達させるには皮膚を通すほかない」(19)

『パートナー』におけるジャコブ＝分身にとって「革命」とは、まさに「皮膚を通す」痛みをともなう「残酷演劇」の最たるものであって、そこでは現実の確実な印として暴力が運命的な役割を担わなくてはならない。その夢想をジャコブに代わって実現するのが、分身ということになる。翻って現実のジャコブは非力であり、脆弱である。思うに、アルトー主義者のジャコブは、暴力をともなう革命の正当化のために、「残酷」の刻印として暴力をとらえる観点が不可欠と考えた。ベルトルッチが『パートナー』について、「シゾイド的映画」と呼んだとき、彼はひそかに「残酷演劇」のみならずアルトー自身の病をも念頭に置いていたのかもしれない。そもそも、演劇と人生の間の境界線の消失は、分身による三度の殺人によってすでに立証済みだった。アルトーの演劇理論を拡大解釈すれば、舞台上での殺人の演技は、現実における殺人の実践と何ら異なるところがなく、法による裁きの外にある。ジャコブの演劇論は、こうして限りなく「残酷演劇」の最高の分身としての「革命」という観念に近づいていく。そして敢えて言うなら、『パートナー』の作者ベルトルッチがこの演劇を駆動させる根本理念として想定していたのが、マルクス主義とフロイト主義だったのである。もっと言うなら、演劇と人生の二元論を超えて、この二つの主義《イズム》こそが、彼の作品のすべての面で「残酷」の証としての機能を果たさなければならなかった(20)。

『パートナー』におけるベルトルッチは、『殺し』や『革命前夜』と一線を画して、驚くほど乾いた視線で物語世界を構築している。しかしそこに、彼の生来の資質である抒情的な（と同時に、現実的な）視線がまぎれこんでいたことも明らかである。ジャコブとクララの逢引のシーンは、ハリウッドを思わせるメロドラマ性を帯びている。しかしここで言う叙情的とは、いくらか逆説的に聞こえるだろうが、ニヒルなという意味に限りなく近い。なぜなら、ベルトルッチのニヒルとは、世界観として確立されたものというより、あくまでも心情告白として顕在化するまなざしのありようを意味しているからである。ヴェルトフへの傾倒に見られる、徹底した非人称の世界を志すゴダールに対し、ベルトルッチがどこまでもこだわろうとしていたのは、一人称的な抒情の運命である。その一人称が二つの自我の間を揺れ動く世界、すなわち『パートナー』の世界が、ベルトルッチが到達できるぎりぎりの境界線だった。そして、二つの自我の関係は、ソシュールの「意味するもの」と「意味されるもの」の関係にも似た、演じる主体としての人間と、演じられる主体としての人間の「恣意性」というラディカルな関係性にたどりついた。道化的身振り、ないし道化性の本質とはまさにそのようなものである。

スタニスラフスキーの演技術を否定し、「ビオメハニカ」の理論を展開したメイエルホリドが意図したのは、まさにこの道化性であり、それこそは演じる主体の一人称の喪失である（ここに、ベルトルッチの言う「シゾイド」の意味が潜む）。

演劇アカデミーの教師ジャコブが俳優志願の学生たちに伝えようとしたメッセージとは、演技という恍惚の、さらなる極みにおける「分身」への変貌である。ところがそもそもその恍惚が、早くも失われようとしていた。

このように、『パートナー』が、ベルトルッチ本来の美学とはいかに異質であったか、そして彼がいかに努力してゴダールの試みに接近しようとしていたかが明らかとなる。そしてそこに生まれたのは、ゴダールよりはるかに難解で、道化的という表現すらもはや不要となる「シゾイド的な」世界だった。逆にその分、『パートナー』は、先ほども述べたある種の存在論的な深みを勝ちえたといえる。反復になるが、演劇における「統合失調症」とは、けっして人格が二つに割れる状態を言うのではない。演劇そのものがまさに「シゾイド」を前提とし、そこから生まれる「自我の灼熱」をエネルギー源とするのである。『パートナー』以降のベルトルッチが、次の主題として射程におさめるべき問題とは、まさにこの「自我の灼熱」が失われたあとの、世界の再構築であり、表象化だった。

思うに、『パートナー』は、ベルトルッチ芸術に訪れた最初の危機を体現する作品であり、それは、限界であると同時に、可能性の萌芽でもあった。パゾリーニの弟子をもって任じ、パゾリーニを同志とし、パゾリーニとのコラボレーションによってデビューしたベルトルッチとしては、「抒情」をぎりぎりまで担保することが、せめてもの崇敬の証となるはずだった。そして結局のところ、最後に残ったのは、実験ではなくロマンであり、抒情だったのだ。「順応主義者」の原題をもつ『暗殺の森（Il Conformista）』（七〇）で、彼はむしろ革命を相対化し、遅疑逡巡する人間の内的なドラマへと向かう。また、『ラストタンゴ・イン・パリ』（七二）では、妻を失った中年男のうらぶれたニヒリズムの核心に執拗に迫ることで、「革命」後の社会を包みこんだ憔悴の現実を描き出そうとした。それは、性＝ニヒルの勝利の世界である。中年男ポールに恋人を奪われるジャーナリスト役のジャン＝ピエール・レオは、「五月革命」におけるヒーローのひとりでもあるが、この構図はとりもなおさず、ベルトルッチの「ゴダール殺し」の衝動を暗示するものとなる。と同時に、奪ったポールの自殺は、その「ゴダール殺し」そのものの不毛さをも暗示しているかのように見える。

3．フロイトの両義性と「革命」

一九五九年にイタリア共産党に入党したベルトルッチは、マルクス主義とフロイト主義を盾に、体制変革を夢見る父殺し犯として、その後は、ゴダールの革命を引き継ぐ革新者として登場したはずだった。しかしその試みは、事実上、『パートナー』一作で終わり、ほどなくして発表される『暗殺の森』では、「コンフォルミスト（順応主義者）」として独自のニヒリズム美学へ傾斜していく。転向と呼ぶには、あまりにも軽やかな変わり身の早さだが、『パートナー』という作品それ自体が、一種の若気の至りであったという見方も可能かもしれない。いずれにせよ、彼のニヒリズム美学は研ぎ澄まされ、それから十年後に製作される「東方三部作」、『ラストエンペラー（The Last Emperor）』（八七）、『シェルタリング・スカイ（The Sheltering Sky）』（九〇）、『リトル・ブッダ（Little Buddha）』（九三）に豊穣な結実を見る。

『パートナー』が製作された一九六〇年代後半から七〇年代前半、すなわち彼の二〇代から三〇代にまたがる時代、彼のニヒリズムは、肯定と否定の両極で揺れうごいた。それは、彼のマルクス主義とフロイト主義がめざす「父殺し」が、強烈な内的動機を持たなかったことの現れであり、彼がモラヴィアに注目した理由もまた、政治的な現実からの逃避という動機に促されていた。そもそも、若い時代にドストエフスキーを読みふけり（「私は自分の人生をドストエフスキー化した」）[21]、ドストエフスキーを「わが師」と呼ぶほどに作家を崇拝していたモラヴィアへの着目は、彼のニヒリズム美学に深く共感するものがあった証である。『パートナー』から二年、彼が取り組んだ『暗殺の森』と、モラヴィアによる原作（邦題「孤独な青年」）の相違が、この時期のベルトルッチの精神状態を暗示している。すなわち、原作では、主人公のマルチェロはみずからファシストを志願するのに対し、『暗殺の森』では、友人イタロの誘いによってファシスト党に入党するかたちになっており、ベルトルッチのマルチェロにおいてその順応主義者たる志は、きわめて脆弱と言うしかない、というか、まさに受け身である。その受け身な人間のもっとも究極にあるものを、モラヴィアは倦怠と小心、あるいは黙過という態度で表現し、マルチェロに暗殺者としての役割を託さないのに対し、ベルトルッチは、逆に受け身のままファシスト党に加わったマルチェロに暗殺者という積極的な役割を担わせ、映画の終わりでは、徹底して彼に挫折の苦しみを味わわせた。しかしそうした違いは存在しつつも、生涯、いわゆる「倦怠」のテーマを追究しつづけたモラヴィアにとって、彼の弱気、自発性の欠如は、どこかベルトルッチに通じるものがあったはずである。かりにそうした精神のありようが、ドストエフスキーのそれに似ていたとすれば、それは、ベルトルッチが、破壊する側の人間ではなく、破壊される側の人間への想像力にあまりにも長けていたことに起因する。あるいは、「父殺し」という衝動においてモラヴィアとは異なる角度から世界を見ていたことを暗示する。では、モラヴィア＝ベルトルッチの「倦怠」は、最終的にどのような世界の認識に通じていたのだろうか。端的には、マルクス主義とフロイト主義の崩壊であり、人間の生死に君臨する運命の圧倒的な力という認識の誕生である。すなわち、「父殺し」「三角形的欲望」というフロイト主義の呪縛を解かれ、「運命への忍従」「三角形的欲望の崩壊」という状況が誕生する。

さて、ベルトルッチの伝記やインタビュー集のなかに、ドストエフスキーへの言及を探りながらむなしくページを繰るうち、私の目に一つの文字が止まり、それが、十数年前の記憶をあぶり出した。

二〇〇三年九月に開催された第六十回ヴェネツィア国際映画祭にて、ベルトルッチの新作『ドリーマーズ（The Dreamers）』がプレミア上映された。ベルトルッチだけは欠かすことなく観てきた私だが、この時ばかりはなぜか興味が湧かず、翌年七月に日本で公開された際にも映画館に足を運ぶことはなかった。だが、今回、浅田彰のベルトルッチ追悼の小さな文章に触れ、この映画がNetflixで配信されていることを知った(22)。

文学作品や映画に接する前には、なにがしか予感が働くものである。浅田彰の否定的評価（ギルバート・アデアの「つまらぬ原作を選んで失敗している」）は、かえって吉兆を暗示するかのように思えた。失敗作は、往々にして思い切りの悪さが原因となるが、その思い切りの悪さこそが、芸術家の内心を問わずがたりに表出する可能性があるからだ。一九六八年が物語の舞台と知った私が、真っ先にこの映画に探ろうとしたのは、「自伝」としての意味である。同時に私の脳裏に、それが『パートナー』が製作された時代を、すなわち当時のベルトルッチの心境を推し量る、格好の題材となるのではないかとの予感が働いた。

舞台は、一九六八年のパリ。語学留学のためにアメリカからやってきた映画狂の青年マシューは、五月革命で騒然とするパリで、一卵性双生児を名乗るイザベルとテオの若い男女と遭遇し、意気投合する。翌日、テオから夕食の誘いを受けたマシューは、高名な詩人であるテオの父親の饒舌をよそに、イザベルの所有するライターのサイズが、テーブルクロスの柄から、イザベルの指にいたるまですべての長さと比例していると得意そうに話す。アメリカから来た、どこか聖愚者を思わせるこのマシューは、徹底した現状肯定主義者であり、予定調和論者であることが明らかになる。それに対し、ベトナム戦争反対の署名にも加わらず、五月革命に対してもアンチの態度をとる父親に敵意をむきだしにするテオは、体制の変革を口走る映画青年である。しかしその実、街頭デモに足を踏み入れるだけの勇気はなく、「姉」のイザベルと近親相姦的な愛情関係にある（ただし二人の間に性的関係がないことは、後に明らかとなる）。

物語がここまで来たとき、私のなかで小さくはじけるものがあった。はじけるというより、何か大きな物語世界が開かれるような予感が生まれた。その予感は明らかに、この若い三人の人物関係がはらむ謎に起因していた。驚くほどに純朴なアメリカ人青年の、世界に対する信頼に満ちたまなざしに、唐突にも『白痴』のムイシキン公爵と、ヴォルテールの『カンディード』の主人公が二重写しにされたのだ。その予感が正しいかどうかを確認したいと願って、私は映像を止め、グーグル検索にベルトルッチ、ドストエフスキー、白痴と入力したが、ヒットするのは、『パートナー』に関する記事ばかりで、いささか落胆させられた。そこで改めて、『ドリーマーズ』関連の英語の記事を探そうと思い、グーグル検索を続けるうち、思いもかけない単語が飛び込んできた。映画の原作が、イギリス人作家でベルトルッチとほぼ同時代人であるギルバート・アデアの『聖なる無垢（The Holy Innocents）』（一九八八）とある。しかもアデアは、この小説を、ジャン・コクトーの『恐るべき子供たち（Enfin Terribles）』と、ジャン＝ピエール・メルヴィルによる一九五〇年の同名の映画に触発されて書いたという。ベルトルッチは、一九六八年の五月革命を題材にしたアデアのこの小説を忠実になぞりつつ、若干の修正を加えていることが明らかになった。まず、映画で、テオで呼ばれるイタリア人の青年は、原作ではゲルマン語由来のフランス語名「ギヨーム」であり、イザベルは、ヘブライ語由来の「ダニエレ」と呼ばれているのだ。その名前の変更について何らかの予測が働いたが、私にはもう「holy」と「innocent」の二文字で十分だった。私は小さな勝利感に酔いながら、ふたたびNetflixの画面に戻った……。

「詩が署名である」と囁き、テオの厳しい批判に反論を試みる父親が、これまでの文脈に照らしていえば、「順応主義者」の一人であることは明らかである。だが、ベルトルッチが詩人の父親にテオ同様、敵対的であるかといえば、必ずしもそうとは言いきれない。ベルトルッチが敬愛した自分の父親の面影をそこに見てとることが可能だとすると、ますますテオの存在は浮き上がってしまう。そのことは、徹底した反戦論者であるマシューとテオの父親との思いもかけない意気投合が暗示している。

物語の紹介を続けよう。

テオの両親は翌日から旅行に出かける予定があるため、早々と寝室に引き上げていく。そしてその夜、尿意をもよおして起きだしたマシューはテオの部屋をのぞき、テオとイザベルが全裸で眠っている姿を目撃する（アデアの原作では、二人は異母兄妹として設定されている）。ところが、この映画の後半に入ってさらに驚くべき場面に遭遇する。両親が不在となり、三人の同居生活が徐々に混沌とした様相を見せるなか、テオが、映画クイズをネタにした罰ゲームに敗れたマシューに対し、イザベルとの性交渉を命じるのである。そこには、性にまつわるタブー意識もなければ、あるいは嫉妬も介在しない。この場面は、パリ五月革命においてスローガンとされた「Egalité! Liberté! Sexualité!（平等！　自由！　セクシャリティ！）」の実践を象徴するシーンととらえるべきなのだろう。映画の前半では、「性革命」として意味づけられた五月革命のメッセージが、マシューが案内された客間の壁に飾られたドラクロアの『民衆を導く自由の女神』のレプリカ（女神の首がマリリン・モンローに置き換えられている）に象徴的に示されていた。その一方、ベルトルッチは、テオとイザベルの近親相姦的なプラトニズムを描き出すことで、古いヨーロッパ的な道徳観に反抗する若者たちの、新しい愛のかたちを提示しようとしていたと考えてまちがいない。

『パートナー』の存在を知るベルトルッチのファンが興味を持つのは、おそらく、一九六八年を舞台にした『ドリーマーズ』が、『パートナー』を製作した当時二十七歳の彼自身の自伝的な内容をどれほど含むものなのか、という点だと思われる。と同時に、およそ『ドリーマーズ』の世界からはほど遠い、まさにヘテロ的愛の極致ともいうべき、『ラストタンゴ・イン・パリ』との関係性である。

『ラストタンゴ・イン・パリ』に描かれた性の、きわめて内向的なニヒリズムが、性表現それ自体のきわどさと裏腹に、パリの五月革命の無益さに対する徹底した批判であったことは明らかである。芸術には革命以上に重要なミッションがあるといわんばかりに……。

ここからはもう、愚考を重ねるしかない。

ベルトルッチは、いわゆる東方三部作でヨーロッパ中心主義的なモラルの限界に挑戦した。フロイト的な父殺しの衝動としての革命の無益さは、火を見るより明らかだった。それはすでにベルトルッチの脳裏にほとんど最初から刻み込まれていた原風景だったといっても過言ではない。「順応主義者」とは、革命の理想を裏切り、ブルジョワ的な倫理観から最終的には抜け出せない「弱虫」であり、モラヴィアによれば、永遠の倦怠者ということになる。しかし、ベルトルッチは、むしろその小心や倦怠のなかに肯定的な意味を探りながら、ある意味で革命の対極にある世界、裏側の世界を覗き込もうとしたのだった。日本帝国主義の傀儡であった満州国のエンペラー、溥儀《ふぎ》は偉大な運命論者として登場する（『ラストエンペラー』）。第二次大戦の終結から間もない、一九四七年のモロッコを舞台にした『シェルタリング・スカイ』（ポール・ボールズ原作）でも、オイディプス的葛藤の延長上にある三角形的欲望は介在しない。カインとアベルの葛藤にも終止符が打たれている。つまり一切の葛藤が終わろうとしているのだ。それこそは、歴史の終わりの光景であり、ドストエフスキーに言わせれば、「キリストの楽園」である。モロッコの砂漠に立ったポートに暗示されているのは、性的なエクスタシーの回復の不可能性であり、なおかつそこから生じる、精神の新たな変容である。そこには、真に日常的な時間との神秘的な融合から生まれる愛の姿がある。その愛は、かぎりなく精神的であるがゆえに、かぎりなく高い。モロッコの砂漠の彼方に見え隠れするテーマが、かりに「シッダルタ」のテーマであったところで、何ら不思議はない。

そもそもフロイト主義は、革命にとって両義的である。すなわち、父殺しの欲動においてそれはきわめて革命的なエネルギーを結集する力となるが、母性性への憧憬は、逆に革命的エネルギーを阻喪する壁として立ちはだかる。母性性への憧憬とは、エロスである。男女間のエロスもまた、フロイト的であるがゆえに反革命的の烙印を免れない。中国の文化大革命で掲げられたスローガンの一つが、「造反有理」であったことはだれもが知っている。しかし、革命が成し遂げなくてはならない理想は、根本的な性的モラルの転換にあった。家族というしがらみのなかに閉じこもる限り、共産主義の建設を夢見ることはできない。それは、ゴダールが『中国女』で明確に示したメッセージでもある。つまり、資本主義のブルジョワ的倫理観念の打破こそが、「造反有理」に劣らず、文化大革命の理想となるはずなのだ。しかし、パリの五月革命に共感したイタリアの若者が、どこまで同時代の中国の政治的な動きを察知していたかはわからない。ましてや彼らが（少なくとも『パートナー』を観るかぎり）、性の「共有」という領域にまで踏み込んだうえでの集団主義的幻想を共有できていたとはとうてい思えない。しかるに『ドリーマーズ』において「一卵性双生児」として意味づけられたテオとイザベルがベッドをともにする光景にベルトルッチが意味づけていたのは、そこに「擬制」として君臨する家族の象徴化だった。しかし、それは果たして社会的なエネルギーとして有効に機能していたのだろうか？　ベルトルッチの答えは、ノーであり、イエスである。二〇〇三年の時点で、パリの五月革命を主題とする映画を製作することにどのような動機付けがあったのかはわからないが、少なくとも、パリの五月革命によって永遠化された一九六八年に対し、改めて「否定」を提示しなければならなかったことは確かである。と同時に、押し寄せるグローバリズムの波のなかで一つの政治的姿勢を明確にする必要があったと考えることもできる。マイケル・ハートとアントニオ・ネグリによる『帝国（Empire）』がハーバード大学出版局から刊行されたのが、二〇〇〇年九月。歴史的な環境は、一見して整いつつあるかのように見えた(23)。

では、ドストエフスキーは、『ドリーマーズ』という作品にどう介在するのだろうか。そこでは『パートナー』の何が受け継がれたといえるのか。ベルトルッチが表現しようとしたのは、革命という現実を突きつけられた人間の自己分裂である。一卵性双生児の姉イザベルは、最後に、「弟」と新しい恋人のマシューの三位一体のなかで永遠を手にし、その永遠を永遠化するためにガス自殺を図る。この光景は、どこか『白痴』のラストシーンを想像させるところがある。現状肯定主義と非暴力は一体である。キリスト教的世界観に組み敷かれた世界にあって「完全に美しい人」であろうとするムイシキン公爵は、性的な快楽から完全に無縁であり、ひたすら癲癇のエクスタシーのみによってその聖性を約束された平凡な善人である。そこには、むろん、エロスは介在しない。では、『ドリーマーズ』に登場する「聖なる無垢」たちにとって、エロスとは何を意味したのだろうか。物語は、一卵性双生児であるがゆえに分身関係にある姉弟が、五月革命の混乱のなかに身を投じる場面で閉じられる。問題は、あくまでも非暴力を訴えるマシューの存在感の希薄さである。アメリカから来たマシューは、ベルトルッチ自身の「コンフォルミスト」としての本質を暗示する存在なのではないだろうか。そもそも、なぜ、弟に対して、「テオ」の名前が与えられ（ギリシャ語で神を意味するテオス由来）、アメリカから来た映画好きの青年には、「マシュー」（ヘブライ語起源で「神からの授かり者」を意味する）の名が与えられているのか。

答えは、明らかだと思う。

「神からの授かり者」とは、ほかでもない、イエス・キリストその人である（「神はそのひとり子を賜わったほどに、この世を愛して下さった。それは御子《みこ》を信じる者がひとりも滅びないで、永遠の命を得るためである」（「ヨハネの福音書」第三章十六節）。つまり、「聖なる無垢」たちは、まさに聖なる三位一体を構成しているのだが、最後の場面近く、三人が陥りかけた永遠の眠りを、窓ガラスを割ったデモ隊の石が覚醒する。三位一体の神々しい眠りは破られ、再び、ドリーマーズたちは、三者三様に解き放たれる。ベルトルッチが、彼らのだれに自分を投影しようとしたかは明らかである。むろん両者である。パートナー（分身）たちは、一心同体のまま機動隊の群れに身を投じ、「順応主義者」たるキリスト者のマシューは、非暴力を唱えつつ、同じくデモ隊のなかに姿を消す。翻って、この揺れ動く心は、まさに一八七〇年代、激発するテロルを前に、みずからの革命的衝動を隠しつつ、どこまでも「順応主義者」としてふるまったドストエフスキーの心情と重なりあう。その意味でベルトルッチは、最後まで、おそらくは無意識のうちに、ドストエフスキー・パラダイムのなかで思考していたと言うことができるのである。

注

（1）本論文は、「恍惚とニヒリズムの境界　ベルトルッチとドストエフスキー」（Artes MUNDI 第三号　名古屋外国語大学、二〇一九）を改稿したものである。なお、少し先走るが、当時、ベルトルッチの先輩格にあたる映像作家で、ドストエフスキーに強い関心を持っていたのは、ヴィスコンティとブレッソンの二人である。彼らは、すでにドストエフスキーの原作の映画化に取り組んでいた。他方、ダイレクトにはドストエフスキーの作品と接点をもたないパゾリーニにしても、たとえば『テオレマ（Teorema）』（六八）のような作品では、どことなくドストエフスキー（『白痴』）に通じる問題意識の存在をうかがわせている。事実、パゾリーニは、あるインタビューに答え、十五歳のときにドストエフスキーの主だった作品をすべて読み、なかでも『白痴』は、「啓示（revelation）」だったと述べている。（Barron, E., *Popular High Culture in Italian Media*, Pargrave Mcmillan, 2018, p. 61）

(2) Kline, T. J., *Bertolucci's Dream Loom: A Psychoanalytic Study of Cinema*, University of Massachusetts Press, 1987, p. 41.

(3) *Bernardo Bertolucci: Interviews (Conversations With Filmmakers)*. T. J. Kline (Editor), Bruce H. Sklarew (Editor), Univ. Press of Missisippi. p. 37.

(4) Robson, L., Is this truly son of Godard? (https://www.the-tls.co.uk/articles/public/bernardo-bertolucci-retrospective/)

(5) Robson, Ibid.　からの再引用。

(6) Robson, Ibid.　からの再引用。

(7) ちなみにベルトルッチは、映画製作そのものが「父殺し」の行為だったと述べ、次のように語っている。「フロイト流の分析に拠って私は悟ったのです。映画を作ることは、私の父親を殺す私なりの方法なのだと。ある意味で私は、何といいますか、罪の快楽のために映画を製作するのです。ある瞬間に私はそれを受け容れ、私の父も自分がそれぞれの映画が生まれるたびに殺されているということを受け入れなくてはなりませんでした。父があるとき私に書いてくれた面白いくだりがあります。『おまえはとても頭がいい。おまえはこれまで監獄に行くこともなく私を何度も殺してきた』」（Bernardo Bertolucci: 'Films are a way to kill my father'）（https://www.theguardian.com/film/2008/feb/22/1）

(8) 同時代の先達の中から二人、しかも六〇年代に限っていえば、ヴィスコンティの『山猫』（六三）、『異邦人』（六七）、『地獄に堕ちた勇者ども』（六九）、フェリーニの『8 1/2』（六三）、『魂のジュリエッタ』（六五）、『サテリコン』（六八）などの問題作が挙げられる。彼が具体的にゴダールとの資質の違いを確認したのは、『革命前夜』において映画そのものに「自伝」としての性格を与えた時ではないかと思われる。ここで「抒情」への道が大きく開かれる結果となったが、次作『パートナー』でゴダール寄りの軌道修正を行なった。そこには、一九六八年という時代状況の圧力が働いたという見方も可能だろう。だからこそ、『パートナー』は、ゴダールを超えるラディカルさを孕むものとなったのだ。

(9) バフチンによれば、「カーニバル劇の主流は、カーニバルの王のおどけた戴冠とそれに続く奪冠である……王の戴冠と奪冠という儀式劇の根底には、カーニバル的世界感覚の確信をなす交替と変化、死と再生のパトスが存在する。カーニバルとは万物を破壊しまた再生させる時間に捧げられた祭である」（ミハイル・バフチン『ドストエフスキーの詩学』（望月哲男・鈴木淳一訳、筑摩書房、一九九五年）二五一頁。

(10) Алоэ, С., Достоевский в итальянской критике // Достоевский. Материалы и исследования. Т. 20. СПб, 2013. С. 324.

(11) R・ミューラー＝シュテルンベルク『デーモン考』（木戸三良訳、法政大学出版局、一九七四年）四十五頁。

（12）Ｅ・リトヴィーンが指摘しているように、主人公のジャコブは、原作のヤーコフ・ゴリャートキンにもまして、どこか『罪と罰』のロジオン・ラスコーリニコフを思い起させる。ラスコーリニコフが現実変革のために老婆殺害をもくろむように、ジャコブとその分身もまた暴力の有効性について思いをめぐらす。ジャコブと彼の教え子である俳優志望の男女たちが演じる革命劇は、最終的に火炎瓶でローマ市街に火を放つことだが、火炎瓶そのものの製造は一個にとどまる。ラスコーリニコフの斧に通じるギロチンはまさに、自殺願望にかられるジャコブ（分身）の最終決断である。（См. Литвин Е.А: Достоевский и послевоенное итальянское общество: «Партнер» Бертолуччи. Язык и текст, 2018. Том 5. No 4. С. 25–31.）

（13）ゴダールへ最接近したとされるこの映画について、ベルトルッチは、インタビューのなかで、『革命前夜』以降の空白の四年間「映画のことだけを考えていた」「できるかぎりオートノマスなものであるようなショットを撮ろうと心がけていた」と述べている（Bertolucci, Interview, p. 39）また、ジャコブの前に巨大な「分身」の影が現れる場面について、彼は、ドイツの表現主義を意識し、即興的に作られたものだと述べている。（Interview with Bernardo Bertolucci on “Partner” (https://www.youtube.com/watch?v=bM2UFhYonoM)）

（14）ibid.

（15）Robson, op. cit.

（16）ドストエフスキー文学そのものへの思い入れのなさ、という点で若干気になるのは、ベルトルッチのドストエフスキーに関する言及が少ないことである。二〇〇〇年に出た『インタビュー』でも、ドストエフスキーに関しては二度限り、『リトルブッダ』（Little Buddha）』（九三）との関係で『白痴』が、『おかしな男の悲劇（La tragedia di un uomo ridicolo）』（八一）との関係で『おかしな男の夢』が言及される程度である（See, *Bernardo Bertolucci: Interviews*, op. cit. p. 162, p. 222）。それに対して印象的なのは、ベルトルッチの執務室の書棚には、レフ・トルストイの書籍が多数収められていたとされる事実である（Op.cit, p.90）。ただし、トルストイに関する言及は、皆無である。

（17）「『パートナー』は皮剥ぎにあったある人間の叫びであり、シゾイドをめぐるシゾイド的映画である」（Kline, op. cit., p. 62）。

（18）ここで、片づけておきたい問題がある。そもそも『パートナー』はあくまで配給用に用意されたタイトル名で、イタリア語の原題は、「Il Sosia」とされている。Sosia は、「ダブル」の意味で、古代ローマの劇作家プラートゥスの書いた戯曲にまでさかのぼる可能性がある。詳しくは、リトヴィーン論文を参照のこと（Литвин, выше указ. http://psyjournals.ru/langpsy/2018/n4/Litvin_full.shtml）。ただ、映画のラストで、ジャコブの分身が、相手に向かって「君は完璧なパートナー（Partner）だ」と告白する場面がある。

（19）アントナン・アルトー『演劇とその分身』（安堂信也訳『アントナン・アルトー　著作集』1、白水社、一九九六年）一六一頁。また、アルトーは「必要な演劇的条件の下に上演された一犯罪のイメージは、同じ犯罪が現実になされたときより、精神にとって遥かに恐るべきものをもつ」と書いている（同書、一三九頁）。ただしここで言う「残酷」は、必ずしも流血沙汰や暴力を意味するわけではなく、「生の欲望、宇宙の苛酷、仮借ない必然」の意味で使用している。ある意味で、残酷とは、生命に不可避の要件ということになるが、ジャコブはこれを、一連の連続殺人の動機として利用する。

（20）坂原眞里は、アルトーの「残酷演劇」における「分身（double）」の意味について、「重なる動きであり、重なることによって、変容を起こす、つまり残酷を誘発する動きであり、また、霊のように演劇に寄り添うもの、演劇に重なることによって演劇を変容させる神話のエネルギーである」（坂原眞里「アルトーの残酷演劇と分身 double について」（*Etudes de Langue et Littérature Françaises*, 1986, p.17）と書いている。『パートナー』においてはジャコブの分身がその役割を果たしていることになるが、同時に、ジャコブに率いられた演劇アカデミーの学生たちもまた「分身」と言うことができる。偉大な演劇である革命には、アルトーにならえば、「残酷」が刻印されていなければならない。ジャコブが教室でこしらえてみせる火炎瓶も、彼の部屋に設置されたギロチンも、現実の生のダブルである演劇の「残酷」のシンボルであり、逆に演劇のダブルである人生における「残酷」のシンボルとなる。「革命」の現実においてそれらは、確実に使用されなくてはならないとジャコブは考える。なお、演劇と革命の一体化の理念は、ベルトルッチの関心の的であったロシア・アヴァンギャルド（この映画では、火炎瓶に使用されるスピリッツのブランドが「マヤコフスキー」の名前をもつ）とくに十月革命時のメイエルホリドの演劇観にも新しい起源を持っている。アルトーとメイエルホリドを結びつけているのは、中世の「世界劇場」（theatrum mundi）というゴシック的な演劇観であり、これが、次の『暗殺のオペラ（Strategia del ragno）』（七〇）において全面的な展開を見る。

（21）Ian Thomson, Alberto Moravia, 25 years on. Who reads him now?, http://www.ianthomson.info/blog/alberto-moravia-25-years-on-who-reads-him-now/2/

（22）浅田彰「映画のラスト・エンペラー　ベルナルド・ベルトルッチ監督を悼む」（朝日新聞デジタル、二〇一八年十一月三十日配信）。

（23）ちなみに、『帝国』の日本語訳が出たのは、二〇〇二年のことである（『帝国　グローバル化の世界秩序とマルチチュードの可能性』、水嶋一憲他訳、以文社）。

第Ⅲ部　表象文化とドストエフスキー　(2)

プロコフィエフのオペラ《賭博者》の革新性

高橋健一郎

はじめに

ドストエフスキーの小説を基にしたオペラの数はそれほど多くない。一九〇〇年に書かれたレービコフのオペラ《ヨールカ》が一部ドストエフスキーの童話『キリストのヨールカに召された少年』を基にしているほか(1)、ロシア内外の作曲家たちがドストエフスキー作品によってオペラを構想した例はいくつかあるが、ドストエフスキーの散文を基に原語でロシア人作曲家が書いた本格的なオペラとしては、プロコフィエフの《賭博者》(全四幕六場)が最初で、かつ最も有名な作品である。

このオペラはまだ若いプロコフィエフが「最大限左翼的な表現」を用いて取り組み(2)、オペラの新時代を切り開かんと挑んだ意欲作である。本論では、ドストエフスキーの小説がそこでいかなる意味を持ったのかを考えつつ、プロコフィエフが具体的にどのようにロシア・オペラの伝統と対峙し、新しいオペラを生み出そうとしたかについて考えてみたい。

1. プロコフィエフ《賭博者》の作曲の経緯

作曲者自身の日記によれば、プロコフィエフがドストエフスキーの『賭博者』を基にオペラを書くという構想を初めて抱いたのは一九一三年のことである。十一月六日の日記にこう書かれている。「家でピアノを弾き、ドストエフスキーの『賭博者』を読み耽った。この小説はもうずいぶん前から知っているが、最近になって、オペラの題材に良いのではと思うようになった。夏に自分でもルーレット遊びをしたところ、このものすごい、ばかばかしい雰囲気の素晴らしい小説が好きになった」(3)。翌日の日記にはこうある。「今日は貪るように『賭博者』を最後まで読んだ。感激し、興奮した。ひどく常軌を逸し、ばかばかしいのだが、それでいてまったくもっともらしいのだ。この題材がオペラになるかどうかは分からない。読んでいる最中は、考えもしなかった。おそらくならないだろう。でも、ルーレットや群衆、この凄まじい熱狂を描いたら、きっとおもしろいに違いない」(4)。

その後、一九一四年七月にロンドンで興行者ディアギレフに会い、朝食を共にしながらバレエの相談をしていたとき、プロコフィエフは『賭博者』でオペラを書きたいのだと切り出した。「私は良いタイミングを見計らって、バレエからオペラに話題を変えようとした。『賭博者』のことを話し、オペラ向きの素晴らしい題材だと言ったのだが、ディアギレフはオペラにはまったく興味を示さず、すぐにバレエの話に戻ってしまった」(5)。

このようにオペラ《賭博者》の構想はディアギレフには受け入れられなかったが、その後一九一五年、ペテルブルグのマリインスキー劇場の首席指揮者アルバート・コーツに「ぜひ《賭博者》を書いてください、私たちが上演しましょう」と勧められて秋に作曲に着手した(6)。芸術学者のヴィシュネヴェツキーによれば、帝室劇場理事会がプロコフィエフという新たな才能をディアギレフに奪われてしまうことを心配し、プロコフィエフにオペラを書くように働きかけたのだという(7)。

自伝によれば、プロコフィエフはこの作品を五ヶ月半で書き上げ、一九一六年春には、帝室劇場の支配人テリャコフスキーに弾いて聴かせた(8)。この時できたのはピアノ譜であろう。その後、オーケストレーションに取り組み、完成は一七年一月二十二日(9)。しかし、上演の機会にはまったく恵まれなかった。声楽家に要求されるレベルが高いため、彼らの反発を招いたり、さらに二月革命の混乱も手伝って、マリインスキー劇場での初演が拒否されたのである(10)。それから十年ほどの年月が経ち、一九二七年になって、名演出家メイエルホリドの求めに応じてプロコフィエフは《賭博者》に改訂を施し、第二稿を作成した。メイルホリドは早くからこのオペラに興味をもち、何度も演出しようとしたという。しかし、この第二稿によるメイエルホリドの上演計画はロシア・プロレタリア音楽家同盟の反発によって頓挫。結局、初演は一九二九年四月二十九日、ブリュッセルのモネ劇場においてフランス語台本で行われたが、その後、プロコフィエフの生前にこのオペラがソ連で上演されることはなかった。

ここで、この作品が書かれた時期のロシア・オペラのジャンルの状況を簡単に振り返っておきたい。二十世紀初頭は、晩年のリムスキー＝コルサコフによって《見えざる町キーテジと乙女フェヴローニャの物語》や《金鶏》などいくつか傑作が書かれはしたものの、「ある種の一休み」(11)の時期であったことは否めない。上記のリムスキー＝コルサコフの二作はそれまでの十九世紀的オペラの「総決算」という性格の傑作であり、これ以降は、むしろジャンルの刷新が求められるようになっていたのである。その任に当たった一人がプロコフィエフだったと言っていいだろう。

プロコフィエフは一九一一年に習作のオペラ《マッダレーナ》を書いているが、本格的なオペラ作品としては《賭博者》が初となる。一九一六年一月には管弦楽曲《スキタイ組曲》が成功をおさめ、勢いのあったプロコフィエフが、《賭博者》によってオペラの新しい可能性を切り開こうとしていたのは間違いない。

2. 伝統との対峙

上で触れたように、プロコフィエフは一九一三年に『賭博者』を貪るように読み、オペラ化を思いついたという。「ドストエフスキー以上にプロコフィエフから遠い作家を思い浮かべるのは難しい」(12)と言われるほど、二人の芸術世界は対極にあるにもかかわらず、なぜプロコフィエフはドストエフスキーの作品に惹かれたのだろうか。そして、「賭博」というテーマにどのような意味を読み込んだのだろうか。

その考察を始める前に、簡単にこの作品のあらすじを確認しておこう。オペラは原作の小説をかなり圧縮しており、内容に相違があるため、ここではオペラのあらすじを挙げる。

ルーレッテンブルグ（「ルーレットの町」の意）という架空のリゾート地にロシアの将軍一家が逗留している。男寡の将軍、義理の娘のポリーナ、家庭教師の青年アレクセイ、その他フランス人の侯爵、イギリス人の実業家アストリー、フランス人の高級娼婦ブランシュ他がいる。

アレクセイはポリーナに惚れており、ポリーナの言いなりになっている。将軍は莫大な借財を抱え、お婆様の遺産を当てにしてその死を待っているが、お婆様はモスクワから元気な様子でやって来る。お婆様はルーレット賭博で大敗し、モスクワに戻っていく。

侯爵は将軍に多額の金を貸していた。将軍の抵当分の財産を売り払う手はずを整えていたが、そのうちポリーナの相続分五万フランは免除した。それによって誇りを傷つけられたポリーナは、アレクセイに相談。アレクセイはポリーナを助けるために賭博場に向かい、ルーレット賭博で勝ち続け、二十万フランの大金を得て、ホテルに戻る。アレクセイとポリーナの二人は結ばれるかと思われたが、突如ポリーナは五万フランのお金をアレクセイに投げつけて走り去り、アレクセイは一人取り残される。

プロコフィエフはなぜこのような内容に関心をもったのだろうか。まず、よく言われるように、プロコフィエフ自身が賭博好きだったということが挙げられる。その点について音楽学者レーヴァヤは次のように指摘する。「プロコフィエフが homo ludens〔オランダの歴史学者ホイジンガの用語で、「遊ぶ人」の意〕のタイプに属するということは証明の必要がないだろう。心理・生理学上の性格、つまり合理的な知性をもち、創意に富み、強い自己主張欲をもつといった点で、賭博に心が向かいやすかったようだ」(13)。

また、一九一〇年代前半にモスクワ芸術座において『悪霊』と『カラマーゾフの兄弟』など、ドストエフスキーの作品が演じられ、評判を呼んだという事情も指摘できるだろう(14)。

その他、ここで特に考えてみたいのは、プロコフィエフがけっして無自覚でいられなかったはずの、ロシアの文学や音楽の伝統と「賭博者」というテーマの具体的な関係である。よく指摘されるように、プロコフィエフの《賭博者》は多くの点でチャイコフスキーのオペラ《スペードの女王》（プーシキン原作）とインターテクスチュアルな関係にある(15)。「賭博」が重要なモチーフとして登場する《スペードの女王》は、プロコフィエフが《賭博者》の作曲に取り組む二十数年前に初演され、二十世紀初頭にはすでに傑作として評価が定まっていた作品である。若い作曲家にとって乗り越えるべき対象として大きな存在であったはずである。

さらに、プロコフィエフが《賭博者》を書いていた一九一六年前後には、『スペードの女王』がことさら関心を呼ぶ状況もあった。例えば、一九一三年に『スペードの女王』のモチーフを多く含んだベールイの小説『ペテルブルグ』(16)が刊行され、一九一六年にはプロタザノフによる無声映画『スペードの女王』が上映されている。

もちろん、プロコフィエフとチャイコフスキーのオペラの関係以前に、それぞれの原作であるドストエフスキーの『賭博者』とプーシキンの『スペードの女王』自体がインターテクスチュアルな関係にあったことも指摘しておかなければならない。ドストエフスキーがプーシキンの文学から多くのインスピレーションを受けていたことはよく知られているが、『賭博者』も「なにやら『スペードの女王』を逆さまにしたような趣のある」[17]作品であり、明らかに『スペードの女王』の反映を見て取ることができよう。

インターテクスチュアルな関係は小説同士、オペラ同士だけにとどまらない。チャイコフスキーのオペラ《スペードの女王》とドストエフスキーの小説『賭博者』の間の関係もまた興味深い。チャイコフスキーの《スペードの女王》は、原作のプーシキンの小説とかなりストーリーが変えられている。オペラにおいては、原作と異なり、貧しいゲルマンが身分違いのヒロイン、リーザを愛したがゆえに金銭への執着が生まれ、賭博に向かうという設定になっているが、これはちょうどドストエフスキーの『賭博者』において主人公の青年が、愛するヒロインを窮地から救うべく賭博に走るのと共通する。チャイコフスキーがドストエフスキーの小説を好んでいたことから、『スペードの女王』のオペラ化にあたってこのように原作の内容を変更したのは、ドストエフスキーの『賭博者』の影響が考えられるとも言われる[18]。

このように、ドストエフスキーの『賭博者』はすでにプーシキン＝チャイコフスキーの《スペードの女王》と密接な関係にあった。その小説を媒介にしてプロコフィエフのオペラ《賭博者》は《スペードの女王》と対峙することになるのである。

《賭博者》が対峙する古典作品は他にもある。それは、ムソルグスキーのオペラ《結婚》である。《賭博者》は通常のオペラとは異なり、基本的にレチタティーヴォのみで書かれ、その点で「散文による劇的音楽の試み」というサブタイトルを持つ《結婚》を意識していると考えられるのである[19]。

ドストエフスキーもまたムソルグスキーとよく比べられる。二人とも「虐げられた人々」のテーマをもち、ペテルブルグ的詩学、そして粗削りな様式を持つ点などに共通性が見られるからである[20]。プロコフィエフ、ドストエフスキー、ムソルグスキー三者の共通点に関して音楽学者ヴァガノヴァは、「三人を結びつける哲学の一般理論的基礎について言えば、それはロシアの思想家の何らかの宗教思想的教義ではなく、ある種の美的な傾向である。つまり、コント的実証主義と関係し、形而上学を否定して事実の経験主義に依拠し、経験的事実を正確な言語的表現に固定するという美的傾向である」(21)と述べている。

このように、プロコフィエフの《賭博者》はドストエフスキーを介しながら、プーシキン＝チャイコフスキーの《スペードの女王》、そしてムソルグスキーの《結婚》と対峙し、それを乗り越えようとしているのである。若きプロコフィエフが実際の作曲の面でどのような新しい世界を築こうとしたのか、以下に見てみよう。

3. トポスの排除――《スペードの女王》を超えて

まず、プーシキン＝チャイコフスキーの《スペードの女王》とどう対峙したのか。プーシキンの原作とチャイコフスキーのオペラでは舞台設定に相違があるので、ここではプロコフィエフが直接の対話相手としたと考えられるオペラの方で考えることにしよう。

オペラ《スペードの女王》の舞台となる場所は、ペテルブルグの「夏の庭園」や「冬の運河」といった名所や、高官の邸宅における華やかな仮面舞踏会である。このように、《スペードの女王》には、西欧をモデルにした人工的な新しい都市ペテルブルグのトポグラフィーが織り込まれている。その中で主人公のゲルマンは賭博に翻弄され、狂気に陥る。

ペテルブルグとは、ロシアの近代化のために築かれたヨーロッパを志向する人工都市である。それは自然を克服して作り上げられた華やかな奇跡の都市であると同時に、多くの人命を犠牲にして建てられたものであり、そこに暮らす者は幻想や狂気へと誘われていく。そのような「ペテルブルグ神話」が《スペードの女王》では反復される。ロートマンによれば、《スペードの女王》の原作が書かれた頃のペテルブルグにおいて、賭博（＝ゲーム）は「ペテルブルグ神話」の構成要素でもあった。「否応なしに気づくことだが、ロシア史のいわゆる『ペテルブルグ』皇帝時代全体が、偶然の役割〔……〕や宿命をめぐる思索、外部世界の鉄の規律と個人的成功欲、自己主張欲とのあいだの矛盾をめぐる思索、法則が『未知の要因』のままにとどまっている状況や歴史、『全体』を相手にした個人のゲームをめぐる思索などに、満ちみちている」(22)。

このように、プーシキン、ゴーゴリ、ドストエフスキー、ベールイとロシア文学において連綿とつながっていく「ペテルブルグ神話」の出発点の一つは、まぎれもなくプーシキンの『スペードの女王』であった。

ドストエフスキー＝プロコフィエフの《賭博者》は、賭博熱により狂気に陥るという点、男女の愛憎劇が織り込まれる点では《スペードの女王》と共通である。しかし、《賭博者》において決定的に排除されるのはこの「ペテルブルグ神話」であり、そして具体的なトポグラフィー全般である。オペラの舞台は架空の町ルーレッテンブルグだが、オペラではロシアはおろか、その町のトポグラフィーも一切出てこない。登場人物たちはホテルを出てから賭博場に入る間の空間に居るだけであり、神話的な場所もシンボルをもった場所も、具体的な場所は何も描かれないのである。

もっとも場所を表すモチーフが一切ないわけではない。登場人物の中で最もロシア的な人物として描かれるのはモスクワからやって来る「お婆様」であり、オペラの中でこのお婆様には「ロシア的主題」のライトモチーフ（【譜例①】）が与えられる。

これはプロコフィエフのオリジナルの旋律だが、ロシア的なイントネーションをもち、ロシア・オペラの記号的な主題と呼ぶことができるもので(23)、作品中何度か登場する。しかし、この主題がこの作品の中心的な位置を占めることはない。むしろ、初めて登場する際に、アレクセイの「僕の頭には人間的な思考は何一つない。わがロシアで何が起こっているのかすら知らない」という歌詞のバックに流れることから、ヴァガノヴァが言うように、これはプロコフィエフ自身が「ロシアで何が起こっているのか、特にオペラの分野でリムスキー＝コルサコフ亡き後、何が起こっているのかわからない」と言い、それまでのロシア・オペラのジャンル全体を無化しようとしているかのようである[24]。

こうして、《賭博者》はトポスを徹底的に排除し、個人間の愛憎劇の心理面にのみ焦点を当て、全体として心理劇の様相を呈するようになる。

4. 複合的ダイアローグ――《結婚》を超えて

すでに触れたように、《賭博者》は全体的にレチタティーヴォによるデクラメーション（朗誦）のスタイルで書かれ、それは実験的に散文の歌詞に書かれたムソルグスキーの《結婚》を意識したものとされている。しかし、《賭博者》はただムソルグスキーのスタイルをなぞっただけではない。ムソルグスキーにはあまり見られない「演劇性」が《賭博者》においては顕著であり、時にそれは「映画的」なものともなる。

【譜例①】

【譜例②】

f
А - лек - сей И - ва - но - вич!

【譜例③】

p
А - лек - сей И - ва - но - вич...

【譜例④】

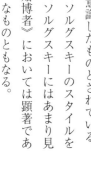

pp
А - лек - сей И - ва - но - вич...

まず、ガヴリロヴァも指摘するように、オペラ作品としては異常なまでの「ト書き」の多さが目立つ[25]。例えば、アレクセイとポリーナの愛憎入り混じるやりとりでは、「熱く」、「病的に」、「無我夢中で」など多くのト書きが楽譜に書き込まれ、それは他の登場人物のパートでも同様である。

そして特徴的なのは、このオペラには肯定的な主人公が登場せず[26]、よって中心となる絶対的な存在が無く、複数の登場人物がそれぞれ独自のイントネーションを与えられ、細やかにそのイントネーションを変化させながら、全体で巨大なアンサンブルを作り上げる点である。このような「複合的ダイアローグ」は、プロコフィエフが出来事を動的な展開の中で多面的に、つまり映画的に見せようとする志向を示していると言えよう[27]。

ガヴリロヴァが示す例を一つ、第三幕の中から見てみよう[28]。ルーレット賭博にのめり込んで大きく負け続けているお婆様をやめさせようと、将軍と侯爵、ブランシュがアレクセイに働きかける場面である。まず、絶望している将軍が、お婆様のゲームを止められる最後の頼みであるアレクセイに話しかける。楽譜には多くのト書きが付され、イントネーションが刻々と変わることが示される。この場面の初め、将軍は「アレクセイ・イヴァノヴィチ」と数度呼びかけるが、はじめはいつもの習慣で命令口調で呼びかける（ト書きには「確固とした足取りで」とある）。ここの楽譜は次のとおりである（【譜例②】）。

「アレクセイ」と「イヴァノヴィチ」の間で「長六度」の跳躍があり、「イヴァノヴィチ」は「ミ」の音で「フォルテ」で一音節ずつ叩きつけるように歌われる。しかし、本来なら下手に出なければならないはずのこの場面で、このような口調がふさわしくないということに将軍は気づく。将軍の焦りは、終始奏されるオーケストラパートの「短二度」の細かな刻みの音型によって表される。

次に「何を言ったらいいかわからない」というト書きの部分で再度「アレクセイ・イヴァノヴィチ」と呼びかけるときには、すでに音域は下がり、「アレクセイ」と「イヴァノヴィチ」の間の跳躍も「減四度」と狭くなり、そして強弱記号は「ピアノ」、旋律はすでにラメント的である（【譜例③】）。

三回めに「アレクセイ・イヴァノヴィチ」と呼びかける際は、「ピアニッシモ」で音域がさらに下がり、静かに歌われる（【譜例④】）。

しかし、その後将軍が自信を取り戻すにしたがって、旋律の音域が広がり、最終的には「叱責調になって」というト書きのところで、アレクセイを叱責し始める。音楽もそれに忠実に合わせて、攻撃的に一音一音伸ばして歌われる。

その横柄な態度を見たブランシュと侯爵は、「まったくそれではだめだ」と言い、侯爵が代わりにアレクセイに懇願し始める。侯爵は初めは「優しく」というト書きで始まり、その場の決まり悪さを、なだめるような歌い方で和らげようとする。しかし、すぐに「適切な言葉を探す」というト書きがあり、声楽の調子が変わり、何とか見つかった言葉「破滅させないでくれ」という個所では、「破滅」という言葉でクライマックスとなり、高い「ファ」音が引き延ばされる。

それに続いて、三人が急いでアレクセイの説得にかかる場面になる。侯爵の歌は早口言葉のようなイントネーション、将軍はゆったりとしたまとめ上げるような歌いまわし、そして説得に加わったブランシュは媚びるような官能的で刺激的な半音階。そこにお婆様が賭けに大負けしたとの知らせがもたらされ、全員が絶望の叫び声を上げる。

このように、一人一人独特なイントネーションをもち、それが刻々と変わりながら、全体として大きな感情的な振幅を伴って、ぶつかりながらアンサンブルを形成するのである。

もう一場面、感情的なデクラメーションの表現が支配的な第四幕第二場のルーレットの場面を取り上げよう。この場面は「世界のオペラ史上大変ユニーク」[29]なものである。ルーレットに参加する大勢の者たちにはそれぞれ独自のイントネーションが与えられ、それは「仮面」を与えられているかのようである。そして運命や人間関係の断片が交錯し、口論が始まったかと思うと静まり、それぞれの人物が強い感情を込めて様々に簡潔に歌う。「まるで万華鏡のよう」[30]だが、アレクセイのアリオーゾが導きの糸となってそれをまとめ上げ、そしてその上を「ルーレットのテーマ」が固定楽想のように舞う。それら全体が一様にクレッシェンドしていき、急速なテンポによって結び付けられる。こうして、様々な登場人物のそれぞれ独自のイントネーションを持つ簡潔な歌がモンタージュされ、巨大なアンサンブルを構成するのである。

この場面に典型的に見られるように、プロコフィエフの《賭博者》は、ムソルグスキーのリアリズムを追求した朗誦形式と比べて、イントネーションの振幅が大きく、グロテスクなまでに(31)誇張された感情表現による複合的ダイアローグが特徴的である(32)。ムソルグスキーを明らかに意識しつつも、プロコフィエフはそれとは別種の新しい世界を目指したのである。

さいごに

このように、プロコフィエフはドストエフスキーを介しながら《スペードの女王》や《結婚》との対話を経て、トポスの排除、複合的ダイアローグなどによってそれまでの典型的なロシア・オペラの伝統から離れようとした。上記のとおり、作曲家の生前には演奏の機会に恵まれなかったが、プロコフィエフがこの作品で切り開いた新しいオペラの様式は、その後のオペラ《三つのオレンジへの恋》や《炎の天使》などにも引き継がれ、プロコフィエフがその後の道を進むにあたって、大きな意味を持ったことは間違いない。そして、その新しい様式を生み出す触媒となったのはドストエフスキーだったのである。

参考文献・注

（1）本論では、音楽作品のタイトルは《　》で囲み、文学作品のタイトルは『　』で囲む。
（2）С.С. Прокофьев: материалы, документы, воспоминания. М., 1956. С. 36.
（3）*Прокофьев С.С.* Дневник. 1907–1933. В 3-х тт. Том 1. 1907–1915. М., 2017. С. 370.
（4）Там же. С. 371.
（6）Там же. С. 479.
（5）С.С. Прокофьев: материалы, документы, воспоминания. С. 37.
（7）*Вишневецкий И.* Сергей Прокофьев. М., 2009. С. 130.
（8）С.С. Прокофьев: материалы, документы, воспоминания. С. 35. ヴィシュネヴェツキーの記述によれば、これは四月のことで、その時までにできていた三幕分を聴かせた（*Вишневецкий.* Сергей Прокофьев. С. 138）。
（9）*Прокофьев С.С.* Дневник. 1907–1933. В 3-х тт. Том 2. 1916–1925. М., 2017. С. 71.
（10）*Тараканов М.* Русская опера в поисках новых форм // Русская музыка и XX век. М., 1997. С. 273.
（11）Там же. С. 266.
（12）*Вишневецкий.* Сергей Прокофьев. С. 131.
（13）*Левая Т.* Метафизика Игры в ранних операх Прокофьева // С.С. Прокофьев: к 125–летию со дня рождения. Письма, документы, статьи, воспоминания. М., 2016. С. 280.
（14）*Тараканов.* Русская опера в поисках новых форм. С. 272.
（15）例えば、次の文献を参照のこと。*Левая.* Метафизика Игры в ранних операх Прокофьева. С. 282; *Тараканов.* Русская опера в поисках новых форм. С. 273
（16）『ペテルブルグ』に『スペードの女王』のモチーフが多く用いられている点については次の文献を参照。*Долгополов Л.К.* Творческая история и историко-литературное значение романа А. Белого «Петербург» // *Белый А.* Петербург. Роман в восьми главах с прологом и эпилогом. СПб., 2004. С. 552.
（17）田辺佐保子『プーシキンとロシア・オペラ』未知谷、二〇〇三年、一七三頁。

(18) 同上。

(19) 《結婚》との結びつきについても多くの研究者が指摘している。例えば、次の文献を参照のこと。*Гаврилова В. К вопросу о специфике трактовки вербального и музыкального компонентов в опере С.С. Прокофьева «Игрок» // Вестник РАМ им. Гнесиных. 2012. № 1. С. 12.*

(20) *Ваганова Н.А. «Я даже не знаю, что у нас в России» (мировоззренческие и философские истоки интерпретации романа Достоевского «Игрок» Сергеем Прокофьевым) // «Ценности и смыслы», 2011. № 6(15). С. 57.*

(21) *Там же.*

(22) *Лотман Ю.М. Беседы о русской культуре. СПб., 2008. С. 141.* （邦訳：ユーリー・ロートマン『ロシア貴族』桑野隆・望月哲男・渡辺雅司訳、筑摩書房、一九九七年、一九二―一九三頁）

(23) *Ваганова. «Я даже не знаю, что у нас в России». С. 55.*

(24) *Там же.*

(25) *Гаврилова. К вопросу о специфике трактовки вербального и музыкального компонентов в опере. С. 6.*

(26) *Вишневецкий. Сергей Прокофьев. С. 137.*

(27) *Гаврилова. К вопросу о специфике трактовки вербального и музыкального компонентов в опере. С. 8.*

(28) この場面に関する記述は、次の文献に基づく。*Там же. С. 8–9.*

(29) *Тараканов. Русская опера в поисках новых форм. С. 274.*

(30) *Гаврилова. К вопросу о специфике трактовки вербального и музыкального компонентов в опере. С. 9.*

(31) 「グロテスク」とは、プロコフィエフが自伝で自分の音楽の特質の一つとして挙げる特徴でもあり（С.С. Прокофьев: материалы, документы, воспоминания. С. 32）、この作品に関しても、日記の中で「グロテスクな響き」があると述べている（*Прокофьев С.С. Дневник. 1907–1933. В 3-х тт. Том 2. С. 72.*）。

(32) これは例えば、当時の「スキタイ主義」の表れと捉えることも可能であろう。《賭博者》は直前に発表した《スキタイ組曲》と作風に共通する点が多い。《賭博者》とスキタイ主義に関しては、次の文献を参照。*Ваганова. «Я даже не знаю, что у нас в России». С. 49–51.*

Author & title：TAKAHASHI Kenichiro, "The Innovation of Prokofiev's Opera *The Gambler*"

ディケンズの絵画的想像力とドストエフスキー

高橋知之

はじめに

作家マルチャーノフの伝える証言によれば、流刑地のドストエフスキーは「青年たちが差し入れる本にすら見向きもしなかったが、ただ二度ばかり、ヴヴェジェンスキーの訳したディケンズの『デイヴィッド・コパフィールド』と『ピクウィック・ペーパーズ』には興味を示し、最後まで読もうと借り受けて病院に持ちこんだ[1]」という。この一挿話は、ディケンズに寄せるドストエフスキーの特別な関心を窺わせる[2]。生涯衰えることのなかったその関心のはじまりは、おそらく青年期にあった（もっとも、若き日のドストエフスキーはディケンズに関する証言を残してはいない）。ロシアにおけるディケンズの受容は、まさしくドストエフスキーが青春時代を送った一八四〇年代を嚆矢とするからである。

ロシアにおけるディケンズの翻訳事始めを年譜にまとめると、下記のようになる[3]。この表が示す通り、ディケンズの作品の多くはそれほど時を置かずしてロシア語に訳されていた。

ただし、ロシアにおけるディケンズ受容にはひとつ特筆すべき点があった。受容されたのは本文であって、挿絵が紹介されることはほとんどなかった、ということだ。ヴィクトリア朝イギリスでは、一八六〇年代を頂点に挿絵文化が隆盛し、クルックシャンクやフィズら錚々たる挿絵画家たちが活躍していた。ディケンズやサッカレーやコリンズの作品も彼らの挿絵とともに雑誌に掲載されており、作家と画家のあいだには、共作ともいうべき密接な関係があった。

一方、ロシアはといえば、挿絵文化が興隆するのはようやく一八六〇年代以降のことである。それは、農奴解放後の都市への人口流入、印刷技術の向上などを要因としており、大衆的な雑誌の勃興と軌を一にしている。大衆向けの雑誌は挿絵文化が花開く場所であり、トルストイが長篇『復活』(一八八九—九九)を『ニーヴァ』に挿絵入りで連載したのも、幅広い読者層に向けた啓蒙的役割を意識してのことだった。本格的な文学作品が挿絵入りで刊行されるようになるのはこれ以降のことで、ドストエフスキー作品の挿絵の定番というべきドブジンスキー(『白夜』に寄せた幻想的な挿絵の数々で知られる)やシマーリノフ(『罪と罰』の挿絵は、今では絶版となった中公文庫版、旺文社文庫版の日本語訳にも付されていた)のものはいずれも二〇世紀前半に書かれたものだ。

イギリスとロシアのあいだには、挿絵文化の隆盛に時間上のずれがあり、だからこそロシアにおけるディケンズ受容は挿絵と本文を切り離すかたちでなされたのだった。しかし、挿絵はなくとも、あたかも挿絵があるかのように、ディケンズの描く「情景」を想像することはできる。まさにそのようにディケンズを読んだのが、ドストエフスキーだったのではないか。本稿では、ディケンズが本来的に有していた絵画的想像力に着目し、それこそがディケンズに寄せるドストエフスキーの「愛」の核心にあったことを明らかにする。そのうえで、ドストエフスキーがディケンズ

作品	発表年	露語への翻訳	掲載雑誌
『ピクウィック・クラブ』	1836-37	1840	『祖国雑記』
『ニコラス・ニックルビー』	1838-39	1840	『祖国雑記』
『オリヴァー・トゥイスト』	1837-39	1841	『祖国雑記』
『バーナビー・ラッジ』	1841	1842	『祖国雑記』
『骨董屋』	1840-41	1843	『読書文庫』
『マーティン・チャズルウィット』	1843-44	1844	『祖国雑記』
『ドンビー親子』	1846-48	1848	『祖国雑記』
『デイヴィッド・コパフィールド』	1849-50	1851	『祖国雑記』

の「情景」にいかに応答し、それをいかにテクストに織り込んでいったのか、具体的に論じていきたい。

1．ディケンズの「情景」とドストエフスキー

ヴィクトリア朝イギリスにおいて、挿絵は作家と画家の共同作業によって作られていた。この傾向はとりわけディケンズに顕著で、ディケンズは自身のイメージに基づいて挿絵画家に事細かな指示を与えていた。一方で、挿絵はたんなる添え物としてあったわけではなく、逆に挿絵が作家の想像力を喚起することもあった。たとえば、クルックシャンクの描いた下絵が、『オリヴァー・トゥイスト』の構想そのものに影響を与えたといわれている。ディケンズの作品において、本文と挿絵は有機的な相互関係を結んでいたのである(4)。

ヴィクトリア朝において文学と絵画には近親関係があったが、少し視点を変えて、文学作品がそもそも絵画的な性格を有していたということも可能なのではないか。この点に関して、ピーター・コンラッドが興味深い指摘をしている。

ヴィクトリア朝の小説家は絵画とのアナロジーを誘う。ディケンズの最初の作品は「スケッチ集」と呼ばれていたし、ジョージ・エリオットの最初の作品は「諸情景《シーンズ》」と呼ばれていた。ディケンズは都市に特有の、エリオットは田舎に特有の、それぞれに絵画的形式を採用している。［中略］スケッチというものはすばやく描かれる未完成なものであり［中略］、その直接性の中に、つまり、対象を愛情こめて包み込むよりもその対象に飛びかかるエネルギーのほとばしりの中に、自らを燃焼する。いっぽう情景というものは、対象をじっくり研究、咀嚼し、完全にその雛形をつくる。一方は都市の熱狂的なリズムに従い、他方は田舎の平穏なリズムとその宿命に従う(5)。

コンラッドは、文学作品における二つの絵画的な形式を提示している。「スケッチ」は変転する都市の様相を即興的に写し取るものであり、「情景」は穏やかに時間が流れる空間を安定的に描写するものである。ディケンズは、「スケッチ」と「情景」を駆使して絵画的な光景を描出することに秀でた作家であった。

その具体的な例は改めて取り上げるとして、ドストエフスキーとディケンズの関係に焦点を合わせてみよう。ディケンズがロシアで受容された一八四〇年代は、批評家ベリンスキーを主導者に「リアリズム」が希求された時代であり、フランスのユートピア社会主義の影響のもと、富裕層の堕落ぶりを暴露し、あるいは「貧しき人々」の生活を共感をこめて描写することが是とされた時代であった。ディケンズもまたこうした趨勢のなかで受容され、ジョルジュ・サンドやウージェーヌ・シューといった社会派の作家たちと並び評されたのだった[6]。若き日のドストエフスキーは、ユートピア社会主義を奉じるペトラシェフスキー・サークルの主要なメンバーであり、まさにこうした思潮のもとでディケンズを手に取ったと考えられる。ちなみに、サークルの親しい仲間であった詩人プレシチェーエフは、晩年に『ディケンズの生涯』（一八九一）と題した伝記を書いている。その冒頭を引用してみよう。

外国の作家のうち、わが国でディケンズほどの人気――しかもこれほど長きにわたって――を博した者はいないだろう。ディケンズがロシアの読者に初めてお目見えしたのは、一八四〇年代の後半のことだった。ディケンズの珠玉の長篇小説は、『ピクウィック・クラブ』を皮切りに続々とロシア語に翻訳され、ベリンスキーの時代の『祖国雑記』に掲載された。この偉大な批評家――西欧の優れた文学作品の数々にとってはこの上ない目利きであった――が、ディケンズの熱狂的な崇拝者の一人であったことは、まちがいない。それどころか、ロシアでのディケンズ人気に与って大いに力のあった人物であった。しかもその人気たるや、今にいたるまで失われてはいないのだ[7]。

ディケンズとベリンスキーを結びつけるプレシチェーエフの回顧的文章は、ドストエフスキーを含むロシアの作家たちがいかなる思潮のもとにイギリスの作家を受容したのか、雄弁に物語っている。

ただし、ドストエフスキーが応答していたのは、たんにディケンズの思想的な主題面のみではなかった。ドストエフスキーはディケンズの描く絵画的な情景にこそ鋭敏に応答していたのである。その間接的な証拠として、『未成年』（一八七五）の一節を引用しよう。登場人物のトリシャートフは次のように語っている。

> そしてあるとき、太陽は今にも沈もうとしていて、その最後の光を全身に浴びながら、少女は聖堂の階段のところに立って夕日を見つめているんです。子どもらしい心で、まるで何か謎を前にしたかのようにはっとしながら、静かに物思いにふける様子でね。［中略］で、傍らの階段のところには、頭の調子のはずれた老人、つまりこの子のおじいさんが、じっと動かぬまなざしで孫娘を見守っている…。このディケンズの情景にはこれといって特別なものはありません、まったくありふれた光景です。でも、それを忘れることはありえない。それは全ヨーロッパの遺産になったんです。なぜって？　美しいからです！　無垢があるからです！（ドストエフスキーの作品からの引用は、アカデミー版の三十巻の全集による。*Достоевский* Ф.М. Полное собрание сочинений в 30 томах. Л., 1972-90. なお、出典は（巻数、頁数）というかたちで引用文中に示す。）（XIII, 353, 傍線引用者）

ここでトリシャートフが言及しているのは、ディケンズの『骨董屋』である。トリシャートフは作品の一場面を「美しく無垢な情景（絵）」として語り直し、熱狂的に賛美しているのである。

2．ドストエフスキーの作品におけるディケンズの「情景」

ドストエフスキーの作品のうち、ディケンズとの関わりがとりわけ顕著なのは『虐げられた人びと』（一八六一）であろう。この作品に登場する少女ネリーは、あきらかに『骨董屋』のヒロイン、少女ネルを踏まえている。しかも、あえて同じ名前を付与することで、ドストエフスキーはディケンズとの関係をあからさまに示しているのである。ディケンズの少女は「無垢のシンボル」としてヴィクトリア朝イギリスで異常なまでの人気を博し、どんな苦境にあっても無垢を失わないけなげな姿でもって当時の読者を熱狂させた。この「無垢のシンボル」を、ドストエフスキーは二十年後のペテルブルクに出現させる。ただし、ドストエフスキーの少女は、のっけから暗く屈折した性格の持ち主として姿を現す。ドストエフスキーは「無垢のシンボル」を「虐げられ、損なわれた無垢」として登場させ、悲惨な状況に放り込むのである。ディケンズ的な理想に共感しつつ、一方で、それを極限的状況に容赦なく投げ入れて、その行方を見定めようとする。そうした想像力のかたちを、ドストエフスキーの作品に見出すことができるのではないか(8)。

同じことは、流刑時代に書かれた『ステパンチコヴォ村とその住人たち』（一八五九、以下『ステパンチコヴォ村』と略す）にもあてはまる。この作品には、流刑地で読んだとされる『デイヴィッド・コパフィールド』の影響が顕著に認められる。わけても明らかなのが主人公のロスタネフで、ドストエフスキーはこの極端なお人好しを造型するにあたって、『デイヴィッド・コパフィールド』に登場する二人の好人物、ストロング先生とミスター・ディックの特徴を付与している。具体的に見てみよう。

ロスタネフは次のような人物である。

その心は子どものように清らかだった。実際、おじは四十歳になる子どもだった。誰よりも感じやすく、いつも陽

> 気で、すべての人を天使だと思いこみ、他人の欠点のことで自分を責め、他人の美点を過大視し、そんな美点のあるはずのないところにまでそれが存在すると思いこんでいる。おじはあまりにも優しく美しい心の持ち主なのだ。［中略］悪賢い人間ならおじをあやつって悪だくみに引きこむこともできた。もちろん、あくまでも善行をよそおう必要があるけれど。（III, 13-14）[9]

この極端な善良さという点で、ロスタネフはストロング先生と結びつけられる。ストロング先生も、保護者が必要なほどのお人好しとされている。

> なにしろ先生は親切このうえなく、塀の上にずらりと載っている壺の石ほどコチコチな心だって動かせるぐらい、生一本の誠実さをお持ちだった。［中略］ご自分の専門外となれば、しかも守ってくれる人もいなければ、先生はいわば羊毛を刈る者たちに取り囲まれた、たった一頭の無力な羊といったところだった[10]。

また、ロスタネフのもう一つの顕著な特徴として、学問に対する無条件の敬愛があげられている。

> 言い忘れたが、「学問」とか「文学」といった言葉に、おじは何ともナイーヴで混じり気のない敬意を捧げていた。もっともおじ自身はこれまでに何一つ勉強したことはなかったのだけれど。
>
> 　これはおじの奇妙な性質のうち、もっとも重要で、もっとも無邪気なものの一つだった。（III, 15）

この特徴は、ディケンズの登場人物、ミスター・ディックから借り受けたものと考えられる。

［引用者注――教室の決まった椅子に腰かけて］白髪まじりの頭を前に乗り出し、ミスター・ディックは自分が一度も教わることのなかった勉強に深い敬意を表してか、たとえ授業がどんなものであれ、熱心に耳を傾け、じっと坐っているのだった。

ミスター・ディックはこの敬意をドクター・ストロングにまでおし広げ、先生のことを、世の古今を通じてもっとも緻密で学殖豊かな哲学者と考えていた。だから、いやしくもミスター・ディックが帽子を取らずに先生に話しかけるようになったのは、ずっと後になってからのことだった［後略］(11)。

ディケンズは、ストロング先生とミスター・ディックを配した、それこそ一幅の絵画のごとき「美しく無垢な情景」を描いている。たとえば、以下の場面。

二人が教室の前を行ったり来たりしているところをいま思い浮かべてみると――先生は悦に入ったニコニコ顔で、時には原稿を派手に振りかざしたり、深刻そうに首を振ったりしながら読んでいるかと思えば、ミスター・ディックの方はすっかり興味の虜になって、じっと耳を傾けてはいたものの、どうやらやや弱めのおつむはといえば、難解な言葉の翼に乗ってふわふわと舞い上がり、どこか分からないところをゆったりさまよっているらしかった――和やかという点では、これほど気持ちのいい光景を目の当たりにしたことはなかったような気がする。この二人が永遠に行ったり来たりと歩き続ければ、そのために世の中がともかくも、もっとよくならないかなあと感じる［後略］(12)。

二人が一緒に歩いている様子は、この上なく「和やか」な「気持ちのいい」、ユートピア的情景として描かれている。ドストエフスキーの主人公ロスタネフは、こうしたディケンズ的な無垢の反映を帯びているといってよい。
　もう一つ例をあげよう。ロスタネフの甥である『ステパンチコヴォ村』の語り手は、幼年時代を回顧して次のように書いている。

　幼年時代、私が孤児となってこの世にただ一人残されたとき、おじは父親にかわって自腹を切って私を育ててくれた。一口に言えば、生みの親にもできるとは限らないことを、私のためにしてくれたのである。おじに引き取られた最初の日から、私は心底おじに愛着を覚えた。私はその頃十歳だった。たちまち仲良くなって、心を通わせあったことを覚えている。私たちは一緒に独楽を回したり、親戚の意地悪な老婦人からこっそり帽子を盗みとったりした。私はすぐにその帽子を凧の尾に結びつけ、雲の下に飛ばしたものだった。(III, 18)

「孤児と無垢な大人」という取り合わせもきわめてディケンズ的なものだが、何より、凧あげに関する記述は『デイヴィッド・コパフィールド』へのアリュージョンと考えられる。

　ミスター・ディックとぼくは大の仲良しになり、〔中略〕しょっちゅう大きな凧をあげに一緒に出掛けた。〔中略〕よく思っていたことだが、はるか空高くに凧が舞い上がっているとき、ミスター・ディックが糸を持って立っている姿を眺めるのは感動ものだった。〔中略〕夕方、草の生い茂った坂に並んで座り、静かな空に凧が高く舞い上がっているのをじっと見つめているその姿を眺めて、ぼくはよく心に思い描いていた、凧はミスター・ディックの混乱した心を救い出し、(子供じみた考えだったけれども) 空高くに舞い上げてやっているんだ、と(13)。

苦難の旅路を経てようやく温かい居場所を見出した孤児と、苦境のなかで精神を病んだ無垢な大人がともに厠あげに興じる。作中でもとりわけ鮮烈な「無垢の情景」である。自らの登場人物に厠あげをさせたとき、ドストエフスキーは『デイヴィッド・コパフィールド』のこの場面を思い出していたにちがいない。

しかし、ドストエフスキーは、ディケンズ的な至高の善人をやはり極限状況のなかに投げ入れる。『ステパンチコヴォ村』における極限状況は、もう一人の主人公フォマー・フォミッチによって生み出されている。フォマーはロスタネフ家の居候にすぎないが、さもしい人物であるにもかかわらず、道徳の権化としてロスタネフ家に君臨し、ロスタネフをさんざんにいじめ抜く。一方のロスタネフは、フォマーを不遇の宗教道徳家として愚直なまでに崇めるのである。

『ステパンチコヴォ村』の物語の核にあるのは、両者の転倒した支配・被支配の関係である。しかし、最後の最後でロスタネフの結婚というハッピー・エンドが実現する。幸福な結婚という結末は、ドストエフスキーの作品にはきわめて珍しいが、これもまたディケンズへの隠れた言及と考えられなくもない。幸福な家庭の情景は、ディケンズの作品にくり返しあらわれるモチーフであるからだ。アグネスとめでたく結ばれて終わる『デイヴィッド・コパフィールド』も、その例外ではない。

ただし、『ステパンチコヴォ村』のハッピー・エンドにはある皮肉が潜んでいる。ロスタネフの結婚を成就させたのはほかならぬフォマーであり、フォマーにしてみれば、それは自らの地位を守るための苦肉の策であった。それを見破る語り手は、最後に成就する幸福に皮肉なまなざしを向ける。ディケンズ的な情景は、無垢を疑われ、相対化されるのである。

以上をまとめよう。『ステパンチコヴォ村』と『虐げられた人びと』には、ある展開が共通して見られる。すなわち、ディケンズ的な理想が残酷な試練にさらされるとともに、その「無垢」がアイロニーの対象とされ、あるいは汚され損なわれるのである。

おわりに

ドストエフスキーにとってディケンズ的な情景はいかなる意味をもっていたのだろうか。革命的サークルに関わっていた青年時代より、ユートピアの希求はドストエフスキーの作品に通底するテーマでありつづけた。とくに後期の作品（『悪霊』『未成年』「おかしな男の夢」）においては、「黄金時代の夢」というかたちでユートピアの夢が繰り返し描かれている。ディケンズの描く「美しく無垢な情景」は、ドストエフスキーにとって原初的な「黄金時代」を表象するものとしてあったのではないか。その意味で、「黄金時代の夢」の源泉となったクロード・ロランの絵画「アキスとガラテヤ」にも比すべき作用をドストエフスキーに及ぼしていたのである。『ステパンチコヴォ村』においては、ディケンズ的な理想が極限状況に投げ入れられることで劇的な緊張が生み出されている。ディケンズの影響は、キャラクターやプロットの面でさまざまに検証されてきたが、両者の関係の核にあるのは何より先にディケンズの絵画的想像力であり、ドストエフスキーはディケンズの「情景」に喚起されて自らの想像力を駆動させていったのである。

参考文献・注

（1）*Мартьянов П.К.* Из книги «В переломе века» // Ф. М. Достоевский в воспоминаниях современников. Т. 1. М., 1964. С. 240.

（2）ドストエフスキーとディケンズの比較に関しては、多くの先行研究がある。たとえば下記のものが挙げられる。N. M. Lary, *Dostoevsky and Dickens: A Study of Literary Influence*, London and Boston: Routledge and Kegan Paul, 1973; Loralee MacPike, *Dostoevsky's Dickens: A Study of Literary Influence*, Totowa, New Jersey: Barnes & Noble Books, 1981. 先行研究の多くはキャラクターやモチーフの次元の分析を主としているが、本稿は「絵画的想像力」をキーワードに両者の関係を読み解いてみたい。

（3）ロシアにおけるディケンズ受容を研究したカタールスキーの著作による。*Катарский И.* Диккенс в Росии. М., 1966. С. 82.

（4）ディケンズとクルックシャンクの関係を含む、ヴィクトリア朝の挿絵文化については、下記の文献を参照のこと。清水一嘉『挿絵画家の時代――ヴィクトリア朝の出版文化』大修館書店、二〇〇一年。
（5）ピーター・コンラッド（加藤光也訳）『ヴィクトリア朝の宝部屋』国書刊行会、一九九七年、一二八頁。
（6）*Катарский И.* Диккенс в Росии. С. 88–89.
（7）*Плещеев А.Н.* Жизнь Диккенса. СПб., 1891. С. 1.
（8）なぜドストエフスキーは明らかにそれとわかるかたちでディケンズの少女を自作に登場させたのか。この問いに対するひとつの解答を、筆者は下記の拙論で提示している。高橋知之「損なわれた無垢――『骨董屋』との比較による『虐げられた人びと』論」『比較文学』第五四号、二〇一一年、七―二一頁。
（9）なお『ステパンチコヴォ村』の日本語訳は、下記の拙訳による。ドストエフスキー（高橋知之訳）『ステパンチコヴォ村とその住人たち（抄）』沼野充義編（高橋知之編集協力）『ポケットマスターピース10　ドストエフスキー』集英社文庫ヘリテージシリーズ、二〇一六年。
（10）ディケンズ（石塚裕子訳）『デイヴィッド・コパフィールド（二）』岩波文庫、二〇〇二年、一五二―一五三頁。
（11）同上、一八九頁。
（12）同上、一九〇頁。
（13）同上、九七―九八頁。

Author & title : TAKAHASHI Tomoyuki, "Dostoevsky and the Pictorial Imagination of Charles Dickens"

ロシアの学校教育科目「文学」の教科書に見るドストエフスキー

齋須直人

1．ロシアの学校教育科目「文学」について

ロシア文化にある程度触れ、ロシア人と交流したことのある日本人であれば、ロシアの学校では「文学」という科目が教えられていることを知っているかもしれない。論者はロシアに滞在した際、平均的日本人と比較してロシア人に文学の素養があり、有名な詩を暗唱したり、即席のスピーチが上手であることに驚かされた経験がある。同様な経験をしている方から、ロシアには学校教育で「文学」の授業があり、それがロシア人たちに素養をもたらしている側面があると伺ったことがある。他にも、しばしばロシアに関わる日本人がロシアの「文学」の授業について話題にするのを聞いたことがある。

しかし、このように日本人から多少の注目をされているにも関わらず、ロシアの学校での「文学」という科目についての日本語での情報は多くはない。ロシアにおける文学教育の歴史を扱ったものについては『ロシア文化事典』の「文学と教育」の項目に概説がある他(1)、一九世紀後半から二〇世紀初頭についてのギムナジウムにおける文学教育を扱い、文学が国民化される過程を追った貝澤哉の論文(2)、ロシアとソビエトにおける文学教育を、一八三〇―一九八〇年という一五〇年の長い期間を対象とし、ベリンスキーの文学教育論から、時代ごとの主要な人物の文学教育論を中心に一九

八〇年まで論じた博士論文をまとめた浜本純逸の著作がある[3]。現在の学校教育における「文学」の授業については、雑誌『カスチョール』三一号（二〇一三）のロシア文学教育の特集に、一年生、四年生、一〇年生の授業をロシアの文学教師が紹介したもの、学年ごとに読むべき古典をまとめた読書リスト（ペテルブルグのある私立学校で配られている）などが掲載されている[4]。しかし、現在の学校教育における「文学」の授業については他に日本語の資料を見つけることができなかった。そのため、これについては、関心の大きさに比して、日本語での紹介が足りていないと考えられる。本論では、ドストエフスキーの作品を例にロシアの学校における文学教育を紹介し、そこでのドストエフスキーの扱われ方の特徴やそれをめぐっての議論についても考察したい。

ロシアの学校の「文学」という科目は、日本の「国語」と重なる部分もあるが、大きな違いの一つはロシアの場合は通史的に主要な古典文学作品（メインはロシア文学だが若干海外文学も含む）を読んでいくことにあるだろう。ロシアの学校は一年生から一一年生までであり（半年ほどのズレはあるが年齢的には日本の小学校から高校に相当）、その後、大学やカレッジに入学する。学校教育プログラムがロシア人の文学作品への理解やイメージに与える影響の大きさは、多くの人が受けること、多くの場合、授業で扱われる作品は生徒にとって初めて触れるものである可能性が高いことからも分かる。「文学」の授業は、生涯にわたるレベルの長期間で、生徒の特定の作品についての理解に影響しうる。学校教育は、あまり文学作品に縁がない層も含めて一般のロシア人による文学作品の理解・受容への影響は大きいと考えられる。

2．ロシアでの「文学」教育研究におけるドストエフスキー

ロシアでは学校教育の「文学」という科目についての研究が行われており、規模の大きい学会では、ロシア文芸協会の大会の枠内で行われる、全ロシア・ロシア語ロシア文学教師会議[5]などがある。そうした研究の中から主にドストエ

フスキーのみに絞って論じている研究も多い。「学校教育におけるドストエフスキー」というテーマは教育学者と文学研究者が扱ってきた。教育学者は主に教育の方法論という視点から、文学の授業をより良いものとすることを目的に研究してきた。論者は、まさに「学校教育におけるドストエフスキー」という題材だけを取り上げた教育学の学位論文を二つ見つけることができた(5)。また、教育学者だけでなく、ドストエフスキーを専門とする文学研究者の多くも学校教育を論じていたり、若者向けの教材の執筆にも携わっている(7)。文学研究者たちは、主に「文学」の教科書や授業がこの作家の作品の本質を伝えているかどうか、誤りや不正確なところがないかどうかを検証してきた。教育学者の研究も文学研究者の研究も、いかに学校教育を改善するかということを目的としている。これらの研究で個々の教科書の記述の誤りや適切さについて、具体的で詳細な指摘がなされているのは、「文学」の授業では教師は教科書を選べるため、個々の教科書の質についての情報が周知されることが有益であるためであると思われる。

同様な活動として、ロシアのSNSにおけるドストエフスキーに対するステレオタイプを指摘し、その修正を呼び掛けているカプースチナの研究がある(8)。ドストエフスキーに対する偏見を助長するものとして、作家の同時代人によるもので現在に至るまで影響力を持っているのは一八八三年一一月二八日にストラーホフがトルストイに宛てた有名な手紙であろう。ストラーホフはこの手紙で、ドストエフスキーのことを「意地悪で、妬み深く、みだらである」と評し、ドストエフスキーが少女凌辱をしたと書いた。また、ストラーホフは同じ手紙の中でドストエフスキーの性格は彼の描く主人公の中ではスヴィドリガイロフやスタヴローギンに近いと書いている(9)。これに対してドストエフスキーの妻アンナ夫人が抗議したこともまたよく知られている。カプースチナの指摘によると、SNS等で登場する通俗的なドストエフスキーについてのイメージには、ストラーホフの述べたことを継承するようなものが多く、ドストエフスキーとスタヴローギンを同一視したものがしばしば見られる。作家についてのこうしたデマは、日本の（おそらく他の国においても）インターネットで見られるドストエフスキーについての情報にもしばしば散見される。日本で見られるこの現象は一九二八年に出たフロイトの有名な論考「ドストエフスキーと父殺し」がストラーホフの証言をそのまま使っており、この論考がいまだに影響力を持っていることが一因であると考えられる。同様な現象が本国ロシアの、一部の通俗的な作家イメージにおいても起きているのは興味深い。

これらの研究には単に事実を記述する以上の、現在の教育やSNSにおける、作家に対するステレオタイプや認識の誤りを改善するための運動としての性格が強い。誤った作家イメージを助長するかたちでドストエフスキーが教えられていることに対する研究者たちの真剣な問題意識は理解できるし、これは当然のことであると考えられる。一方で、論者には問題意識が限定され過ぎているようにも思われた。これとは別の視点で「文学」の授業や教科書を取り扱うことも可能ではないだろうか。例えば、現代ロシア人のドストエフスキー受容との関連から学校教育の問題を考えることができるのではないだろうか。

受容史の研究、ドストエフスキーが後の時代、特に現代ロシアにおいていかなる読まれ方をされてきたかについてアプローチした研究には様々なものがあるが、その中の代表的なものとして後の芸術家による文学作品や映画、舞台芸術などへのドストエフスキーイメージの反映について論じたものがある[10]。こういった研究が可能ならば、同様な視点で、「文学」の教育プログラムや教科書を分析することができるのではないだろうか。もちろん、芸術作品と教科書では大きな違いがある。芸術作品では、作者が好きなように自分のドストエフスキーやその作品に対するイメージを表現することができるが、教科書では、芸術作品と違って元々のドストエフスキーの作家像や作品のモチーフを改変させて登場させることを意図しない。また、根拠のある正統な解釈を提示することに努めなければならない。実際、学校教育におけるドストエフスキーについての研究をしている教育学者は、最初にこの作家の個々の作品についての正確な、信憑性のある理解を用意し、その後に教科書の記述と自分なりに用意した理想的な解釈とを比べることで、教科書の記述の適切さを議論していく。先に示した二つの教育学の学位論文でも、前半の半分が、ドストエフスキーの作品の正統な解釈を示すことに当てられている。その際、参考にするのはドストエフスキー研究者たちによる研究史である。文学研究者もまた、既に彼らが良く知っているドストエフスキー研究史の蓄積を用いて、教科書の記述の誤りや不適切と考えられる箇所を指摘する。実際、正当な答えを用意しそれと比較するという方法以外で書かれた研究を見つけるのが困難なほどであった。このような、「文学」の教科書を論じる際の、論じる者にとっての理想の読みと、別の場におけるそうではない読みとの比較という方法ばかりが用いられるような研究は、文学研究の中でも教育についてのもの以外にあまり例が見られないものであると考えられる。「文学」の教育プログラムや教科書は研究者たちが妥当と考える作品解釈と、一般の人たちによる作家や作品に対する理解やイメージとの中間に位置し、それらを繋ぐものであり続けるだろう。論者は、それだけに、学校教育における「文学」の科目を社会での文学の読まれ方、受容のされ方との関連で研究が可能であると考えている。本論では、教室で「文学」がいかに教えられており、生徒がどのようにドストエフスキーを理解することになるのか、など具体的な教育の現場を見た上での議論は行わないが、以上のような視点で、今後学校教育科目である「文学」の授業を研究していくことの可能性を示していきたい。

3. ロシアの大学入試における国家共通試験（ЕГЭ）における「文学」

ロシアの学校において「文学」という科目が重要科目とみなされていることを指摘しておきたい。ロシアの大学入試では、国家共通試験（ЕГЭ—Единый Государственный Экзамен）が用いられる。国家共通試験は、学校の卒業試験であると同時に、大学入試の主要な試験となっている。この国家共通試験の科目の一つに「文学」が含まれている(11)。国家共通試験の科目には、「ロシア語」、「数学」、「外国語」（次の言語から選択／英語、ドイツ語、フランス語、スペイン語、二〇一九年以降は中国語も加わる）、「物理」、「化学」「生物」「地理」「文学」「歴史」「社会知識」「情報」がある。通常、大学入試では、各学部の専攻ごとにこの国家共通試験の三つか四つの科目の成績を用いて選抜を行う。例えば、МГОУ（モスクワ州立大学）の文学部の入試には、「ロシア語」、「文学」、「社会知識」の国家共通試験の成績証明書を用いる[12]。モスクワのВШЭ（高等経済学校）で文献学の学科に入るためには、「ロシア語」、「文学」、「外国語」の成績が求められる[13]。

国家共通試験科目「文学」では文学理論とロシア文学史の知識、有名な古典文学作品についての内容理解が求められる。「文学」の国家共通試験の準備用に、出題される項目について出題者側から予めリストが用意されており、そこには、学ばなければならない文学理論の事項とロシア文学史上の作品が列挙されている[14]。「文学」の試験の受験生はリストにある作品を読み、内容を理解して覚えておく必要がある。文学史のリストには古くは『イーゴリ軍記』から現代文学まであるが、イメージしやすいように、例として、一九世紀後半の文学作品からはどのような作品がリストに載っているか、二〇一九年のものから抜粋して以下に示す。これ以降、ロシア語からの引用は全て拙訳による。

- アレクサンドル・オストロフスキーの戯曲『雷雨』
- トゥルゲーネフの長編『父と子』
- チュッチェフの詩「真昼（Полдень）」「海の波には妙なる調べがある…（Певучесть есть в морских волнах…）」「草地から鳶が飛び上がった…（С поляны коршун поднялся…）」「秋のはじまりには…（Есть в осени первоначальной…）」「シレンチウム（Silentium!）」「あなたたちが考えるようなものではありません、自然とは…（Не то, что мните вы, природа...）」「ロシアは頭では分からない…（Умом Россию не понять…）」「私たちは知る由もない…（Нам не дано предугадать…）」「おお、私たちは殺してしまうほどに愛してしまう…（О, как убийственно мы любим…）」「私はあなたに逢った——そして、すべての過去が…（Я встретил вас – и все былое…）」「自然は——スフィンクスである。たしかに…（Природа – сфинкс. И тем она верней…）」
- フェートの詩「夕焼けが大地と別れを告げる…（Заря прощается с землею…）」「一押しで生き生きとした船を送り出す

（Одним толчком согнать ладью живую…）」「夕べ（Вечер）」「彼らから学べ、樫から、白樺から…（Учись у них – у дуба, у березы…）」「この朝、この喜び…（Это утро, радость эта…）」「ささやき、臆病な息づかい…（Шепот, робкое дыханье…）」「夜が輝いていた。庭が月で溢れていた…（Сияла ночь. Луной был полон сад. Лежали…）」「もう五月の夜（Еще майская ночь）」

- ゴンチャロフの長編『オブローモフ』
- ネクラーソフの詩「トロイカ（Тройка）」「私は君の皮肉が好きじゃない…（Я не люблю иронии твоей…）」「鉄道（Железная дорога）」「旅の途中で（В дороге）」「昨日、五時過ぎに…（Вчерашний день, часу в шестом…）」「私と君は分別のない人間だ…（Мы с тобой бестолковые люди…）」「詩人と市民（Поэт и Гражданин）」「エレジー（Элегия）」「おお、ムーサよ！私は棺の扉の前にいる…（О Муза! я у двери гроба…）」
- ネクラーソフの叙事詩『誰にロシアは住みよいか』
- サルティコフ・シチェドリンの物語『一人の男がいかに二人の将官を養ったかの物語』『野蛮な地主』『賢いスナモグリ』
- サルティコフ・シチェドリンの長編『ある町の歴史』（概観的な学習）
- レフ・トルストイの長編叙事詩『戦争と平和』
- ドストエフスキーの長編『罪と罰』
- レスコフから一作品（受験生による選択）

一九世紀後半のみでもこの分量があり、試験のために、受験生たちがこれらの作品を読んで理解していることが想定されている。受験生たちはこのリストの作品を全て読まなかったとしても、教科書、受験参考書を用いてこれらの作家の生涯や作品についての概要を学ぶ。作家や作品は、元々既に古典として評価されているものであるとはいえ、出題リストに掲載されることで単に試験に通過するために重要であるのみならず、ロシア文学史の中で読むべき最重要でスタンダードな作品として認定されているということにもなる。最近での変化は、二〇〇四年に新しくリストに入れられる作品があった程度で[15]、リストに載る作品は速くは変化してはいないものの、多かれ少なかれ各作家、各作品に対する現代ロシア人の評価を反映していると言えるだろう。あるいは、このリストに準拠して学ぶ生徒や、それを教える教師に、これら作品が古典の中でも最も読むべきものであるという意識を強化させることにはなるだろう[16]。リストそのものは、受験生と教師しか把握していなくても、影響力は小さくないと思われる。出題リストに認定されている作品は基本的に「文学」の教科書にも掲載されており、授業でも取り扱われる。

4. 現在の学校教育のカリキュラムにおけるドストエフスキー

先に示したように、このリストではドストエフスキーの作品からは、『罪と罰』が選ばれている。そして、学校教育プログラム、教科書においてもドストエフスキー作品からは『罪と罰』が選ばれている。ロシアの学校では、ドストエフスキーの作品は通常一〇年生（一五―一六歳）で学ぶ。あるカリキュラムでは、九年生で『白夜』のみわずかに扱われるが、一〇年生では『罪と罰』に多くの時間が割かれる。学校教育におけるドストエフスキーについて書かれたいくつかの論文で指摘されているように[17]、「文学」の教科書に割かれるドストエフスキーの作品の割合は多くない。

この割合がどの程度か把握するために、「文学」の教師が授業をするために参照する参考書を一つ取り上げてみたい。「文学」の教師は、教師のための参考書を用いて授業の進め方や文学作品についての正しい内容理解を学ぶ。例として、一〇年生向けの授業をするためのベリャーエヴァ、イリュミナルスカヤの参考書を一つ見てみよう[18]。この参考書は、全部で一七〇課に項目分けがなされている。この参考書に従うと、一〇年生ではデルジャーヴィンからチェーホフまで学ぶことになっており、基本的にはロシア文学の作家が取り扱われるが、わずかながら、西ヨーロッパの作家（モーパッサン、イプセン、ランボー）も取り扱われている。ドストエフスキーの作品には一三課分割かれている。

ドストエフスキーの作品についての一つ目の課では、作家の創作方法について解説がなされ、生涯についての短い情報が紹介されている。次の課ではドストエフスキーの作品に描かれるペテルブルクについて扱われている。その後に続く九課分は、全て『罪と罰』の分析が行われており、最後の二課分のみ、他の作品（『白痴』）が扱われている。他の教科書、参考書でも授業の配分は同様で、『罪と罰』について詳しく扱われる。

この参考書でドストエフスキーの作品が一三課分割かれているのに対し、他の最も有名な作家だと、プーシキンは二〇課分、レールモントフは一四課分、トルストイは一九課分が割かれており、重要度から考えてもドストエフスキーの比重はそこまで大きくないことが分かる。教師のための参考書のみならず、教科書も同様の状況にある。ザラトゥーヒナによれば、あるカリキュラムでは、ドストエフスキーの作品が九年生でやっと登場するのに対し、トルストイの作品は五年生から学習する（五年生で『カフカースの虜』、七年生で『幼年時代』、八年生で『舞踏会の後で』、九年生で『青年時代』、一〇年生で『セヴァストーポリ物語』と『戦争と平和』）。ザラトゥーヒナは、学校教育プログラムが文学作品の分析のみならず、作品の選択や、それに割く授業時間に関しても、いまだにソ連時代のやり方を継承し続けていることが、ドストエフスキーの比重の低さの原因であると考えている(19)。ザラトゥーヒナの論文だけではなく、本論で参照した参考文献の多くは、学校教育プログラムや教科書においてソ連時代に主流だった作品解釈が残っていることを指摘している。

よく知られているように、ソ連時代にはドストエフスキーに対する評価が高くなかった。スターリン時代の初めにはドストエフスキーへの評価は地に落ちており、一九四〇年代にはドストエフスキーの作品は学校教育プログラムは残っていたものの、概観的にしか学ばれていなかった。五〇年代の雪解けの時代にはバーベリ、ピリニャーク、エセーニン、ブルガーコフなどの作家と共に読むことが許されるようになった。一九六七年から六八年にかけての年度で、ドストエフスキーは学校教育プログラムに戻ってきた。そのため、学校でドストエフスキーの作品が学ばれるようになったのは一九七〇年代に入ってからである。また、ソ連時代にはドストエフスキー研究に対して大きな制限がかけられており、特に宗教的アプローチでの研究ができなかったため、「文学」の教科書では主に社会問題、あるいは心理描写の観点から読解された。例えば、ザラトゥーヒナが引用している一九八四年のソ連時代の教育プログラムに従えば、『罪と罰』を授業で扱う際は、「作者の立場の根幹である人を慮っての心の痛み、そして出口のなさを描く際の容赦のない真実性、搾取と迫害の無慈悲な世界における「小さな人間」の孤独」を強調しなければならなかった[20]。

先ほど見た文学教師のための参考書の一三〇―一三一課（『罪と罰』の創作史について）のタイトルは、次のようにシェイクスピアの『ハムレット』からの引用で始まっている。長いタイトルだが、他の課も同様にこの程度の長さである。

「時代は歪んでしまっている。そしてそれを正すために私が生まれることになったのは、私の罪ではない」[21] 小説『罪と罰』の創作史。小説『罪と罰』における「小さな人間」、社会的不公正の問題と、作家のヒューマニズム。

『ハムレット』の主人公の台詞が引用されているのは、おそらく、この参考書の執筆者が時代の不正を正そうとする存在として、ハムレットとドストエフスキーとの間に共通点を見出だしているからではないかと思われる。参考書の本文中でも、この『ハムレット』からの引用によって『罪と罰』で提示されている問題を定義することができると述べられている。ただし、この『ハムレット』の主人公のセリフは父親の復讐を誓う場面でのものであり、ヒューマニズム的な意味合いで発せられているかどうかについての判断は難しい。この課の内容を説明した本文でも、まさに「小さな人間」についての記述がなされている。

長編『罪と罰』は世紀の諸問題に対する作家の長きにわたる思索の総決算として創造された。「小さな人間」の描写、そのような人間に対する共苦は社会の不公正という問題と、作家の研ぎ澄まされたヒューマニズムによって生まれた(22)。

さらに、この課は、次のゴーリキーの言葉の引用がなされている。ここでゴーリキーからの引用がなされていることもまた典型的である。

自分の心の中に、人間の全ての苦しみについての記憶を具象化し、この恐ろしい記憶を強く言葉にするような人間が現れなければならなかった。その人間とはドストエフスキーのことである(23)。

参考書の個々の課には、テーマ毎の内容についての説明文があり、その後に「議論のための質問」という項目で、授業で議論するための質問がいくつか列挙され、最後に全体の「結論」が述べられる。次の引用は「議論のための質問」から取ったものだが、ソ連時代の教育プログラムからの名残があることが明らかである。

――ドストエフスキーの言葉「私は時代の子です」をどのように理解していますか？

――小説にはどのような「時代の主人公たち」や「時代の諸問題」がありますか？（主人公たち／生活に困窮した「小さな人間」と「命の主人たち」。諸問題／この世界は存在しうるか？　虐げられた人々の保護。ヒューマニズム。道徳的完成）(24)

ここに登場するドストエフスキーの言葉「私は時代の子です」は一八五四年一月末にオムスクからドストエフスキー

がデカブリストの妻であるフォンヴィージナ夫人（監獄へ向かうドストエフスキーに聖書の現代ロシア語訳を渡した人物）へ宛てた有名な手紙からの引用である。ドストエフスキーは、自分が信仰深い人物であると見なしていたフォンヴィージナ（「私は多くの人からあなたがとても信仰深い人であると聞いています」）に向けて「私は時代の子です、不信仰と疑念の子です」と書き、その後にキリストへの愛を述べている。

この信条はとても単純で、まさに次のようなものです。キリストよりも美しく、深く、魅力的で、理性的で、勇敢で、完全なものは何もないと信じることです。そして、単にないというだけでなく、これは嫉妬深い愛をもって自分に言っていることですが、あり得えないのです[25]。

「私は時代の子です」の「時代」は、人々から信仰が失われつつある時代という意味がこめられてはいるものの、ドストエフスキーの時代の社会的不公正の問題とは（少なくとも直接的には）結びついていないのである。この参考書において、ドストエフスキーの宗教的、あるいはキリスト教的要素が脇に置かれ、同時代の社会問題が強調されていることがこの適切とは言い難い引用からも分かる。このような傾向が大なり小なり他の教科書にも見られることは、先に引用したザラトゥーヒナやフョードロワの研究でも指摘されている。フョードロワが指摘するところでは、一九三〇年―六〇年のソ連時代の作品への一面的なアプローチの名残が原因で、教科書にはドストエフスキーの作品解釈における紋切型の表現やステレオタイプが多く見られ、作家の立場を特定の登場人物の立場に同一化したり、作品のジャンル的特質を単純化する傾向も見られる[26]。これらの研究では、「文学」の教科書で彼らがドストエフスキーの作品の最も重要な要素であると見なしている精神的、道徳的問題を扱うこと、近年のドストエフスキー研究で盛んに行われてきたキリスト教のテーマについての研究成果が教科書に反映されるようにすることを提唱している。例えば、フョードロワ、シャーリナ、カプースチナの共著論文では、ドストエフスキーの作品の一番重要な問題はキリスト教で重要な概念である「自由」「個性（リーチノスチ）」の問題であると述べ、教科書においてもこの観点からドストエフスキーを読むべきであるとしている[27]。

5. 考察

ソ連崩壊後、長い時間が経過した今、教科書にこのような問題があるのは、学校教育の変化の遅さに加え、選択されている『白夜』、『罪と罰』という作品の性質もあるかもしれない。『白夜』については、キリスト教的要素は指摘されているが（ザハーロフ）[28]、初期作品であることもあり、それが全面に出ているわけではない。さらに、『罪と罰』はラザロの復活の朗読の場面や、多くの聖書からの引用など、キリスト教的あるいは正教的要素は多く見られるものの、他の五大長編に比べれば、一見そこまで比重が大きいようには見えないかもしれない。また、『罪と罰』は主人公の再生の物語ではあるが、エピローグにおいて、ラスコーリニコフの痛悔や、復活の可能性がどの程度示されているかについてはいまだに議論になっている。

しかも、作品の道徳面宗教面を重視するべきという批判はドストエフスキー研究史に触れている者にとっては基本的に大きな違和感はなく納得のできるものだが、それ以外の層の読者が理解するには、キリスト教に関する知識が必要であると同時に、ドストエフスキーの作品を多少なりとも読みこんでおく必要があり、教師にとってのハードルが上がるかもしれない。

指摘されている教科書の問題の解決を阻む要因は他にもある。単純化は教科書や学校教育という性質上、避けるのが困難であると考えられるからである。「文学」の授業、教科書は、性質上、ある程度上意下達的に教師側が生徒に作品解釈を提示せざるを得ない。そして、教科書、授業、試験においては生徒の理解度を測るための問題が課される。このときに当然ながら、問題に対する一定の解釈や、正しい作品理解（必ずしも唯一のものとしてではないが）を教科書の書き手や教師、試験の出題者が答えとして示すことになるだろう。この際に単純化を避けるのは容易ではないと思われる。一五歳の学校生徒は、場合によっては、教師に提示される答えを受け入れられないこともあるが、これを一度は頭に入れる。

もし将来、学校の教科書でドストエフスキーの作品の精神的道徳的問題と、キリスト教信仰についての正確な記述がなされるようになったとして、これをポリフォニー小説としてのドストエフスキーの作品の側面をふまえた上で、作家の立場と作品の登場人物との関係を考慮して上手く記述するのもまた困難であろう。ドストエフスキーの作品の多声性はもともと単純化した説明を拒否する性質を持っていると考えられるが、一定の答えを提示しなければならないという教科書のもつ性質が、作者の立場と登場人物の立場を同一視してしまうというミスを起こしやすくしているように思われる。作品の中での作者の位置については、現段階でも研究者たちの間で論争があり、一定の答えが出るとも考え難い。しかし、多声性を考慮した教科書の記述ができなければ、新しい紋切型と単純化が生み出されるだけになる可能性もある。その上、このような複雑な作品の構造を一五歳を対象とした教科書で示すことは現実的だろうか。

以上のことから、論者は「文学」の学校教育におけるドストエフスキーの作品解釈はこれからも常に一定の傾向としてステレオタイプを含み続けるのではないかと予想している。そのため、現代文学、映画、漫画、演劇などと同様に、「文学」の学校プログラムや教科書も、その中でドストエフスキーの作品が説明される際の傾向とを関連させながら、現代における受容について論じていくことも可能なのではないだろうか。本論ではドストエフスキーのみを扱ったが、他の作家の教科書での記述についても同様なアプローチができると考えている。

参考文献・注

（1）奈倉有里「文学と教育」『ロシア文化事典』丸善出版、二〇一九年、三七八―三七九頁。

（2）次の論文を含め、多数。貝澤哉「十九世紀後半から二十世紀初頭のロシアにおける文学教育と文学の国民化」『スラブ研究』北海道大学スラブ研究センター、五十三号、二〇〇六年、六一―九一頁。

（3）浜本純逸『ロシア・ソビエト文学教育史研究』渓水社、二〇〇八年。

（4）「特集ロシア文学教育」『カスチョール』カスチョール編集部、二〇一三年、一二―五四頁。

（5）Всероссийский съезд учителей и преподавателей русского языка и русской литературы. ロシア文芸協会（общество русской словесности）のサイトはこちら［http://russlovesnost.ru/］（最終確認／二〇二一年七月二九日）。このサイトには、毎年行われる大会での発表をまとめた論集も掲載されている。

（6）*Тимофеев А. С.* Изучение творчества Ф. М. Достоевского в контексте философских идей эпохи (в 10 классе общеобразовательной школы). Дис. ... канд. пед. наук. М., 2007. ; *Никанова Н. В.* Изучение художественного мира Ф. М. Достоевского в 10 классах гуманитарного профиля : Дис. ... канд. пед. наук. М., 2008.

（7）一つだけ例を挙げると、ステパニャンは『罪と罰』と『カラマーゾフの兄弟』について、高校生大学生向けに、最新のドストエフスキー研究の成果を反映した教材を書いている。*Степанян К. А.* Путеводитель по роману Ф. М. Достоевского «Преступление и наказание»: Учебное пособие. М., 2014. ; *Степанян К. А.* Путеводитель по роману Ф. М. Достоевского «Братья Карамазовы». Учебное пособие. М., 2018.

（8）*Капустина С. В.* Достоевский в социальных сетях: правда и вымысел / С. В. Капустина // Художественный текст глазами молодых. Материалы конференции. Ярославль: ЯрГУ им. П. Г. Демидова, 2019. С. 32–36.

（9）Толстовский музей : Переписка Л. Н. Толстого с Н. Н. Страховым. 1870-1894. Т. 2. СПб., 1914. С. 307-310.

（10）例としていくつか挙げる。望月哲男「ドストエフスキーのいる現代ロシア文学」『現代文芸研究のフロンティア(II)』スラブ研究センター研究報告シリーズNo.76、二〇〇一年、一三一―一九八頁。*Мотидзуки Т.* Играя со словами классики: Достоевский в современной литературе // Т. Мотидзуки (ред.). Русская литература на пороге нового века. Саппоро: Центр славянских исследований, 2001. С. 159-177. ; 望月哲男「『白痴』の現代的リメイクをめぐって」『スラヴ研究』北海道大学スラブ研究センター、四十九号、一一一―一四六頁。；*Черняк М. А.* Актуальная словесность XXI века: приглашение к диалогу. М., 2017.

（15）Основные сведения ЕГЭ [http://www.ege.edu.ru/ru/main/main_item/].（最終確認／二〇二一年七月二九日）

（14）Прием в бакалавриат [https://mgou.ru/abitur/bachelor].（最終確認／二〇二一年七月二九日）

（13）Состав вступительных испытаний и минимальное количество баллов по результатам ЕГЭ для поступления в 2020 году [https://spb.hse.ru/ba/minimum].（最終確認／二〇二一年七月二九日）

（14）Кодификатор элементов содержания и требований к уровню подготовки выпускников образовательных организаций для проведения единого государственного экзамена по литературе [https://ege.sdamgia.ru/doc/spisok_lit.pdf].（最終確認／二〇二一年七月二九日）
日本の「国語」で文学理論が入試等で求められることが少ないため、国家共通試験でこれが出題範囲に指定されて直接問われるロシアの状況は興味深い。出題範囲リストには文学理論については次の項目がある。

・言葉の芸術としての芸術文学。
・フォークロア。フォークロアのジャンル。
・芸術的形象。芸術的時間と空間。
・作者の構想とその具象化。芸術的虚構。空想小説。
・歴史文学プロセス。文学の傾向と流派／古典主義、センチメンタリズム、ロマン主義、リアリズム、モダニズム（シンボリズム、アクメイズム、未来主義）、ポストモダニズム。
・文学の類型／叙事作品、抒情作品、抒情叙事作品、劇作品。文学ジャンル／長編小説、長編叙事詩、中編小説、短編小説、オーチェルク、寓話――物語詩、バラード――抒情詩、歌謡詩、エレジー、書簡体文学、寸鉄詩、頌詩、ソネット――喜劇、悲劇、戯曲。
・作者の位置。テーマ。イデー。問題群。筋立て。構成。エピグラフ。対照法。出来事の展開の段階／導入部、発端の出来事、クライマックス、大団円、エピローグ。抒情的逸脱。葛藤。作者―語り手。作者像。登場人物。インテリア。性格。タイプ。抒情詩的主人公。諸形象のシステム。肖像。風景。語る姓。ト書き。文学における「永遠のテーマ」と「永遠の形象」。話材。言葉のスタイルよる登場人物の性格付け／対話、モノローグ――内言、口調。
・細部、シンボル、言外の意味。
・心理主義。民族性。歴史主義。
・悲劇的なものと喜劇的なもの。風刺、ユーモア、アイロニー、皮肉、グロテスク。

・芸術作品の言語。修辞的疑問、詠嘆法。格言。倒置。反復。首句反復。芸術作品における叙述表現手段／比較、枕詞、隠喩（擬人化も含む）、換喩、誇張、寓意、撞着語法。音的手段／子音反復法、母音反復法。
・様式。

(15) Кодификатор элементов содержания. С. 13.

(16) 何らかの基準で価値があると認められたリストに入れられることで、ある特定の時代や文化の中で文学作品は「正典（カノン）」とみなされ権威づけられることになる。典型的な例としては「世界文学全集」が挙げられるだろう。日本、ソ連、アメリカの「世界文学全集」を題材に、それぞれの国ごとの特徴や、時代精神を分析したものとして次の研究がある。秋草俊一郎『「世界文学」はつくられる　一八二七—二〇二〇』東京大学出版会、二〇二〇。学校科目の「文学」の教科書の場合も、そこに収録される作品や、収録のされ方、提示される作品解釈から同様な分析が可能であると考えられる。

(17) 例えば、次のものがある。*Золотухина О. Ю.* Творчество Ф. М. Достоевского в постсоветской школе [http://russianliterature.com/ru/education/krasnoyarsk/oyu-zolotuhina-tvorchestvo-f-mdostoevskogo-v-postsovetskoy-shkole]. ; *Кошечко А. Н.* Духовные императивы творчества *Ф. М. Достоевского* в системе ценностно-ориентированного обучения в современной школе / Вестник ТГПУ (TSPU Bulletin).-2015.-№6(159). — С. 226-231.

(18) *Беляева Н. В. Иллюминарская А. Е.* ЛИТЕРАТУРА 10 класс Поурочные разработки Книга для учителя [https://www.sinykova.ru/biblioteka/belaeva_literatura_10kl/index.html].

(19) *Золотухина О. Ю.* Творчество Ф. М. Достоевского в постсоветской...

(20) *Золотухина О. Ю.* Творчество Ф. М. Достоевского в постсоветской...

(21) この参考書で引用されている文は、«*Век искривлен, и не моя вина, что я рожден, чтоб выправить его*» であり、出典はロシア語のシェイクスピア全集となっている（*Шекспир У.* Гамлет // У. Шекспир. Полн. собр. соч. — М., 1949. — Т. 5. — С. 41.）。原文では、«The time is out of joint. O cursèd spite, That ever I was born to set it right!» に当たる部分だと思われる。福田恆存の訳では、「この世の関節がはずれてしまったのだ。なんの因果か、それを直す役目を押しつけられるとは！」と訳されている。シェイクスピア『ハムレット』（新潮文庫）、一九六七年、五一頁。

(22) *Беляева Н. В., Иллюминарская А. Е.* ЛИТЕРАТУРА 10 класс Поурочные...

(23) *Горький* М. История русской литературы, М. 1939, С. 251.

(24) *Беляева Н. В. Иллюминарская А. Е.* ЛИТЕРАТУРА 10 класс Поурочные...

(25) *Достоевский Ф. М.* Полн. собр. соч. в 30 т. - Л., 1972 – 1990. Т. 28-1. С. 176.

(26) *Федорова Е. А.* Ф. М. Достоевский в школе: стереотипы и история их возникновения / Е.А. Федорова // Социальные и гуманитарные знания. 2018. Т. 4. № 4 (16). С. 271.

(27) *Федорова Е. А., Шалина М. А., Капустина С. В.* Проблема свободы в романе Ф. М. Достоевского «Преступление и наказание» (по страницам учебной литературы) / Е. А. Федорова, М. А. Шалина, С. В. Капустина // Ученые записки Новгородского государственного университета им. Ярослава Мудрого. 2019. № 2 (20). С. 1–5.

(28) *Захаров В. Н.* Христианский реализм в русской литературе (постановка проблемы) / В. Н. Захаров // Русская литература: оригинальные исследования / http://russian-literature.com/sites/default/files/pdf/hristianskiy_reali...

Author & title : SAISU Naoto, “Dostoevsky in Literature Textbooks for Russian Schools”

福田恒存演出『罪と罰』における作品理解
――演劇に見る日本のドストエフスキー受容

泊野竜一

はじめに

ロシアでは数多くのドストエフスキー作品が戯曲化されているが[1]、日本でも同様、多くのドストエフスキー作品が戯曲化され、上演され、親しまれてきた。これまで日本で戯曲化されたドストエフスキー作品は、早稲田大学演劇博物館の演劇上演記録データベースにその記録が残されている。このデータベースによると、一九一六年の有楽座の『罪と罰』の初演を皮切りに、二〇〇九年のTSミュージカル・ファンデーションの演出による『ミュージカル・天駆ける風に』、PU-PU-JUICE演出による『新・罪と罰』に至るまで、戯曲化された『罪と罰』が四十二回ほど日本で上演されてきたことがわかる。その中に一九六五年、シェイクスピア戯曲の翻訳者として名高い福田恆存氏の脚色した『罪と罰』がある[2]。これは劇団雲の第八回公演に使用された台本であり、時代区分としての現代に上演された演劇『罪と罰』としては三作目にあたることから、戦後日本で上演されたものとしては初期のものであると言える。

福田版『罪と罰』を読むと、小説の時系列はおおむねドストエフスキー原作版『罪と罰』[3]のプロット通りであることがわかる。ラスコーリニコフやソーニャ、ポルフィーリーなどの人物像も原作版『罪と罰』をそのまま踏襲しているといってよい。

しかし、小説と戯曲というジャンルの違いや、戯曲の上演時間の制約というやむを得ない事情も手伝ったのであろう、原作版『罪と罰』と福田版『罪と罰』には大小さまざまな変更が見られる。例えば原作版『罪と罰』では、ラスコーリニコフが罪を告白したイリヤ・ペトローヴィチは、ラスコーリニコフにスヴィドリガイロフの自殺を伝える人物であるが、福田版『罪と罰』ではポルフィーリーがラスコーリニコフにスヴィドリガイロフの自殺を伝えるのである。

しかし、これらの変更の中でもとくに見逃せないものが、福田版『罪と罰』でのエピローグの取り扱いである。福田版『罪と罰』の最後の場面は以下のようになっている。

ラスコーリニコフ　（片手でそれを押し退け）あれは僕がやつたんです。僕がアリョーナとその妹リザーヴエータを斧で殴り殺したのです……

副所長　え、何だと！

ラスコーリニコフ　あの二人の女を殺したのは僕です……僕がやつたのです……本当なんですよ……。

副所長　畜生、良くも今まで……。

副所長はラスコーリニコフの襟首を捉え、立ち上がらせる。他の署員達も駆け寄つてきて、掴み掛かる。ラスコーリニコフは最後の力を振り絞る様にして、彼等を振り払ふ。副署長は抵抗するのかと思つて、拳銃を向ける。ラスコーリニコフは出口の方へ向ふ。

副所長　逃げるな、撃つぞ！
ラスコーリニコフ　ソーニャ！

そこにソーニャが這入つて来る。ラスコーリニコフは床に膝まづき、ソーニャの足に口附けする。ソーニャぴくりとして退かうとするが、ラスコーリニコフは放さない。堰を切つた様な嗚咽、それが高まると同時に幕(4)。

福田版『罪と罰』では、原作版『罪と罰』のエピローグの場面がすべて切り取られているのである。原作版『罪と罰』では、このエピローグの最後は以下のように締めくくられており、犯罪を犯したラスコーリニコフの改心あるいは再生を示唆する、作品にとって重要な部分であることは疑い得ない。

しかしそこでは新しい物語が、徐々に人間が更生していく物語、その人間が徐々に生まれ変わっていき、一つの世界から他の世界へ転換する、今までまったく知らされていなかったが、新しい世界と出会う物語が始まっている。これはおそらく新たな物語のテーマとなりうるだろうが、しかしわれわれの今の話は終った(5)。

ドストエフスキーの伝記を書いたグロスマンなども「この小説のエピローグは荘厳さと深遠さに満ちている」と記しており、福田版『罪と罰』では原作者ドストエフスキーの意図から大きく外れかねない、きわめて大きな変更が行われているといってよいのではないだろうか。本稿では、福田版『罪と罰』が原作版『罪と罰』を変更したいくつかの部分、なかでもエピローグの省略という部分を中心に注目し、その意図とそれが福田版『罪と罰』にもたらした影響を考えていきたい。

1．エピローグの省略—キリスト教色の緩和

福田恒存氏が当然ドストエフスキーのキリスト教的な意図に対して無関心であったり、完全にキリスト教のモチーフを原作版『罪と罰』から取り除こうとしたとは思えない。その証拠として、まず、ソーニャがラスコーリニコフにセンナヤ広場で大地に口づけして罪を告白するよう勧める印象的な場面であるが、これはいくぶん省略された形であるが、そのまま福田版『罪と罰』にほぼそのままの内容で残されている。

お立ちなさい！　いま直ぐここを出て行つて、四辻に立つて身を屈め、あなたが穢した大地に口附して、それから全世界に向かつて、皆に聞こえる様にはつきり言ふのです、「私は人を殺しました」と……さうすれば神様がもう一度あなたに命を授けて下さるでせう……[6]。

福田版『罪と罰』キリスト教のイメージの保持は以下のような変更シーンにも見ることが出来る。ラスコーリニコフは子供の頃に、あわれな痩せ馬が酔っぱらいの主人に鞭打たれて死ぬのを目の当たりにするが、ラスコーリニコフは金貸しの老婆アリョーナを殺害する直前に、子供の頃に体験したそのシーンを夢に見るのである[7]（ППСС. 14. 46-49）。福田版『罪と罰』ではこのシーンは以下のように変更されている。ラスコーリニコフが老婆殺しを警察署に自白に行く直前、最後に家族と語る。その際にラスコーリニコフの母親プリヘーヤが、息子がいかに心優しい少年だったのかを回想するのだが、その回想の場面にラスコーリニコフの夢の部分が登場するのである。

（前略）…好い気になった若者はもう一度梶棒を振り上げて、倒れている馬の鼻面めがけて打ち下ろさうとした時、ロー

ジャ、憶えてゐるかい、お前はいきなり駆け出していつて、泡をふいてゐる老いぼれ馬の顔の上に俯せになり、「小父さん、助けてやつて、馬が死んじまふ」お前は必死になつてさう叫んだんだよ、お父さんもお母さんもはつとした、もう一瞬間遅かったら、お前の顔はその百姓の梶棒で粉々にされてしまつただらう。でも、その男と一緒になつて老いぼれ馬を苛めてゐた男たちの鞭の一本がお前の左のこめかみに当たり、血が頬を伝って流れ、それが涙に混じつて、お前の顔が私にはまるで教者の様に見えたものだ……をかしいね、私も興奮してどうかしてゐたのだらう、自分の子供がそんな目に遭つてゐるのを見たら、母親として恐ろしさを感じるのが当たり前な筈なのに、私はお前の神々しさにうつとり見とれていたのだよ。(8)（傍線は筆者による）

身を挺して年老いたやせ馬を守ろうとしたその息子に対して、プリヘーヤはキリスト教の聖人のイメージを重ねているのである。つまり、福田氏は変更した部分に、あえてキリスト教的なモチーフを付け加えているといってよい。

つまり、ドストエフスキーの正教理解とその意味も理解しつつも、もっとも正教的ともいえるエピローグを省くことによって、福田版『罪と罰』ではキリスト教的な雰囲気は退潮してしまったかもしれない。しかしあえてそのような大きな決断を行うことにより、非キリスト教徒が大半を占める日本の聴衆にとってドストエフスキーをより受容されやすい形としたと考えられる。これは一般大衆を観客に設定する演劇の戦略としては、妥当といえるのではないだろうか。

2.『罪と罰』のエピローグが小説全体の時系列に占める位置および内容

エピローグを原作版『罪と罰』から省いたことで生ずる効果についてさらに考えてみたい。ここで、このエピローグが小説全体の時系列に占める位置をもう一度考え直してみよう。ラスコーリニコフが老婆アリョーナの店に質入れに行った事の発端から、自分の犯した殺人を自首するまで、ものの二週間の凝縮された時間の中で小説中では次々に大きな出来事が立て続けに生起し展開していく。ところがエピソードで語られるのは裁判の経過であり、また判決後から一年半ほどの時が経過している。

ついで、エピローグの内容について見てみよう。本編の舞台はペテルブルクであったが、ラスコーリニコフが服役し、彼とともにやってきたソーニャがその生活を見守っているシベリアでの逸話である。つまり、エピローグは本編との時間的にも内容的にも大きな隔たりを有している。

シクロフスキーも『罪と罰』のエピソードについて以下のように語っている。

かれ（ドストエフスキー）は、愛と宗教による許しを約束することも出来たが、それはエピローグに至って初めて可能になるのであって、エピローグと小説の関係は、あの世の生活とわれわれとの生活との関係以外のなにものでもない(9)。

このように、エピローグと小説本編とをそれぞれ別個の内容を持ったものとして区別してするような考え方も存在する。

以上をまとめると、福田版『罪と罰』では、エピローグを本編と分離することで、物語の時間的・空間的な統一を保つことができているといえる。

3. 犯罪小説としての『罪と罰』の一面のクローズアップ

ポルフィーリーはラザロの復活の話題をラスコーリニコフに出すが、原作版『罪と罰』と福田版『罪と罰』とではそのタイミングが異なっている。原作版『罪と罰』では、ラスコーリニコフが、アリョーナに質入れしていた自分の父親の形見を受け取りに、ラズミーヒンとともに警察署のポルフィーリーを訪ねる。そのポルフィーリーが近頃、ラスコーリニコフが投稿した論文を読んだとラスコーリニコフに伝える。ラスコーリニコフは自分の論文について語るが、ポルフィーリーはその場面で唐突にラザロの復活を口にする。

「（前略）…そして両者ともに全く同じ生存権を持っています。要するに、僕に言わせれば、すべての人が平等な権利を持っているのです、そして vive la guerre eternelle。むろん、新しいエルサレムが生まれるまでですがね！」

「じゃあなたはやっぱり新しいエルサレムを信じておいでですか？」

「信じています」とラスコーリニコフはきっぱりと答えた。そのときも、今の長い話の間もずうっと、彼は絨毯の上の一点をえらんで、じいっとそこに目をおとしたままだった。

「ほう、じゃ神を信じているんですか？　ごめんなさい、こんなことお聞きして」

「信じています」ポルフィーリーに目を上げて、ラスコーリニコフはこう繰り返した。

「じゃ、ラザロの復活も？」

「し、信じます。どうしてこんなことを聞くんです？」

「そのまま信じますか？」

「そのままに」

「そうでしたか……ちょっと意外でした。ごめんなさい。さて、先ほどの問題に戻りましょう、彼らはいつも処刑されるとは限らないじゃありませんか。中には反対に……」

このようにポルフィーリーは、ラスコーリニコフがその論文中で書いたとされる「凡人、非凡人」説を解説している途中、新しいエルサレムから連想されたこととはいえ、ほとんど何の脈絡もなくラザロの復活の話をもちだすのである。これは、ポルフィーリーが場にそぐわない話題を突然持ち出す、とぼけた人物であることを示している。あるいはポルフィーリー自身が、自分がそのような人物であることを演出しようとしているともとらえることが出来るだろう。

ところが、福田版『罪と罰』では、ラザロの復活という話を、ラスコーリニコフの犯罪をより核心的に衝く、といった意図で使うのである。その場面を以下に引用する。

ラスコーリニコフ　お気の毒ですね、あなたとしてはぐうの音も出ずという処まで行かせたかつたのでせうが……。とにかく、これでもう二度とお目に掛かる事もありますまい。
ポルフィーリー　それは神様の思召し次第ですよ、神様の……あなたは神を信じていらつしゃいますか。
ラスコーリニコフ　勿論……信じてゐますよ、あなたと同じ程度には。
ポルフィーリー　ラザロの復活も……死人を生き返らせたイエスの奇跡も……。（傍線は筆者による）
ラスコーリニコフ　（一寸間をおいて）信じてゐます……ただ御質問の意味が……
ポルフィーリー　私は今ふとかういふ気がしたのです、あなたは私と隠れん坊をしておいでになる、少なくともその積りでいらつしやる、が、実はあなたは神と隠れん坊をしてゐるのではないかとね……それはそれとしてもう一度、とにかくお目に掛かりませう(10)。

ここでは、ポルフィーリーは、ラザロの復活を、ラスコーリニコフを追い詰めるための言葉として用いていると解釈できる。ラスコーリニコフは強欲な金貸しのアリョーナだけならまだしも、たまたま凶行の現場に居合わせてしまっただけで無実のエリザヴェータまで殺害してしまった。そのラスコーリニコフに、ポルフィーリーはラザロの復活の話題を持ち出す。ラスコーリニコフが、良きキリスト教徒に立ち返り、それによって聖書に書かれた奇跡が実際に起こってほしい、自分が殺した人間がよみがえってほしいと強く願うことを誘導しているのである。このことは結局、ラスコーリニコフが犯した殺人を彼自身に意識させ、ラスコーリニコフの良心の琴線に触れさせるというやりかたである。つまりここでは、ラザロの復活が、原作版『罪と罰』より先鋭的にラスコーリニコフを自白に追いやる装置として機能しているのである。

このような例をもう一つ上げることができる。上記で引用した部分と同じ場面でポルフィーリーは決定的なセリフをラスコーリニコフに対して吐くのである。

ラスコーリニコフ　血を流さなければならぬという義務感に駆られる、さうおつしやりたいんですね、譬えば……

ポルフィーリー　極く……失礼、どうぞ……。

ラスコーリニコフ　譬えば……どうぞお先に……。

ポルフィーリー　（にやりと笑ひ）極く手軽なところで勝負しようとする、凡人社会にとつて毒にも薬にもならない、というよりは害毒しか流さない金貸しの婆さんを殺したりして……。

ラズーミヒン　何だって……ポルフィーリー、君はまさか(11)。

ここでポルフィーリーは、ラザロの復活でラスコーリニコフの良心に訴えるよりもさらに露骨に直截的な言葉を使っている。ラスコーリニコフを名指しで犯人と断定しているわけではないが、ここでのポルフィーリーは、ほぼラスコーリニコフが犯人と名指ししているも同然である。

福田版『罪と罰』では、ポルフィーリーに原作版『罪と罰』よりももっと厳しく犯罪について問いただすことによって、ドストエフスキーのこの小説の持つ強度、または豊かな側面といえる、犯罪小説としての一面に光が当たっているといえる。

そして福田版『罪と罰』でエピローグが削除されたことで、戯曲の最後の場面が、ラスコーリニコフの犯罪の告白という物語のクライマックスを迎える部分に設定されたことで、この作品の犯罪文学としての様相をさらに強めるものとなっているといえる。

最後に、福田版『罪と罰』には登場するが、原作には言及されない人物として、なぞめいた老人のことをあげておきたい。この老人は、面と向かってラスコーリニコフがアリョーナ殺しの犯人と断定する。

その間にラスコーリニコフはよろめく様にして階段を昇り掛けたかと思ふと、恐怖の叫び声をあげて下に転げ落ちる。その後から杖を持つた年寄りの町人が現れる。

老人（暫くして押し殺したような声で）人殺し！（さふ言い捨てて、直ぐ後を向き、階段に姿を消す）(12)

この預言者のような老人は直ぐに舞台から姿を消すが、のちに再びラスコーリニコフの前に登場する。そして、自分がラスコーリニコフを犯人扱いしたのは酒に酔っていたからで、他意はなかったと主張して謝罪する。そして、あの時ラスコーリニコフを犯人だと思っていた老人は、ポルフィーリーにラスコーリニコフのことを話したと正直に申し出る。

老人　私は何も彼も洗い浚い申し上げました。すると、あの方は部屋中を飛び廻る様に往つたり来たりなさつて、「畜生、あいつは俺をなんと思ってゐるんだ。もうかうなつたら有無を言はさず取つかまえて絞首台へ送り届けてやるぞ」さう言つたかと思ふと、また急に考へ込む様に腕を組んで机に寄りかかつて、それから暫くして誰やら下の人を呼んで隅のほうでひそひそ話しこんでいました[13]。

このように、老人をラスコーリニコフとポルフィーリーの間に登場させることによって、主人公のラスコーリニコフと異なり、なぞめいていて何を考えているか判然としないポルフィーリーの心情をラスコーリニコフに伝え、犯罪小説としてのテンポを速めているのである。

おわりに

ドストエフスキー作品を日本で一般に紹介する際に、非キリスト教徒が多いという条件を抱えている日本で、キリスト教を、しかもロシア正教を前面に持ち出すというのは、読者の理解の便宜を図るという点ではあまり有効な方法とは言い難いと思われる。ましてや何度も何度も望むときに望むだけ繰り返して読むことのできる読書と異なり、場面が一瞬で過ぎ去ってしまう舞台芸術でドストエフスキーを表現しようという場合、それは言うまでもないことだろう。このような点を考慮すると、宗教的な側面をある程度切り離し、さらにそうすることで犯罪小説としての一面を取り出して、こちらにスポットを当てるのは、けだし英断であったともいえるのではないだろうか。またそれは、宗教を離れ、純粋な芸術としてドストエフスキーを享受することであるということにつながると考えると、ドストエフスキーをより普遍的に、キリスト教徒も非キリスト教徒も、ともにこれらの作品を理解していくために非常に有効なやり方であったといえるのではないだろうか。

参考文献

（1）高橋誠一郎「モスクワのドストエーフスキイ劇」『場―ドストエーフスキイの会の記録Ⅳ』一九九九年、二一四―二一五頁。

（2）ドストエフスキー作（福田恆存演出）『罪と罰』現代演劇協会、一九六五年。これ以後、本稿では福田恆存氏の脚色による『罪と罰』を福田版『罪と罰』と称することにする。

（3）これ以降、本稿ではドストエフスキー原作の『罪と罰』を、原作版『罪と罰』と証することにする。

（4）ドストエフスキー作（福田恆存演出）「罪と罰」現代演劇協会、一九六五年、―一七二―一七三頁。

（5）*Достоевский* Ф.М. Полное собрание сочинений: В 30 т. Т. 6. / АН СССР. ИРЛИ. Л.: Наука, 1976. С. 422. 訳は拙訳による。訳出に当たってはドストエフスキー（米川正夫訳）『ドストエーフスキイ全集6　罪と罰』河出書房出版新社、一九六九年を参考にした。

（6）ドストエフスキー作（福田恆存演出）「罪と罰」現代演劇協会、一九六五年、一六五頁。

（7）*Достоевский* Ф.М. Полное собрание сочинений: В 30 т. Т. 6. / АН СССР. ИРЛИ. Л.: Наука, 1976. С. 46-49.

（8）ドストエフスキー作（福田恆存演出）「罪と罰」現代演劇協会、一九六五年、一六七―一六八頁。

（9）シクロフスキー（水野忠夫訳）『ドストエフスキー論　―肯定と否定―』勁草書房、一九六六年、二五五頁。

（10）ドストエフスキー作（福田恆存演出）「罪と罰」現代演劇協会、一九六五年、一〇一―一〇二頁。

（11）ドストエフスキー作（福田恆存演出）「罪と罰」現代演劇協会、一九六五年、九〇―九一頁。

（12）ドストエフスキー作（福田恆存演出）「罪と罰」現代演劇協会、一九六五年、八四頁。

（13）ドストエフスキー作（福田恆存演出）「罪と罰」現代演劇協会、一九六五年、一一五頁。

Author & title : TOMARINO Ryoichi, “Comprehension of *Crime and Punishment* Produced by Tsuneari Fukuda: Acceptance of Dostoevsky in Japan in the Drama”

ナスターシヤの「ハラキリ」

福井勝也

はじめに

パンデミックの危機が続く、ドストエフスキー生誕二〇〇年（二〇二一年）の年廻りになっている。そんな渦中、作家が世界に刻印した人類史的知見の到達点とも称すべき文学的遺産が、今なお新たに発掘されようとしている。日本においてもこのことは確かな事実で、むしろ特別な深い意味を帯びてこれまでの日本近代史に深く浸透し、その都度転換期の日本人によって新たな作家像が発見され続けて来た。

すでに世界文学の古典となったように見えながら、なお先端的な現代文学として稀有な影響力をドストエフスキー文学が保持し続けているのは何故か。それは作家がその強靱な視力で時代の真実を見抜き、あるべき人類の未来をリアルに予言する言葉（文化表象）を人類に残したからだろう。このことは、日本でもこれまでに直感されてきた真実と言える。それは例えば、近現代の日本の主要な作家でドストエフスキーの影響を受けない文学者を発見する方が難しいことによって証明される。それだけドストエフスキーは、日本人の精神形成に深く影響を与えて来たものと考えられる。

何故これ程までに、ドストエフスキー文学を日本人は愛読してきたのか。本稿はその問いへのささやかなヒントを提供するものになればと思っている。この視点から、少しだけ結論的なことを先に述べておきたい。それは、ドストエフスキーがその作品で明らかにしたロシア人の典型が、元々あった、しかし忘れさせられた、だからこそ思い出すべき日本人の精神像を表象するものでありえたからだろう。日本の作家達が十分に描き得なかった、あるべき日本人像をドストエフスキーが自分たちにリアルに感じさせてくれてきたからだろう。

1.「越境する作家」ドストエフスキー

ドストエフスキーは、「越境する作家」と言われることがある。一九世紀ロシアの近代化の時代、作家はその最晩年を除けば、シベリア流刑を含め自国に留まることが意外な程少なかった。むしろヨーロッパとの数次の往来に多くの貴重な作家的時間を費やした。そこで得られた見聞による知見が、空間と時代を越える文化的表象力となって作家を培った。しかしその視線は、一見無関心であったに見える東方の日本にも注がれていたと思う。ただしその角度は、ヨーロッパと逆向きで、むしろ古きロシアへの関心と同種のものでなかったか。作品等での日本への言及は、当然に少ないものとなった。そんな観点から、今回自分があえて試みたのは、作品に遺された日本的文化表象の痕跡をまず発見することであった。

両国は一九世紀の同じ後発的近代化の歴史を辿りながら、二〇世紀初めには日露戦争（一九〇四―一九〇五）という近代戦まで招来させる日本との因縁があった。おそらくドストエフスキーはそんな歴史的展開を望んでいなかったと思うが、トルストイのような反戦をその場で唱えたかどうかはわからない。むしろ作家の関心が、その元々の近代戦争を生んだヨーロッパ内部の事情に向かい、その課題を自身のものとしたことは確かだろう。同時にその背後には、それとは逆向きの作家の思惟と渇望が潜在していたのではなかったか。それは、近代史以前の世界、古代的なロシア・アジアのユートピアへの志向であった。今日、日本人としてドストエフスキーの作品を子細に読み直す時、そのような作家の思いのなかに「日本的文化表象」と呼べる内容を発見することは可能であろうか。

2. 焦点になる「セリフ」の箇所、『白痴』第一部第十五章の最終シーンより

これから焦点を当てて論じようと思うのは、『白痴』のそれほど重要と思えない会話の一節である。元々『白痴』が構想されたのは、日本のそれまでの武家支配が終わる江戸時代から近代明治への転換期、まさに大政奉還が行われた象徴的な年（一八六七）であった。そしてこの小説の発表は、明治維新が達成された年（一八六八）に重なっていた。その頃、ドストエフスキーは間もなく有能な秘書にもなる生涯の伴侶（アンナ）と結婚（一八六七）したばかりで、外国生活での文化的軋轢と祖国への思慕の狭間にあって、辛い環境下二人共同して執筆活動に勤しんだ時期であった。それらの作品は外国での「見聞」を利用しながら「ルポルタージュ文学」の要素も孕み、結局は、近代化によって変貌する故国と民族、ロシア（人）のアイデンティティーを取り戻そうとする熱い思想的営為としてあった。

そんな時期ドストエフスキーの頭の片隅に、シベリアを越えた最東端の日本という国とそこに暮らす民人は、どのようなイメージとしてあったのか。そんな作家の日本への関心の一端を気付かせてくれたのが、今回論考の対象とした下記引用の一節であった。

『白痴』の第一部十五章、ナスターシヤの名の日の祝いのパーティが破滅的なかたちで幕を降ろそうとする最終シーン、そこに挿入された会話の一節である。そこでは、女主人公のナスターシヤがその本性を明らかにする顛末、ドストエフスキー作品のカーニバル的展開の典型が描かれる。同時に物語のその後の重要な契機となる最初のクライマックスシーンでもある。黒澤明の『白痴』（一九五一）の映像が思い出されるが、その場面に下記に引用する「セリフ」が語られていたかどうか、おそらくなかったように記憶するが……。

公爵は、車寄せに向かってまっしぐらに走っていった。そこではロゴージン一党が、すでに四台の鈴つきトロイカに乗りこもうとしていた。階段のところで、将軍はなんとか公爵に追いつくことができた。

「だめだ、公爵、しっかりするんだ！」公爵の腕をつかんで、将軍は言った。

「あきらめろ！　彼女がどういう女か、わかってるだろう！　父親として言うが……」

公爵は将軍の顔をちらりと見やったが、ひとことも言わずにその手を振りきり、駆け下りて行った。

たった今トロイカが走り出していった車寄せで、公爵が最初にやってきた辻馬車をつかまえ、トロイカのあとを追ってエカテリンゴフにやってくれと叫んでいるのを、将軍はじっと見守っていた。やがて将軍用の灰色の駿馬が車寄せにすっと近づいてきて、彼を自宅へと運び去っていった。新しい希望とさまざまな打算を胸に、先ほどの真珠も怠りなく持ち帰ることになった。あれやこれや計算をめぐらすうちに、ナスターシヤの悩ましい姿が二度ばかり脳裏をかすめ、将軍はふっとため息をついた。

「残念！　ほんとうに残念！　破滅した女！　狂った女！……さあて、こうなった以上、公爵に必要なのはナスターシヤってことではないぞ……」

これと同じような、いくぶん教訓的なはなむけの言葉は、ナスターシヤのふたりの客人も口にしていた。ふたりは、少し歩いて帰ることに決めたのである。

「ねえ、トーツキーさん、聞いた話ですが、これとよく似たことが、日本人同士でもあるんですってね」プチーツィンが言った。「侮辱を受けた者が、侮辱した相手のところに出かけていって、『貴公は拙者を侮辱した、その腹いせに拙者は貴公の目前にて腹を切る』とか言うんだそうですよ。で、そう言い訳しながら、じっさいに相手の前で腹を切って見せるんですが、それでじっさいに仇討《あだう》ちができたような気になり、たいそうな満足感を覚えるらしいんです。この世のなかには、変わった性格をもった人間がいるもんなんですね、トーツキーさん！」

「それじゃ、あなたは今回も、それと似たケースが起こったと考えるわけですね」

トーツキーは、笑みを浮かべながら答えた。「なるほど！　それにしても、なかなかウイットに富んだじつにうまいたとえですな。でもプチーツィン君、あなたもよくごらんになったでしょうから言いますが、わたしだって、自分にやれることをすべてやったんです。これ以上、やれと言われても自分にはできないってことです。そこはあなたも賛同してくださいますね？　ただ、それはそれとして、あの女性がじつにすばらしい素質といいますか……輝かしい美点の持ち主であることは、認めてくださいますよね……わたしはね、さっきソドムめいた場所にいて、もしも許されるのだったら、彼女にこう叫んでやりたかったくらいです。つまり、あなたが浴びせかけるもろもろの非難に対するわたしの最良の釈明は、あなた自身だ、って。いえ、どうかすると、理性といいますか……そう、何もかも忘れてしまうくらい、あの女の虜《とりこ》にならない男なんていません、だれひとり！　いいですか、あのロゴージンという男にしたって、十万ルーブルの大金をひっさげてきたわけじゃないですか！　まあ、かりにです、さっきあそこで起こったことが一夜かぎりの、ロマンチックで下品な出来事だとしても、そのかわり、そうとうにへんてこりんで、オリジナリティに溢れていませんか、そうでしょう。ああ、あれだけの気性と美貌があれば、できないことなんて何もないはずなのに……でも、あれだけ力を尽くし、あそこまで教育を授けたにもかかわらず、……ぜんぶ台なしになってしまいました！　ダイヤモンドの原石……何度そう言ってきたかしれません……」

トーツキーは深々とため息をついた。

（亀山郁夫訳、『白痴1』光文社古典新訳文庫四三六―四三九ページ、傍線は筆者）

3．トーツキーとプチーツィンの対話、その「ハラキリ」の比喩をどう読むか？

今度自分は、この二人の会話を発見して思いがけない興味を抱いた。実は今まで、ドストエフスキーの文章で、日本もしくは日本人について直接的な言及の存在を特別に意識したことがなかった。またこの箇所に関して、その内容を論じた文章を読んだ記憶もなかった。言わば今回の引用文をそんな稀な文章として注目したことになる。その点で、江川卓氏の「謎解き『白痴』」（一九九四、新潮選書、二五ページ）での表現も新しい発見であった。

しかし江川氏は、このプチーツィンの「腹切り」の話題を「一口話」と称して、「ほんとうにそんなことがあるかどうか、はっきりしないが、死にかかわる特異な事例を集めようとするドストエフスキーの執念を感じさせることである」と言及する程度であった。そのやや素っ気ない内容に気付き、直ぐにやや落胆させられた。ここでは江川氏自身が、プチーツィンの言い回し、その日本人の「腹切り」に関する言説の真偽自体を疑っているようだ。

トーツキーにしても、プチーツィンに応えてナスターシヤの演じた「ぜんぶ台なし」の破滅的な事態が、「ウイットに富んだじつにうまいたとえ」による「ハラキリ言説」だとして、どこか他人事のように述べているように聞こえる。つまり江川氏の言い方も含めて、ここでの「セリフ」は文脈上の「喩え話の巧みさ」が出色なのであって、日本人の「腹切り」という歴史的習俗自体が端的に問題にされたわけでなかった。少なくとも、ここでの二人の「会話」は、トーツキーの自己弁護を含めてその範疇に止まり、江川氏のコメントもそのレベルに合わせたようなものだったことになる。

その証拠には、プチーツィンの「腹切り」の中身が「仇討ち」（これも「日本的習俗」の一つ）と混同して語られていることも気になった。そこでは、あたかも「仇討ち」と「腹切り」が因果による一連のものとして行われるように理解されている。おそらく、それもこの「喩え話」が、ナスターシヤの演じた「台無し」の心理的説明としてあるからだろう。さらに、プチーツィンの「腹切り」の説明は最後には、「この世のなかには、変わった性格をもった人間がいるもんなんですね」となっていて、それは日本人固有の問題を離れて、人間一般の「変わった性格」の話へと逸れていったように聞こえる。これも同じように、この「腹切り」が文脈上、やや不正確な「喩え話」に止まっていたからであろう。

しかし当方は今回、ここでのドストエフスキーの折角の「ハラキリ」の喩え話をこのレベルで打ち切るのは、ややもったいないものに感じた。確かにその表現自体は、文脈上の会話の「喩え話」に過ぎないのだが、やはりドストエフスキーが『白痴』の重要場面で、女主人公のナスターシャの心理的説明に「ハラキリ」という異国の特異な情報（文化的表象）を下敷きにしたこと自体に、もう少し気遣いをしても良いと思うのだ。無論それは、プチーツィンとトーツキーという二人の会話から離れて、ドストエフスキー自身の問題になってこよう。この点では、いくつかの前提となる歴史事実が説明されなくてはならないだろう。

4.「ハラキリ」が「比喩」として語られる歴史的背景と作家の活動

まずプチーツィンがこの日本人同士の「腹切り」の喩え話をするのに、「聞いた話ですが」とはじめに断りを入れていることが注目される。『白痴』が書かれた一八六七～一八六八年が、日本の明治維新期と重なる時期であったことは先に触れた。その少し前の日本開国期、一八六〇年代当初には、万延遣米使節（一八六〇）や文久遣欧使節（一八六二）が徳川幕府により派遣されている。しかしこの現実の「サムライ」の欧米デビューとその情報がそのまま「日本人」イメージを形成したわけではなかったらしい。実は「サムライ」以前既に渡欧していた「芸人たち」がいて、その者たちの見世物興行による日本的要素が、新聞記事や広告、チラシによる先行した情報として拡散していった経緯が指摘されている。その時期の「日本人」のストックイメージが既に、「フジヤマ、ゲイシャ、ハラキリ」であったことが説明されている（なお、この辺りの説明根拠は、「十九世紀西洋演劇におけるジャポニズム―「日本」の表象の変遷―」多和田真太良、学習院大学大学院二〇一六年度博士論文による)。

この会話でのプチーツィンの「聞いた話」とは、そのような情報による話題であったことがまず推測される。そして作家ドストエフスキー自身が、丁度この時期(一八五九年一二月)にシベリアから戻って来たのであるが、間もなく雑誌『時代』を兄ミハイルとともに発行し(一八六一)、早くも自らジャーナリズムの一角を占めることになった。それから程なくヨーロッパへも初めて出かけ(一八六二)、『夏象冬記』(一八六三)を書くことで西欧近代化の影の部分に焦点を当てた辛辣な批判も書いてゆくことになる。そして数度の渡欧を重ねることで、『白痴』(一八六八)『永遠の夫』(一八七〇)『悪霊』(一八七二)の代表作を矢継ぎ早に、滞在先を転々としながら発表し続けた。『白痴』のプチーツィンの話は、おそらくそのようなドストエフスキーの精力的な外国地域での活動による見聞が元になったものと考えられる。

5. ドストエフスキーは、「ハラキリ」をどのようなものとして感受したのか?

まずは「ハラキリ」の西欧への伝搬について、上記論文の「「ハラキリ」のエキゾチシズム」という章節から参考になる文章を抜粋引用してみよう。

日本のイメージとして必ず挙げられる「ハラキリ」の芸を定着させるのは、一九〇〇年のパリ万博で『芸者と武士』を大ヒットさせる川上音二郎一座である。しかし日本人=切腹のイメージは比較的早くから知られていた。正確にはその様子も再現しようがなく、やり方も分からなかったので再現されなかった、と見ることが出来る。

切腹は刑の執行方法としても、自ら腹を切るということにしても衝撃を持って伝えられたらしく、「ハラキリ(hara-kiri / hurry-curry)」という語は一八五六年に初出し、日本のサムライの自死の方法として紹介されている。その後*Times*の一八五九年八月一八日号には、日本外交の進捗記事に常用の単語として登場している。「切腹(seppuku)」という単語は一八七一年、日本から帰英したミットフォード(レズリーベイル卿)が前述の著書『昔の日本の物語』にhara-kiriの同義語として説明している。(同論文、第一章第三節六四ページ)

これだけの説明からでもいくつかの事実が推定される。それは、プチーツィンの「聞いた話」としてドストエフスキーが持ち出した「腹切り」は、川上音二郎一座がパリ万博(一九〇〇)で流布させた演劇的「ハラキリ」ではなく、むしろそれ以前の文字情報に基づくものであったこと、さらにそれはサムライの自死方法として、比較的早い時期に伝えられた内容のものであったことなどである。しかし、そのデフォルメされた演劇的イメージ以前だからといって、その日本の「腹切り」の内実の核心がドストエフスキーに伝わっていなかったということは言えないだろう。むしろ当方には、作家の鋭い直観によって、あるいはロシア人の文化伝統に根ざした共感が作用して、深いところで日本人の習俗である「サムライ／ハラキリ」を倫理的に理解することができたのではなかったかと考える。この点もう少し説明する必要があるだろうが、そのためにも上記論文の一部をさらに引用させていただく。

「切腹」の歴史を改めて定義すると、切腹があくまで武士という限定された身分の自死の方法であることが重要である。その方法は腹部に刃物を突き立て、腹壁を横に突き破りながら一文字に切り開き、内蔵を露出させて絶命することである。

しかし千葉徳爾が指摘(以下の引用「」部分)するように、切腹は自殺の方法としては極めて能率が悪く、切腹自体が直接的な死因になることは極めて少ない。

「腹壁には大血管が通っていない」上に、内臓が露出するといっても、「腹部の臓器は消化器だから、循環器や呼吸器のように生命維持に直結していない。したがって、これを損傷したからといって即時生命が失われることは稀である」からだ。しかも腹部には皮下脂肪層や筋肉による弾力があるため、相当な心得がなくては刃物を腹につきたてることすらままならない。大隅三好は、切腹の起源について、武士の成立過程に起因すると説いた上で、以下のように述べている。（……）武士を武士たらしめているものこそ切腹に対する「覚悟」であり、彼らにとってその他の自死の方法、すなわち首吊りや投身自殺や服毒自殺といった、苦しまずに比較的瞬間的な苦痛のみで絶命する方法は、女子どものする恥ずべき「楽な方法」だった。「切腹が武士の自殺法として最も多くもちいられたのは、勇気を誇示する武士に最も相応しい方法であったことと、刀を武士の魂とする彼等が、刀によって自己の生命を絶つことに信仰的満足といったものを抱いていたためであろう」とも述べている。

（上掲同論文六七―六八ページ、なお途中引用は、千葉徳爾『日本人はなぜ切腹するのか』、東京堂出版、一九九四年および、大隅三好『切腹の歴史』雄山閣出版、一九九五年。傍線は筆者）

やや専門的な説明かと思われるだろうが、実は現代のわれわれ日本人にとっても、日本の歴史文化が産み出した「腹切り」とは元々どういうものであったか、それが既に不分明になって来ているということがまず認識される。だからこのような解説を改めて読む必要があるのだろう。これは、「腹切り」が外国に伝搬して「ハラキリ」という文化表象として受容される過程と共通した問題が内在していると考えられる。そのことは『白痴』を書いたドストエフスキーの頭の中の思考操作としての「ハラキリ」の問題にもなるわけだが、とにかく『白痴』の女主人公ナスターシヤが名の日の祝いで演じた自己破滅的な行動が、どうして「腹切り」の比喩になるのか、その作家の着想を日本人として改めて考えてもいいのかもしれないと感じた。ここにはドストエフスキー文学を、現代日本人として読み直す一つの功徳（方法）があるように感じた。そしてその際に必要なのが、元々の「腹切り」の歴史事実が明確化され、「ハラキリ」のイメージと比較対照されることだろう。

ここで、参考文献からの文章を長々と引用した理由もそこにある。実はいくつかの点からドストエフスキーは、ロシア人として、その意味を正確に直観していたと自分には思えるからだ。まず引用文にはやや猟奇的な表現も含むが、「腹切り」とは自死のやり方としては、苦痛のみが大きすぎて効率的なやり方ではないということである。むしろそれを行う者は、その苦痛を引き受ける勇気ある者で、それが「サムライ」であったということだろう。

さらに公開して行われる多分に儀式的な「腹切り」は、刑の執行である場合もあるが、自身の肉体的苦痛を賭して、自分の潔白を証明しようとの意図のもとに「腹を割って見せる」所作（パフォーマンス）であったとの説もある。ナスターシヤが、あたかも「自爆（＝自裁）」するように告白するのは、金銭で自分を売り買いする男どもへの面当てでもあったろう。しかしこの例外にロゴージンがいるが、彼の欲望は金銭にはなく、身を滅ぼす程の純度の高い愛欲と言えるものであった。とにかくナスターシヤの言説は金の亡者どもへの単なる非難ではなかった。暖炉に投げ込まれた札束（十万ルーブル）を取り出すかどうかを試されるガヴリーラ・イヴォルギン（ガーニャ）が恰好の標的になったように、その激烈な「啖呵」から理解されるのは、左記の如きナスターシヤの真意であった。

「……あんたは、三ルーブルのためにだってワシリエフスキー島まで這っていく男だって？」（……）「あんたが飢えて死にかけているならまだしも、けっこうよい給料もらっているっていうじゃないの！　おまけにそんな恥っさらしだけでは足りずに、好きでもない女房を家に入れようっていうんだから！（……）いまどきの人間はみんな欲に目がくらみ、金の亡者になって、まるでばか丸出しみたいじゃない。（……）そうよ、あんたって人は、ほんとに破廉恥な男なのよ！　わたしも破廉恥だけれど、あんたのほうがずっと上手、さっきの花束男［トーツキー、筆者注］なんて、かわいいもんだわ……」

（前掲同書『白痴1』四〇四―四〇五ページ、傍線は筆者）

何故、ナスターシヤにとって災いの根源であるはずのトーツキーよりも、ガーニャがこれほど責められるのか？それは、かれが「恥っさらし」で「破廉恥」であるからだ。だから逆に最後は、暖炉にくべられた札束の紙包みを取りに行かずに気を失ったガーニャに対して、ナスターシヤは晴れ晴れとした調子でつぎのように言ってのけたのだ。

「みんな、この人のものよ！　紙包みぜんぶね！　みなさん、聞こえてるわよね！」紙包みをガーニャの脇に置いて、ナスターシヤは宣言した。「よくお金を取りにいかずに、がまんしたわ！　つまりお金の欲より、自尊心が優ったってわけね。（……）紙包みはこの人のもの、ガーニャのものよ。わたし、この人にすべて譲るの、ご褒美としてね……そう、このさき何が起ころうと！　この人に言って。この人の脇に置いていけばいいのよ……ロゴージンさん、さあ、行きましょう！　さようなら、公爵、私、はじめてほんとうの人間に会えた！　さようなら、トーツキーさん、**merci**（ありがとう）」

（同書『白痴1』四三五ページ、傍線は同じく筆者）

このシーンの最後、ナスターシヤの言葉に込められた思いを整理するならば、彼女の傷ついた倫理にあって、至高のものは「自尊心」を如何に保つか、そのために「恥辱」から如何に免れるか、受けてしまった「恥辱」を如何に「雪《そそ》ぎ」「晴らす」のかということに尽きるのではないか。その言わば何よりも大切な「恥」の観念を失わせたのが、子どもまで「金の亡者」にしてしまう金銭の支配する世界、その根源にあるヨーロッパ近代ということになるのかもしれない。ここでのナスターシヤの姿は、確かに「ハラキリ」を遂げた「サムライ」のように晴れ晴れとした「腹蔵なさ」を吐露しているように見える。トーツキーにまでフランス語で礼を言っていることが気になるが、確かに、最後までナスターシヤはトーツキーに礼を尽くしているとも言える。それは、プチーツィンとの「ハラキリ問答」に応えるトーツキーの最後の言葉とも呼応してはいないか。確かに、好きに生きて来た男の勝手な言い種でもあるにしろ、ナスターシヤを「女」として尊敬するのは、「性愛」からだけではないはずだ。この男の真情吐露もプチーツィンとの「ハラキリ問答」の効果ではなかったか。この場での二人のロシア人も、一時的にせよ「腹切り」に救われていないか？

おわりに

今回ここまで書きながら最後に思うことは、日本的文化表象である「ハラキリ」が、どのような経路と内容でドストエフスキーに届いたにしろ、作家は『白痴』の女主人公の重要なモチーフとして、「腹切り」の内実をまっとうに感受しながら小説を書きおおせたと言えるのではないかということだ。そこでは、ドストエフスキーが『白痴』のナスターシヤに仮託した理想のロシア人像の奥底に、「サムライ」の「ハラキリ」の倫理が孕まれていたことによるのではなかったか。そしてこの場面を読む日本人は、土壇場の振る舞いのカタルシスとして、「腹切り」の真実を改めて受容し直したのではなかったか。余計な感想になるが、ドストエフスキーが描いた小説の登場人物で、日本人（特に男性？）に人気の高い人物像のうち、ほぼそのトップにおそらく『白痴』のナスターシヤが挙げられるのではないか。それは、理想的な「伝法な女」へのあこがれと言えるかもしれない。

「ハラキリ」という日本人の生んだ身体的文化表象は、今なお生きたものとして世界でうごめいている。昨年（二〇二〇年）、没後五〇年を迎えた三島由紀夫も、当然にドストエフスキーに影響を受けた日本人作家であったが、かれの最期が古式に則った「切腹」であったことは、今日思い出されていいことだろう。ロシアのボリス・アクーニン（一九五六―）という、当方とほぼ同世代の作家は、十四歳の時に三島の割腹自殺に衝撃を受けたらしい。彼のペンネームは、日本語の「悪人」から来ているとの話だ。アクーニン氏に今回取り上げた『白痴』の一節についての感想を聞いてみたいと思った。これも余計な感想になるが……。

いずれにしても、日本人がドストエフスキーの文学を深く愛し、そこに近代日本文学の拠り所を見付けたのは、作家が真のロシア人を描こうとした熱い動機に深く共鳴したことによるのだろう。そのことは、作家の描くロシア人が、単なる民族としてナショナルに閉じられたものではなく、日本人に近しい倫理、感情、理想に通底したものを表象していたからであったろう。今回『白痴』の一節に触れて、その辺を改めて気付かせてもらった。日本人に深い縁をもたらした作家であるドストエフスキーの意味を一層深く問うためにも、作品の中の文化表象についてこれからも注意深く読み直してみたいと思う。

参考文献

（1）「十九世紀西洋演劇におけるジャポニズム―「日本」の表象の変遷―」多和田真太良、学習院大学大学院二〇一六年度博士論文
『日本人はなぜ切腹するのか』千葉徳爾、東京堂出版、一九九四年（右記論文の引用文献）
『切腹の歴史』大隅三好、雄山閣出版、一九九五年（同、引用文献）
（2）『自死の日本史』モーリス・パンゲ、竹内信夫訳、講談社学術文庫、二〇一一年
（3）『三島由紀夫における男色と天皇制』山崎正夫、グラフィック社、一九七一年
（4）『謎とき『白痴』』江川卓、新潮選書、一九九四年

（5）「ドストエフスキーの黒い言葉（第一回）――金、または鋳造された自由――」亀山郁夫、『すばる』二〇一九年十月号

（6）『白痴1』光文社古典新訳文庫、亀山郁夫訳、二〇一五年

（7）『ロシア　闇と魂の国家』亀山郁夫＋佐藤優、文春新書、二〇〇八年

＊この最後に挙げた参考文献の第二章「ケノーシス」等をめぐる二人の対談は興味深い。例えば、「「ケノーシス」に一番近い日本語は「まことと心」かも知れません。キリストは無私の人、まことと心の人だった……」（佐藤）「「まことと心」と「ケノーシス」とが結び付くことで、人間だれしもが持っている自己犠牲がロシア人の場合、ことさら強くなったのだろう、と思うわけです。……」（亀山）さらに、「最晩年にドストエフスキーは、『作家の日記』のなかで、「われわれは、ヨーロッパではなく、アジアだということを思い出す必要がある」とまで書いてロシアが自立するための出発点をそこに見出している。」（亀山）（同著、一三四ページ・一三六ページ・一三八ページ）

Author & title : FUKUI Katsuya, "Nastasya's 'Hara-Kiri'"

ムイシキン公爵とミスター・ピクウィック
——ドストエフスキーの見たディケンズ

甲斐清高

はじめに

ドストエフスキーがディケンズを熱心に読み、非常に高く評価していたことはよく知られており、ドストエフスキーのメモや手紙、さらには作品自体などから、様々な証拠が挙げられる。例えば、シベリアで収容所生活を送っていたとき、ドストエフスキーが読んだ小説は、ディケンズの『ピクウィック・ペーパーズ』と『デイヴィッド・コパーフィールド』の二冊だけだった、と伝えられている (Lary 2)。また、友人オズミードフから、娘にどんな本を読ませるべきか、と訊かれた際には、いろいろな作家の本に加えて、ディケンズは「例外なしに全部」読ませるのが良いと答えている（ドストエフスキー、『書簡集Ⅲ』五三四）。その他、ドストエフスキーが書いた様々な文章にも、ディケンズへの言及がいくつも見られる。

ディケンズはドストエフスキーよりも九歳年上であり、さらに、若くして作家として成功したため、ドストエフスキーから見ると、同時代であるとはいえ、作家としては大先輩といったところだろう。ドストエフスキーがディケンズの小説を絶賛していた、という事実から、ドストエフスキーがディケンズから大きな影響を受けた、とまでは言わないにしても、少なくとも小説家として理解し、共感できる部分があったことは間違いない。

ドストエフスキーは、『作家の日記』の中で言う。「われわれはロシヤ語で読んでいても、ほとんど英国人と同じようにディケンズを理解していると、わたしは信じて疑わない。おそらく、どんな細かなニュアンスの末にいたるまで分からないことはないとさえ言えるのではないだろうか」（ドストエフスキー、『作家の日記I』八八）。これは興味深いコメントである。ディケンズは文体に凝った作家であり、イギリス文学においてはシェイクスピアと並ぶくらい、多彩な文体を操る、と評価されている。（シェイクスピアを称賛し、シェイクスピアからかなりの影響を受けている、というのも、ディケンズとドストエフスキーの共通点である。）つまり、ディケンズは言語的にも凝った作家であり、翻訳ではかなりのものが失われるはずである。それにもかかわらず、ドストエフスキーがディケンズの中に見たのは何だったのだろうか。

ディケンズの小説は、前期の作品と後期の作品で作風が変化する、と見られることが多い。大雑把に言うと、気楽で明るい喜劇的な前期の作品と、暗く深刻な後期の作品、という風に分けられる。ディケンズの生前には、後期の暗い作品は、前期の作品ほど一般的な人気がなかったと言われるが、二十世紀の批評においては後期の作品のほうが、小説として真面目な考察に値する、と考えられる風潮があった。ドストエフスキーとの関連で考えると、後期の暗い作品のほうが、ドストエフスキーの作品と似た雰囲気を持っているように思える。実際、ディケンズ後期の作品とドストエフスキー作品を比較して論じている研究も多い。ところが、興味深いことに、ドストエフスキー自身がディケンズの小説に言及する場合、そのほとんどが、ディケンズ前期の喜劇的、大衆的な作品なのである。先ほど触れた、「ディケンズの本は全部読むことを勧める」といったコメントは、ドストエフスキーがディケンズの作品を全部読んだ、ということを示唆しているとも思える。しかし、ドストエフスキー自身の直接的言及が前期作品に偏っているという事実がある以上、後期の作品のほうがドストエフスキーにとって重要だと判断することはできない。

ドストエフスキーの主要な小説に見られるような重厚な様相にディケンズとの関連を見出すにしても、必ずしもディケンズ後期の作品ばかりに注目する必要はない。近年の研究では、ディケンズ前期の作品にも、後期に見られる暗いヴィジョンが実は見られるのだ、という見方をされるようになってきた。ドストエフスキーは、最初から、こうした前期の大衆的な作品の中に、当時のイギリス人が気づいていなかったような、暗い部分を見ていたのかもしれない。その一方で、ディケンズとの関連において、ドストエフスキーの喜劇性が浮かび上がるという見方もある。アンガス・ウィルソンは、ディケンズとドストエフスキーの類似について論じるにあたり、両作家に共通する「喜劇的なヴィジョン」と「暗いヴィジョン」に注目している(Wilson 68)。ドストエフスキーがディケンズ前期の喜劇性が強い作品に興味を示していた点は、ドストエフスキーの喜劇性を明らかにするうえで重要かもしれない。

1. ムイシキン、ドン・キホーテ、そしてミスター・ピクウィック

ドストエフスキーの『白痴』と、ディケンズの関係で言うと、明らかに最も重要なのは、一八六八年一月一日、『白痴』の執筆計画を立てていたときに、ドストエフスキーが姪のソフィアに宛てた手紙である。

この長篇の根本思想は——非の打ちどころのないまことに美しい人間を書くことです。だがこれより難しいことはこの世になにひとつありません。[……]この世に非の打ちどころのないまことに美しい人物がただひとりだけおります——キリストです。[……]キリスト教文学に描かれたまことに美しい人物たちの中で最も完成されたものはドン・キホーテである、とだけ言っておきます。しかし彼が美しいのは、それと同時にまた滑稽でもあるからにほかなりません。

ムイシキン公爵という人物を構想するにあたって、ドン・キホーテのような人物を想定していた、と取れる言葉である。このコメントには続きがある。

ディケンズのピクウィック（ドン・キホーテに比べると問題なくぐっと力の弱い着想です。だがなんと言ってもものすごく偉大な思想であることは間違いありますまい）もまた滑稽であり成功しているのもただそのためなのです。つねに嘲笑をあびせられている自分の価値を知らないまことに美しい人間に対する思いやりが現われている――そこでつまり読者のほうにも同情の心がめばえるというわけです。この思いやりの心を呼び起こすということこそユーモアの秘密なのです。

（ドストエフスキー、『書簡集Ⅱ』　一四一）

ドン・キホーテとピクウィックというペアは、『白痴』の創作ノートにも見られる。ここにも、先ほどの手紙と同じような意図が読み取れる。

いかなる点で主人公の人物を読者にとって好ましいものにしたらいいか？
もしもドン・キホーテとピクウィックが有徳な人物でありながら、読者にとって好ましい人物となり成功したとするならば、それはつまり、彼らが滑稽であるからにほかならない。
この長篇の主人公である「公爵」が、かりに滑稽でないとしても、彼はそれとは別の好感を与え人の心を惹きつける特性を持っている。つまり彼は、純粋で汚れがない！　のである。

（ドストエフスキー、「『白痴』創作ノート」　一六六）

このコメントを見る限り、ムイシキン公爵は滑稽でない代わりに、イノセントである、逆に考えると、ドン・キホーテやピクウィックはイノセントではない、という意味にも取れるが、実際のところ、ドン・キホーテやピクウィックという人物は顕著にイノセントである。見方によっては、ムイシキン公爵よりも、ドン・キホーテやピクウィックのほうがよほどイノセントだと考えても良い。「完全に美しい人間」、あるいは「完全に善良な人間」としてドン・キホーテとピクウィックをドストエフスキーが挙げているのは、この人物たちが滑稽である、というだけではなくて、この二人とも、滑稽であるとともに無垢である、という点が理由としてあるのではないだろうか。そもそも、滑稽だから共感を呼ぶ、というのは、少し論理の飛躍があるように思える。（ドストエフスキーは、滑稽である、ということを、何か特殊な意味で捉えていたのかもしれないが。）ムイシキンは滑稽さを持ち合わせているわけではないが、無垢である、という点で、ドン・キホーテやピクウィックと同じである、ということになるのではないか。

ドン・キホーテがムイシキンという人物の創造にあたってヒントになったというのはよく知られており、実際に『白痴』の作中でもドン・キホーテが言及されているのだが、ディケンズのピクウィックについては、それほど注目されないことが多い。マイケル・H・フュートレルが指摘するように、完成された作品には、ピクウィックからの影響を示す明白な証拠はない（Futrell 103）。ドストエフキー自身、ピクウィックが「ドン・キホーテよりもかなり弱い」とコメントしていることから、あまり重要視されないのも仕方ないかもしれない。ドン・キホーテという名前の後ろで、ピクウィックの存在は霞んでしまっているとも言えるだろう。実際、ロシアではディケンズが、イギリスのセルバンテスと呼ばれることもあった。また、『ピクウィック・ペーパーズ』という小説自体、セルバンテスから大きな影響を受けていることは間違いない。間抜けな老人が忠実な従者とともに旅をして、いろいろと珍妙な事件に巻き込まれる、というのは、まさにドン・キホーテをなぞっている。ディケンズ自身も、『ドン・キホーテ』に対して大きな愛情を持っていた。しかし、ドストエフスキーが他の場所でも、何度もピクウィックという人物に言及している点を考えると、「ドン・キホーテの縮小版」のように扱うのはあまりに乱暴だ。そこで、ここでは、ディケンズのミスター・ピクウィックについて少し考察したうえで、ドストエフスキーが、ムイシキンの人物造形との関連で、ドン・キホーテとピクウィックを並べて持ち出している意義を考えたい。

2. 無垢な人間、ミスター・ピクウィック

ミスター・ピクウィックは、ディケンズの最初の小説『ピクウィック・ペーパーズ』の主人公である。この作品は、そもそも出版社と画家が企画したもので、釣りや狩猟の愛好家たちが、地方にいって色々と失敗する様子を絵にして、それに文を付け、月に一回、全部で二〇回、シリーズとして売り出す、というものだった。メインとなる絵に添える文章を書く役割を依頼するのに、当時、新聞記者でありながら、いくらか雑文を書いていた若者、ディケンズを抜擢した。ディケンズは、それを引き受けるわけだが、自分の意見を押し付けていって、好きなように書き進め、そもそも絵がメインになるはずだったものが、文章のほうがメインになり、絵は挿絵として添え物となった。これが月に一回出版されているあいだに、この企画、『ピクウィック・ペーパーズ』が、大当たりして、ディケンズは二十五歳の若さにして、いきなり人気作家としての名声を築き上げた。こうして、元々の企画からは外れた形になったとはいえ、『ピクウィック・ペーパーズ』は、小説といっても滑稽なエピソードを繋ぎ合わせているだけのような緩い形式になっており、これを小説と呼んでいいのか、と疑問視される場合もある。G・K・チェスタトンなどは、この作品について、「これは小説ではなく、もっと高貴なものである」と言っている(Chesterton 83)。

主人公のミスター・ピクウィックは、もう働く必要がないくらいのお金を儲けて、仕事を引退した元実業家である。そして、独身の仲間と一緒にイングランドの地方を旅行して、見聞を広めようとする。ミスター・ピクウィックと仲間た

ちは、地方に行って数々の失態を演じ、笑えるエピソードを提供する。ピクウィックは、肥った老人というイメージで、禿げ頭に丸い顔、丸い眼鏡、丸いお腹をしており、この当時からして時代遅れのタイツとゲートルを身に着けている。世間知らずで、お人好し、という性格のせいでトラブルに巻き込まれたり、悪者に騙されたりする。腹を立てたりもするが、陽気な雰囲気に流されて、すぐに機嫌を直す。老人であるが、中身はまったくの子供と変わらないのである。松村昌家はピクウィック、ムイシキンの両者に「無邪気な大人」としての性質を認め、「ドストエフスキーは、ピクウィックの中に、彼の創作理念にぴったりの無邪気のモデルを見出した」と指摘している（松村　一六―一九）。ドン・キホーテのように正気を失っているわけではなく、ただ極端に世間知らずで無知で純真なのである。もともと実業家だったという設定だが、一体、どんな仕事をしていたのか読者には想像もつかない。

『ピクウィック・ペーパーズ』は、そもそも喜劇的な作品であり、主人公ミスター・ピクウィックは、その世間知らずが災いし、様々な困難に遭うのだが、実のところ深刻な危害を被ることがない。喜劇に特有の回復力で守られているのだ。ドン・キホーテやサンチョ・パンサも、困難に遭いながらも、多くの場合、深刻なダメージを受けないという点で、このような喜劇的回復力を持っている。実際のところ、ミスター・ピクウィックは、ケガをしたり、体調を崩したりして、そういう肉体的ダメージが持続することもあるのだが、それは深刻なものではなく、むしろ逆に彼のバイタリティを強調するものになる。それに加えて、ミスター・ピクウィックは、もう働く必要がないほど金を持っていて、どんな酷い目に遭おうとも、金の力で守られている。実際のところ、この小説のいたるところに、現実社会の厳しい状況が描き出されているのだが、その厳しい現実がミスター・ピクウィックに影響を及ぼすことは、ほとんどない。おそらく、ムイシキン公爵は、スイスにいる間、ある意味、現実から守られていたが、ロシアにやって来たときから、過酷な社会の現実に巻き込まれていく、ということになるのだろう。純粋無垢で美しいミスター・ピクウィックやムイシキン公爵は、穢れた、堕落した現実社会とは、相容れない存在であると言えるかもしれない。

英国の詩人W・H・オーデンは、文学的才能と結びついた神話的な創作として、ドン・キホーテに次ぐものとして、ディケンズのピクウィックを挙げる。そして、『ピクウィック・ペーパーズ』は、主人公ミスター・ピクウィックが、知恵の実を食べる前の無垢な状態から、知恵の実を食べて、悪の現実を知ることになる、ただし、無垢な子供から無垢な大人へと成長する物語である、と述べる（Auden 408-409）。ドストエフスキーもまた、キリスト教的な意味で、ミスター・ピクウィックの中に、現実世界に巻き込まれる無垢な人間を見ていたと考えられる。

3．無垢な人間と現実社会

『ピクウィック・ペーパーズ』という小説は、そもそも、月一回の分冊で出版されており、その分冊の中で、主人公たちが、旅をしてイングランド各所を巡る。各分冊の物語を繋げているのは、主人公のミスター・ピクウィックとその仲間たちがずっと登場している、という程度であり、ピカレスク小説と分類されることもある。ところが、作品の途中から、持続する一貫性のある筋が支配的になり、断片的なエピソードの連続という性質が薄らいでくる。ミスター・ピクウィックは、サム・ウェラーという靴磨きをしている若者に出会い、この機知に富んだ若者が気に入って、自分の従者にしようとする。そのことを、自分が下宿している部屋の大家に相談したところ、その大家である未亡人、ミセス・バーデルは、自分へのプロポーズだと勘違いする。この他愛もない喜劇的な事件が、婚約不履行の裁判へと発展し、悪徳弁護士のせいで、ミスター・ピクウィックは婚約不履行の慰謝料を支払わなければならなくなる。

純真で正義感が強く、理不尽なことが許せないミスター・ピクウィックは、この馬鹿な判決に激怒して、慰謝料の支払いを拒否する。そして、そのために、債務者監獄に収容される。この債務者監獄で、ミスター・ピクウィックは過酷な現実を目の当たりにする。理不尽な社会制度のせいで、まともな生活を奪われ、家族も失い、絶望の中に生きている囚人（債務者）がいる一方で、債務者監獄に入れられてもまったく気にしていない無責任な人間もいる。こうした穢れた、堕落した現実の中に投げ込まれることによって、ミスター・ピクウィックは、その喜劇的な回復力を失う。この部分は、ロシアに来て、現実社会に投げ込まれて苦しむムイシキン公爵と似た状況と言えるかもしれない。

監獄の中で、ミスター・ピクウィックは、かつて自分を騙した悪人に出会うが、その落ちぶれて、過去の悪行を悔いている姿を見ると、たちまち、かつて憎んでいた悪人を赦す。そもそも、ミスター・ピクウィックは、どんな酷い目に遭ってもすぐに赦してしまうので、これはそんなに珍しいことではない。ミスター・ピクウィックは、ムイシキン公爵とは違い、何か不快なことが起こったり、不正を目にしたりすると、すぐに腹を立てるのだが、他に楽しいことがあると、それをすぐに赦したり、忘れたりする。ところが、債務者監獄に入るという決断をしてしまうことで、受ける危害が持続してしまい、忘れることはもちろん、赦すことも不可能になってしまう。ここで初めて、ミスター・ピクウィックは現実社会に本当に巻き込まれてしまうのである。ミスター・ピクウィックの怒りの矛先は、自分を訴えたバーデル夫人、悪徳弁護士、そして、理不尽な裁判制度や法律そのもの、つまりは社会悪に向けられる。頑なに慰謝料の支払いを拒否するということで、ある意味、戦いを挑んでいるわけだが、強大な社会の前に、個人の力は無力であり、勝ち目はない。ついには、自分を訴えたはずのバーデル夫人も債務者監獄に入れられる。ミスター・ピクウィックが慰謝料を払わないものだから、悪徳弁護士への裁判費用が支払えず、債務者となってしまったわけだ。

ミスター・ピクウィックが監獄に入っているせいで、彼の周囲の友人たちに不都合な問題が起こる。例えば、忠実な従者のサム・ウェラーは、自ら債務者となってミスター・ピックウィックの傍にいようとする。自分の頑なな態度が、周囲の人たちに不幸を生み出すばかりで、悪徳弁護士や社会悪には何のダメージも与えない、ということを悟ったミスター・ピクウィックは、結局、周囲の友人たちのために、慰謝料を支払うことにする。自分の主義主張を曲げ、頑固さを捨てる、というのは、ある意味、すべてを赦す、という態度と解釈することができるかもしれない。赦しには、視点の変化が前提となるだろう。債務者監獄に入ったあと、悲惨な現実を目の当たりにし、また、自分の決断が周りの人間を不幸にしている、ということで、周囲の状況を見る視点を獲得し、赦す、とは言わないまでも、少なくとも、妥協することができるのだ。そもそも、簡単に人を赦す傾向があるために、ミスター・ピクウィックは、自分を訴えたバーデル夫人については、自分と同じく窮状にあえぐ姿に同情して、慈悲心から簡単に赦す。しかし、悪徳弁護士については、もはや個人を赦す、というレベルで折り合いをつけることはできない。悪徳弁護士は、歪んだ社会制度全体を代表しており、もはや個人的な立場で赦せるような対象ではないのだ。ミスター・ピクウィックは、現実社会というものが、彼のような純粋な人間が生きていけるような理想的な場所ではない、ということを知る。最終的に、自分の信念を曲げて、悪徳弁護士の思い通りに慰謝料を支払うことによって、現実社会と折り合いをつけることになる。

しかし、だからと言って、ミスター・ピクウィックが、本当に現実社会の歪みの中に巻き込まれてしまうわけではない。債務者監獄の中でも、彼は他の収容者とは違って、実際は十分に裕福であるために、金の力でそれなりに安楽な生活を送ることができるし、そもそも、金さえ払えば、いつでも監獄から出所できる状況にあり、本当の意味での悲惨な囚人生活からは保護隔離されているのだ。

慰謝料を支払って自由の身になったあと、ミスター・ピクウィックは、その悪徳弁護士に会う機会があり、その際、周囲が抑えるのも聞かず、その二人組の悪徳弁護士に向かって、「お前らは、見下げ果てた、悪党でいんちきの盗人だ」と叫ぶ。そして、彼らと別れると、すぐに、落ち着いて晴れやかな顔をして、これで自分の心の重荷が取れてうれしい、と言う（Dickens 848–89）。つまり、ミスター・ピクウィックは現実社会に妥協するという経験をしたあとでも、純粋さを失わず、相変わらず子供のままでいる。そして、最後まで、無垢な、ある意味、美しい人物のままであり続ける。ドストエフスキーは、この人物の中に、真に美しい人間の片鱗を見たのではないだろうか。ムイシキン公爵についても、その純粋さゆえに、尋常ではない苦難を経験し、結局、最後まで現実社会との折り合いをつけることができない。彼らは現実社会に入って、学び、成長するのではなく、いわば、ただ迷い込み、翻弄されてしまうだけである。

また、ミスター・ピクウィックが家族という繋がりを持たない点も注目すべきだろう。これは、ムイシキン公爵にも共通している。彼らは家族の繋がりと相容れない存在なのである。家族を持った途端に、厳しい現実社会に巻き込まれ、その純粋さが失われてしまうという危険が迫ってくる。実際、『ピクウィック・ペーパーズ』の作品の中では、主人公以外の結婚や家族の繋がりが称賛される一方で、作品前半に多くあらわれる、主筋とは関係のない挿話においては、結婚や家族に付きまとう暗い影が強調されている。後半部分では暗い挿話は見られなくなるが、主筋における主人公ミスター・ピクウィックの投獄につながる最大の苦難も、婚約不履行という結婚に関する問題に端を発している。ミスター・ピクウィックが結婚問題に巻き込まれることで、彼は純粋でイノセントな状態ではいられなくなってしまうのだ。『白痴』でも、ムイシキン公爵が、自らの結婚問題などに巻き込まれることによって、無垢なままで生きていくことが難しくなる。そして、ミスター・ピクウィック自身は、最終的に本物の家族を持つことから免れることによって、イノセントな状態を保っていられるように見える。結局のところ、現実の社会は、彼らのような純粋な人物が交わることのできるような場所ではないのだ。どちらの小説も、その結末において、ムイシキンは療養所へと戻り、ミスター・ピクウィックは隠居生活に入り、限られた人たちだけと接触して残りの人生を過ごすことになる。この純粋でイノセントな人物たちの末路に、ディケンズとドストエフスキー両者に共通する悲観的な世界観が窺えるかもしれない。

【参考文献】

Auden, W. H. "Dingley Dell and the Fleet." *The Dyer's Hand and Other Essays*. Faber, 1962. 407–28.

Chesterton, G. K. *Chesterton on Dickens*. The Collected Works of G. K. Chesterton XV. Ignatius Press, 1989.

Dickens, Charles. *Pickwick Papers*. Penguin, 1972.

Futrell, Michael H. "Dostoevskii and Dickens." *Dostoevskii and Britain*. Ed. W. J. Leatherbarrow. Berg, 1995. 83–121.

Lary, N. M. *Dostoevsky and Dickens: A Study of Literary Influence*. Routlege, 1973.

Wilson, Angus. "Dickens and Dostoevsky." *Diversity and Depth in Fiction: Selected Critical Writings of Angus Wilson*. Ed. Kerry McSweeney. Viking, 1983. 64–87.

ドストエフスキー、フョードル、『作家の日記Ⅰ』。ドストエフスキー全集　12。小沼文彦訳。筑摩書房、一九七六年。

――、『書簡集Ⅱ』。ドストエフスキー全集　16。小沼文彦訳。筑摩書房、一九七三年。

――、『書簡集Ⅲ』。ドストエフスキー全集　17。小沼文彦訳。筑摩書房、一九七五年。

――、「『白痴』創作ノート」。『創作ノートⅢ』。ドストエフスキー全集　19B。小沼文彦訳。筑摩書房、一九七九年。四七―二一九頁。

松村昌家、「ドストエフスキー、ザ・ディケンジアン」。『甲南英文学』三〇号、二〇一五年。一―三五頁。

Author & title : KAI Kiyotaka, "Prince Myshkin and Mr Pickwick: What Dostoevsky Saw in Dickens"

第Ⅳ部　カタストロフィの想像力

非寛容の悲劇――ドストエフスキー『白痴』について

デボラ・マルティンセン
甲斐清高訳

ドストエフスキーの小説『白痴』は非寛容のドラマという見方ができる。道徳的美徳である「赦し」には、内面の変化が伴う。「責任能力のある他の人間から不当な扱いを受けたときに当然起こるような、激しくネガティブな心的反応――恨み・怒り・憎しみ・復讐心といった悪感情――を、道徳的理由に基づいて克服すること」(1)。『白痴』の主筋は、ナスターシヤ・フィリポヴナを中心に展開する。彼女の後見人であるトーツキーは、まだ幼いころのナスターシヤを辱め、今や別の女性と結婚しようとしている。語り手が明らかにしているように、ナスターシヤ・フィリポヴナはトーツキー将軍だけではなく、自分自身をも憎んでいる。第一部をとおして質問が投げかけられる。「彼女はどうするのか？トーツキーの書いた筋書きに従ってガーニャ・イヴォルギンと結婚するのだろうか？　それともトーツキーが恐れているとおりに行動して、恨み、怒り、憎しみ、復讐心で応酬するのだろうか？」

ここで、さらに二人の恋人候補、パルフョン・ロゴージンとムイシキン公爵が登場し、ナスターシヤ・フィリポヴナには別のシナリオが与えらる。こうして別の質問が生まれる。「彼女は赦すことが、そして赦されることができるのか？　自分を辱めた男は赦せないとしても、自分自身は赦せるのだろうか？　善良な心に従って行動するのだろうか、それとも自分の受けた仕打ちに対抗するのだろうか？」ナスターシヤ・フィリポヴナは自己嫌悪と贖罪への希望との間で揺れ動く。非寛容のドラマは彼女を中心とするが(2)、このドラマは他の作中人物ほとんど全員に関わる。赦しというテーマは、作品全体にわたっているのだ。『白痴』全体で、「赦し」は良い面では思いやり、同情心、後悔、再生と結びつき、悪い面では怒り、憎しみ、復讐と結びつく。「赦し」の美徳が悪感情と衝突しているこの作品の中で、ドストエフスキーは赦すことのできる力、そして赦しを受け入れられる力を、生と死に関わる問題として提示している。

ナスターシヤ・フィリポヴナの未来は、自己嫌悪を克服できるかどうかにかかっている。ナスターシヤ・フィリポヴナの肖像写真を見て、公爵ははっきりと言う。「これは、誇り高い顔です、ものすごく誇り高い。でも、どうなんでしょう、彼女ってやさしいんでしょうか? ああ、やさしい人だったら! すべてが救われるのに!」(第一部三章)。ここでは、ドストエフスキーらしい技巧で、作者が一語の二重の意味と戯れ、作品の形而上レベルを示唆する――ロシア語の「やさしい」は、「善良な」という道徳的な性質をも示す(3)。ある意味で、小説全体の成り行きは、ナスターシヤ・フィリポヴナの運命と同様に、彼女が「やさしい/善良である」かどうか、そして自身のこうした性質を受け入れ、それに基づいて行動できるかどうかに左右される。同じ日の遅くに開かれる名の日の祝いの席で、ナスターシヤ・フィリポヴナは言う――この五年間、トーツキーへの「恨み」(злоба)に没頭していたが、その間もずっと、あの男がそんな「悪意」(злость)を抱くのに値するのかどうか自問していた、と。「恨み」と「悪意」の意味で使われている語は、どちらも「悪」(зло)という語源に由来し、ドストエフスキーの人間ドラマの形而上レベルをさらに強調している(4)。最初から最後まで、ドストエフスキーは人間関係における道徳的感情を描きながら、善悪の問題を掲げているのだ。

人間関係のレベルで、この作品の中心となるドラマは二つの三角関係の周りで展開する。ムイシキン公爵とロゴージンがナスターシヤ・フィリポヴナを巡って争い、アグラーヤとナスターシヤ・フィリポヴナは公爵を巡って争う。男の争いのほうでは、憐憫と激情が対立する。ムイシキンはナスターシヤの苦しみに動かされ、ロゴージンは彼女の美しさに動かされる。ムイシキンは、経験によって硬化したナスターシヤの外面の下に、不安で素直な子供の内面を見出す。

ロゴージンは外見の美貌に目がくらみ、彼女を所有することを望む。ムイシキンは、二心があると自ら告白するものの、善良な性質を持っており、生来、思いやりがあり、情け深い。批判するのではなく理解しようと努め、人を憐れみ、そして赦す(5)。ロゴージンは恨み・怒り・憎しみ・復讐心といった悪感情への傾向があり、強欲・独占欲・嫉妬といったネガティブな特徴を呈する。公爵は信じやすく、ロゴージンは疑い深い。ナスターシヤ・フィリポヴナはこの二人の間で揺れながら、二つの自己イメージの間で揺れる。彼女はどちらを選ぶのか？　公爵か、ロゴージンか——赦し・是認・再生なのか、非寛容・自己嫌悪・死なのか？

公爵とロゴージンがほぼ正反対の性質を持っているのに対して、アグラーヤとナスターシヤ・フィリポヴナは二人とも自己分裂しており、それが三角関係を複雑にする。両者ともプライドが高く、執念深く、子供っぽく、人を信じやすい。他人を激しく攻撃し、嘲笑し、侮辱して、自分のやさしい感情を隠している。運命的な対決において、二人はお互いに異なった期待を抱いている。アグラーヤのほうは嫉妬に駆られ、ライバルを侮辱して勝利を収めようとしている。ナスターシヤ・フィリポヴナはアグラーヤを理想化し、彼女からの赦しと感謝、再生を期待している。ナスターシヤのことを、対等の道徳的人物、後見人に裏切られた可哀そうな女性として見るのではなく、堕落した女、図々しい恋敵と見るのである。こうして、自分が優位に立って復讐することが必要なのだと主張する。受け入れて赦しを与えるのを拒むことによって、アグラーヤはみんなの夢を壊し、みんなの人生を破滅させる。自分自身の夢と人生も含めて。

アグラーヤとナスターシヤ・フィリポヴナの感情的対決は、二人が対峙する場面でクライマックスを迎えるかもしれないが、そもそも、『白痴』全体をとおして、感情は暴れ狂っている。憐憫・同情・愛情・苦悩・悔恨・謙遜が、高慢・自惚れ・虚栄・嫌悪・怨恨・悪意・憤慨・嫉妬・憎悪・羞恥・罪悪感・激情・復讐心と衝突する。日常の感情が増強され、劇的に表現される。私的なドラマが公開イベントとなり、スキャンダルがあふれ出す。この騒乱のただ中で、語りも暴れ狂い、語り手は自制力を失う(6)。脇役たちが長時間にわたってセリフを独占し、彼らの物語がメインプロットから読者の注意を逸らせながら、その実、脇役たちの物語はメインプロットの動きと重なったり、そのパロディとなったり、増幅したりしている。しかし、究極のドラマは道徳の領域内にある。悪感情に満ちた世界で、美徳が勇ましく立ち上がり、そして敗れ去る。『カラマーゾフの兄弟』のエピグラフにあるヨハネの福音書の「種」のように、道徳的美徳は良い土壌に出会った場合にのみ、根づいて生い茂るのだ。『白痴』では、利己主義が蔓延し、虐待と不正が傷痕を残し、不人情と非寛容が人を殺す。

1．「名の日」の祝いでの驚き

この小説は一一月二七日の早い時間に幕を開ける。読者はこの日がナスターシヤ・フィリポヴナの名の日の祝いだと後に知ることになる。ナスターシヤ・フィリポヴナ本人は、最初の七章には登場しないのだが、その存在は舞台の端にずっと漂っている。まず、ムイシキン公爵とパルフェン・ロゴージンとの会話の話題として、彼女が紹介される。数章あとで、語り手は略歴を示す。ナスターシヤ・フィリポヴナの後見人、トーツキー将軍（「極めて利己的な男」〔第一部第四章〕）は、潜在的な美貌を見出して、彼女を隔離し、教育を与え、それから自分の愛人にした。トーツキーが別の女性と結婚すると決めると、思いがけずナスターシヤ・フィリポヴナが騒ぎを起こし、スキャンダルを避けるためにトーツキーは結婚をやめた。五年後、トーツキーとエパンチン将軍は、ナスターシヤ・フィリポヴナをガーニャ・イヴォルギンと結婚させる計画を立てる。そうして、トーツキーとアレクサンドラ・エパンチナとの結婚への障害を取り除こうというわけだ。トーツキーの認識では、ナスターシヤが自尊心を捨て、トーツキーに対して「非人間的な嫌悪感」を持つようになったのである、と語り手は報告する。こうして、トーツキーは自分の罪を認めながらも、自責の念など持っていないことが示される。ナスターシヤ・フィリポヴナの略歴は、情報源たるトーツキーによって色づけされている(7)。

トーツキーの説明では、ナスターシヤ・フィリポヴナは、彼が結婚の決意を表明したあと、一夜にして変身してしまう――「何かしらおどおどとして、女学生風のあいまいさをもち、ときとして独特のおてんばぶりや無邪気さで人を魅了するような一面を見せるかと思えば、ときとして悲しそうに沈みこんだり、おびえたり、不審がったり、あるいはめそめそして落ち着かなかったり」といった娘だったのが（第一部四章）、思いもよらず法律や社会の問題を把握した新しい女性となったのである。語り手はトーツキーを利己主義者とはっきり断ずるにもかかわらず、トーツキーの認識を受け入れているように見えるため、作者の展開している道徳のドラマ――利己主義・厚顔無恥ｖｓ自尊心・苦悩・再生の夢――が損なわれてしまっている。

ナスターシヤ・フィリポヴナが自分の物語について自ら口にするのは、それから一二章も後のこと、公爵の求婚を拒むときである。

わたしがあんたのこと、夢に見なかったと思う？　あんたの言ったとおり。もうずっと夢に見ていたんだから、まだあの人の村で、五年間ひとりぼっちで過ごしていたときからよ。考えて、考えて、夢に見て、夢に見て。そうしてずっと、あんたみたいな人を空想していたの。優しくて、誠実で、いい人で、あんたみたいなちょっとしたおばかさんが、いきなりこんなことを言い出すの。「ナスターシヤさん、あなたは悪くない。わたしはあなたを崇めている」って。そう、そんな夢をさんざん見てきたの。ほんとうにおかしくなるほど……そうしているところへ、ほら、この男［トーツキー］がやってくるの。一年に二カ月ずつお客にきては、さんざはずかしめて、いたぶって、熱くして、堕落させて、そして行ってしまう――それこそ、なんど池に飛び込もうとしたことか、でも根が卑劣だから、どうしても勇気が出ない、でも、今度は違う……ロゴージンさん、用意はできた？　（第一部一六章　『白痴1』亀山郁夫訳　光文社古典新訳文庫。以下、本作品の引用は亀山郁夫訳より）

ナスターシヤ・フィリポヴナの説明は、トーツキーと徹底的に異なる。トーツキーが彼女の変化を理解できないのは、彼女の経験が全く分かっていないからである。彼女は汚辱と羞恥だけでなく、興奮も感じていた。そして贖いを夢見ながらも、自殺まで考えていたのである。ムイシキンは贖いを与え、ロゴージンは自殺を与える。ナスターシヤは、ロゴージンと駆落ちする決意を、牢獄からの解放だと表現する（「十年も牢獄で過ごした」［第一部一六章］）。しかし、あるレベルでは、別の牢獄の中に飛び込んでいるだけだと自覚してもいるのである。

ナスターシヤ・フィリポヴナ本人は第八章ではじめて登場し、いきなりイヴォルギン家を訪れる。訪問の意図がよく分からず、騒ぎが起こる。誰もが落ち着かず、誰もが予想外の行動を取る。家族の零落ぶりを恥じ、ガーニャはピリピリしている。アル中の父、イヴォルギン将軍が思いがけず現れ、ナスターシヤはこの老人に話をするように促し、そして彼とその家族に恥をかかせる。ロゴージンは騒々しい取り巻きを引き連れて到着し、ガーニャを買収しようとする。ワーリャ・イヴォルギナはナスターシヤ・フィリポヴナを侮辱する。ガーニャは妹を殴ろうとするが、公爵に阻まれ、そして公爵を殴る。

この場面の終わりは、始まりと同じく予想外だ。ガーニャに打たれたあと、公爵は、ガーニャが後で恥ずかしく思うだろうと言う。驚いたことに、ロゴージンがそれに同意して、ガーニャは自分の行為を後悔して、「こんな……子羊」を傷つけたことを恥ずかしく思うだろうと言う（第一部一〇章）[8]。最後に、公爵がナスターシヤ・フィリポヴナの振舞いを咎めると、彼女は意外にもイヴォルギン夫人に謝罪する。「わたし、こんな女じゃありませんから、あの人が言ったとおりです」（第一部一〇章）。こうして、ナスターシヤ・フィリポヴナの予期せぬ登場は、帰り際に表明する予期せぬ悔悟・謝罪と対応するのである。

ナスターシヤ・フィリポヴナの最後の言葉——「わたし、こんな女じゃありませんから、あの人が言ったとおりです」——で、読者は立ち止まって考えることになる。読者は彼女の話を聞き、その振舞いを目撃したのだが、突然の悔恨によって、彼女のドラマと読者の認識が変化する。語り手は彼女の顔と笑いの間の不調和に言及して、その言葉の効果を高める。「わざとらしいさっきの笑いとはまるでそぐわない、いつもの青ざめた悩ましい顔が、今は明らかに新しい感情で波立っていた。とはいうものの、彼女としてはそれをやはり表に出したくないらしく、その顔には嘲りの色がますます強く滞っていくようだった」（第一部一〇章）。語り手は、ナスターシヤの「新しい感情」と「見せかけの嘲笑」の間にある不調和に注意を向けて、傷つきやすい内面を守るために硬い外面を作り上げていった女性、という読者の認識を強める。語り手はトーツキー将軍の説明によるナスターシヤの経歴を受け入れているけれど、この場面の目撃談のような描写によってナスターシヤの分裂した自己を覗き込むことになり、それがこのあと読者の心に取りついて離れない。この時点で読者は、ガーニャと結婚する条件のひとつが、イヴォルギン家の女性に受け入られることだったと覚えているかもしれない（第一部四章）。人生の早い時期に、まず親を失い、次に妹を失って天涯孤独の身になり、さらに後見人に裏切られたナスターシヤは、帰属を求めている。イヴォルギン家への訪問は、自分が受け入れてもらえるかどうかの下調べだったのかもしれない。

自分の非を認めるだけでなく、申し訳なく思っていると表明して、ナスターシヤは謙虚になり、自分の行動の責任を取り、内面の善良さを外に出す。その謝罪はまた、名の日の祝いにおける、ひとつの場面の先駆けとなっている。公爵が求婚したあと、そして、ロゴージンの一〇万ルーブルを火に投げ入れて、ガーニャに取ってみろと言うまえに、彼女は、自分の善良さを認めてくれる人をずっと夢見ていた、と涙ながらに告白する（第一部一六章）。第一部が終わるとき、現実がナスターシヤ・フィリポヴナの夢以上のものとなる。本物の王子様が、彼女の善良さを信じ、彼女には罪がないと断言し、結婚を申し込んでくれるのだ。しかし、社会から受けた屈辱と拒絶の傷は深い。ナスターシヤの自己嫌悪は自分の再生の夢を壊すだけでなく、自らを自己犠牲へと駆り立てる。自己嫌悪が昂じた瞬間、彼女は「トーツキーの«наложница»『妾』」と自分を蔑み、公爵が必要としているのは、自分ではなくてアグラーヤ・エパンチナだと謙虚に言い、無謀にも商人の息子ロゴージンと駆落ちする。ムイシキンではなくロゴージンという最初の選択は、舞台裏で繰り返され、第二部、第三部で何度も現れ、第四部の最終幕の布石となる。

ナスターシヤ・フィリポヴナの予想外の悔恨と謝罪のあと、同様に予想外であるガーニャの悔恨と謝罪が続く。ムイシキンは予想どおりにガーニャを許すが、赦しを請うことがガーニャにできるなんて、という公爵の驚きに言及することによって、語り手は謝罪が予想外である点を強調する。似た状況の繰り返し——予想外の悔恨と謝罪——によって、ナスターシヤとガーニャの意外な類似に気づく。二人とも堕落しており、価値ある人物に受け入れてもらうことで再生したいと望んでいる。ナスターシヤ・フィリポヴナは「堕落した女」であり、ガーニャ・イヴォルギンは家族全体が零落している。この二人に提案された結婚によって、ナスターシヤは社会に少しは認められる可能性を手に入れ、ガーニャは経済的な利益と社会的地位の向上という可能性を手に入れられる。二人とも、将軍たちのゲームの駒なのだ。

第一部では、ナスターシヤ・フィリポヴナとガーニャ・イヴォルギンの間のさらなる類似が明らかになる。どちらの人物も、アグラーヤ・エパンチナが関わる三角関係に巻き込まれているのだ。ガーニャはナスターシヤに求愛するが、アグラーヤに受け入れてもらいたいと望んでいる。同様に、ムイシキンもナスターシヤに求婚しながら、アグラーヤに心を奪われている。どちらの場合でも、ナスターシヤは結婚を申し込まれる花嫁であり、アグラーヤは本当に望まれている花嫁である。ガーニャは金銭のためにナスターシヤを追い、社会的地位のためにアグラーヤを追う。ムイシキンは同情心からナスターシヤに求婚し、愛情からアグラーヤに求婚する。この副次的な三角関係を加えることによって、ドストエフスキーはより重要な対立関係を複雑にしており、また、作中人物たちをより深く理解するための手がかりを与えているのだ。

ナスターシヤ・フィリポヴナもガーニャ・イヴォルギンも赦しを請うが、ムイシキン公爵は、それぞれの性格に全く異なった評価を与える。ナスターシヤは不当な扱いを受けた善良な人間であるが、ガーニャは利己的で打算的な人間であると見なす。さらにムイシキンは、ナスターシヤ・フィリポヴナに対しては、謝罪するものと期待するだけでなく、謝罪するようにと促すが、ガーニャについては、謝罪する度量がないと思っている。ムイシキンの見解では、ナスターシヤ・フィリポヴナは、トーツキーの裏切りのせいで他者とのつながりを奪われ、つながりを求めているがゆえに苦しんでいるのである。ナスターシヤは«такая»「そんな女」ではなく、彼女は態度と行動を変えられるとムイシキンは考える（第一部八章）(9)。一方、ムイシキンはアグラーヤから聞いて、ガーニャが打算的な男だと知っている。アグラーヤが求愛を受け入れてくれると約束してくれさえすれば、ナスターシヤ・フィリポヴナと別れたいと思っているのだ。ガーニャの強欲は広く知れ渡っていて、そのためにロゴージンは彼を金で買収しようとする。ガーニャは愛情ではなく金目当てでナスターシヤと結婚したがっているのだと、ガーニャの家族までが考えている(10)。それでも家族は彼を愛し、彼を信じている（妹のワーリャは、謝罪を拒む兄を許す）。そして、ナスターシヤの名の日の祝いで、現金の誘惑に耐えるだけの自尊心を備えていると分かり、読者からの評価において、いくらか名誉を回復するのである。

ドストエフスキーはまた、ナスターシヤ・フィリポヴナとガーニャ・イヴォルギンとの大きな違いを強調している。ムイシキンと語り手はガーニャの平凡さについてコメントし、その一方で、トーツキーと語り手はナスターシヤの独自性について述べる。さらに、第三部の冒頭、語り手はこの問題をテーマとして、平凡さについて長々と論じたあとで、エパンチン一家の人物描写に移る。特に、エパンチナ夫人については、「独創的である」としている。エパンチナ夫人は末娘のアグラーヤと一番似ていることから、ドストエフスキーは語り手をとおして、ナスターシヤとアグラーヤが、愛情と同じように、独自性についてもライバルであるという対立構図を作り上げている。

2. アウトサイダーとしてのオリジナリティ

ガーニャを最初に「平凡」と断じるのは、ムイシキンである。ガーニャが謝罪し、自宅での騒動にもかかわらずナスターシヤが自分と結婚するだろうと、自信をもって表明し、最大の懸念は世間の笑いものになることだと告白したあとで、公爵が意見を述べる。「ぼくに言わせると、あなたはもしかすると、これ以上ないくらいきわめてありふれた人間なんです。ただとても弱いだけで、ちっともオリジナリティなんてありません」（第一部一一章）。ガーニャは腹を立て、金があればオリジナリティのある人間になれるだろうと受け流す――この言葉は皮肉にも、自分に独自性が欠如しているとはっきり認めることになっている。語り手は長い論述の中で、「独自性の欠如」と「礼節」（благонравие）が、ロシアにおける官職と財産獲得のための第一条件であると主張するだけでなく、将軍の地位はロシア役人にとって「究極の幸福」（блаженство）[11]であるとする（第三部一章）[12]。この論評は、世間からの嘲笑を恐れるガーニャと、礼儀作法を重んじるトーツキー将軍（第一部四章）とを結びつける。二人とも現状の体制を尊重し、現状の体制から利益を得る男なのである。平凡さをテーマにして、平凡さに恩恵を受ける者たちに目を向けながら、ドストエフスキーはまた、その埒外にいる者たち、すなわち独創的な者たちの苦闘にも焦点を当てているのだ。

家父長的体制の崇拝は、体制に憧れるガーニャと、体制に裏切られたナスターシヤ・フィリポヴナとの違いを大きくする。さらに、拝金主義が自分を平凡にしているのを、ガーニャは自覚していないのに対して、ナスターシヤ・フィリポヴナの金銭に対する無関心は、彼女の独自性を際立たせる。ガーニャは七万五〇〇〇ルーブルのために愛してもいない女性と結婚したいと願うが、ナスターシヤは欲深い求婚者に恥をかかせるために、一〇万ルーブルを火に投げ入れるのだ。

ロマン主義、理想主義、再生への願いを持っているにもかかわらず、ナスターシヤ・フィリポヴナは現実主義者であり、もし自分が公爵と結婚しても、社会は自分を受け入れてくれないだろうと考えている。トーツキーは彼女が苦悩を抱え込んでいると思い、それをロマン主義的傾向と捉え、また、読者は彼女の見る救い主の夢にロマン主義を認める。ナスターシヤ・フィリポヴナの夢を垣間見ることで、第四部に見られる彼女の理想主義的傾向への伏線が与えられる。ナスターシヤはアグラーヤに天使の性質を投影し、自分を受け入れてもらいたい、さらには感謝してもらいたいと望むのである。しかし、ナスターシヤは自分が社会に決して受け入れられないと分かっており、その自覚が彼女の嘲笑的態度と力強さの源となっている。第一部で、彼女は予測できないワイルドカードとして振舞い、現状の体制の持つダブル・スタンダードに抗議する。トーツキーが彼女を誘惑したのに、その代償を払うのは彼女のほうだ。彼は社会で受け入れられ、自分は排除される。トーツキーが自らの最も恥ずべき話を語る中で触れる椿姫（第一部一四章）とは違い、ナスターシヤ・フィリポヴナは、他人が書いたシナリオにおとなしく従ったりはしない[13]。ワーリャ・イヴォルギナに向けられた平手打ちを代わりに受けるムイシキン[14]とも違い、自分の姓、バラーシコワ（Барашкова）に書き込まれた運命のまま社会の安穏のためにいけにえの子羊（баран）となるのを拒む。たしかに彼女は自らを犠牲にするかもしれない——しかし、それは自分を裏切った男たちのためではない。彼女の自己犠牲は、半分は自己嫌悪であり、もう半分は自分を憐れんでくれる献身的な公爵への愛である。

3．第一部における非寛容のドラマ

ドストエフスキーは第一部の名の日の祝いの場面で、非寛容のドラマを強調する。ムイシキン公爵はナスターシヤ・フィリポヴナに贖いの道を選んでもらおうと、堕落したのは彼女のせいではないのだと説き、ロゴージンと駆落ちしたいという願望を羞恥心の表れだと断ずる。「ぼくは、本当にとるにたらぬ人間です。でも、あなたは苦しみぬいて、それでもあの地獄から清らかなまま出てこられた。これはたいへんなことです。いったいなぜ、あなたは自分を恥じて、ロゴージンさんなんかといっしょに出ていこうとなさるんです？」（第一部一五章）。公爵はナスターシヤ・フィリポヴナの羞恥心を自滅願望に結びつけるだけでなく、彼女が自分自身を赦さない場合の見通しを明確に述べてみせる。

あなたはさっき、ご自分を滅ぼそうとされた。取りかえしがつかなくなるところでした。だって、あなたはきっと、あとになってご自分のことが許せなくなるからです。でも、あなたは何も悪くないのです。あなたの一生がもうまるで台無しになったなんて、そんなばかなことがあるはずないんです。あなたの家にロゴージンさんが来られたり、ガヴリーラさんがあなたを欺こうとしたからといって、それがなんです？　どうして、いつまでもそんなことにこだわっておられるのです？［……］ナスターシヤさん、あなたは誇り高い方ですが、もしかすると、不幸のあまり、ご自分に本当に罪があると思いこんでおられるのかもしれない。（第一部一六章）

公爵の洞察力が最大限に発揮されるこの場面で、公爵は、ナスターシヤ・フィリポヴナの自滅衝動が、誇りと恥と罪の意識から生じているという考えを口にして、さらに、自分を赦したくない気持ちが、こうした感情を悪化させているのだと付け加える。

このセリフで、公爵は自尊心、羞恥心、罪の意識のつながりを看て取る。この三つはすべて、自己イメージにとって非常に重要だ。自尊心と羞恥心は個人のアイデンティティーにかかわり、罪悪感は個人の行動にかかわる。ナスターシヤは道徳的理想に届かなかったがゆえに羞恥心を感じ、その理想を穢したがゆえに罪の意識を感じるのだ。ムイシキンはまた、ナスターシヤ・フィリポヴナが、トーツキー、ロゴージン、ガーニャの行動について、自分を責めているのだと理解している。男たちにそんな風に扱われるのは、自分という人間のせい、あるいは自分の行いのせいだと信じているのだ。世俗にまみれているように見えるにもかかわらず、彼女は孤立した若い女性であり、自ら作った羞恥心、罪悪感、自尊心の牢獄に閉じ込められている。彼女の自己分裂が、再生の夢を捨てて復讐を求める方向へと導くのだ。

トーツキーが別の女と結婚すると知ったとき、ナスターシヤ・フィリポヴナの最初の反応は、激怒であった。五年後、怒りの人生を送るのがいやになり、ガーニャ・イヴォルギンとの結婚を承諾する気になる。そして、名の日の祝いで自分の決断を発表すると言う。ロゴージンとムイシキンの登場によって、別の選択肢が与えられる。彼女がロゴージンとの駆落ちを選ぶと、プチーツィンはその決断が、自殺同然の復讐だと分析する。

ねえ、トーツキーさん、聞いた話ですが、これとよく似たことが、日本人同士でもあるんですってね［……］侮辱を受けた者が、侮辱した相手のところにでかけていって、「貴公は拙者を侮辱した、その腹いせに拙者は貴公の目前にて腹を切る」とか言うんだそうですよ。で、そう言い訳しながら、じっさいに相手の前で腹を切って見せるんですが、それでじっさいに仇討ちができたような気になり、たいそうな満足感を覚えるらしいんです。（第一部一六章）

プチーツィンの見解では、ナスターシヤは自分に恥辱を与えた者たち（トーツキー、ガーニャ、エパンチン）を破滅させるのではなく、彼らの前で自分自身を破滅させることによって、名誉を回復しようとしているのだ。しかし、利己的なトーツキーは、彼女の自滅行為を嘆くのではなく、彼女を称賛し、自分が彼女に対してした行動については「彼女自身が、最良の釈明となる」、「ダイヤモンドの原石だ」（第一部一六章）と言ってのける。どちらの男も、彼女の行為には自己犠牲的側面があるのを分かっていない——彼女はムイシキン公爵を救いたいのだ。自分と運命を共にしなくても済むように。人生経験を重ねてきたにもかかわらず、ナスターシヤ・フィリポヴナは相変わらず書物の世界から創り出された、復讐と自己犠牲の椿姫なのである。

4. 同情、愛、赦し——マリーの物語、アグラーヤへの伝わらない教訓

ムイシキンが作中で語る最も長い語り、マリーの物語は、研究者たちの関心を引いてきた。中でもロバート・フューアー・ミラーとセアラ・ヤングの研究は特に注目に値する。彼らは作品を丹念に読解し、とりわけ、公爵の語り手としての技量とその効力に焦点を当てて、物語る行為そのものがテーマ化されている点を示している。この研究者たちは、公爵の語るマリーの物語と、福音書にあるマグダラのマリアの物語、そしてナスターシヤ・フィリポヴナの物語との関連について論じるなかで、公爵が自分自身の感情を模範として示したり、聞き手（村の子供たち、エパンチン家の女性たち）の感情に訴えたりして、聞き手に対する指導者の役割を果たしている、と述べる。村の子供たちについては、成功する。子供たちは最初、親と同じ態度でマリーを迫害するが、最後にはムイシキンを見倣って、彼女を愛し、憐れむようになる。エパンチン家の聞き手はもっと複雑である。ヤングもミラーもムイシキンの語るマリーの物語について、その効果を台無しにする問題点を指摘しているのは意味深い。ヤングの主張では、ムイシキンがマリーに罪がないと信じることによって、困ったことに、彼女の苦しみの最大の源——自分の行動に対する責任感を否定することになってしまう[15]。そして、ミラーの指摘では、ムイシキンの語る物語の中心には、嘘がある——公爵はマリーに憐れみを感じているだけなのに、愛情を抱いていると村の子供たちに信じさせるのだ[16]。

ムイシキンがマリーにキスをしたと聞いてエパンチン家の人たちが笑うと、彼は慌てて、子供たちと同じ勘違いをしないでもらいたいと訴える。「『［……］いや、笑わないでください』そう言って公爵は、聞き手がくすくす笑いだすのを慌てて制止した。『だって、そこには愛とかいった感情は、まるでなかったのですから。このマリーという女性が、どんなに不幸せな身の上かお聞きになったら、きっとぼくと同じくらい、かわいそうでたまらなくなると思います』」（第一部六章）。エパンチン家の人たちに物語を語りながら、ムイシキンは自分が感じていたのは、愛情ではなく同

情である、と強調する。物語を終えるとき、彼はエパンチン家の人たちを、思いやりがあり、物分かりの良い聞き手として、スイスの子供たちと結びつける。キスについて、子供たちには誤解させておいたものの、エパンチン家の人たちが同じように誤解してほしくないと望んでいる。同情が愛情と取り違えられ得ると学習していたのである。

物語を終えるとすぐに、ムイシキンはいきなり話題を変え、前もって約束したとおり、エパンチン家の女性の人相を読みはじめる。アデライーダのやさしさと快活さや、アレクサンドラのやさしさと秘めた悲しみ、エパンチナ夫人の子供のような性質を読み取る。エパンチナ夫人は、ムイシキンの洞察力を誉め、彼をテストしていたつもりなのに、彼のほうがこちらの愚かさを実証してくれた、と指摘する。しかし、ミラーが言うには、アグラーヤは反抗的な読者としての反応を示す。彼女は母と姉についてムイシキンが言ったことを無視して、その言葉の裏にある意図を知りたがる(17)。自分が除外されたせいかもしれない——他の家族の顔を読むが、自分の顔は読んでもらえない。せがまれた公爵は、アグラーヤが美しく、美しさは謎だ、と言う。さらに問い詰められたムイシキンは、顔は全く違うけれど、アグラーヤがナスターシヤ・フィリポヴナとほぼ同じくらい美しい、と言う。ここで会話はナスターシヤ・フィリポヴナとその顔写真へと焦点を移すが、ドストエフスキーは公爵の言葉を使って、アグラーヤとナスターシヤ・フィリポヴナとの美しさにおけるライバル関係を設定する。また、ひとりでナスターシヤの顔写真を見るわずかな時間、公爵は彼女の顔を観察して、そこにコントラストを見出す——「抑えきれない自尊心と、憎悪にも近い侮蔑」と、「なんとなく人を信じやすいような、おどろくほど飾り気のない素朴さ」が混ざり合って、憐れみを呼び覚ますようなコントラストを作り上げている（第一部七章）。これに対する反応として、公爵は写真にキスをする。

ミラーが指摘するように、ムイシキン公爵の語るマリーの物語には、明らかに聖書との類似が見られる。マリーがマグダラのマリアで、ムイシキンがキリストの役を演じている、というわけだ。こうして、この物語によって、ムイシキンは自分がロシアに戻ってきた「真に善良な人」、生き方を指南できる人だと示すことになる(18)。ここでミラーは、開放性を称賛する物語で、比喩的・間接的な語りを用いる、という明白なアイロニーに着目する。ムイシキンは子供には何でも話せると豪語しながら、自分の本当の動機——同情心——を子供たちから隠している[19]。同情心と恋愛感情を混同した虚偽の物語を子供たちに作り上げさせて、ドストエフスキーは後に起こるアグラーヤの読み違いへの伏線を張る。ムイシキンは物語でアグラーヤの気を引き、理想的な聞き手として彼女を選び出す。両者にとって不運なことに、アグラーヤは十分に話を理解していない。彼女は自分なりの筋書きを立て、同情心と愛情を混同してしまうのである。

ムイシキンがマリーの物語と聖書にあるマグダラのマリアの物語とを重ね合わせる一方で、ドストエフスキーはマリーとナスターシヤ・フィリポヴナとの明白な対応を作り上げる。二人とも幼い時分に、保護者から不当な仕打ちを受ける。マリーの母は娘を奴隷のように扱い、すべてを娘のせいにする。トーツキーはナスターシヤ・フィリポヴナに性的虐待を加える。堕落したマリーもナスターシヤも、周りの人々から厳しく非難され、ひどく苦しみ、公爵に同情心を起こさせる。マリーの場合はおとなしく、誘惑者に連れ去られたあと、自分の罪の責任を引き受けるが、ナスターシヤは自己分裂しており、罪の意識を感じるかたわら、裏切りによって正義が侵害されたという意識もあり、揺れ動いている。マリーは子供たちからの赦しを受け入れ、幸せに死んでいくが、ナスターシヤ・フィリポヴナは公爵からの赦しを求めながらも受け入れない。そして、自分自身を赦すこともない。

マリーとマグダラのマリアとを対応させるとき、ドストエフスキーは明らかに、マグダラのマリアを堕落した女と見る西ヨーロッパ的な解釈に依っている。しかし、注意しておきたいのは、東方教会では一般に、マグダラのマリアはキリストとその使徒たちを支援した裕福な聖女と考えられ、キリストが復活後に初めて姿を見せる人物としての役割（ノリメタンゲレ）に焦点が当てられている[20]。いずれの解釈も、あるいは二つの解釈を合わせても、ドストエフスキーの物語を豊かにするだろう。マグダラのマリアを悔いた罪人と見ても、誹謗中傷を受ける女性と見ても、マリーとの対応関係は成り立つ。語り手が読者を導くように、ナスターシヤ・フィリポヴナが分裂していると見た場合、彼女の自己分裂と、マグダラのマリアの二つの異なる解釈との間に類似性を見ることができるかもしれない。ムイシキンは、ナスターシヤが不当に扱われている罪のない人だという見方を支持している。

堕落した女、マリーとナスターシヤ・フィリポヴナの物語を対応させながら、ドストエフスキーはダブル・スタンダードに注意を向けさせる。どちらの女性も自ら悪の道に進んだわけではない。二人とも、誘惑され、捨てられた末に、堕落したと責められるのである。マリーは標準的なキリスト教的筋書きに従って、責任を引き受け、おとなしく周囲からの批判を受ける。ここでも、ドストエフスキーとムイシキンは、世間の人々の非キリスト教的反応を強調する。特にスイスの牧師はマリーに侮辱と糾弾の言葉を浴びせかけ、そうすることによって、愛の赦しというキリストの模範を無視するのだ。それに対して、子供たちはムイシキンの模範、キリストの模範に倣う。子供たちはマリーを愛し、マリーのことを気に掛ける。ムイシキンは次のように言う。「子どもたちのおかげで、そう、これだけは言っておきますが、マリーはほとんど幸福といってよい死を迎えることができたのです。子どもたちのおかげで、彼女は自分の暗い不幸を忘れ、子どもたちから赦しを得たような気持になっていたのです。何しろ、彼女は最後まで自分を、とほうもなく大きな罪をおかした人間と思いこんでいましたからね」（第一部六章）。マリーの物語は、ほとんど中世の道徳譚のようだ——悔恨と謙虚のために、彼女は赦されやすい。

ナスターシヤ・フィリポヴナは、堕落した女という役割をおとなしく引き受けないために、周囲の人々と読者の反応を複雑にする。トーツキーのせいで純潔を失ったかもしれないが、純真さは失っていなかった。ところが、トーツキーが彼女を捨てようとすると、彼女は憤慨し、復讐心をもって応じるのだ。このパターンは、アグラーヤとの対決の場面でも繰り返される。

5．宿命の対面

語り手は、ムイシキンが発作後に示す心配に焦点を当てて、アグラーヤとナスターシヤ・フィリポヴナとの対面に関する読者の不安を強める。ムイシキンの心配も、ナスターシヤ・フィリポヴナがアグラーヤに宛てた手紙を読むことによって高められる（第三部一〇章）。ナスターシヤは明らかにアグラーヤを理想化しており、アグラーヤに受け入れてもらうことを夢見ている。アグラーヤと公爵のために自分を犠牲にすると申し出るが、その犠牲をアグラーヤが理解し、称賛してくれるように期待する。ムイシキンはアグラーヤの強情さと単純さを、身をもって知っているために、当然二人の対決の成り行きを恐れる。

ナスターシヤ・フィリポヴナの手紙が明らかにする重大な情緒的緊張は、二人の対面を危険なものにする。ムイシキンは、手紙の存在自体が«кошмар»「悪夢」のようであるが、それはまた«мечта»「夢」、理性が支配し、願望を表す«безумная мечта»「奇妙な夢」のようでもあると思う。「しかし、その夢はすでに実現していたし、彼にとってなにより驚くべきことは、これらの手紙を読んでいるあいだ、彼自身がほとんどこの夢の可能性を信じ、ひいてはその夢の正当性すら信じていたことである」。ナスターシヤは明らかに、受け入れてもらうこと、さらには愛してもらうことを夢見ている。ムイシキンは以前にアグラーヤを理想的な聞き手であると考えていたため、その期待を理解する。ナスターシヤはアグラーヤを«совершенство»「完全そのもの」と呼び、あなたを愛しています、と言う。しかし、さらに付け加える。「愛は人を等しきものにすると申しますが、でも、ご心配なく。わたしは自分をあなたと同等の存在であるなどとは、心の奥の奥でさえみなしたことはありませんから」。その後で、彼女はその「心の奥の奥」を明かす。「じつのところ、あなたはこのわたしを愛してくださるはずだとさえわたしには思えるのです」。そして説明する。「わたしにとってあなたは、あの方にとってと同じ、明るい天使です」。ナスターシヤはさらにこう主張する。「天使は人を憎むことができないばかりか、愛さずにいることもできないのです」。ムイシキンに触発されてアグラーヤを理想化し、そのイメージに固執して、ナスターシヤは自分の夢を正当化するのだが、さらに非現実的な期待を自分の恋敵に投影する。「エゴイズムをもたずに愛することができる人はあなただけであり、あなただけは、自分自身のためではなく、あなたが愛する人のために愛することができるのです」。しかし、ナスターシヤは恋敵に警告する。「ああ、そんなあなたが、わたしごときのために恥辱や怒りをお感じになられたと知って、わたしはどんなに悲しい思いをしたことでしょう！　それこそは、あなたの破滅です。なぜなら、あなたはたちどころにわたしごときと等しい存在になっておられるわけですから……」（第三部一〇章）。ナスターシヤは、自分が無価値な人間で、アグラーヤは完璧だ、とずっと言い張ることによって、どんな人間にとっても高すぎるハードルを立ててしまうのである。読者の知っているとおり、アグラーヤは生身の人間でしかない。

ナスターシヤ・フィリポヴナによるアグラーヤの極端な理想化に、ムイシキンも読者も動揺する。しかしアグラーヤへの明白な執着も、同じく不安を掻き立てる。ナスターシヤのアグラーヤに対する熱狂には、はっきりと所有欲が見える。「あなたにとって、わたしのあなたにたいするこの情熱が何だというのでしょう？　いまとなってはもう、あなたはわたしのものです。わたしは死ぬまで、あなたのおそばにはべることでしょう……わたしは、もうすぐ死ぬ身ですから」（第三部一〇章）。この言葉は激情と所有欲を結びつける――この二つの感情は、ナスターシヤに対するロゴージンの態度において結びついていた。ムイシキン公爵の例に見るように、同情心は他者を同等の道徳的主体として認めるが、激情は他者から主体性も同等性も奪い取る。激情を抱く人物は、他者を所有するモノとみなす。激情においては、愛と憎しみは紙一重――ロゴージンについて、ナスターシヤは述べる。「わたしにはわかっています。あの男はわたしを愛するあまり、わたしを憎まずにはいられないということ」。さらに不吉なことに、彼女は次のように続ける。「あなたの結婚式とわたしの結婚式はいっしょです。わたしたちはそのように決めたのです」（第三部一〇章）。「わたしたち」とは、彼女とロゴージンのことである。これはナスターシヤの夢の一部である——ふたつの結婚式と自分の葬儀。

ナスターシヤの最後の手紙は、彼女の自己分裂を露呈している——トーツキーへの憎しみと自分自身への憎しみの間で揺れ動いていたのと同様に、ここではアグラーヤに手紙を書くことによって、自分を貶めているのか貶めていないのかについても揺れ動いている。彼女は、たとえ自尊心にとらわれても、自分を貶めることなどあり得ないと述べ、こう結論づける。「そういうわけで、わたしはけっして自分をおとしめるようなことはしていないのです」(第三部一〇章)。ここでも、また別のところでも、ナスターシヤは自己主張と自己卑下の間で揺れている。そして「これらの手紙には、これに類する熱に浮かされたような文言が書きつらねられていた」と、語り手は、ムイシキンの使いそうな言葉を使って述べる。ムイシキンは繰り返し、ナスターシヤのことを помешанная と言うが、この形容詞は「かき乱す、動揺させる」、「混ぜる、混同する」などの意味を持つ動詞から派生している。別の形容詞 безумная (文字どおりの意味は「心がない」、比喩的な意味では「狂気の、愚かな」)ではなく、こちらの語を選ぶことによって、ムイシキンは彼女の狂気に、致命的な混乱という判断を下しているのだ。

ナスターシヤは自己卑下の言葉を使うが、ムイシキンと読者は自尊心と所有欲を読み取る。ロゴージンに殺されるだろうという思い込みを述べるまえに、ナスターシヤは質問する。「なぜ、わたしはあなた方お二人の縁を結びたいと願うのか。あなた方のためでしょうか、それとも自分のためでしょうか? もちろん自分のためであり、それこそはわたしにとってすべてを解決できる道なのです。わたしは、前々からそのように自分に言い聞かせてきました……」(第三部一〇章)。ムイシキンがアグラーヤを愛していると知ると、ナスターシヤは二人にとって自分が障碍なっていると気づき、そして、二人の幸福が自分にかかっていると信じる。彼女は身を引く計画を立てながら、自分の寛大さを認めてほしいと望むのである。

ナスターシヤ・フィリポヴナが支配力を求めて必死に奮闘する様子に、読者は彼女の持つ無力感を見抜くだろう。自分の堕落については全くコントロールできなかったが、その後の顛末については支配しようとしている。これほどは目立たないが、アグラーヤもまた自分の主体性が制限されているという意識に苦しんでいる。彼女は自分が過保護に育てられたことを、痛いほど分かっているのだ。外の世界から漠然とした脅威を受け取って、彼女は自分でそれをコントロールしようとする。ムイシキンがマリーの話をしたときに、物語のメッセージよりも裏に隠されたムイシキンの意図を知りたがっていたのと同じように、ここでは、なぜナスターシヤが自分に手紙を書いているのかと問い続ける。以前にムイシキンが、自分はマリーを愛していたのではなくて、憐れんでいたのだと請け合っても、アグラーヤはそれを信じなかった。同様に、自分はナスターシヤを愛しているのではなく憐れんでいるのだ、というムイシキンの言葉を無視するのである（第三部八章）。アグラーヤの同情心を掻き立てようと、ムイシキンは福音書とマリーの物語を呼び起こそうとする。「あの不幸せな女性は、深く信じこんでいるんです。自分はこの世でもっとも堕落した、もっとも悪にまみれた人間だと。ああ、どうかあの人をおとしめないでください、石を投げたりしないでください。いわれもない恥辱を受けたという意識で、それこそもう自分をさいなみつくしているからです！」（第三部八章）。前回と同じく、アグラーヤは明白なメッセージを無視する。スイスの子供たちと同じように、アグラーヤは自分で物語を作り上げ、それを信じるのである。

アグラーヤはナスターシヤの手紙を、受け入れてほしい、愛してほしいと求める嘆願として読むのではなく、そこに脅迫だけを読み取り、自分勝手な結論を導き出す。「ほんとうにおわかりにならないの、彼女が恋している相手は、わたしなんかじゃなくあなただってことが。彼女が愛しているのは、あなただけだってことが！」（第三部八章）。ムイシキンは、ナスターシヤの幸せのために命を捧げてもいいと思っているが、彼女を愛することはできないのだ、と説いて聞かせようとするが、アグラーヤは怒って、犠牲になればいいではないか、と答える。「それって、あなたにとってもお似合いだもの！」そして自分の嫉妬心をむき出しにする。「あなたには義務があるの、彼女を生まれ変わらせる義務がね、あなたは彼女と、またここを出ていくべきなんです、彼女の心を鎮め、落ちつかせるために。だって、あなたは彼女を愛しているんですから！」　嫉妬心で周りが見えなくなったアグラーヤは、ムイシキンの言い分に耳を貸さない。ムイシキンが言うには、もう一度駆落ちするような行為は、ナスターシヤにとっても自分にとっても破滅である――ナスターシヤは、彼のアグラーヤへの愛情を決して許すことができないのだから。「あなたはあの人がぼくを愛していると言う、でも、これってほんとうに愛でしょうか？　あれだけの苦しみに耐えたぼくに、いまさらこんなふうな愛もあるなどと言えるでしょうか！　いいえ、ここにあるのは別もので、愛なんかじゃない！」（第三部八章）。愛情があれば、恋愛対象の幸福を願い、相手のために行動するものだと、ムイシキンは分かっている。彼がナスターシヤに見たものは、激情と所有欲のようなもの――愛そのものではなく、愛を求める強い願望なのである。ムイシキンは、自分がナスターシヤに与えられるものでは不十分だと、すでに了解しているのだ。

ムイシキンはナスターシヤからアグラーヤを守ろうとしているのだが、アグラーヤのほうからすれば、自分がムイシキンをナスターシヤから守ろうとしているのだ。こうして、アグラーヤは独自のシナリオを作り上げて、その中で、「ナスターシヤの独占欲に満ちた策略」と勝手に考えているものから、ムイシキンを守っているのだ。ムイシキンの幸福のためにナスターシヤが自分を犠牲にする、というのをアグラーヤは認めたくない。ムイシキンにとって、自分だけが唯一の幸福の源泉であり、唯一の庇護者・擁護者でありたいのだ。ナスターシヤの愛と同様、アグラーヤの公爵への愛は所有欲に基づいている。ムイシキンにとっては不幸なことに、どちらの女性の場合も、エゴが愛情の妨げとなる。

アグラーヤは自分がコントロールできない要素について支配を確立するために、ナスターシヤを呼び出して会うことにする。作中で、以前にナスターシヤをコントロールしようとする試みが失敗しているのが分かっているので、ムイシキンも読者も、その対面がどうなるのか不安になる。そして、不安は的中する。ナスターシヤを責めるのではなく、情けをかけたほうがいい、というムイシキンからの忠告を完全に無視して、アグラーヤは恋敵に食ってかかる。ナスターシヤの夢の天使アグラーヤは、ナスターシヤが望んでいた接し方――受け入れ、感謝し、赦し、愛しさえもする、という接し方――をするのではなく、憎悪を含んだ話しぶりで彼女を非難する。ムイシキンを傷つけたことだけではなく、自分の堕落も、その後の生活についてもナスターシヤ自身のせいだと責め立てるのだ。

アグラーヤは嫉妬心に駆られて、手紙をきちんと解釈できなくなっている。ナスターシヤの警告を心に留めず、ライバルとして接するのだ。そのため、ナスターシヤは寛大な態度を撤回する――ムイシキンが本当に愛する女性と結婚できるように、自分の権利を譲るつもりで来たのだが。マリーとは違い、ナスターシヤは自分がアグラーヤに軽蔑される謂れはないと考える。アグラーヤからの非難に屈辱を受け、憤慨したナスターシヤは自己主張に転じ、優先権を再び主張して、アグラーヤの独善的なシナリオを破壊する。とても認められないような状況（つまり、公爵が自分ではなくアグラーヤを愛しているという状況）を承知しながら、公爵を自分のものにするという選択をして、ナスターシヤは自分自身と他の人たちを破滅させるのである(21)。

6．赦しと再生――ハリネズミ

非寛容の悲劇が作品を支配しているにもかかわらず、ドストエフスキーはハリネズミの一件によって、第四部の暗く不安な状況から束の間の解放を与えてくれる。ムイシキンにカードで負かされて怒ったあと(22)、アグラーヤはコーリャにハリネズミを売ってほしい、そしてそれを「深い尊敬のしるし」（第四部五章）としてムイシキンに届けてほしい、と頼む。他の作中人物が困惑するなか(23)、ムイシキンはハリネズミが友情と和解のしるしであり、さらにはアグラーヤ自身のメタファー（外面はとげとげしいが、その下は柔らかい女性）であると理解する(24)。同情的なコーリャの言葉とともに届けられたハリネズミは、とげとげしい態度をアグラーヤが後悔している、とムイシキンに教えているのだ。

ハリネズミがムイシキンに及ぼす効果——「公爵はまるで死者がよみがえったかのようだった」（第四部五章）——を語り手に報告させて、ドストエフスキーはハリネズミの比喩的な意味を強調する。「よみがえる」という強い言葉は、テーマに関わるだけでなく、赦された人がどうなるのかを見せてくれる。宗教的含意のある「よみがえる、再生する」という動詞は、この世俗的文脈において、ムイシキンに対してアグラーヤが持っている象徴的役割を示す。ナスターシヤと過ごした暗い月日において、彼女は輝かしい記憶となっていたのだ。彼女に嫌われると打ちひしがれてしまう。彼女からの赦しは心理的に、道徳的に、精神的に彼を生き返らせるのだ(25)。

7．赦しと復讐——皇帝と教皇

ハリネズミの物語は愛と赦しが持つ再生の力を強調するが、ナスターシヤ・フィリポヴナの語る皇帝と教皇の物語は赦しと復讐を結びつける。第二部で、ロゴージンに痣ができるほど殴られたあと、ナスターシヤ・フィリポヴナは彼を赦すこと、結婚することを拒む。彼は三日間、飲み食いもせず、眠ることもせず、怒りが収まるまでそばを離れない。彼に情けをかけてやるまえに、ナスターシヤは皇帝と教皇の物語を知っているかと訊く。とある皇帝（ハインリヒ四世）が、とある教皇（グレゴリウス七世）の宮殿の前で三日間、裸足で、飲み食いせずに跪き、教皇の赦しを請う話である。それから彼女はロゴージンに、とある詩（ハイネの「ハインリヒ」）を読んで聞かせる。この詩では、ハインリヒは表面上、赦しを請うが、心の中では復讐を誓っていることが分かる。

ナスターシヤは、この有名な物語を意識的に利用して、自分とロゴージンの関係と、教皇と皇帝の関係との類似性を引き出す。ハインリヒ四世とグレゴリウス七世と同様に、ロゴージンとナスターシヤ・フィリポヴナは権力争いのただ中にある。皇帝と教皇は、国家と教会の権力を巡って戦い(26)、ロゴージンとナスターシヤ・フィリポヴナは彼女の自主性を巡って戦う。物語が示すナスターシヤの考えは、ロゴージンは彼女を殴った事実を忘れ、彼女が赦しを拒んだことだけを覚えているだろう、というものである。また、ロゴージンが赦しを請うのは、自分の行為を悔やんでいるからではなく、その結果を嘆いてのことだ、と考えていることも窺える。物語に一理あると認めることによって、ロゴージンは彼女の解釈を受け入れている。その後、ナスターシヤ・フィリポヴナはロゴージンを赦すが、そのすぐあとで、「自分はまだ自由な女だ」（第二部三章）と主張してペテルブルグへと逃げる。こうして彼女は、自主性を放棄してロゴージンの復讐を受ける気はまだない、と示しているのだ。

ナスターシヤ・フィリポヴナがロゴージンにハインリヒの物語を語り、ロゴージンがそれをムイシキン公爵に語る。つまり読者には、間接的に物語が伝えられるわけだ。ナスターシヤ・フィリポヴナの略歴が、トーツキー将軍をとおして間接的に伝えられるのと同じである。どちらの場合も、物語を語る人物の偏見が話を歪めている。ロゴージンはナスターシヤ・フィリポヴナの言葉と行動をネガティブに解釈する傾向にあるために、彼女のほうに悪意がないのは、彼の苦しみに同情しているのではなく、尊敬が欠けているせいだと考える。ロゴージンのことをかつては追従者だと思っていたが、そうじゃないと今は分かっている、というナスターシヤの言葉を自分で公爵に話して聞かせながら、彼女がロゴージンの揺るぎない態度を称賛している、という風に受け取ることができない。こうしてドストエフスキーは、ロゴージンの自己本位の世界観が誤った解釈を導き出すさまを読者に提示する。また、憐みの心を持たないがゆえに、ロゴージンはナスターシヤ・フィリポヴナの憐みが見えないのである。

皇帝と教皇の物語はまた、心理的な真実をもさらけ出す。赦しを請うのは、屈辱となる可能性があり、屈辱は復讐心を生む可能性がある。ナスターシヤ・フィリポヴナは感情の変化を経て、自分を殴ったロゴージンを赦す——彼に屈辱を与えた自分を、ロゴージンのほうは決して許すことがないだろうと分かっていながら。それに対して、ロゴージンは父親と同じく、一途で融通が利かない。彼は赦すこともできないし、赦しを理解することもできない。そして、赦しを請うように強いたナスターシヤ・フィリポヴナを決して赦せないのである。

8. 赦しは自己を超越する視点を伴う

赦しには、内面における感情の変化が必要である。感情の変化によって、意図的な危害を受けたときに当然湧きあがる復讐心を克服することが可能となる。それゆえに、受けた危害が大きければ大きいほど、加害者を赦すのが難しくなり、時間もかかる。この感情の変化は視点の変化を伴う。自分の財産・身体・自尊心の受けた損害を忘れるのでもなく、それに固執するのでもなく、被害者は自己を超え、受けた被害を超越して、加害者の立場や周囲の状況、あるいはその両方を考慮するようになる。加害者が悔いていれば、それだけ赦すのが容易となる。加害者が悔いていなければ、被害者は復讐心から逃れられず、そのために自分自身の精神への危害がいつまでも続いてしまう。

『白痴』では、ムイシキン公爵は容易に人を赦す。寛大な気質を持っており、どんな問題も複合的な視点から見ることができる。エゴが障碍になったりはしない。ムイシキンがすぐに赦しを与えるのは、(レーベジェフのように)誰かが自分を陥れようと画策しても、傷つけようとする悪意があるとは考えないからである。一方、ロゴージンは赦しを与えない[27]。その原因のひとつは、彼が一途であるからだ。ひたすら自分の目的を追求し、他者や自分自身に及ぶ危害を顧みない。ロゴージンのような人物は、他者を手段として見るか、あるいは疑いの目で見る。ロゴージンは自分の殻に閉じこもっており、他者の視点を理解することができない。目の前にいるときはムイシキンを信じるが、目の前からいなくなったとたんに裏切るのではないかと疑う、とロゴージンはムイシキンに話す(第二部三章)。彼は自分の恐怖と自分の性質を、他者に投影してしまうのである。

アグラーヤとナスターシヤ・フィリポヴナはその中間にいる。二人とも赦しを与えるだけの度量は備えており、実際、時には人を赦す。しかし、どちらの場合も、プライドが邪魔をする。甘やかされた末娘アグラーヤは、自分の非をなかなか認められない。アグラーヤは自分の家族やムイシキンに対しては、かなり速やかに赦しを与えるが、それは、何であれ危害を与えたと思うと、彼らはすぐに謝るからである。ナスターシヤ・フィリポヴナのほうが、赦しを与えるのが難しい状況にある。彼女に危害を加えた者たちは、誰ひとり悔悟の念を示さないからだ。ナスターシヤ・フィリポヴナは、殴られたことについては、後悔しないロゴージンを最終的に赦すが、純潔の喪失については、後悔しないトーツキー将軍と自分自身を決して赦さない。

ハリネズミの一件が示すように、赦しには贖いの効果がある。ムイシキンが、アグラーヤからの赦しをもらって、「まるで死者がよみがえったかのようだった」と語り手は表現するが、これは赦しと再生を結びつけると同時に、赦さないことと死とのつながりを暗示する。第四部で、「ナスターシヤ・フィリポヴナは生まれ変われる」というムイシキンの思いに語り手が触れるが（第四部一〇章）、読者はこの「生まれ変わる」という動詞が小説前半で初めて使われた場面を思い起こすかもしれない。そこでは、ナスターシヤは再生を求めているのだ、というトーツキーの判断を語り手が報告している（第一部四章）。ナスターシヤ・フィリポヴナの再生という問題に立ち戻って、この小説は彼女の精神的な死を読者に想起させ、もし彼女を生き返らせ得るものがあるとすれば、それは何かという問題を提起する。そして、赦しにはその力がある、と示唆されている。ナスターシヤが自分を赦すことができれば、自己分裂の状態から救われる。しかし、ナスターシヤがロゴージンとの駆落ちを決めれば、自分を赦すことができなくなるだろう、というムイシキンの予言が的中してしまう。「あなたはさっき、ご自分を滅ぼそうとされた。取りかえしがつかなくなるところでした。だって、あなたはきっと、あとになってご自分のことが許せなくなるからです」（第一部一六章）。第一部で、ナスターシヤ・フィリポヴナは自分を赦すことができなかったために、ムイシキンの表す再生の夢を諦め、第四部で、決して赦しを与えてくれないロゴージンへと戻るのである。

ドストエフスキー作品ではいつもそうだが、自己を超越した視点を持つ力、他者の視点を考慮に入れる力、そしてより大きな社会政治的状況を見る力は、自分を犠牲者ではなく主体者として、受け身の人間ではなく行動する人間として見るためには欠かせない力となっている。非寛容は人をプライドとエゴの牢獄に閉じこめる。他者や自分を赦さないという選択によって、ナスターシヤ・フィリポヴナ、パルフョン・ロゴージン、そしてアグラーヤ・エパンチナはお互いを、自分を、そしてムイシキン公爵を傷つける。このように、ドストエフスキーの『白痴』は、赦す力、赦しを受け入れる力が、生死にかかわる問題となり得ると示しているのだ。

参考文献・注

（1）Jeffrie Murphy, *Punishment and the Moral Emotions*, 6. ドストエフスキーの小説は、当時の二つの火急の問題——誰が責めを負うべきか？　何をなすべきか？——に関わる。これは、広く読まれていた小説のタイトルである——Alexander Herzen, *Who Is To Blame?* (1846); Nicholas Chernyshevsky, *What Is To Be Done?* (1863)。

（2）この点については、セアラ・ヤングの見解に従う。この見解では、ナスターシヤ・フィリポヴナが舞台上にいても、いなくても、彼女のシナリオが作品に影響を与える、と論じられている。Sarah J. Young, *Dostoevsky's "The Idiot" and the Ethical Foundations of Narrative: Reading, Narrating, Scripting* (London: Anthem Press, 2004).

（3）ドストエフスキー『地下室の手記』の有名な冒頭でも同じことがなされている。地下の男の二番目の文——"Я злой человек"——は、一般的な「意地悪な」という意味を表すとともに、悪の概念を示唆している。

（4）ドストエフスキーは、「善」と「悪」を語源にする語を作品中に散りばめて、「善」「悪」の概念を保ち続ける。ある作中人物たちは、他の人物を「やさしい／善良な」あるいは「意地悪な／邪悪な」と見なす。例えば、ムイシキン公爵とエパンチナ夫人は子供に譬えられ、「やさしい／善良である」と見なされる。第一部で、読者の道徳的指標となるエパンチナ夫人は、公爵を «добрейший молодой человек»「ほんとうにやさしい人」と呼び、それに対して公爵は «Иногда недобрый»「ときどき、やさしくないときもあるんです」と応える

（第一部五章）。第二部で、イッポリートはエパンチナ夫人を «добрая»、公爵を «добрый» と呼ぶ。第三部、公爵のアグラーヤへの愛が明らかになったときに、エパンチナ夫人は自分の娘を、二度も «злая»「意地悪」と言い（第三部一章）、さらには、«О, господи, как она будет несчастна!»「ああ、神さま、あの子はどこまで不幸になるんでしょう！」（第三部一章）と付け加える。アグラーヤが「貧しい騎士」の詩を読むとき、ムイシキン公爵は «как можно было соединить такое истинное, прекрасное чувство с такою злобною насмешкой?»「あれほどひたむきな美しい感情と、あれほどあからさまで底意地の悪い嘲りとを、どうしてひとつに結びつけることができるのか？」（第二部七章）と考える。第二部で、ロゴージンは公爵に向かって、もしナスターシヤ・フィリポヴナが自分と結婚するとすれば、それは悪意／邪悪（зло）のせいだろう、と言う（第二部三章）。第三部で公爵が苦しむのは、ロゴージンがまだ自分に対して「怒り／悪意」（злоба）を抱いているからであり（第三部三章）、また、公爵は、ナスターシヤが «со злобы»「悪意から」ロゴージンをからかっているのだ、とアグラーヤに説明する（第三部八章）。イヴォルギン将軍が、ナポレオンの小姓だった頃の話をしているのを聞いて、公爵は、ナポレオンが «злых мыслей»「悪の考え」にある中で、«доброе чувство»「良い感情」を思い出させたとイヴォルギンを褒める（第四部四章）。読者はこうしてあらかじめ警告されて、アグラーヤとナスターシヤ・フィリポヴナが互いに «злова»「怒り／悪意」を抱いて見つめあう運命的な対決の場面を迎えることになる（第四部八章）。

（5）Robin Feuer Miller, *Dostoevsky and "The Idiot": Author, Narrator, and Reader* (Boston, MA: Harvard University Press, 1981), 230. ムイシキンが批判するのではなく、赦し、憐れむことによって、内包された作者の読者に対する倫理的態度のモデルを提示する、とミラーは指摘している。

（6）『白痴』の語り手に関する特に優れた研究として、Robin Feuer Miller, *Dostoevsky and "The Idiot": Author, Narrator, and Reader* (Boston, MA: Harvard University Press, 1981); Sarah Young, *Dostoevsky's "The Idiot" and the Ethical Foundations of Narrative: Reading, Narrating, Scripting* (London & New York: Anthem Press, 20004); and Malcolm V. Jones, *Dostoyevsky after Bakhtin: Readings in Dostoevsky's Fantastic Realism* (Cambridge, England: Cambridge University Press, 1990) が挙げられる。

（7）Miller, 101参照。

（8）ロゴージンにムイシキンを「子羊」と呼ばせることで、ドストエフスキーはムイシキンを、犠牲となるキリストに結びつけるだけではなく、ナスターシヤ・フィリポヴナにも結びつける。ナスターシヤ・フィリポヴナの姓「バラーシコワ」は、「子羊」を表す語に由来する。

（9）第一部において、コーリャ・イヴォルギンは公爵の眼識に驚く。こうして、公爵の観察力の鋭さが強調されている。

（10）ナスターシヤの美貌を考えると、ガーニャが愛情をもって結婚するのなら許せるんだけれど、とコーリャはムイシキン公爵に打ち明ける。また、妹のワーリャは、ナスターシヤに笑いものにされる屈辱に、七万五〇〇〇ルーブルの価値はない、とガーニャに忠告する。ガーニャはまた、自分自身を欺いている。ナスターシヤがロゴージンに、自分はガーニャと結婚しない、と言っても、ガーニャは、彼女が «бабье мщение»「女らしい仕返し」をしているだけで、きっと自分を受け入れる、と公爵に話す（第一部一〇章）。

（11）語り手はさらに、ロシアで将軍の地位を得られないのは、「オリジナルな」、すなわち «беспокойный»「穏やかならざる」人間だけだと論じる（第三部一章）。

（12）語り手の「オリジナリティ」論に見られる不調和と自己矛盾については、Miller, 128-30参照。

（13）セアラ・ヤングは、ナスターシヤ・フィリポヴナが作品の展開のシナリオを作っているという読みを展開している。

（14）このあとに、ロゴージンがムイシキンを «такую ... овцу»「こんな……子羊」と呼ぶ（第一部一〇章）。

（15）Young, 90.

（16）Miller, 172.

（17）Miller, 173.

（18）Miller, 170.

（19）Miller, 173.

（20）Ganna Bograd, *Proizvedeniia izobrazitel’nogo iskusstva v tvorchestve F. M. Dostoevskogo* (New York: Slovo-Word, 1998), 33–4, 93–4. ボグラッドが指摘するところによると、ドストエフスキーがこの作品を最初に思いついたかもしれない場所、パヴロフスクに、マグダラのマリアの教会があり、そこには二枚の大きな絵画が掛かっている――実物大のラファエロの『システィーナの聖母』と作者不詳の『キリストとマグダラのマリア』である。マグダラのマリアをキリスト帰還の最初の目撃者とする見方は、マルコ伝、マタイ伝、ヨハネ伝に記されており、ルカ伝では、彼女は「悪魔を祓われた女」とされている。また、マリアが実は愛された使徒であり、教父たちはルカに従って、その地位を貶めようとした、という説を唱える学者もいる。

（21）デイヴィッド・ストロンバーグは、ムイシキンがアグラーヤを捨てる状況が、ナスターシヤが彼を捨てる状況と似ている、と説得力のある論を提示している。David Stromberg, Paper delivered at the University Seminar on Slavic History and Culture, “The Idiot Love Cycle: Some

Notes on Intimacy in Dostoevsky and Melanie Klein," Columbia University, 14 October 2016.

(22) エパンチナ夫人がペテルブルクでベロコンスカヤ夫人を訪ねているあいだ、アグラーヤとムイシキンは二つのゲーム——チェスとカードゲームの「ドゥラーク（ばか）」——をする。中世文学において、チェスは、対戦しながら相手を知っていくルールのあるゲームであり、しばしば求愛や恋愛のメタファーとして用いられた。アグラーヤはルールを知っているが、ムイシキンは知らない。チェスに関する無知は、求愛に関する無知と対応する。こうして、彼が受けた教育の欠落部分を明らかにし、また、アグラーヤはたやすく彼を打ち負かすことになる。しかし、ドゥラークになると、アグラーヤのいかさまにもかかわらず、ムイシキンが五回続けて勝つ。ゲームの目的は、相手より先に自分のカードをすべてなくしてしまうことであり、最後まで手元にカードを持っている人がドゥラーク（ばか）となる。チェスが戦略と技術のゲームであるのに対し、ドゥラークは運のゲームである。このゲームの対戦から、読者は簡単に分かるだろう。アグラーヤは、自分がルールを知っている構造化された環境の中では秀でている。それに対して、ムイシキンは新たな状況に、もっと柔軟に対応する。アグラーヤはコントロールすることを好むのに対し、ムイシキンは、もっと無秩序な環境にも対応できる。特に重要なのは、アグラーヤが自分の敗北に対処できない点だ。五回ドゥラーク（ばか）にされたあと、彼女はムイシキンに乱暴な言葉を吐き、怒って部屋を出る。ムイシキンは意気消沈。彼はゲームをしていただけだが、アグラーヤはもっと重要なものを賭けていたのだ。

(23) ここで、ドストエフスキーの語り手は、ハリネズミを記号論的謎として使い、読者を悩ませる。作中の最も共感できる二人の人物、コーリャとエパンチナ夫人は、その意味を訊ねる。思いがけず、エパンチン将軍が二重の答えを提示する。「たんなるハリネズミにすぎんよ、それだけのことだ。ただし、それ以外に友情とか、侮辱を水に流すこととか、和解するとかいったことを意味しているわけでね」（第四部五章）。作中にこの出来事を挿入することによって、ドストエフスキーは、世界を解釈しようとする人間の欲求を強調する。語り手はハリネズミの意味に関する読者の好奇心を高め、そして、エパンチン将軍の答えが正しいと述べる。ハリネズミはハリネズミそのものであり、また、メッセージでもある——これは、作中のほとんどすべてのものについて当てはまる。しかし、エパンチン将軍は知覚の鋭い人物ではないために、語り手は読者にハリネズミの別の意味を考えるように促しているとも言えるだろう。

(24) この点については、エリーナ・ユファに負っている。

(25) この稀な赦しの場面はまた、アグラーヤが次に赦しを与える前触れとなり、ムイシキンを幸福で満たす。

(26) 表面的には、ハインリヒとグレゴリウスが司教任命権を巡って争ったが、現実には、国家と教会の戦いであった。ハインリヒ四世がまだ子供のとき、教会が教皇選出の権力を奪い、枢機卿団がその任を負った。後に、グレゴリウス七世は、教皇が唯一普遍の権力であり、皇帝を退位させる権力さえ持つ、と主張した。

（27）この小説の中で、ロゴージンの目的は、ナスターシヤ・フィリポヴナを手に入れることであるが、彼女が指摘するとおり、もし彼女と出会っていなかったら、父親と同じ道を進んで、金銭を追い求めていただろう。

Author & title : MARTINSEN, Deborah A., "*The Idiot*: A Tragedy of Unforgiveness"

【『白痴』日本語引用】

ドストエフスキー『白痴』1—4（亀山郁夫訳　光文社古典新訳文庫、二〇一五—二〇一八）

《赦し》の失敗――『白痴』から『カラマーゾフの兄弟』へ

望月哲男

非寛容の悲劇、もしくは赦し・赦されることの大切さと困難さが、『白痴』に代表されるドストエフスキーの小説のテーマあるいは課題となっているというデボラ・マルティンセンの論考の趣旨を全面的に受け入れるところから、この短い私論を始めたい。

デボラ・マルティンセンの論考は周到に「赦し」の定義から始まっている。それは、筆者の言葉で要約すれば、力のある他者からの加害に対するネガティヴな心的反応を、道徳をベースにして克服することである。

仮にこれを物語論ふうに言い換えれば、次のように言えるかもしれない。すなわち、加害者と被害者が相互の関係を認め合ったうえで、反省と寛恕の上に立って、新しい関係を結ぶことだ、と。

さらに単純化するならば、過去の物語を未来に向けた新しい物語の文脈で読みかえることである。

この延長で言えば、非寛容すなわち赦し赦されることの失敗とは、何らかの理由で過去の清算ができず、それ故に、新しい、未来に向けての物語が構築できない状態だと言えるだろう。

ナスターシヤ・フィリッポヴナのケースでは、屈辱を与えた他者を赦し、屈辱ゆえに意固地になった自分を赦し、新しい人生を始めようという欲求ははっきりと感じられる。しかしそれはなぜか実現しない。第一部の夜会の場面でも、第四部のアグラーヤとの対決の場面でも、清算・和解・浄化のための試みが、自傷行為や他者への侮辱（返礼としての加害）に帰着し、結果的に過去のトラウマをより強く再生産することになっているように見える。いわば始まりにあったトーツキーとの屈辱に満ちた物語が、ロゴージン相手にもアグラーヤ相手にも繰り返されることになる。正確に言えば、ナスターシヤが失敗するのは許しの物語においてばかりではない。彼女は復讐や腹いせ、自傷行為においても、失敗を繰り返している。典型的なのは第一部のエパンチン家の夜会で、ロゴージンのもたらした十万ルーブリを暖炉にくべた行為で、彼女が自らの身代わりのようにして火にくべた札束は、ほぼそっくり焼けずに残ってしまう。彼女の物語は決着もつかなければ読み替えもできぬあいまいな形のまま、ただ先延ばしにされるのである。

ちなみに、ムイシキンも同様な、新しい物語の失敗を繰り返している。例えば彼の他者への関与は憐憫というよりも共苦（ソストラダーニエ）すなわち相手の苦しみに共振する行為であり、彼はしばしばこの感情が自分でコントロールできない。そのため、しばしば相手を物語から解放し、その人生を新しく読みかえるよりは、相手の苦悩を増幅し、過去の虜としてしまう。彼とイーヴォルギン将軍やイッポリートとの関係にそうした作用の片鱗が見えるし、ナスターシヤ・フィリッポヴナとの関係もそうした要素を含む。

こうした現象を個人の心的傾向の問題として読めば、そこにいろいろな病理の補助線が引かれるかもしれない。実際ナスターシヤやムイシキンのうちにマゾヒズム、病的なエディプス・コンプレクスやパラノイアなどの異常心理を読み取る解釈は少なくない（代表として参考文献（1）のダルトンの研究を参照）。また一方には当然、この作品を何らかの聖なる物語の破綻の悲劇ととらえる見方が生ずる。例えばマイケル・ホルクィスト的な解釈では、これはキリスト教の救済史（Heilsgeschichte）が破綻して、成り立たなくなったイエスとマグダラのマリヤの物語と読める（参考文献（2）参照）。

では、そもそもなぜドストエフスキーの主人公たちは、あるいは作者自身は、あまたの失敗をも顧みず、これほど困難な「赦し」の物語を必要とするのか？　この問題を考えるために、『白痴』よりはもっとシンプルな、このテーマの祖型を示しているような作品を参照してみたい。それは『死の家の記録』の一エピソード『アクーリカの亭主』である。

監獄病院の夜話として語られるこの物語の場所は田舎町。フィリカという乱暴者が父親の商売仲間だったアンクーディム爺さんと決裂し、その際にアクーリカという相手の娘と関係があることをほのめかして侮辱する。後に彼は仲間のシシコーフを誘って相手の家の門にタールを塗ることでアクーリカが純潔でないことを世間に知らしめ、彼女が誰の嫁にもなれないようにする。アクーリカは家名を汚したことで親に折檻されるが、やがてフィリカの片棒を担いだシシコーフが親の勧めでしぶしぶアクーリカと結婚する。そしてその結果、アクーリカが純潔な娘であったことに気付く。だが今度は夫となったシシコーフがフィリカのからかいや威嚇の対象となり、シシコーフはアクーリカに腹いせの暴力を振るうようになる。アクーリカ受難の物語の元凶となったフィリカは、やがて持ち金で豪遊し尽くしたあげく、他人の身代わりとなって兵隊に送られる。その日、道端で偶然会ったアクーリカに、フィリカは深々とお辞儀をして詫びる。「自分は二年間あんたを思い続けてきた……。俺を許してくれ。あんたは立派な父親の立派な娘さんだ。俺はあんたに卑しいまねをした。何もかも俺が悪かった」。これに対してアクーリカもお辞儀をして答える。「あんたも私を許してね、お兄さん。私はあんたのことを何も悪く思ってはいないわ」。直後に夫に問い詰められて、彼女はさらに言う。「私は今じゃあの人が、世の中の誰よりも好きよ」。翌日、夫は彼女を斬り殺す。

フィリカという性格破綻者の奇妙な恋の物語とも受け取れる悲劇だが、人物の内面心理は何も言及されていない。それだけに閉鎖社会における陰惨ないじめと暴力の話の最後に登場する謝罪と赦しの光景は衝撃的だ。物語自体はアクーリカの殺害という悲劇で終わるが、直前のカタルシスのおかげで、その死は何かしら聖性や浄化の機能を帯びるような気さえする。

ドストエフスキー的な「赦し」の物語の祖型をなすようなこうしたエピソードは、おそらく人物心理論的な解釈を越える。フィリカの心理を精神分析学の言葉で表現したとしても、恐らく物語理解にとって意味を持たない。すなわち別種の補助線が必要である。

その理解にふさわしい補助線の一つとなるのは、個人ではなく共同体自体の生存論理を解明するような、文化人類学的なアプローチだろう。例えばゲイリー・コックスによれば、地につくような深々としたお辞儀は、ドストエフスキーの文学世界で重要な状況韻（situation rhyme）（＝繰り返し現れてテーマ構成上重要な役割を果たす出来事や行為のパターン）をなす。コックスの議論では、ドストエフスキーの世界は暴君と犠牲者（tyrants and victims）のヒエラルキーで構成されており、それ故に加害・抑圧に満ちている。その問題を解消するためには、抑圧的なヒエラルキー構造を逆転させる出来事が必要である。そのカギとなるのが、優位にある抑圧者（暴君）による劣位にある被抑圧者（犠牲者）への謝罪であり、それが作品ではしばしばドラマチックなお辞儀として表現される。そして被抑圧者が抑圧者の謝罪を受け入れ、赦すことで、作品世界という一つの共同体の安寧が回復される。こうした機能の担い手となる弱者・犠牲者は、この世界で、原始共同体にとってのトーテム的な力＝マナを授けられているというのである（参考文献（3）参照）。

コックスは特に『死の家の記録』の一エピソードに言及しているわけではないが、この種の議論は、小さな共同体世界を背景にした『アクーリカの亭主』のような作品で、いっそうリアリティーを増すような気がする。フィリカとアクーリカの謝罪と赦しの儀式は、彼ら個人にとってだけでなく、不道徳な加害行為の場となった共同体の浄化・再生にとって重要な行為だったのだ。

翻って『白痴』では、こうした場の浄化と物語の読みかえは完成しない。というよりもむしろ何度も試みられ、失敗し、延期されている。その果てに、初めから予想された感のある、傷ついて常軌を逸したヒロインの殺害という、場を得ない「供犠の儀式」のような事件が起こるのだ。ナスターシヤ・フィリッポヴナの「赦し」が完結しないのは、直接的には彼女をはじめに傷つけた加害者トーツキーの謝罪がなされなかったせいかもしれない。しかし間接的には、この小説の社会が、ある倫理的価値を共有する共同体の体をなしていないからかもしれない。『白痴』の世界は崩壊した家族の集合であり、中心をなすのは親も子もいない孤児たちである。彼らには暴君的な父親もいない代わりに、赦しによる再生を教える慈父もいない。唯一の暴君モデルであるロゴージンの父は、物語の始まる直前に死んでいるし、ムイシキンにとって慈父役を果たしたバヴリーシチェフも、二年前に他界している。彼らにはまた経験から得た知恵を託すべき次世代もいない。したがってこの作品は、謝罪と赦しの行為にモラルの再生という意味を与える共同体的なベースを持たない。つまりは非寛容の悲劇としかならなかった。

『アクーリカの亭主』のようなドラマチックな謝罪と赦しの儀式が意味を持つのは、暴君・慈父・犠牲者たち・未来の世代が登場する『カラマーゾフの兄弟』においてである。そこで殺人や無辜の死の物語が未来へ向けた再生の物語に読み替えられ、子が父へと成長していく。その過程で、力のヒエラルキーの上位にいる抑圧者（暴君）が下位の被抑圧者（犠牲者）に謝罪し、赦されることの重要性が、何度も確かめられる。

『白痴』に欠落していた「赦し」の儀礼は、『カラマーゾフの兄弟』に持ち越されたのだと考えたい。

参考文献

（1）E. Dalton, *Unconscious Structure in The Idiot: A Study in Literature and Psychoanalysis* (Princeton University Press, 1979).

（2）M. Holquist, *Dostoevsky and the Novel* (Princeton University Press, 1977).

（3）G. Cox, *Tyrant and Victim in Dostoevsky* (Slavica: Columbus, 1983).

Author & title : MOCHIZUKI Tetsuo, “Failure to Forgive: From *The Idiot* to *The Brothers Karamazov*”

ドストエフスキーの「信仰告白」からみた『カラマーゾフの兄弟』

パーヴェル・フォーキン
番場　俊　訳

『カラマーゾフの兄弟』はドストエフスキーの総決算となった作品です。作家はその全生涯をかけてこの作品に向かっていました。文学活動の当初からドストエフスキーを悩ませていた多くの理念やイメージが、ここでその最終決着をみています。『分身』、『虐げられた人々』、『罪と罰』、『白痴』、『悪霊』、『未成年』、『作家の日記』その他の作品が提起していた問題の様々な側面が、この小説の理念的・芸術的コンセプトにおいて具体化し、発展させられました。そこで作家は、無神論と世界変革をめざす社会主義理論との論争における最後の言葉を語っていたのです。

『カラマーゾフの兄弟』をめぐってまきおこった論争に関する一八八〇年の草稿に、この作品の理念的なパトスを明らかにする書き込みがあります。「悪党どもは無教養だとか神への反動的信仰だとかいって私をあざ笑った。こういった愚か者たちは思いもしないのだ。「大審問官」とその前の章に、神を否定するどれほどの力がこめられていたかということを。そして、この小説全体が、この否定に対する応答になっているということを。［……］だから、私はなにも小さな子どものようにキリストを信じ、キリストの教えを説いているわけではない。私のホサナは大いなる懐疑の試練を経ている」。

『カラマーゾフの兄弟』は稀有なジャンルの作品です。伝統的な小説ではありません。芸術文学の作品でさえありません。これは小説の形をとった作家の信仰告白〔シンヴォル・ヴェールィ　信条、信仰の象徴〕です。ドストエフスキーの「ホサナ」であり、つまり、この世に来たるべきキリストを待ちかまえて胸を騒がせている彼の歓迎の言葉なのです。

一八五四年二月のある日、徒刑を終えたドストエフスキーは、N・D・フォンヴィージナ宛ての手紙のなかで次のように書いていました。神はときとして、短いあいだではあるが、自分に全き安らぎのときを与えてくださる。そんなとき、自分は人を愛しているし、人からも愛されているのが分かる。そんなとき、自分は「おのれのうちに」自己の信条をつくり上げたのだ、と。「その信条は実に簡単です。つまりこうです。キリスト以上に美しく、深く、魅力的で、理性的な、男らしい、全きものは何一つ存在しないということを信じる、ということです。単に存在しないというだけでなく、存在しえないのだ、と嫉妬を込めた愛を感じながら自分に言うのです。そればかりではありません、たとい誰かが私に、キリストは真理の外にあると証明したとしても、そして真理がキリストの外にあるということが事実であったとしても、私は真理と共によりはむしろキリストと共に留まりたいと思うでしょう」。実生活においても、偉大な小説を書く際にも、ドストエフスキーはこの信条に導かれていました。それは彼の美学体系の基礎でした。キリストのいない人生はドストエフスキーには耐えがたいものです。キリストのいないドストエフスキーの世界は考えられません。

K・A・ステパニャンの深い洞察によると、ドストエフスキーの小説はどれもみな、「人々に救済の福音をもたらすキリストの出現であり〔……〕この福音をたがいに伝えあう人々の対話であって、読者もまたこの対話に積極的に加わる（その際に、登場人物が、一見したところこれとはまったく違うことを話していたとしても、あるいは、きっぱり福音を否定していたとしても、やはりそれが、ドストエフスキーの世界におけるすべての主要な対話の中心的なテーマなのである）」[1]。

『カラマーゾフの兄弟』でドストエフスキーは、複雑な大叙事文学というかたちで、自らの「信仰告白」を実現したのです。『カラマーゾフの兄弟』の精神構造はキリスト中心という性格をもっています。それが作品の構成とイメージの体系を規定しているのです。

一見すると、小説に描かれている状況や出来事、主人公たちの性格や行動は「ホサナ」のジャンルにあまり適していません。余りにも取るに足らないし、みすぼらしい。

事件は、スコトプリゴニエフスク（家畜追い込み町）という、ほとんどみだらな名をもつ小さな地方都市で繰り広げられます。歴史的にはここで家畜の活発な売買がおこなわれていたことが明らかですが、小説で私たちが遭遇するのは、その不道徳な行動において、動物や家畜のレベルまで堕ちた主人公たちです。飲酒、淫蕩、罵詈、瀆神、嘘、貪欲、暴力が、彼らの生活の本質となっています。彼らは情欲にとりつかれており、肉欲を愛と呼んでいます。カラマーゾフ家で起きた流血の父殺しは、こういった生活の当然の帰結です。スコトプリゴニエフスクの生活では、これよりほかのことは起こりえないように思われます。カラマーゾフというのもまた物語る姓です。一方で、「カラ」はタタール語で「黒」という意味ですから、この姓は「黒で汚されたものたち」と読むことができます。他方、ロシア人の耳には、ここからスラブ語固有の単語「カラ」、すなわち「罰」が聞こえないはずがありません。

しかし、スコトプリゴニエフスクの世界はそれほど一義的ではありません。町の傍らには正教の修道院があり、修道僧が精進の斎を守って心義しい生活を送り、教会の勤行がおこなわれ、祈りがあげられ、神学上の論争がたたかわされています。そこにはまた助言と魂の救いをもとめて人々が——信者も、無神論者も（ほかならぬカラマーゾフ家の人々も）——やってきます。修道院には特別な神聖さと賢智で高名な長老たちがいて、全ロシアから巡礼者が集まって来ています。スコトプリゴニエフスクでは、現実の生活と同じように、「ありとあらゆる矛盾が一緒くたになっている」（『カラマーゾフの兄弟』第一部第三篇第三章）のです。

ドストエフスキーの「ホサナ」は極限までリアルです。小説の空間にホサナを繰り広げながら、ドストエフスキーは、教会芸術の形式と規範から、福音書の世界の原初の状態を取り戻し、金ぴかのイコンや、てかてか光る絵具や、響きうるわしい教会の聖歌といった汚れから洗い清めています。彼は宗教界のインテリたちが選び出した物やシンボルを、日常生活の塵芥のなかにうずめてしまいます。洗練された簡潔な金言は、舌足らずで冗漫な日常会話に取り囲まれています。ですがまさしくこういった世界にキリストはやって来たのです――すべてが混乱した世界に。秩序をうちたて、雑草から種を選り分け、真理を明らかにし、道を示すために。

キリストは、作品の主人公アレクセイ・フョードロヴィチ・カラマーゾフとともに、小説に入ってきます。アレクセイは家族の末の息子です（語り手を含め、多くの人々が、しばしば彼をアリョーシャという愛称で呼んでいます）。彼は小説の筋にはきわめて控えめにしか参加しておらず、主に他の登場人物の打ち明け話の相手として、あるいは人間のかたちをした彼らの良心として登場しています。小説の主人公をこんなふうに提示したということでドストエフスキーを非難する批評さえみられるのです。たとえばK・V・モチュリスキーはこう書いています。「カラマーゾフ兄弟の末っ子アリョーシャの描き方は、他の二人に比べて精彩を欠く。アリョーシャの個人的テーマは、ドミートリーの狂おしい情熱と、イワンの思想の弁証法によって掻き消されてしまう。その精神的な先駆者であるムイシキン公爵にも似て、アリョーシャは他者に同情し、他者と苦しみを共にするが、小説の出来事が彼によって左右されることはなく、アリョーシャの「思想」も漠然とほのめかされているだけである」(2)。

実際、しばしばアリョーシャは、行動しているというよりは、ただそこにいるだけです。ただ、彼はいつも、ただそこにいることによって、行動しているのと同じくらいの能動性を発揮しています。アリョーシャが小説のなかでなにか行動を起こすときには、その行為は男らしい決断力で際立ちます。そこから読者は、独立したエネルギッシュな活動家になった将来の主人公を容易に想像できるのです。

アリョーシャの主人公としての道には（彼の役割は外見上めだたないものですが）、若者にふりかかる精神上の試練が集中しています。数日間でアリョーシャは、精神的な師であるゾシマ長老の死、父親殺し、兄ミーチャの社会的破滅、兄イワンの精神的危機、腹違いの兄スメルジャコフの自殺、それに、自らその運命に精力的に関わったスネギリョフの息子イリューシェチカ少年の死を体験することになります。小説の初めのアリョーシャは賢智ある指導者によって庇護されている家族の末っ子にすぎませんが、最後には家族の唯一まっとうな代表者として、カラマーゾフ家の家長になっています。彼自身の運命だけでなく、一族の運命が彼にかかっています。さらに彼は幼い友人たちの魂に対する責任も負うのです。修道僧見習いであったアリョーシャは少年たちの魂を導く牧夫になります。小説の他の登場人物は誰一人このような変容をとげておらず、このことだけでも、アリョーシャが小説のなかで例外的な人物であることが分かります。

「第一の小説は、すでに一三年も前に起こった出来事であり、これはもう小説というより、主人公の青春のひとコマを描いたものにすぎない」と、「著者より」と題された序文で語り手は伝えています。見ての通り、小説のその後のすべての出来事を解釈し理解するための鍵があるという意味で、これは序文の鍵となる文章です。

作者が提示した芸術座標軸内にとどまるなら、ここでいう主人公の「青春のひとコマ」とはいったいどの話なのかという問いがどうしてもでてきます。父親の悲劇的な死でしょうか、それとも、アリョーシャが修道院でゾシマ長老と交流し、そして別離を経験することでしょうか？　あるいは兄たちとの出会いでしょうか？　ヒントはやはり、先ほどの序文の鍵となる文章、それも、出来事の時系列が提示された「一三年前」という箇所にこそあるように思われます。小説の全ての出来事はアレクセイ・フョードロヴィチの生涯と関連づけられていますから、この一三年間もまた彼の伝記と関連していることになります。ドストエフスキーが自分の主人公について伝える最初の情報は（「三男アリョーシャ」の章の最初の文章ですが）、「当時彼はまだ二〇歳だった」ということです。その「当時」が一三年前なのです。計算はきわめて簡単です。第二の小説ではアリョーシャは三三歳になっているはずです。言い換えれば、『カラマーゾフの兄弟』で書かれているのは、キリストの年齢に達したときに偉大な事業をなしとげることになる主人公の「青春」なのです。「著者より」の序文は、ドストエフスキーの「ホサナ」の思想的・芸術的構成のうえできわめて重要な要素です。まさしくここにおいて、すべてに先立ち、あらゆる出来事の外で、アレクセイ・カラマーゾフの人物像のなかにキリストのイメージが導入されています。そっと、しかし、はっきりと。リアリスティックに、時系列に沿って、かつ、象徴的に。というのは、一二という数字は、キリストとキリストの使徒たちの数を表しているからです。

アレクセイ・カラマーゾフがキリストを思わせる主人公であることは、小説の最初の読者たちにも、何ら疑いを呼び起こしませんでした。ドストエフスキーの意図は疑いようがありません。それは、特別な周到さと象徴的表現によって小説の最後の場面に示されています。キリストを思わせる主人公の一代記が、なんらかのかたちでキリストの人生行路と相関していなければならないこと、いわば福音書を思わせるものでなければならないことは明らかです。であれば、キリストを思わせる主人公の「青春のひとコマ」とは何かという問いの答えも福音書のなかに探さなければなりませんし、キリストの「青春」の出来事とみなしうるもののなかに探さなければなりません。より具体的には、弟子たちを呼び寄せる前に起こった出来事です。というのも、まさにこの弟子たちを呼び寄せるという行為への暗示によって、ドストエフスキーの小説は閉じられているからです。候補となる出来事はごくわずかです。洗礼後にキリストが経験する最初の出来事は、荒れ野への出発、悪魔による誘惑、誘惑の克服です。福音書のこのエピソードを、小説の知的な中心である「大審問官」の章に移してみれば、確信をもってこう言うことが可能になります。小説の重要な出来事はアリョーシャの誘惑とみるべきである、と。

形而上学的な問題の緊張感が次第に高まっていきます。長男のドミートリーはわれ知らず誘惑者になります。自分の言葉がどのような衝撃をもたらしうるかなどということは考えもせずに、彼はアリョーシャに魂と肉体の闘いの秘密を懺悔するのです。「美っていうのは、じつに恐ろしいよ！［……］美のなかじゃ、川の両岸がひとつにくっついちまって、ありとあらゆる矛盾が一緒くたになっている。［……］美か！　おれがおまけにがまんならないのは、別の最高の心と最高の知性をもった人間が、マドンナの理想から出発して、ソドムの理想で終わるってとこなんだな。それにもまして恐ろしいのは、ソドムの理想をもった男が、心のなかじゃマドンナの理想を否定もせず、むしろ心はまるでうぶなガキの時代みたいに、マドンナの理想に心から燃えているってことなんだ。〔……〕理性には恥辱と思えるものが、心には紛れもない美と映るもんなんだよ。ソドムには美があるのか？　信じてくれてもいい、大多数の人間にとっては、ソドムにこそ美がひそんでいるってことをな。こういう秘密を、おまえわかっていたか、どうだ？　恐ろしいのはな、美がたんに恐ろしいだけじゃなく、神秘的なものだってことさ。美のなかじゃ悪魔と神が戦っていて、その戦場が人間の心ってことになる」。ドミートリーの告白は、若者の心のうちに、人間の神性と地上におけるその使命に対する疑いの念を生みだすだけの威力を十分にもっているのです。

アリョーシャの父、冷笑家にして道化のフョードル・パーヴロヴィチは、「アリョーシャ、神はいるのか？」という単刀直入な質問でアリョーシャを困らせようとします。アリョーシャは、伝統と慣例に反して、実の父親に反対せざるをえない立場に追い込まれますが、短く、しかしきっぱりと「神はいます」と答えます。ただフョードル・パーヴロヴィチは、息子をからかいはするものの、アリョーシャの信仰を敬い、自らの瀆神を恥じています。

アリョーシャの最も狡猾な「試験官」になるのは兄のイワンです。おのれの信仰を失った彼は、神と神が創った世界に反抗する完全な論理体系をつくりあげていました。イワンの反逆の根拠となるのが、無辜の子どもたちの苦悩に関する「ちょっとした事実のコレクション」です。「さあ、自分の口ではっきり言ってみろ、おまえを名ざししてきくんだ。さあ、答えてみろ。いいか、かりにおまえが、自分の手で人類の運命という建物を建てるとする。最終的に人々を幸せにし、ついには平和と平安を与えるのが目的だ。ところがそのためには、まだほんのちっぽけな子を何がなんでも、そう、あの、小さなこぶしで自分の胸を叩いていた女の子でもいい、その子を苦しめなくてはならない。そして、その子の無償の涙のうえにこの建物の礎を築くことになるとする。で、お前はそうした条件のもとで、その建物の建築家になることに同意するのか、言ってみろ、嘘はつくな！」ドストエフスキー自身、ヒューマニズムの論理の観点からすれば、この議論は反駁しがたいと考えていました。しかしアリョーシャは兄に、自らを贖罪の犠牲とした救世主の苦悩を思い起こさせます。それにこたえてイワンは物語詩（ポエマ）「大審問官」を物語るのです。「大審問官」は、ドストエフスキーの哲学的・芸術的思考の傑作です。小説『カラマーゾフの兄弟』のなかでこの物語詩は中心的な位置を占めており、信仰と無神論の対立の頂点になっています。この物語詩こそが、物語の全行程において宿命的な役割を担うことになります。というのも、物語詩に強い印象を受けたアリョーシャは、自分が兄ドミートリーを「救い」にきたことを忘れてしまい、その結果、フョードル・パーヴロヴィチの殺害という流血のドラマが起こってしまうからです。しかし、まさにこの物語詩のイメージの力によって、アリョーシャは、人生そのものが彼に課した、もっともつらく恐ろしい試練を克服することにもなるのです。

思い返してみましょう。物語詩の出来事は一六世紀、異端者を焼き尽くす焚刑の火が燃えさかるセヴィリアで起こります。この街にキリストが突然現われます。「彼はしずかに、人に気づかれないように姿を現わしたが、不思議なことに人々はすぐその正体に気づいてしまうのさ。［……］民衆はもう抑えきれず、彼のほうに殺到し、ぐるりと彼を取りまき、人垣はどんどん厚くなって、やがて彼のあとについて歩き出す。彼はかぎりない憐れみにみちた微笑をしずかに浮かべ、無言のまま人々のあいだを通りすぎていく」。キリストは奇跡を起こします。棺から少女を生き返らせます。民衆は歓喜します。この瞬間、広場を、九〇歳の老人である大審問官が通りかかります。彼もキリストに気づきますが、キリストの出現と栄光を受け入れることができません。大審問官は護衛たちにキリストを投獄するように命じると、夜更けに囚人のもとを訪れ、その出現がいかに時宜をえないものであるかを説明しようとします。大審問官は確信しているのです。キリストが人間に与えた自由は、人間の苦悩と不幸を増しただけであることを。真の幸福は奴隷にしかありえないことを。「われわれはおまえの偉業を修正し、それを奇跡と神秘と権威のうえに築きあげた。そして人々は、ふたたび自分たちが羊の群れのように導かれ、あれほどの苦しみをもたらしたあれほど恐ろしい贈り物が、ようやく心から取り除けられたことを喜んだ」。老いた大審問官は怒りに燃えて言うのです。「どういうわけでおまえは、今ごろわれわれの邪魔をしにきたのか?」

大審問官は、イワンも同じですが、世界を死の窮地から救ったキリストの犠牲の力を認めようとしません。大審問官は熱弁をふるって自分の正当性を主張します。彼は再びキリストを処刑しようともくろんでいるのです。大審問官の長々とした話をききながら囚人は口をつぐんでいますが、ただ話の最後で、自らの処刑人の唇に、思いがけぬキスをします。これは最高の慈悲のしるしであり、復活と永遠の生の誓約のしるしです。それはあまりにも抗しがたいものであったため、大審問官は囚人を釈放せざるをえません。

物語詩の最後は壮大な象徴的意味でみたされており、イワンはすぐにその意味を理解することはできないのですが、アリョーシャとドストエフスキーにとっては明白です。囚人は立ち去り、大審問官は牢獄にとどまっています。牢獄の出口は開いていて、扉は閉じられていませんが、出口はひとつだけで、しかもこの道はキリストの後に従う道なのです。老人の完璧な論理でアリョーシャの信仰を粉砕しようとしたイワンは、最後は自ら岐路に立たされます。キリストの論理が、あるいは、より正確にいえば、その非論理が、イワンの整然とした知的思弁を崩すのです。「兄さんのその物語詩は、イエス賛美ですよ。兄さんが願っているような非難なんかじゃない」。最後にアリョーシャはこう言って、イワンの物語詩のキリストにならい、兄にキスをします。自らのうちにキリストを具現化し、物語詩のフィクションの空間を、兄弟の出会いの場となっている現実のスコトプリゴニエフスクの酒場に移して、言葉を肉と化し、自ら変容して、キリストの本質で満たされます。一瞬、キリストになるのです。そしてまた、一瞬、イワンの心にキリストがよみがえるのです。「じっさい、このおれにねばねばした若葉を愛する力があるとしてもだ。おれが若葉を愛せるのは、おまえを思い出すときだけなんだ。おまえがこの世のどこかにいるってことだけで、おれには十分だし、生きる気がしなくなるなんてことはまずない」。

第七編「アリョーシャ」は小説のクライマックスになります(ここで注目したいのは、この第七編が、構成上、象徴的に一三の部分から構成されている作品の真ん中に位置していることです。一三の部分というのは、最初の六編と第七編、その後につづく五編、そして、内容的にも量的にも独立した編に匹敵する「エピローグ」のことです)。この第七編で主人公は、自らの精神的な師であるゾシマ長老の死を体験し、神秘と奇跡と権威によって誘惑を克服します。

ゾシマ長老の亡骸は、奇跡の変容を待ちうける大方の期待に反し、非常に急速に腐敗しはじめます。この「恥辱」と「罵言」をアリョーシャは耐えることができません。悲しみと幻滅の瞬間、アリョーシャは、「歪んだ笑い」を浮かべて、イワンの言葉を繰り返します。「ぼくはべつに、自分の神さまに反乱を起こしているわけじゃない。ただ、「神が創った世界を認めない」だけさ」。ですが、この言葉を口にしたアリョーシャは、自分が有無を言わせぬ力によって物語詩「大審問官」の世界に移動していること、自分が監獄のなかで大審問官の老人とともにいることに気づくのです。彼はキリストのあとにつきしたがう一歩を決然と踏み出します。アリョーシャはいっときの幻滅と堕落を克服します。この瞬間から、アレクセイ・カラマーゾフは、信仰の頂きを目指して一気にのぼりはじめます。たった数時間後に、彼は、ガリラヤのカナの婚礼の宴でゾシマ長老とキリストと同席している自らの姿を眼にするのです。

福音書の出来事は、アリョーシャの生活のなかに、もはやおぼろげな連想や思い出としてではなく、直接聖書のテクストを通して、パイーシー神父の落ち着いた静かな朗読を通して入ってきます。次第に神秘的な啓示状態に沈みながら、アリョーシャは自らガリラヤのカナに移っていきます。しかし、これは、パイーシー神父が朗読している二〇〇〇年も昔のカナ、中東の谷にある忘れ去られたカナではありません。時間と空間を超えた永遠のカナです。カナはつねにあります。カナはつねに、いま、ここにあります。だからこそ、ほんの昨日まで自分の僧房で説話をしていたゾシマ長老が、ほかの人たちとともに婚礼の宴の席に座っているということがありうるのです。永遠の客であるキリストもここにいます。「わたしたちにくらべ、あの方はたしかにあまりに偉大すぎて恐ろしいし、あまりに気高すぎて恐ろしい、でも、限りなく慈愛にあふれたお方なんだ、愛するゆえにわたしたちと同じ姿をとられたのだし、わたしたちと楽しんでおられるのだし、水をワインに変えてくださった、お客さんたちの喜びを絶やさないようにとね。そして、新しい客を待っておられる、新しい客を絶えず呼び招いておられるんだ、それがもう、永遠につづくんだよ」。

愛と信仰の力によってアリョーシャには神秘的な洞察力を得、秘密のヴェールを見透すことができるようになります。この瞬間からアリョーシャには秘密も誘惑もありません。アリョーシャはすべての試練を通過したのです。最初は人間として、カラマーゾフとして、彼はおそれおののき、一瞬のあいだ誘惑におちいりました。しかしドストエフスキーは確信しているのです。一度はおそれおののき、誘惑におちいってはじめて、ひとは自分の身に起こっていることを理解し、意識することができるのであり、しかるのちにはじめて、再び立ち上がることができるか、最終的に堕落してしまうかなのだと。アレクセイ・カラマーゾフは立ち上がり、悪魔との闘いにはいり、勝利して、長老とともにガリラヤのカナの永遠の婚礼に招かれ、キリストにまみえることができたのです。だからこそ、アリョーシャに捧げられた第七編を締めくくる語り手の有名な言葉が、確固たる信念をもって力強く響くのです。「一瞬ごとに彼は、この天蓋のようななにかしら確固としてゆるぎないものが、まざまざと、肌に触れるような感じで、自分の魂のなかに降りてくるのを感じとった。なにかしら、ひとつの理想のようなものが、彼の頭のなかに君臨しつつあった……それも、もはや一生涯、そして永遠につづくものだった。彼は、地面に倒れたときにはひよわな青年だったが、立ち上がったときには、もう生涯かわらない、確固とした戦士に生まれ変わっていた。歓びの瞬間に、彼はふいにそのことを意識し、感じとったのだ。そしてアリョーシャはその後、生涯にわたってこの瞬間を、けっして忘れることができなかった。「あのとき、だれかがぼくの魂を訪ねてきたのです」と、彼はのちに、自分の言葉へのしっかりとした信念をこめて、話したものだった……」。これが誰だったかを説明する必要はないでしょう。聖霊がアリョーシャに降りてきたのです。かつてキリストに降りてきたように。

語り手のこうした言葉は、第二番目の「主要な」小説へと私たちを再び連れ戻します。「一生涯、そして永遠につづくもの」――第七編の文脈において、この言葉は、永遠を意味する単なる慣用句ではなく、具体的な期日を示しています。この地上に生きているあいだ、そしてその後、永遠の、死後の生においても、という意味なのです。アレクセイ・フョードロヴィチ・カラマーゾフの伝記がロシアのキリストの福音書になるはずであったことは、おそらく間違いありません。作者があんなにも夢みたロシアのキリストの再臨、そのイメージの彫琢に、作者は作品のなかで繰り返し取り組んだのでした。

信仰の力と美は、愛と善において人々をひとつにすることができ、人から人へ、世代から世代へと伝えられるのだと、ドストエフスキーは確信していました。ゾシマ長老は兄のマルケルから真理の光を受けとり、それをアリョーシャに伝えました。アリョーシャは、かつて兄のドミートリーに辱められたスネギリョフ一家を援助することで、少年たちに悔恨と共苦の美しさを示し、自分の周りにギムナジウムの少年たちを集めることができました。悔悟の道はドミートリー自身も救うはずです。その一方で、あの無神論者たちは、次々と破滅するか（フョードル・パーヴロヴィチ、スメルジャコフ）、おのれの悪魔と共にとり残されます（イワン）。

小説『カラマーゾフの兄弟』におけるドストエフスキーの創作の成功は、近代の芸術の中心問題のひとつ、悪の描写という問題の解決に関連しています。悪と放蕩と犯罪は人間の生活と切り離せません。悪の破滅的な力はもっとも古い時代から自覚されていました。悪から身を守る盾として、悪に対抗する有効な武器として、人類は法と道徳と宗教の複雑な体系を作りあげてきました。これらの体系が、もう数千年にもわたって、歴史のなかに生きる人類を支えています。しかし秘密は次の点にあるのです。――個人と集団の日々の努力と労働によって首尾よく抑え込まれ、悪が全面化して最終的に勝利するような事態こそ避けられているものの、悪は最終的には絶滅していない。それに対抗する精神的、知的、法的意志が弱まりさえすれば、悪は、いかなる場所と時であっても、再びおのれの全き力を見せつけるべく、虎視眈々と狙っている。

芸術は悪に対抗する歴史的形態の一つです。それは、生のポジティヴな良き要素を肯定する方法として宗教の内から起こりました。まさに宗教芸術が、善を美とし、悪を醜とすることによって、美的価値の体系を規定したのです。宗教芸術は規範と象徴の体系をつくりあげ、理想的な世界像を適切に表象することを可能にしました。宗教は芸術家に課題と道具を、活動する意味と保護を与えたのです。

近代の芸術は、宗教からの解放を宣言しました。宗教的なテーマと美学の枠をこえ、ヒューマニズムと人間の生のリアルな描写という広々した場所に出ると、すぐに芸術は倫理的参加（アンガジェ）という問題に突き当たったのです。「文化の巨匠たちよ、あなた方は誰とともにあるのか？」という問いは、M・ゴーリキーの有名なパンプレット（一九三二年）よりずっと前に生まれていました。本物の芸術家であれば、人生そのものと同じく無限に多様な形をした悪を無視することはできないからです。芸術家はこれを描写し、定着しなければ、使命を全うできません。悪に目をつぶり、顔をそむけて見ずにいることはできない。それどころか、芸術家は悪を研究し、理解し、解明しなければならないのです。

しかし、悪を、象徴としてではなく、迫真のリアリティーをもって描くことで、芸術家が悪の宣伝者になってしまうことはないでしょうか？　それに、悪はいつもあからさまに醜く、不快な姿をしているとはかぎりません。逆に、悪はしばしば、人を惹きつける、美しく魅惑的な仮面のもとに隠れています。ドストエフスキーの同時代人であり出版人であったM・N・カトコフは、一八五八年のB・N・チチェーリン宛の手紙で次のような印象を書き残しています。「ブリュッセルの美術展で悪魔の彫像を見た。［……］この悪魔めには何とも美しい顔が与えられているので、見ているとなんだか怖くなってくるんだ。これを前にしては、せっかく悪魔を間抜け面に描いてきたこれまでの苦労が台無しだな」[3]。この美しさをカトコフは「弱い肉体（オルガニズム）にとっての危険」[4]と呼んでいました。ドミートリー・カラマーゾフの苦悩にみちた言葉「美っていうのは、じつに恐ろしいよ！」が思い起こされます。

しかし、醜悪さにおいてすら悪はしばしば魅惑的であり、人々の関心と欲望を呼びさますのです。やはりドミートリー・カラマーゾフの言葉を思い出しましょう。「理性には恥辱と思えるものが、心には紛れもない美と映るもんなんだよ。ソドムには美があるのか？　信じてくれてもいい、大多数の人間にとっては、ソドムにこそ美がひそんでいるってことをな。」芸術家に才能があればあるほど、より鋭い観察によって、鮮烈に悪を描くことができるようになり、その結果、悪の芸術家に、悪の詩人に、悪の奉仕者になる誘惑に屈しやすくなってしまうのです。自由な芸術家が踏みとどまるべき境界線はどこにあるのでしょう？　そもそも芸術家は踏みとどまるべきなのでしょうか？　芸術家は「ふるえおののく虫けら」（『罪と罰』第五部第四章）なのでしょうか、それとも「すべては許されている」（『カラマーゾフの兄弟』）のであり、芸術家は全権を掌握した造物主、デミウルゴス、真理なのでしょうか？

ドストエフスキーの時代には、こうした問いのすべてが芸術家の前に提起されていました。それはドストエフスキーの心をも騒がせていました。もしかしたら、他の誰よりも。ドストエフスキーは悪に対する特別な洞察力に恵まれていたからです。この才能はひとを狂わせ、絶望の淵においこみ、死の闇に突き落とすこともあります。ドストエフスキーの精神と芸術の大胆さには驚かされます。「人間の思考は彼において限界に達し、さらにその先にある世界を覗き込んでいたように思われる」(5)。ドストエフスキーの芸術に震撼したヴァレンチン・ラスプーチンはこう記していました。

ドストエフスキーは人生に多くの醜悪さを見、人々のふるまいに多くの悪を見てきました。芸術家としての道の初めに、人間の秘密を解き明かすという課題を自分に課した彼は、芸術を通して悪に触れなければならないことを理解していたのです。経験を積んだ読者でもあった彼は、欠陥と悪を描き出そうとしたこれまでのもっとも大胆な試みを十分に知っており、リアリズムという罪深い大地に足を踏み入れた芸術家にのしかかる責任の重みを理解していました。何が彼を救い、苦難に耐え抜いて勝利する力を与えたのでしょうか？

ドストエフスキーは、人間における悪のもっともみすぼらしく恐ろしい現われについて、人間の心を虜にしてしまう犯罪と悪習について、悪に染まって極限まで歪められてしまった人間本性について語ります。語るだけでなく、やりきれぬほどの説得力をもって示し、おそろしいほどの周到さとニュアンスをもって描写するのです。それを可能にしたのは作家ドストエフスキーの自由です。そして、その根底の精神的自由は、彼の深い宗教的、正教的自己感覚から生まれたものであるように思われます。自己感覚であって、世界観ではありません。世界観はしばしば揺らぐもので、疑惑にさらされ、反論によって崩壊することもありますが、感覚はきわめて柔軟なものであり、はるかに安定していて、明確です。頭は間違えますが、心はけっして間違えることがありません。

ドストエフスキーの正教的自己感覚（断固たる正教の信者であった彼に、別種の宗教感覚はありえませんでした）は、彼に、リアリズムの美学を刷新する道を、より正確にいうなら、リアリズムを美学の水準へと高め、それを、現実を記述する単なる方法から、十全な価値をもつ認識論体系へと変容させる道を示唆しました。ドストエフスキーのリアリズム美学は正教の信念から出発しています。その意味と本質はキリストがいる世界を描くことです。出来事の証人としての、あるいはその参加者としてのキリスト教信者が、自らの心のうちにかたちづくるキリスト、キリスト教の像や聖物やしるしのうちに現われているキリスト、直接聖書の言葉のうちに、あるいは聖書から日常会話にはいりこんだ言葉のうちに生きているキリスト――そんなキリストがいる世界を描くことが重要なのです。ドストエフスキーのキリストは隠れておらず、人格として存在しています。キリストはいつもそこにいます――ドストエフスキーの世界に溶け込んでいるのです。その濃度はさまざまですが、たとえその存在がごくわずかしか感じられなかったとしても、善悪の正しい秩序を打ち立て、悪徳の伝染を防ぐには十分なのです。

ドストエフスキーはキリストの真理が世界に奇跡を起こす感化作用を明らかにし、自らの芸術的方法の基礎にして、それを「最高の意味でのリアリズム」と名づけました。ドストエフスキーが描写しようとする出来事が、どんなに怪物的で、醜悪なものであっても、どんなに非人間的で、アンチキリスト的、悪魔的なものであっても、彼が発見した方法のおかげて、それらの出来事が自己充足した絶対的なもの、勝ち誇る勝利として現われてくることはけっしてないのです。

「弱い肉体」（カトコフの表現によれば）にとって、もっとも忌むべきであると同時にもっとも誘惑的でもある話の一つが、ドストエフスキーのペンから生まれた小説『悪霊』のスタヴローギンの「告白」です。怖気づいたカトコフは自分の雑誌にそれを掲載しようとしませんでした。ドストエフスキーは書く勇気を持っていました。しかしもっとも重要なことは、ドストエフスキーが読者に告白をどのように提示しようとしたかです。別のやり方もたくさんありましたが、ドストエフスキーはそれを、スタヴローギンが修道院に隠棲するチーホン主教のもとを訪ねる挿話のなかに入れました（作家の創作過程のなかではチーホン・ザドンスキー僧正にさかのぼる人物です）。「告白」のテクストは、その黙読の前後で、スタヴローギンとチーホンの対話に挟まれています。ですから、告白のテクストは、自己完結した文書として提示されているのではなく、いわばチーホンの眼から、チーホンによる黙読を通して与えられており、そのことによって奪冠され、無害化されているのです。悪霊は修道僧を誘惑するためにスタヴローギンを修道院に送り出したのですが、そこで結局は撃退され、辱められることになりました。たとえチーホンが「醜さが目にあまるのです」という言葉で最終判決を下さなかったとしても、スタヴローギンの行為のあらゆる醜さと醜悪さは、「告白」の最初の読者となった、このたった一人の人物によって、すでに芸術的に暴かれています。このことをすっかり明確にするために、ドストエフスキーはこの章を、「スタヴローギンの告白」ではなく、「チーホンのもとで」と名付けました。『悪霊』の読者は、チーホンの章を読むことで魂の誘惑から守られています。チーホンは、いかにも聴罪司祭にふさわしく、すべての誘惑の重荷を自ら受け入れて「スタヴローギンの罪」を封じました。残念なことに、カトコフにはそれが分かっていなかったのです。ドストエフスキーは芸術家として時代のはるか先を進んでいました。

小説『未成年』でも同様の手法が用いられています。小説全体が、やはり罪深い青年による一種の告白になっていて、犯罪のもくろみや誘惑が数多く語られています。しかし、小説の最後で明らかになるように、この告白は、幅広い読者の眼に触れる前に、アルカージイの師となる敬虔なニコライ・セミョーノヴィチによって読まれており、すでに評価を受けていたのです。もちろん、『未成年』には、よりはっきりと眼につくかたちでキリストの出現を描き出した意義深い箇所もいくつかあり、それが、ヴェルシーロフの夢の中でのキリストその人の出現へと続いてゆきます。それゆえ『未成年』は、ドストエフスキーのなかでも、もっとも明るく、希望を抱かせてくれる小説の一つになっているのです。

同様に、小説『罪と罰』のラスコーリニコフも、ドストエフスキーが望んだとおりに、福音書のもとで——つまり、ラザロの復活を朗読するソーニャ・マルメラードワに対して——自分の罪を打ち明けています。彼が自分の犯罪を告げるのはソーニャであって、捜査官のポルフィーリーではないのです。ソーニャは自身が罪深い女ですが、自らの罪を十字架として背負い、逃げようとも、弁解しようとも、潔白を証明しようともしません。彼女は福音書の言葉の光を浴び、それによって救われています。この光によって彼女はラスコーリニコフを救うのです。墓から出たラザロと同じく、彼はまだこれから復活しなければなりませんが、彼の血管はすでに、命をもたらすキリストの言葉という血によって温められています。ソーニャの福音書がリザヴェータから贈られたものであることは重要です。このリザヴェータは、ソーニャの言葉によれば、「神を見るお方」でした。しかしリザヴェータは、血まみれの姉の死体や、殺人によって歪んだラスコーリニコフの顔や斧——絶対的な悪のイメージ——を「見る」よりも前に、その聖なる無抵抗によって悪霊の正体を暴き、小説の頁から追い出して、悪霊を恥じ入らせていたのです。犠牲の真の偉業によって、ドストエフスキーは傲慢な男の偽りの偉業を粉砕したのでした。

『カラマーゾフの兄弟』で大審問官について語るイワンの物語詩も、神に背く彼の反逆も、修道院の従順な見習いであり、敬虔なゾシマ長老の愛する教え子である弟アリョーシャによって聞かれ、修正されています。彼はキリストからキスを受けるのです。最初のカラマーゾフ家の醜悪な騒動も、ドストエフスキーは、修道院の壁のなかで、長老たちや修道僧たちがいるところで繰り広げています。だからこそ、いかに常軌を逸した、攻撃的な出来事も、憐れみをさそう、無力なものにみえるのです。こういった醜悪さには人を誘惑する力はありません。

『カラマーゾフの兄弟』でドストエフスキーは、『悪霊』で試みた芸術的な実験を利用しました（「チーホンのもとで」の章は小説から外されてしまったのですが）。彼はそれを成功した、きわめて有効な手法と考えていたので、それを発展させ、強化しようとしたのです。正教の世界感覚を極限まで凝縮した場所として、ドストエフスキーはロシアの修道院を小説宇宙の中心に置きました。ロシアの修道士の生活が、小説の精神的基礎を形づくっています。スコロプリゴニエフスクの情欲沙汰は修道院の壁の周囲で沸き立っていますが、修道院の存在によって鎮められてもいます。知的放蕩と挑発は、ゾシマ長老の神秘的な告白を背景に、次第に消えていきます。情欲沙汰が鎮められ、知的放蕩が消えていくのは、それらが無制限に繰り広げられる小説の空間ではなく、読者による知覚の空間においてです。ここですべてが自分にふさわしい場所に収まります。小説から修道院を取ってみてください。「ゾシマ長老の生涯」を削除して、修道僧見習いのアレクセイ・カラマーゾフから「ほんとうに美しい人間」（ムイシキン公爵のような）を作りあげるだけにしてみてください。小説はまったくの地獄絵図に変わってしまうでしょう。ちょうど、「チーホンのもとで」の章が削除された小説『悪霊』がそうであったように。

ドストエフスキーの小説世界において、キリストはしばしば、もっとも謙遜した、慎ましやかな姿で現れますが、キリストの前では、いかなる醜悪さも悪も、おのれの完全な力を失っています。状況と人々を制圧し、自らに従わせる悪も、キリストの前では全能ではないのです。芸術作品で悪を描くためにドストエフスキーが発見した方法は驚くべきものであり、おそらくは唯一正しい方法、少なくとも文句なく正しい方法であって、そこで悪は、読者を試み、誘惑するいかなるチャンスも持つことができません。作家としてのドストエフスキーの責任感には感嘆するしかありません。彼の小説の主人公はフィクションの人物ではなく現実の読者であり、ドストエフスキーは『神曲』のヴェルギリウスのように、地獄のすべての辺獄（リンボ）に読者を案内し、煉獄の門に導いていくのです。

キリスト紀元一九世紀に生き、創作したキリスト教作家ドストエフスキーの前には、悪の描写に対する美的な解毒剤を芸術のなかにつくりだし、悪習の危険な魅惑を制圧する有望かつ信頼できる手段を提供するという、途方もない課題が立ちはだかっていました。ドストエフスキーの実生活でこのような解毒剤となっていたのは、キリストが生きてそこにいる――いたるところに、つねに――という感覚でした。小説においてこの解毒剤となったのは、言葉によって、おこないによって、キリストの存在を芸術的に想起させよという格率なのです。

二一世紀における芸術の生き延びという課題を考えたとき、キリストを中心に芸術を創造するというドストエフスキーの実験は、このうえなくアクチュアルなものと言わなければなりません。

ドストエフスキーと私たちのあいだに、比類なき偉業と罪業、謙遜と倨傲、犠牲と貪欲の見本を提供した劇的な二〇世紀が横たわっている今日、予言者としての作家の力はいっそうはっきりと感じられるようになっています。彼は知っていたのです――人間には、キリストの道にしたがう可能性も、大審問官の道にしたがう可能性もあるということを。そして人間はしばしば――じつにしばしば！――自らのうちのこの二つの深淵を取り込み、上昇したかと思うと堕落し、愛したかと思うと裏切り、小説のなかで言われていたように「マドンナの理想」と「ソドムの理想」のあいだで引き裂かれるのだ、ということを。

しかし、神にかたどり、神に似せて造られた人間に対するドストエフスキーの信頼はすばらしいものです。彼の小説は難解で、ときにはあまりにも悲劇的で耐えがたいものですが、最後につねに勝利するのはまさしくこの神の原型であり、キリストの人格と犠牲において人類に現わされた原型なのです。より正確には、この原型はつねにそこに存在しています。小説のそもそものはじめから、最初の一行から。大小すべての出来事は原型の存在のもとで起こり、原型に向けられ、原型による修正をうけています。それどころか、神の原型はドストエフスキーの主人公一人ひとりのうちにいるのです。キリストの御体に受肉した神は、そこで人間に似たものになったのではなく、反対に、そのことによって、人間をかたちづくっていた原型を指し示しています。この原型とはキリストです。その本質において、人はみなキリストに似た者としてこの世に生まれ出ているのです。「だれもがキリストなのだと仮定すること」——かつてドストエフスキーは、小説『悪霊』の草稿にこう書きつけました。彼が読者に倦まず語りつづけたのはこのことであり、これがドストエフスキーの作品に治癒的な力を与えているのです。

ドストエフスキーの作品を読むことは容易ならざる精神的労苦ですが、この至福の労苦が読者の眼の前に開いてくれる道は、苦悩と痛みと犠牲を通して道徳的に変容する道であり、新しい別種の生に——至高の善と、変容したキリストの光にみちた「黄金時代」の生に——私たちを導いてくれるのです。

注

（1）Степанян К.А. «Сознать и сказать». «Реализм в высшем смысле» как творческий метод Ф.М. Достоевского. М.: Раритет, 2005. С. 9–10.

（2）Мочульский К.В. Достоевский. Жизнь и творчество. Paris: YMCA-Press, 1980. С. 515.

（3）Воспоминания Бориса Николаевича Чичерина : Москва сороковых годов / Вступ. ст. и примеч. С. В. Бахрушина. - [М.] : Изд. М. и С. Сабашниковых, 1929. С. 280.

（4）Там же.

（5）Деятели советской культуры о Достоевском… // Достоевский. Материалы и исследования. Л.: Наука, 1983. Вып. 5. С. 67.

*ドストエフスキーからの引用には亀山郁夫、中村健之介各氏の翻訳を使わせていただいた。

Author & title : FOKIN, Pavel, "*The Brothers Karamazov* in the Light of Dostoevsky's 'Symbol of Faith'"

【フォーキン氏報告へのコメント①】

聖と俗・未来の図像――フォーキン氏の論考の整理と若干の展開

望月哲男

1．ロシア的キリスト像

フォーキン氏の論考は『カラマーゾフの兄弟』をドストエフスキーの宗教的信条の体現と見なす姿勢で際立っている。氏の言うドストエフスキーの信条とは、キリストは至上の存在であるゆえに自分は何としてもキリストとともにとどまりたいという、キリストに倣い従う精神である。ここから、ドストエフスキーの小説に救済の教えを伝えるキリストの像を読み取ろうとする態度が生まれ、それが小説の時間構造の解釈にも反映している。

作中の事件は十三年前のことであるという作者の設定は、通例作品発表の一八七九年を起点に捉えられてきた。すなわち『罪と罰』が書かれ、元大学生カラコーゾフによる最初の皇帝暗殺未遂事件が起きた一八六六年が、物語の現在だったという理解だ。書かれなかった続編のプロットが皇帝暗殺事件との関連で語られがちなのも、こうした類推のせいである。

一方キリストの聖史を作品にオーバーラップさせるフォーキン氏は、この十三年の時間差をも、福音書の時間枠をベースに考えている。作中のアリョーシャは二十歳だから、第二の物語においては三十三歳、つまり福音書のキリストの年齢になっている。そこから作中のアリョーシャの経験は、福音書の物語の後景に位置するイエスの青年期の体験であり、具体的には荒野の誘惑と呼ばれる試練の物語に相当するという類推が導かれる。

結果的にフォーキン氏は、アリーシャと彼の肉親たちとの出会いの場をすべて、悪魔による誘惑のシーンになぞらえている。彼の試練は敬愛する長老ゾシマの遺骸の急速な腐敗という出来事で絶頂に達し、そのあげくにガリラヤの饗宴の夢による救済が訪れる。そしてこうした一連の試練の記憶を背負って、第二の物語では、福音書のイエスの事績に相当する十三年後のアリョーシャの行動がたどられるというのが、氏の読みである。

2. 悪の緩衝装置

第二の論点は、キリスト教世界の芸術における悪の書き方である。フォーキン氏によれば芸術とは歴史上、悪に対抗する形式の一つであった。宗教芸術は善と美、悪と醜を等価視することで、理想的世界の姿を表現する象徴体系を築いてきた。

ドストエフスキーはとびぬけた悪への洞察力を持ち、極限の芸術的勇気を持っている。そうした彼による人間の神秘の探求は、当然危険を伴うが、それを越えて作家的自由を保障してくれるのは、正教徒としての自己感覚である。その感覚がリアリズムの手法を宗教的美学の位置にまで高め、現実描写の一手段から、十全なる認識のシステムのひとつへと高めた。

破壊的な潜在力をもつ悪の描写を、慎重に懐深く受け止める枠組みが、対極的な他者による解毒の手法というべきもので、スタヴローギンに対するチーホン、ラスコーリニコフに対するソーニャ、イワンに対するアリョーシャの構図である。こうした対置による解毒システムが、ドストエフスキーの作品を、悪の深淵を深く覗き込むゆえに善の可能性を高く現出させるような、強い力に満ちたものとした。そしてそのシステムが、小説の本当の主人公である読者を、地獄めぐりを経て煉獄の入口へといざなうような効果を発揮していると氏は見る。

以上のようなフォーキン氏の解釈は、救世主のイメージの形象化と悪のモチーフの処理というキリスト教文学の課題、あるいはあらゆる宗教文学の共通関心にとって、ドストエフスキーの創作が力強いモデルを提供していることを、改めて認識させてくれる。

3. 聖と俗・第二の物語によせて

フォーキン氏の議論はそれとして完結しているが、ただしドストエフスキーの作品がキリスト教圏の外にまで広い読者を獲得してきたのは、その宗教文学的な自己完結性よりも、むしろ近代小説としての開かれた、未完結な性格の故ではないだろうか。そんな意味で氏の議論を小説論としてさらに展開するための論点を、いくつも想定することができる。その一つは、フォーキン氏が福音書の空間に喩えた『カラマーゾフの兄弟』における、聖界と俗界との関係の問題である。

総じて様々な境界や差別のシンボルに満ちたこの作品では、聖なる世界と俗世間も、例えばアリョーシャの師ゾシマの修道院と実父フョードルの家として、空間的に仕切られている。ただし聖なるものをめぐる対立の境界線は、実は修道院の中にも持ち込まれている。長老制自体、アトス伝来の歴史を持ちつつ、ロシアでは十八世紀に復興したばかりの不安定な制度にすぎず、ゾシマに対する日々の告白の習慣や、手軽になされる予言、治療行為なども、懺悔の秘蹟を損い、神を試みるものとして一部の者たちから白眼視される。ゾシマはいわば自身が境界線上の存在であり、彼の遺骸がたちまち腐敗するというスキャンダルも、こうした問題の延長にある。

このような聖なる世界の曖昧さや脆弱さ、およびその中心にいるゾシマがアリョーシャを促して修道院を去らせるという設定には、どんな意味が隠されているのか？　作品の冒頭近くでは、ゾシマとイワンとの間で、国家と教会のどちらがどちらを包含するのかという議論が交わされるが、これもこの作品のテーマ構成にとって興味深い議論だ。キリスト像の造形や悪のテーマの芸術的処理の問題としては処理しきれぬような、この種の微妙でかつ現実的な聖俗両世界の関係のあり方についても、われわれは考えてみる必要があろう。

そのうえで、改めて十三年後の第二の物語の中身を想像するのは興味深い作業だ。先述のようにそこにテロリストの物語を想定する立場がある一方で、フォーキン氏はそれが、キリストと化したアリョーシャの、ロシア版福音書になると示唆している。だが、そもそもその聖なる物語は、地上的な政治の物語と無関係なものとしてあるのだろうか？　イワン・カラマーゾフの大審問官伝説の前触れに聖書偽典の「聖母の地獄めぐり」のモチーフを挿入したドストエフスキーにしてみれば、イエスの事績とテロリズムのモチーフを組み合わせることさえ、たやすい問題だったかもしれない。第二の物語は、そうした開かれた可能性の中で論じられるべきテーマではないだろうか。

【フォーキン氏報告へのコメント②】

二重のシンボルとしてのテキスト

越野　剛

フォーキン氏の講演は『カラマーゾフの兄弟』をドストエフスキーの「信仰のシンボル」として読み解く。「信仰のシンボル」とは、キリスト教の教理を簡潔にまとめた文章であり、礼拝で用いられる。日本では信条（使徒信条）やクレドというほうがなじみがあるが、ロシアをはじめとする東方正教会では「信仰のシンボル」という呼び方をする。キリスト教のシンボルといって思い浮かぶのは、罪の贖いを示す十字架、キリストの血であるパンとぶどう酒、聖霊をあらわす鳩などの視覚的なイメージだが、ロシア語では言葉で書かれたテクストが信仰のシンボルと呼ばれるのは興味深い。もちろん見かけ上の意味のずれは近代に生じたものであり、古代ギリシア語のsymbolon（割符）に由来するキリスト教会の古い用法がロシア語に残ったのであり、現代的な「象徴」という意味でこの言葉を解釈するべきではない。しかし近代人でありながらきわめて反近代的な思索をしたドストエフスキーを読むためにも、テクストがシンボルであるという観点をあえて強調してみたい。

フォーキン氏は、アリョーシャを主人公として紹介する作者の序文を重視する。書かれなかった小説の続編ではアリョーシャが三十三歳になるとされることから、それがイエスの十字架にかけられた年齢と一致しており、十三年前の出来事である『カラマーゾフの兄弟』は青春時代のイエスの物語と重なるものだと推察する。二十歳のころのイエスが何をしていたのかは聖書に記述されていないので、自由な創作の余地があるわけだ。フォーキン氏の議論によるなら、二十歳のアリョーシャが体験する苦難の物語は、イエスが荒れ野で悪魔に試みを受ける場面とシンボリックに一致する。福音書では大人になったイエスの最初の描写のひとつでもある。もちろんイヴァンが語る大審問官の物語の主題になっていることも重要だ。

アリョーシャを誘惑する悪の力は、イヴァンとの対話やゾシマ長老の死など、小説の中で様々なかたちで現れる。フォーキン氏はドストエフスキーが描き出す悪の描写があまりにもリアルで説得力があるために、作家が「悪の宣伝者」になってしまわないのかという興味深い問題を立てる。ドストエフスキーの作品において、神へ反逆する者たちの言葉と行為とは、常にキリストをその内に宿すような聖なる力と隣り合わせになって描かれており、読者を正しい道に導くような仕組みになっているというのがその答えである。

しかし、同じ論理を逆転させるならば、読者を反対の道に導くということもありえるのではないだろうか。善の原理と隣り合って示されるがゆえに、むしろ悪の魅力の方が際立って見えてしまう。十九世紀末から現代にいたるドストエフスキー論の主流が着目したのは、むしろイヴァンのような反逆者の系譜だったとすらいえる。宗教のテーマに取り組みにくかったソ連の文学研究は極端な事例だが、大審問官にキリスト（スタヴローギンにチーホン、ラスコーリニコフにソーニャ）が並べられることにより、「そこで悪は、読者を試み、誘惑するチャンスを持つことができません」とまで言い切るのは逆の方向に偏った見解ではないか。

フォーキン氏によると、キリストが大審問官に口づけする物語詩の最後の場面は象徴（シンボル）的意味に満たされている。自分で物語を創作したはずのイヴァンがそのシンボルの意味に気がついておらず、アリョーシャと作者ドストエフスキーだけがそれを理解しているというのが示唆的だ。イエスはいっさい言葉を発しないため、この場面はあたかも聖像画（イコン）のような視覚的なイメージをもたらす。とはいえ場面そのものはイヴァンの言葉によって物語られたものであることは忘れてはならない。テクストは象徴（シンボル）にも信条（シンボル）にもなりうる。ここでの「シンボル」は二重の意味を担っている。

子羊がキリストを象徴するというような、シンボルとそれが指し示す意味とは、様々な約束事によって結びついて成立する。文脈を変えればまったく異なる意味を生み出すこともある。例えば、逆さまになった十字架はもともとキリストの弟子である聖ペテロの殉教と結びついた聖なるシンボルだったが、近代においてはもっぱら悪魔崇拝的な意味で用いられる。それらを間違いや誤読とみなすことはできるが、文化史的な事実として影響力を持ってきたことは見過ごせない。イヴァンが自分で創作した『大審問官』の中に自分ではその意味を理解できないシンボル（キリストの口づけ）があるように、ドストエフスキーが自分で書いたテクストの中に作家は予想していなかったような読者による意味づけというものがありうるのではないか。イヴァンの反逆も十分に魅力的だが、スタヴローギンの悪のカリスマ性は、たとえチーホンのようなキリストを宿した人物が隣に配置されたとしても、決して読者にとって安全なものになったりはしない。それは本企画の組織者である亀山郁夫氏の悪霊論を一読すれば了解されるであろう。

身体性もフォーキン氏のドストエフスキー論に深くかかわっている。『カラマーゾフの兄弟』が作家の信仰のシンボルであるというフォーキン氏の議論は、「正教的な感覚」というような表現を用いて、ロシア的なキリスト教という概念をしばしば提示している。言葉によって書かれたテクストをシンボルとみなすとき、それは論理的というよりは身体的・感覚的なものになると考えられる。作家の「正教的な自己感覚から生まれた魂の自由」というのも重要な言い回しだ。これは例えばドミートリー・カラマーゾフの述べるような、ソドムの理想とマドンナの理想をあわせもつことのできる人間の恐ろしいほどの広さを示している。ロシア語には自由という意味と広大な空間の意味をあわせもつ「プロストール」という非常にロシアらしい、そして翻訳しにくい言葉がある。自由意志による信仰の選択はキリスト教にとって非常に重要なモチーフだが、ドストエフスキーが提示するようなロシア的な自由は我々がイメージするキリスト教の枠を時として逸脱しているようにも感じられる。その剰余がロシア的ということなのだろうか。

【フォーキン氏報告へのコメント③】

象徴から問いへ

番場　俊

『カラマーゾフの兄弟』を頂点とするドストエフスキーの創作の総体を、生涯にわたった作家の信仰告白として読みとこうとするフォーキン氏の報告は、「キリスト」と「真理」を鋭く対置した有名な言葉の引用ではじめられている。「たとい誰かが私に、キリストは真理の外にあると証明したとしても、そして真理がキリストの外にあるということが事実であったとしても、私は真理とともによりはむしろキリストとともに留まりたいと思うでしょう」（フォンヴィージナ宛書簡、一八五四年二月）。まことに強い言葉であり、ドストエフスキーを愛する私たちの合言葉にふさわしいが、その意味を考えるにあたって、作家がこの公式を生涯で少なくとも三度繰り返していることに注目してみたらどうなるか？

「真理よりむしろキリスト」の公式が二度目に現れるのは『悪霊』（一八七一―七二年）においてである。かつてスタヴローギンを師と仰いでいたシャートフの執拗な追求に耐えかねたスタヴローギンはいう。「でも、むかし抱いていた思想をこうやってむし返されると、ひじょうに不快な感じがしますね。そろそろやめにしていただけませんか？」そんな彼に、シャートフは師の信仰告白でもあったはずの言葉を投げつけるのだ。「でも、あのときこう言ったのは、あなたでしょう。つまり、真理がキリストとは別なところにあると数学的に証明されても、自分は真理より、むしろキリストとともにとどまることに同意する、とね。あなたはそう言いましたよね？　言ったでしょう？」（第二部第一章七）

ドストエフスキーはここで、虚構の人物の以前の発言を繰り返す他の人物の発言という、いささかややこしいかたちで一七年前の自らの言葉を繰り返している。それはいわば二重に屈折させられた秘かな自己引用なのだ。

三度目の言及は最晩年（一八八一年）の日記にみられる。「「キリストも過ちを犯した。それは証明されている！」と言うかもしれない。しかし私の燃える感情はこう告げる。「いや私はあなた方とともにいるよりも、むしろ過ちとともに、キリストのもとに残りたい」」。

バフチンの注釈を引けば、「ここで重要なのは、ドストエフスキーのキリスト教的な信条吐露自体ではなく、ここで意識され正確な表現を得ている、彼の芸術的・イデオロギー的な思考の、生き生きとした形である」（『ドストエフスキーの詩学』）。公式の三度の反復から浮かび上がってくるのは、だから、信条そのものというよりは、むしろ、信条の普遍的妥当性をたえず問いなおすような作家の姿勢なのである。真理はそれを担う人格を抜きにしてはありえず、他者の口から口へと移動していくなかで傷ついていくほかはない。こうしたドストエフスキーのやり方に関するバフチンの評価はやはりおそろしいほど正確だ。「彼の基本的な芸術的効果は、同じ一つの言葉を互いに背反し合う様々な声を通して実現することによって達成されている」。問題は普遍的な命題の真偽でも、自らの信念を告白しようとする孤独な主体の決断でもなく、他者の言葉との関係なのであって、さらには、他者とともにあるほかはない語る人間の運命を、小説に固有の問いとしてとらえようとするドストエフスキーの芸術的思考の特質なのである。

フォーキン氏が書簡からとって報告のタイトルにした「シンボル」は、キリスト教の文脈では「信条」（正教会では信経）と訳される語である。「シンボル」が「信条」というのは少々分かりにくいが、『岩波キリスト教辞典』の説明によれば、信仰告白の定式文である信条が「「シンボルム」と呼ばれるのは四世紀以来の習慣で、これはギリシア語の symbolon に由来する。その語源 symballein（一緒に投げる）から説明されることが多い。戦争時に敵と味方を区別する符牒、あるいは古代の商人の間で契約相手を識別する符合から説明されてきた。いずれも信仰の共同体性を示すものと解される」（小高毅）。「シンボル」は、したがって、自らの信仰内容を簡潔に要約した告白でもあれば、敵と味方を区別するために戦場で投げ交わされる割符、異端者を探し出して排除するための合言葉でもありうる（四世紀の信仰告白（ニカイア・コンスタンティノポリス信条）にあとから付け加えられた「そして御子から」（フィリオクエ）の一語が、一一世紀の東西教会分裂の原因となった事情はよく知られているだろう）。あらゆる言語行為がそうであるように、「告白」もまた他者の応答に向けて差し出されている。「シンボル」の意味作用はコミュニケーションの成否にかかっているのである。

『悪霊』から除外された章が、「スタヴローギンの告白」ではなく「チーホンのもとで」と題されている事実を強調するフォーキン氏の指摘は、だからきわめて重要である。ここで問題になっているのは、独立したテクストとしての「告白」の宗教的・思想的意味ではない。それがチーホンという「最初の読者」に差し出されていることの意味であり、テクストが他者とのあいだに打ち立てようとしている関係なのである。文書を読み終えたチーホンはいう。「ここに書かれている思想は、偉大な思想です。キリスト教の思想を、これより十全に表現することはできません。どんな懺悔をもってしても、あなたがお考えになった、このような驚くべき偉業の先を行くことはできません、ただし、もしもこれが……」チーホンはそれが告白を装った傲慢な挑戦であり、他者への呼びかけというよりはむしろ他者の拒絶ではないかと疑うのだ。「もしもこれがほんとうに懺悔であり、ほんとうにキリスト教的な思想であるなら、の話です」。印刷された文書をまえに修道院の庵室で繰り広げられる対話がめぐっているのは、「これは告白なのか？」という問いなのである。

よく知られた手紙でドストエフスキーは書いている。「私が生涯にわたって意識的、無意識的に苦しんできた主要な問いは、［……］神の存在という問いなのです」（マイコフ宛書簡、一八七〇年三月二五日付）。この言葉は「問い」にアクセントを置いて理解しなければならない。ドストエフスキーの創作を「信仰告白」として読みとくフォーキン氏の試みは、それを「信仰の問い」として読みとく試みにまっすぐつながっているのである。

（引用に際しては、中村健之介、望月哲男、鈴木淳一、亀山郁夫各氏の既訳を使わせていただいた）

【フォーキン氏報告へのコメント④】

「大審問官」の作者はだれか？

亀山郁夫

今回のフォーキン氏の講演は、わが国におけるドストエフスキー受容の歴史に一石を投じる講演である。誇張を恐れずにいうなら、ドストエフスキーが最晩年に行った「プーシキン講演」にもなぞらえることのできる使命感がそこには深く脈うっている。全体討論のために開かれた基調講演としても、これ以上にふさわしい内容を求めることは、おそらく困難なのではないか。事実、私自身、目を見開かされるような発見にいくつも立ち合うことができた。

しかしその一方で、この講演に接した私のなかに少なからずとまどいが生じたことも率直に認めなくてはならない。

とまどいの原因は、主に、講演のタイトルに含まれた、深化された意味でのイデオロギー性にあった。「『カラマーゾフの兄弟』は稀有なジャンルの作品です。伝統的な小説ではありません。芸術文学の作品でさえありません。これは小説の形をとった作家の信仰告白です」

この前提は、たとえば、ドストエフスキーの「正教的自己感覚」について触れたくだりでより強力なイデオロギー性を発酵させる。

「断固たる正教の信者であった彼に、別種の宗教感覚はありえませんでした」

今日、ドストエフスキーが、若い時代から正教の信者であったことに疑いをさしはさむ者はいない。コマローヴィチの指摘にもあるように、一八四〇年代にドストエフスキーが傾斜したユートピア社会主義は、「一種独特な解釈をほどこされたキリスト教以外の何ものでもなかった」(1)。コマローヴィチはさらに、最晩年の「プーシキン講演」で作家が謳いあげた「世界全体の調和」の理想にも、まぎれもなくフランス出自の「ユートピア社会主義」の精神が脈打っていたと指摘している。この主張は、当時、スラブ派の論客K・レオンチエフが行ったドストエフスキー批判に基づくものだが、当のレオンチエフは、ドストエフスキーが「講演」で力説した「キリストへの愛による全面的な和解の予言」について、これを正教的な考えではなく「何か一般的ヒューマニズムの予言」とみていた(2)。レオンチエフを筆頭に、「プーシキン講演」に浴びせられた一連の批判に、当時ドストエフスキーがはげしく苛立っていたことが知られているが、それは、フォーキン氏が引用している当時の「ノート」(「こういった愚か者どもたち」)からも明らかである。こうしてドストエフスキーは誇らしげに宣言する。

「私のホサナは大いなる懐疑の試練を経ている」

要は、右に記された「懐疑の試練」の意味付けをどこまで重く受け止めるかにかかっている。ドストエフスキーの宗教観の根底をなしているのが、「キリスト中心」の世界観であることは疑いようがないが、「キリスト中心主義」と「断固たる正教の信者」との間には、「世界全体の調和」の思想に劣らぬ深い溝が横たわっているのだから。本講演がその点には多くの注意を払わず、演繹主義的な解釈を貫くことでよりいっそうイデオロジー性を強化させることになった観を否めない(3)。

いくつかある疑問のうち、とくに注目すべき点が、大審問官へのイエス・キリストのキスの意味をめぐる解釈である。「これは最高の慈悲のしるしであり、復活と永遠の生の誓約のしるしです。それはあまりにも抗しがたいものであったため、大審問官は囚人を釈放せざるをえません」

私に言わせると、これは、『カラマーゾフの兄弟』を「信仰告白」（信仰の象徴）と見る立場から必然的に生まれた解釈である。私がここで疑問に思うのは、「釈放せざるをえません」という結論そのものの妥当性である。率直に言って、小説を「信仰告白」と見る立場の危うさを感じるのである。なぜなら、アリョーシャがいかに反論を試みたにせよ（「兄さんのその物語詩は、イエス賛美ですよ」）、それによってイワンのペシミスティックな歴史認識がいささかも揺らぐことがないのだから。「釈放せざるをえない」という解釈は、作者の意図というよりもむしろ論者のイデオロギー性の表明と化している。ではなぜ、このような解釈が生まれる結果となったのか。この問いは、ひとえに、「大審問官」の作者をだれに帰属させるか、というナラトロジー上の根本問題と結びついている。物語全体をひとつの完結した構造としてみるなら、第一にこのキスは、「大審問官」の作者であるイワン・カラマーゾフの思想のシンボリカルな表明ととらえるのが妥当である。でないと、この「大審問官」の章がなぜ「反逆」の章の後に置かれたか、その意味まで失われてしまうにちがいない。逆にそのように位置づけなければ、ゾシマ長老の「伝記」をアレクセイ・カラマーゾフの著作とした、その意味づけまでもが宙に浮いてしまう。

言うまでもないことだが、イワンは、明確なプロパガンダの意図をもって「大審問官」を構想した。イワンには、最小限の譲歩はあっても、妥協の意思はなかった。その意味からして、大審問官の唇への「キス」は、あくまで、囚われたキリストの敗北宣言、ないしは現実の追認として受け止められるべきなのだ。

ここで改めて思い起こしてほしいのは、この「大審問官」の「朗読」にいたるまでの段階で、イワンによるプロパガンダはすでに十分に功を奏している事実である。イワンの挑発に屈したアレクセイが、「銃殺すべきです！」と発したその叫びのうちに、すでに「敗北」は予告されていた。そのアレクセイが、一時的な信仰のゆらぎを脱し、「断固たる戦士」へと変貌するのは、あくまでも「ガリラヤのカナ」の夢との遭遇以降のことである。それゆえ、イワンが「反逆」の章において情熱的に語った「コントラ」の思想が、「プロ」の思想の前に膝を折ったと見ることは困難である。事実、「大審問官」の著者であるイワンもまた、アレクセイに劣らぬ「断固たる戦士」だった（「おれはたんにその入場券を、もう心からつつしんで神にお返しするだけなんだ」）。さらに言い添えるなら、イワンが最終的に狂気にはまりこむのは、みずからの「反逆」の正当性が見失われたからでも、みずからの思想的敗北を意識したからでもない。

では、大審問官がイエスを解放した理由とは何なのか。

私はこれを、キリスト者たる大審問官の（最小限の）信仰の証と見る。

『カラマーゾフの兄弟』を作者の「信仰告白」とする前提に立つことで、フォーキン氏は、総じて倫理的な回答に傾きすぎたきらいがある。かりに作品全体を「信仰告白」とみるなら、その信仰のうちに脈打つ「社会主義」の影響も含めた、信仰の中身それ自体が問われなくてはならなかった。少し逸脱するが、私がドストエフスキー文学に見る真のダイナミズムとは、たとえば、パリ・コミューンを是とし、「チュイルリー宮焼き討ちは、犯罪ではあっても、やはり論理に適っている」（『未成年』）とするヴェルシーロフの思想をも許容する点にある。

最後にもう一つ、フォーキン氏が、バフチンの主張する「ポリフォニー性」を否定し、あえてイデオロギー的な読みを敢行した根本の動機について考えてみよう。少し抽象的な物言いになるが、それこそは、『カラマーゾフの兄弟』のもつ有機的な全体性を、その全体性において捉えたいという全一的欲求に発するものではなかったろうか。おそらくここには、ソ連崩壊後のロシアにおける知のストリームが象徴的に示されているように思われる。フォーキン氏は暗に主張しているかのようである。文学と倫理との間に明確な線を引くことをしないロシア的メンタリティこそ、二十一世紀におけるドストエフスキー受容の真のありかただ、ドストエフスキーをロシアに取りもどさなくてはならない、と。

注

（1）V・コマローヴィチ『ドストエフスキーの青春』（中村健之介訳、みすず書房、一九七八年）一〇一頁。

（2）レオンチエフのドストエフスキー批判については、次の論文を参照した。清水昭雄「すべての人々が愛し合う世界は可能か―ドストエフスキー vs K・レオンチェフ」（「研究紀要」志學館大学人間関係学部編、二五巻、第一号）

（3）ここで呼ぶ「イデオロギー的」とは、作品の外部に作者を設定することであり、その作者と作家を同一化させる態度を意味する。

〔特別寄稿〕

ロシアのキリスト像の探究

木下豊房

一九世紀ロシアの田舎町スコトプリゴニエフスク（家畜追込町）というソドムのような世俗の世界とゾシマ長老ら修道士達の暮らす修道院という聖なる世界の二つの空間に立脚したこの長編小説は、その構成のバランスをどう読むかによって、読解に大きな違いが出てくる作品であろう。その点に触れてフォーキン氏は次のように警告している。「小説から修道院を取り除いてみよう、「ゾシマ長老の生涯」を省いて、見習修道士アレクセイ・カラマーゾフから「肯定的に美しい人間」（ムイシキン公爵のような）だけを描いてみよう。そうすると小説は、「チーホンのもとでの編を取り除いた後の小説『悪霊』が呈するような、悲惨な地獄と化してしまうだろう」。

この小説を、父親殺しを主題とした通俗的な物語として読む限り、修道院の場は無用ではないか、むしろその方が文学としても面白味が増すのではないか。こうした見地からの読み方が多かれ少なかれこれまで市民権を得てきた事情を、私は否定しはしない。

ところでフォーキン氏に言わせれば、『カラマーゾフの兄弟』は伝統的な長編小説でも、芸術文学の作品ですらなく、「小説の形式に具象化された作家の信仰のシンボル」「ホザナ」であり、「この世に現れるキリストへの感奮きわまりない歓迎の挨拶である」。現代ロシアのドストエフスキー研究者達の知見を代表する（と私には思われる）フォーキン氏による、このような作家の宗教的立場に強くコミットした見解に対しては、読者によっては違和感を覚える人がいるかもしれない。

それにつけても、私はドミートリー・リハチョフの「形式に対する羞恥」という概念を思いだす。彼は、定型化し常套化した文学のジャンルを否定して、人生の真実、道徳的真実を前景化しようとするロシア文学固有の特徴を、「形式に対する羞恥」と名づけた(1)。その意味でも、『カラマーゾフの兄弟』では大筋の通俗小説的ストーリイと並行して、駆け出しの文筆家イワンによる叙事詩「大審問官」と見習修道士アリョーシャの回想による、師ゾシマ長老の聖者伝スタイルの法話といった異種のジャンルが作品の中心に挿入され、前景化されていて、特別のメッセージを産み出す効果を出している。

ドストエフスキーは生涯を通じて、神への信仰と不信仰の問題に精神的、思想的に格闘し、またキリストのような「肯定的に美しい人間」を描くことを宿願としていた。その試みであった『白痴』のムイシキン公爵の形象は、芸術的、文学的評価は別として、作者の所期の意図に照らして見れば、失敗というよりほかはなかった。

ここでフォーキン氏の読みの核心を言うならば、ドストエフスキーはアリョーシャの人物像において、キリストの似姿の人間、「ロシアのキリスト」を描くことを意図して、この主人公の伝記の設定を行った。現行の第一の小説（「これはほとんど小説ですらない」——作者の前書き）に登場する青春の一時期のアリョーシャは二〇歳であるが、一三年後に展開する第二の小説（「より重要な」——同）ではキリストの似姿のアリョーシャはキリストと同年の三三歳で、成人した使徒似姿の一二人の少年達を引き連れて、ロシアを舞台に、福音書を地で行く活動をする——その姿を描くのが未完の第二の小説の作家の構想だった。

孤児としてスイスで成人し、ロシアに根っ子を持たなかったムイシキン公爵に「キリストの似姿」を描こうとして失敗したドストエフスキーの再度の挑戦は、ロシアの田舎町の若い見習修道士をロシアの宗教的伝統と風土の中に置いて、「キリストの似姿」という意味を東方ギリシャ正教の聖師父の修道思想で洗い直すことから始まったであろう。事実、『白痴』の後、『悪霊』、『未成年』、『カラマーゾフの兄弟』の執筆期の作家は、チーホン・ザドンスキー、イサク・シーリンその他の聖師父達への関心を強めている。

フォーキン氏は論の中で、「『カラマーゾフの兄弟』の精神的内面構成はキリスト中心的な性格を持っている。この精神的内面構成が作品の構造とシステムを決定している」とのべている。この「キリスト中心主義（フリスト・ツェントリズム）」という思想こそ、東方ギリシャ・ロシア正教の聖師父達の修道思想の核心であり、精神的実践方法を伴った「ヘシュカスム（静寂主義）」（露語・「イシハズム」）として、一四世紀以来、ロシアの風土に浸透してきたものだった。

日本の読者には、情報としてもなじみの薄いこの宗教思想の潮流について、簡単におさらいしておこう。ギリシャのアトス修道院で、中世期に「ヘシュカスム（静寂主義）」として確立し、その後ロシアに伝搬してきたこの宗教思想の源流は三―四世紀にエジプトの砂漠で修行した隠棲の修道士にさかのぼるとされる。その後の歴史で、救いと癒しを求める世俗の民衆と修道士達が集うようになり、精神的指導者としての長老像ができあがっていった。さらに五―九世紀頃に「シナイのヘシュカスム」と呼ばれる歴史段階があって、原理としてのヘシュカスムとその精神的実践方法が完成された。祈る行為と絶え間のない祈りを確保する意識のコントロールが修行の基軸となった。この精神的プロセスは上昇階段のイメージを成していて、次のような階梯に分けられる。①改悛―②欲望との闘い―③鎮静―④「心への知の集中」―⑤無欲―⑥清らかな祈り―⑦神秘な光（ネトゥヴァリヌイ・スヴェト）の観照―⑧変容と神化。

フォーキン氏は論の結びに、ドストエフスキーを読む作業は、「善とタヴォル山の光の〈黄金時代〉」（番場訳では「至高の善と、変容したキリストの光にみちた「黄金時代」）が勝利する新しい生への道を開いてくれると記しているが、この「タヴォル山の光」とはヘシュカスムの階梯七段目の「神秘な光（ネトゥヴァリヌイ・スヴェト）」のことなのである。また第七編「ガリラヤのカナ」の章最終場面で、夜空の満天の星のもとで、アリョーシャが大地になぎ倒されるかのようにひれ伏し、「数知れぬ神の世界から投じられた糸が、一度に彼の魂に集まったかのようであり、彼の魂全体が〈他の世界と接触して〉ふるえていた」と書かれている。この描写の場面を、フォーキン氏は「聖霊が、かつてキリストに降りたのと同じように、アリョーシャに降りたのである」と説明しているが、この「神秘な光（ネトゥヴァリヌイ・スヴェト）」こそ感覚的にはとらえられない光＝神のエネルギー、すなわち位格としての「聖霊」の降臨を意味している。

一四世紀から一八世紀にかけてセルギイ・ラドネジュスキー（一三一四―九二）、ニル・ソルスキー（一四三三―一五〇八）、パイシイ・ヴェリチコフスキー（一七二二―九四）といったロシアの聖師父達によってロシアに広められたこの正教思想はドストエフスキーの時代に、オプチナ修道院を中心に開花の一時期を迎えた。この修道院のたたずまい、雰囲気、また長老像が小説の修道院のモデルとされている[2]。現代ロシアでヘシュカスムの思想家として発言しているセルゲイ・ハルージイはこうのべている。「西欧の影響を受けない下層の民衆の意識、宗教感覚においては、神との交感の独特の精神的技法に自己をゆだねるヘシュカスムの修道生活こそ正教の精神性のエッセンスを内包するものであり、その懐にこそ、山をも動かし、奇跡を生み出す、あの真の信仰が保たれていると、古くから固く信じられていた。［……］ドストエフスキーもこの見解を共有していた」[3]

ロシアの歴史と風土、民衆の宗教感覚を背景に、あらためて「キリストの似姿」の主人公を描こうとした作家が直面したのは、もはやムイシキン公爵のような架空の芸術的形象ではなく、ロシアの歴史上に生き、民衆の意識に生きた「キリストの似姿」の修道士像のリアルな発見であり、それをいかにリアルに描くかが問題であった。正教的人間観から見れば、ロシアの現実はソドムのような様相を呈していても、そこに生きる人間はすべて、「神の似姿」としての存在である。すでにリアルな実在として措定された「神の似姿」の人物像、改悛に始まり修行によって「神秘な光（ネトゥヴァリヌイ・スヴェト）」から「変容と神化」への恩寵を究極の目標とする修道士像を描くためには、ドストエフスキーには極限的な善と悪を描く作家的自由が享受されなければならなかったし、事実、彼はそれを最大限に行使した。「ドストエフスキーのリアリスチックな美学は正教の想定に依拠している。その想定の意味、本質はキリストの存在の下での世界を描くことである」とフォーキン氏はのべている。いかに奇怪、醜悪、非人間的、反キリスト的、悪魔的事象が描かれようが、作家の「開かれた方法」のおかげで、最終的には悪が勝利することはない。「スタヴローギンの告白」がチーホン僧正の読みによって、さらには読者の目によって相対化され、解毒されるように、イワンの「大審問官」の強烈な無神論の衝撃は、キリストの大審問官へのキスを模したアリョーシャのイワンへのキスによって、緩衝される。「開かれた方法」とはこのことを意味しよう。アリョーシャのイワンへの有名なキスは、イワンの苦悩に比べて、キリスト模倣の道化的なニュアンスで受け取られかねない。しかし、フォーキン氏的な視点で読めば、それは「ロシアのキリスト」のロシアの地での福音書的なリアルな行為であり、第七編で、絶望と誘惑を克服し、キリストの後を追って高みへと踏み出したアリョーシャが、パイシイ神父の読経を聞きながら見る「ガリラヤのカナ」の夢も、修道士の精神的クライマックスをリアルに描いたものである。また、フォーキン氏の言及にはないが、アリョーシャが第一一編でイワンに対して、「犯人はあなたじゃない」と断言し、「このことを言うために、神様に遣わされてきたのです」という神がかり的なセリフの背後に、当時の読者になら、「キリストの似姿」を追うヘシュカスムの修行者・アリョーシャの姿が見えていたに違いない。

　フォーキン氏の論は、ロシア人の伝統的、かつ現在に息づく宗教的メンタリティに照らして『カラマーゾフの兄弟』を読む時、自然体で起ち上がってくるテクスト解釈であろうと思われる。アリョーシャの主要主人公としての役割を行動力よりも存在感にありとし、小説の一連の主要な事件（ドミートリーの「熱烈な告白」、イワンの叙事詩「大審問官」、父親フョードルの殺害、ゾシマ長老の死）を、見習修道士アリョーシャにとっては荒野の悪魔によるキリストの誘惑に匹敵するほどの「精神的試練の緊迫性」に満ちたものとの読みには何のけれん味もないし、素直に読者の腑に落ちるものである。氏はちなみに、現代ロシアの出版界で「素顔の」（ロシア語の原意は「磨きをかけない」）の冠詞をつけた作家シリーズの著者として有名で、人気の文学者であることをつけ加えておきたい。

注

（1）ドミートリー・リハチョフ（一九〇六―一九九）は一九七〇年代から九〇年代にかけて、ロシアの古典文化・文学研究の権威として、指導者として、文学研究一般の方法論にも大きな影響をあたえた存在である。彼が「形式への羞恥」というのは、「詩形式の長編小説（プーシキンの『エウゲニー・オネーギン』）、小説的な叙事詩（ゴーゴリの『死せる魂』）、軍記物、哲学論文、通俗小説の複合を思わせるジャンルの混淆（トルストイの『戦争と平和』）など、通常の小説のスタイルからはみ出した作品。またレスコフやドストエフスキーに見られる、語りや叙述の視点を偶然の道連れ、未成年、雑報記者など「未熟な語り手」にゆだねる手法を指している（『文学と現実の往還』出版社・ソヴィエト作家レニングラード支部、一九八四年、六頁参照）

（2）『カラマーゾフの兄弟』第一部、第一編の五「長老」の章で、作者は次のように言及している。「詳しい専門家の説によれば、長老と長老制度がわがロシアの修道院に現れたのは、つい最近のことで、まだ百年も経っていないとのことであるが、正教の東方全体、とりわけシナイやアトスにははるか千年も前から存在した。わが国古代ロシアにも長老制度は存在した、あるいは存在したはずのものだったということである。しかし災難、タタールの支配や動乱、コンスタンチノープル陥落後の東方との断絶の結果忘れられ、途絶えた。それが再びわが国で復活したのは、前世紀の末、偉大な苦行者の一人（と呼ばれている）パイシイ・ヴェリチコフスキーとその弟子達によってであったが、ほとんど百年近くを経た今日に至るも、存在しているのはまだ少数の修道院に過ぎず、時には、ロシアでは前代未聞の新制度として、迫害を受けたりさえもした。この制度がわがロシアでとくに栄えたのは、有名なコゼーリスカヤ・オプチナ修道院でだった……　すでに長老の継承も三代を数え……」『カラマーゾフの兄弟』にちなんでの「ヘシュカスム（「静寂主義」）」、「長老像」、オプチナ修道院との関係、モデル問題などに関しては、拙論「『カラマーゾフの兄弟』におけるヨブ記の主題とゾシマ長老像、およびその思想の源流」（ドストエーフスキイの会会誌『ドストエーフスキイ広場』第二七号、二〇一八年）を参照。

（3）セルゲイ・ハルージイ「ヘシュカスムの人間学のプリズムで見た『カラマーゾフの兄弟』」『年誌』第二五号、モスクワ、二〇〇九年、インターネット：インテルロス（インテレクツアリナヤ・ロシア）
http://www.intelros.ru/intelros/reiting/reyting_09/material_Sofiy/5245-bratya-karamazovy-v-prizme-isixastskoj-antropologii.html

第Ⅳ部の以下の論考は、『思想』二〇二〇年六月号（岩波書店）掲載分に加筆修正したものを収録させていただきました。パーヴェル・フォーキン「ドストエフスキーの「信仰告白」からみた『カラマーゾフの兄弟』」、望月哲男、越野剛、番場俊、亀山郁夫「フォーキン氏報告へのコメント」、木下豊房「ロシアのキリスト像の探求」

おわりに

「二十世紀以降の世界において、ドストエフスキー文学がはらむ真の現代性を「カタストロフィ」をキー概念として考察し、そのサブ概念として《災厄》《終末》《危機》《悲劇》を掲げる。

1　現代史の諸相に見る《災厄》の事例の範疇化およびそれらの《災厄》に関連する言説がドストエフスキー文学とどう関連づけられてきたかを歴史的に解明する。

2　ドストエフスキー及びロシア精神における《終末》意識の源を探り、その政治性を解明する。

3　小説ジャンルの《危機》とその危機を克服する手段としてドストエフスキーの文学が持つ役割と今後の可能性について、文芸学、精神医学の理論を用いつつ考察する。

4　《悲劇》の概念を軸に、ドストエフスキー文学が映画、音楽、演劇等の実践でどのような創造的リメイクを生んだかを精査し、世界の文化・芸術において彼の文学に付与された意味について解明する」

二〇一七年四月に発足した私たちの研究プロジェクト「《カタストロフィ》の想像力　ドストエフスキー文学の現代性とその世界展開」（日本学術振興会科学研究費助成金事業「基盤研究」B）は、右に掲げたように、三年間という期限付きの研究にしては総花的にすぎるばかりか、身の丈を忘れたプロジェクトと批判されても仕方ない側面があった。企画段階ですでに、コアとなるメンバーの多くがそれを自覚していたが、二十一世紀の今日の社会に、ドストエフスキー文学がもつ真に現代的な意味を蘇らせるには、とにもかくにも大風呂敷を敷いてみることが大切との開き直りにも似た覚悟があったのである。埴谷雄高の有名な「時代とともに成長する作家」を思い出すまでもなく、世間の耳目をゆるがす大事件が起こるたびに、ドストエフスキーの作品がしばしば参照項とされてきた経緯があるし、これまで二十世紀のロシア文化を研究の対象としつつ、スターリン時代の文化研究に勤しんできた者にあっても、グローバルな政治状況におけるロシアと外部世界との関係性について発言する際には、ドストエフスキーが示した世界観や人類的な視座への言及に頼ることが少なくなかった。世界一七〇以上の言語に翻訳されているドストエフスキーの文学は、もはや十九世紀ロシア文学という枠に限定することのできないグローバルな意味を帯びており、逆に、これをテクスト分析といった狭い枠に押し込めてしまえば、彼の世界文学としての可能性や人文学的思考の深みに目を瞑ることになることになるのではないか、との懸念があった。

ではなぜ、ドストエフスキー文学が今日これほどにも巨大な普遍性を勝ち得るにいたったのか。なかば藁をもつかむ思いでその理由に思いをめぐらすなかで、くっきりと浮かびあがってきた答えがいくつかある。

第一に、ドストエフスキーの文学が、基本的に十九世紀ロシア社会を背景としつつ、古代の神話や悲劇から西欧近代の文学や芸術にも足場を置き、さらには個人の体験にねざした種々の不幸（死、病い）、同時代の社会問題（犯罪、飲酒）、大規模な災厄（戦争、自然災害）など、汎人類学的とも呼ぶべき時空を意識しつつ構築されていること、そしてそれゆえ、現代の文芸学、宗教学、哲学、精神分析学、文化人類学等の人文学諸科学も、彼の文学から膨大な問題群を汲み上げてきた経緯があること。

次に、彼の文学が注目される理由として、とくにシベリア体験以後の後期大作群に現れる「カタストロフィ」の感覚、そしてそれに付随する終末的ヴィジョンが挙げられる。M・クリーガーは、静的な世界像を破壊するラディカルでかつ悲劇的なヴィジョンをもつ近代作家群の筆頭に、ドストエフスキーを位置づけた。また、M・バフチンは、死と再生、否定と肯定にまたがる「危機」の想像力を彼の文学に読み取った。これらの二つの感覚なりヴィジョンなりは、災害、テロル、犯罪等のマクロ的テーマから、死、病、老い、いじめなど個人のアイデンティティ危機に関わるミクロ的テーマにいたる広がりを見せ、最終的に、人格分裂や引きこもり等の症例につながる「地下室の文学」（R・ジラール）を生みだすに至っている。

とくに、災害、テロルとの関連で人間の生の極限条件を明らかにする「カタストロフィ」の想像力は、一九九五年の阪神大震災、地下鉄サリン事件をめぐる村上春樹、高村薫らの言及、九・一一テロをめぐるA・グリュックスマン、S・ジジェクらの発言に見られる通りである。私たちの日本で起こった三・一一との関連では、『カラマーゾフの兄弟』を執筆するにあたってドストエフスキーが「ロシアの『カンディード』を書く」という決意を明らかにし、なおかつ『カンディード』のうちに、遠くリスボン大震災の記憶が息づいていることが指摘されている。

第三に、ドストエフスキー文学に見る〈カタストロフィ〉の想像力は、「メシアニズム」と呼ばれるロシアに固有とされる《終末》的な精神性と深く結びついていることが挙げられる。それが現代ロシアの政治やイデオロギーに多大な影響力を与えていることも度々指摘されており、ドストエフスキー文学の現代性について考える際に決して蔑ろにすることのできない視点であることを物語っている。

また、小説ジャンルの《危機》との関連で述べるなら、二十世紀以降の世界において小説のジャンルは、常に他のメディアとの競合の中でその地位を脅かされてきた経緯がある。世界文学の古典とされるドストエフスキーの小説も、実は、小説ジャンルそのものが経験した《危機》の記録と理解できる。二十世紀に入り、彼の文学に対して、「ポリフォニー小説」（バフチン）や「ジャンルの境界上の文学」等の定義が与えられたが、その特性とは、彼の小説が、基本的には伝統的な「物語」の枠組みを守りつつ、他方、ジャンル横断的かつ未完結の言説空間の創出を企図している点にあった。その特性こそが、二十世紀の世界文学（プルースト、フォークナー、マルケス、大江健三郎、辻原登、村上春樹、高村薫、平野啓一郎、中村文則ほか）に影響を与え、小説ジャンルの活性化に大いに貢献する力となったものである。

最後に、ドストエフスキー文学のはらむ《悲劇》的な性格は、文学外の諸ジャンル、すなわち音楽（S・プロコフィエフ、D・ショスタコーヴィチ、L・ヤナーチェク）、映画（I・ベルイマン、A・タルコフスキー、R・ブレッソン、L・ヴィスコンティ、M・カウリスマキ、W・アレン）など二十世紀世界の表象文化に圧倒的なインパクトを与えている事実を指摘しておかなくてはならない。数年前にフジテレビ系列において放送された連続テレビドラマ『カラマーゾフの兄弟』が、深夜にもかかわらず平均五パーセント越えの視聴率を獲得した例にも見られるように、ドストエフスキーの影響力のもとで作られた作品の数は今もって増大する一方である。


本論文集は、右の科学研究費助成金による研究成果の一部として刊行するものである。

以下、参考のために、本プロジェクトで開催した国際シンポジウム名と基調講演者および基調講演タイトルのみを掲げておく。

I　二〇一七年度
・国際ドストエフスキーシンポジウム「ドストエフスキーと世界文学における《赦し》」
日時／場所　二〇一八年三月十日／名古屋外国語大学
基調講演　デボラ・マルティンセン（Deborah Martinsen）／コロンビア大学
「非寛容の悲劇――ドストエフスキー『白痴』論」
・国際ドストエフスキーシンポジウム「ゼロ年代のドストエフスキー」

日時／場所　三月十三日／東京大学
講演1　デボラ・マルティンセン（Debora Martinsen）
「ドストエフスキー『罪と罰』における恥と罪」
講演2　平野啓一郎
「ゼロ年代のドストエフスキー」

Ⅱ　二〇一八年度

・国際ドストエフスキーシンポジウム「表象文化としてのドストエフスキー」
日時／場所　二〇一九年二月十六日／東京大学
基調講演　ステファノ・アローエ（Stefano Aloe）／ヴェローナ大学
「ドストエフスキーの草稿におけるカリグラフィーと創造的思考」

Ⅲ　二〇一九年度

・国際ドストエフスキーシンポジウム「ドストエフスキーの世界性」
日時／場所　二〇二〇年二月二二日／名古屋外国語大学
基調講演　パーヴェル・フォーキン（Pavel Fokin）／国立ドストエフスキー博物館
「ドストエフスキーの《信仰告白》からみた『カラマーゾフの兄弟』」

さて、本プロジェクトは、第一期を終えたいま、新たな研究テーマのもとに第二のサイクルに入り始めたところである。研究のタイトルは、「危機と再生のヴィジョン　ドストエフスキー文学の世界性をめぐる超域的研究」。第一期と重なる部分があるが、今期においては、ドストエフスキー文学における「危機」のヴィジョンとそこからの「再生」のテーマに重点を置いた。第二期においても、世界諸地域の表象文化との繋がりには十分に目配りしているが、本書に収められた論文のいくつがすでに、第二期のテーマを先取りしていることに気づかれた読者も少なくないと思う。不確実性にからめとられた現代社会において、ドストエフスキー文学がいかに有効か、を考える大きなきっかけになることを切に願うものである。

さて、最後に、この「不確実性」との関連で、現在、私たちが置かれている残念な状況についても書き添えなくてはならない。周知のとおり、世界は今、COVID-19の脅威のもとに置かれ、文字通り、「カタストロフィック」と呼ぶにふさわしい事態を経験しつつある。大局的に、いずれこの「カタストロフィ」にも終わりは来るだろうが、少なくとも短期的視点に見るかぎり、楽観的な観測を述べることは一つとしてできそうにない。こうした状況の荒波をまともに受け、人文、社会、自然のフィールドを問わず、学問研究の領域のいくつかの部分に大きな停滞が生じつつあるが、人文学とりわけ文学はどうだろうか。不幸中の幸いというべきか、少なくとも文学研究に欠かせない最大のフィールドが、私たちの手の届く範囲にある。研究論文等へのアクセスも、研究者間の対話も、オンラインの手段をもちいることで大きな可能性を広げつつある。その意味では、物理的な移動の制約は、フィールド=テクストと向き合う天与の機会ということもできるはずである。むろん、このような書き方が、おのずと問題をはらんでいることはわかっている。しかし、それぞれが内的沈潜に向けて努力を続けること以外に、文学の発展の道はない。ただし、その営みが自己閉鎖的なものとはならないことを、他者に開かれたものとすることを心がけなければならない。パンデミック下でのドストエフスキー生誕二百年。ドストエフスキーをパンデミックの犠牲者として孤立させることのないように、私たちは限りなく精神的エネルギーを発動させていかなくてはならない。

最後に、今回、名古屋外国語大学出版会編集長をはじめとする出版会の皆さまの献身的サポートを得て、無事、刊行に漕ぎつけることができたことをここに記し、謝辞に代えたいと思う。

編者

二〇二一年九月一日

索引（人物・作品）

す

せ

た

ち

つ

て

と

な

に

ね

の

は

ま

み

む

め

も

や

ゆ

よ

ら

り

る

れ

ろ

執筆者略歴

越野 剛（こしの・ごう）

1972年生
北海道大学大学院文学研究科博士課程単位取得後退学　博士（文学）
慶應義塾大学准教授

梅垣昌子（うめがき・まさこ）

1966年生
京都大学大学院文学研究科博士後期課程単位取得後退学
名古屋外国語大学教授

林 良児（はやし・りょうじ）

1949年生
中央大学大学院文学研究科博士課程単位取得後退学
名古屋外国語大学教授

高橋健一郎（たかはし・けんいちろう）

1972年生
東京大学大学院総合文化研究科博士課程単位取得後退学　博士（学術）
大阪大学大学院講師

高橋知之（たかはし・ともゆき）

1985年生
東京大学大学院人文社会系研究科博士課程修了　博士（文学）
千葉大学大学院人文科学研究院助教

齋須直人（さいす・なおと）

1986年生
ゲルツェン記念ロシア国立教育大学文学部ロシア文学科博士課程修了
独立行政法人日本学術振興会・早稲田大学文学学術院 特別研究員（PD）

泊野竜一（とまりの・りゅういち）

1976年生
早稲田大学大学院文学研究科博士後期課程単位取得後退学

福井勝也（ふくい・かつや）

1954年生
中央大学法学部法律学科卒業
現在自営業・ドストエーフスキイの会運営委員

木下豊房（きのした・とよふさ）

1936年生
早稲田大学大学院文学研究科博士課程単位取得後退学
千葉大学名誉教授・ドストエーフスキイの会代表・
前国際ドストエフスキー学会（IDS）副会長

Stefano Aloe（ステファーノ・アローエ）

ヴェローナ大学准教授・国際ドストエフスキー学会（IDS）理事

Deborah A. Martinsen（デボラ・マルティンセン）

コロンビア大学教授・元国際ドストエフスキー学会（IDS）会長

Павел Фокин（パーヴェル・フォーキン）

国立ドストエフスキー博物館館長（モスクワ）

編者略歴

亀山郁夫（かめやま・いくお）
1949年生
東京大学大学院人文科学研究科博士課程単位取得後退学
名古屋外国語大学長・東京外国語大学名誉教授・国際ドストエフスキー学会（IDS）理事

望月哲男（もちづき・てつお）
1951年生
東京大学大学院人文科学研究科博士課程単位取得後退学
中央学院大学特任教授・北海道大学名誉教授・元国際ドストエフスキー学会（IDS）副会長

番場 俊（ばんば・さとし）
1969年生
東京大学大学院総合文化研究科博士課程単位取得後退学　博士（文学）
新潟大学教授

甲斐清高（かい・きよたか）
1970年生
京都大学大学院文学研究科博士後期課程単位取得後退学　博士（文学）
名古屋外国語大学教授

ドストエフスキー
表象とカタストロフィ

2021年11月11日　初版　第1刷発行
亀山 郁夫・望月 哲男・
番場 俊・甲斐 清高 編

発行者　亀山郁夫
発行所　名古屋外国語大学出版会
470-0197　愛知県日進市岩崎町竹ノ山57番地
電話 0561-74-1111（代表）
https://nufs-up.jp
本文デザイン・組版・印刷・製本
株式会社荒川印刷

ISBN 978-4-908523-33-5